언젠가
　　모든 것은
바다로
떨어진다

언젠가
모든 것은
바 다
    로
떨어진다

세라 핀스커
소설집

정서현 옮김

Sooner or Later
Everything Falls
into the Sea

SARAH PINSKER

창비

차례

이야기를 먹여 길러주신 것에 감사하며,

나의 부모님께.

일러두기
1. 본문의 각주는 모두 옮긴이 주이다.

이차선 너비의
고속도로 한 구간

앤디는 열일곱살의 어느 취한 밤 왼쪽 팔뚝에 '로리'라는 이름을 문신으로 새겼다. 전문은 "로리와 앤디 끝까지 영원히"이고 모두 영문 대문자로 되어 있었으며, 가장 친한 친구 수전이 직접 만든 문신 기계로 새긴 것이었다. 수전은 그 기계를 굉장히 자랑스러워했다. 9볼트짜리 배터리, 또 오래된 DVD플레이어와 볼펜에서 뽑아낸 부품들로 만든 기계였다. 문신은 흉측했고, 새길 땐 죽을 만큼 아팠다. 나중에야 드러난바 정작 로리는 그 문신을 전혀 고맙게 여기지 않았다. 로리는 대학에 가기 이주 전 앤디를 차버렸다.

사년 뒤 콤바인*에 끼어 심하게 훼손된 건 앤디의 오른

---

* 곡식을 베고 탈곡하는 기능이 결합된 농기구.

팔이었다. 어깨와 오른쪽 쇄골, 거기 붙어 있던 팔 전체가 손상됐다. 부모님은 앤디가 의식을 회복하기 전에 결정을 내렸다. 앤디는 새스커툰*의 한 병실에서 로봇 팔과 머리에 이식된 장치를 가진 채로 깨어났다.

"뇌-컴퓨터 인터페이스야." 어머니는 마치 그게 모든 걸 설명하기라도 하듯 말했다. 다섯살 난 앤디에게 트럭에 실린 소들이 어디로 가는지 설명할 때 썼던 것과 같은 목소리였다. 어머니는 병실 침대 옆에 팔짱을 끼고 서서 자신의 강한 이두근을 손가락으로 탁탁 두드리고 있었다. 농장으로 돌아가고 싶어 조바심이 난 사람 같았다. 이마 주름과 턱 모양으로 보아 어머니가 걱정하고 있다는 사실을 알 수 있었다. 말로는 아무리 아닌 척해도 소용없었다.

"의사들이 너의 운동 피질에 전극과 칩을 심었어." 어머니가 말을 이었다. "너는 이제 생체공학적인 존재가 된 거지."

"그게 무슨 뜻이죠?" 앤디가 물었다. 오른손으로 머리를 만져보려 했지만 손이 반응하지 않았다. 왼손을 사용하자 붕대가 만져졌다.

창가 의자에 앉아 있던 아버지가 '존 디어'** 모자의 납작한 챙에 눈이 가려진 채 말했다. "네가 프로토타입 팔을

---

* 캐나다 중부 서스캐처원주의 한 도시.
** 미국의 유명한 농기계 브랜드.

10

갖게 됐고, 그 결과에 관심이 있는 사람이 많다는 뜻이란다. 많은 사람에게 도움이 될 수 있겠지."

앤디는 팔이 있었던 곳을 내려다보았다. 살과 의수가 만나는 지점이 붕대로 가려져 있었다. 붕대 안쪽에서 새 금속과 무광택 검정색 와이어가 반짝였다. 새 팔은 뼈대와 이랑 부분, 호스로 되어 있어 마치 하나의 거대한 관개장비처럼 보였다. 끝부분은 엄지와 나머지 손가락들이 결합된 집게 형태로 되어 있었다. 앤디는 사라진 오른손의 구체적인 특징을 기억해내려 애썼다. 손등의 주근깨, 마디 주변의 밧줄 자국 흉터, 손바닥의 굳은살. 그걸 다 어떻게 한 걸까? '의료 폐기물'로 표시된 채 어딘가 쓰레기통에 버려졌을까? 손을 다시 붙일 생각을 하지 않은 걸 보면 꽤나 심하게 으스러진 게 틀림없었다.

앤디는 왼팔을 쳐다보았다. 문신의 "끝까지 영원히" 부분에 링거 주삿바늘이 꽂혀 있었다. 멀리 떨어져 있는 어딘가가 아픈 것 같았지만 강한 느낌은 아니었다. 아마도 주사 때문일 것이다. 다시 오른팔을 들어 올려보려 했다. 여전히 움직이지 않았지만, 이번에는 가슴 깊숙한 데서 통증이 느껴졌다.

"요즘 의수는 진짜 팔처럼 만들 수 있지 않나요?" 앤디가 물었다.

그러자 실용성을 우선으로 치는 어머니가 대꾸했다.

"그런 의수는 이 팔의 절반만큼도 쓸모가 없어. 원한다면 나중에 더 진짜 같은 손으로 교체할 수 있겠지만, 팔을 온전히 쓰려면 뇌 인터페이스를 사용하는 게 좋다고 하더라. 손에 신호를 보낼 신경이 남아 있지 않아서 아무리 최신식 의수라도 소용이 없다는구나."

앤디는 이해했다. "그럼 이 팔은 어떻게 쓰는 거죠?"

"당분간은 쓰지 않을 거야. 하지만 바로 부착할 수 있어서 다행이지. 예전엔 의수를 맞추기 전에 절단면이 아물 때까지 기다려야 했지만 이건 바로 장착하는 거라더라."

"어차피 너는 절단면이 없지 않니." 아버지가 앤디의 어깨를 내리치는 시늉을 하며 말했다. "아직 머리가 달려 있다는 게 다행이다."

앤디는 다른 선택지가 있었을지, 있었다면 무엇이었을지 궁금했다. 부모님이 이 방법을 택한 건 완전히 이해가 갔다. 부모님의 농장은 언제나 서스캐처원주에서 가장 먼저 새로운 기술을 받아들이는 농장이었다. 부모님은 자동화를 믿었다. 그들은 기계로 땅을 일구고, 스프레드시트와 데이터베이스로 구획을 나누며 사무실에서 편안하게 밭을 가는 타입이었다.

앤디는 옛날 사람이었다. 얼굴에 닿는 햇살을 좋아했다. 밭을 갈 때는 한 무리의 샤이어 말을 이용했고, 그 분뇨를 비료로 사용했다. 수확기엔 아버지의 낡은 디젤 콤바인을 사용했는데, 이 점은 앤디가 속도와 효율성 측면에서 가장 크게 양보한 부분이었다. 그리고 바로 그 콤바인이 앤디의 팔을 앗아 갔다. 앤디는 이 사실이 자신의 말과 트랙터에겐 잘못이 없음을 말해주는 건지 아니면 부모님의 자동화 기기들을 옹호해주는 건지 알 수 없었다. 기계들은 좌표를 잘못 입력하면 울타리를 무너뜨릴 수 있지만, 계산을 정말 형편없게 한 것이 아니라면 사무실까지 들어오진 않을 것이다. 물론 막혀버린 헤더에 이제는 집게가 된 손을 집어넣은 건 앤디 자신의 멍청한 실수였다.

앤디의 세계는 병실 크기로 쪼그라들었다. 그는 창가에서서 날씨를 살피며 부모님에게 전화하고 싶은 충동을 억눌렀다. 부모님은 앤디가 없는 동안 본인들 농장 옆에 있는 앤디의 작은 농장을 돌보고 있었다. 서리가 내리기 전에 부모님이 수확을 다 마쳤을까? 닭장을 집 근처로 잘 옮겨두었을까? 앤디는 부모님을 믿는 수밖에 없었다.

의사는 빠르게 진통제 복용량을 줄였다. "당신은 건강한 사람이니까요." 의사가 말했다. "약물에 중독되는 것보단 고통을 견디는 게 낫죠." 앤디는 고개를 끄덕이며 스스로도 견딜 수 있을 거라 생각했다. 더이상 서 있지도 못할 때까지 일을 한 데다 샤이어 말이 비틀거리며 그의 발을 밟아 부러뜨리기까지 했는데도 바로 다음 날 다시 일어나

일을 하러 가야 했던 날들의 고된 노동이 주는 통증에 앤
디는 익숙했다.

이제 앤디의 몸은 완전히 새로운 종류의 고통을 전달했
다. 고통 속의 고통, 더이상 존재하지 않는 부분의 욱신거
림. 그는 찌르는 듯한 통증과 쑤시는 듯한 통증의 차이, 쓰
린 통증과 압통의 차이를 구분하는 법을 익혔다. 끝없이
펼쳐진 대초원의 폭풍 같은 최악의 고통이 휩쓸고 지나갔
을 때, 의사는 그에게 이제 팔을 써도 된다고 허락했다.

"배우는 속도가 빠르네." 앤디가 집게손으로 칫솔 잡는
법을 완전히 익혔을 때 작업치료사 브래드가 말했다. 브래
드는 앤디보다 몇살 더 많고 덩치가 큰 아시니보인* 남자
였는데 지칠 줄 모르는 열정을 가지고 있었다. "내일은 옷
입는 걸 연습해볼 수 있을 거야."

"빠르다는 건 상대적이죠." 앤디는 칫솔을 내려놓았다
가 다시 집으려고 했다. 그런데 그만 칫솔을 테이블에서
떨어뜨리고 말았다.

브래드는 미소를 지으면서도 떨어진 칫솔을 주워주지
않았다. "이건 과정이니까, 그렇지? 너의 근육들이 새로운
역할을 배워야 해. 게다가 이런 동작을 다 익히고 나면 그
기계로 진짜 재미있는 일을 할 수 있을 거야."

---

* 북아메리카 대평원 북부에 거주하던 민족. 오늘날에는 캐나다 서스
  캐처원주에 집중 거주하고 있다.

진짜 재미있는 일이라. 실제로 거기까지 갈 수만 있다면 흥미로울 것이다. 특별한 기능을 쓰는 일 말이다. 앤디는 손목의 카메라에서 머리로 직접 전달되는 신호를 해석하는 법을 배워야 할 것이다. 그에겐 켜고 끌 수 있는 손전등과 신체 원격 조정 장치가 있었다. 앤디는 그 기능들을 진짜로 시험해볼 날을 고대했다. 엔진의 어두운 구석을 들여다본다든지, 난산인 송아지를 뒤집어주는 일. 이런 건 기다려 얻을 만큼 가치있는 배움이었다. 앤디는 몸을 굽히고 칫솔 손잡이에 맞춰 손을 오므리는 데 집중했다.

퇴원 예정일 직전에 겨드랑이 아래 염증이 생겼다. 의사는 항생제를 주고 액체를 배출해냈다. 그날 밤 앤디는 열병에 휩싸인 채 자신의 팔이 고속도로가 되는 꿈을 꾸었다. 깨어났을 때에도 그 느낌은 남아 있었다.

앤디는 크게 바라는 것이 없었다. 로리에게 영원히 사랑받기를 원했지만 그녀는 부응하지 않았고, 그걸로 끝이었다. 어렸을 땐 파란 눈을 가진 송아지 메이지를 갖고 싶다고 했었는데, 메이지가 다 자라 팔리기 전까지만 데리고 있을 수 있었으며 그걸로 끝이었다. 앤디는 부모님의 땅옆에서 자기 땅을 일구고, 부모님이 은퇴하면 그 땅을 물려받는 것 말고는 다른 걸 염두에 둔 적이 없었다. 딱히 달리 더 원할 이유가 없었다.

이제 앤디는 도로가 되고 싶었다. 아니, 그의 오른팔이 그랬다. 앤디의 팔은 도로가 되기를 간절히 바랐고, 안팎에서 동시에 밀려드는 이 말없는 갈망은 앤디를 당황스럽게 했다. 아니, 그 이상이었다. 앤디의 팔은 단순히 도로가 되고 싶어하는 게 아니었다. 팔은 자신이 도로라는 걸 알고 있었다. 구체적으로 말하자면 콜로라도주 동부에 97킬로미터 길이로 이어진 이차선 아스팔트 구간이었다. 멀리 산까지 내다보이지만 굳이 산에 도달하지 않아도 만족할 수 있는 구간, 양쪽에 가축 탈출 방지용 도랑이 있고 철조망과 초원이 있는 구간.

앤디는 콜로라도주에 한번도 가본 적이 없었다. 그는 서스캐처원주를 떠난 적이 없었다. 캘거리나 위니펙에도 가본 적이 없었다. 그러니까 그는 산을 본 적이 없었다. 하지만 멀리 있는 산의 윤곽과 하얀 얼굴을 가진 소들의 귀에 있는 태그 번호를 설명할 수 있다는 사실은 그가 그저 상상을 하고 있는 게 아님을 뒷받침해주었다. 그는 제정신이었고, 동시에 그는 도로였다.

"일할 준비됐어, 친구? 기분은 좀 어때?" 브래드가 물었다.

앤디는 어깨를 으쓱했다. 브래드에게 도로에 대해 말해야 한다는 걸 알았지만, 병원에 더 오래 있고 싶진 않았다. 부모님이 구식 기계에 대해 계속 불평하면서 앤디 자신 몫의 수확을 마쳐야 했다는 것만으로도 이미 상황은 충분히 나빴다. 그는 퇴원이 지연될 위험을 감수하고 싶지 않았다.

"염증은 사라졌지만 여전히 말을 많이 해요. 아직 적응하는 중인가봐요." 앤디가 말했다. 사실이었다. 팔은 그에게 온도와 공기 중 다양한 오염 물질의 수준을 알려주었다. 그가 러닝머신에서 무리하면 경고를 주었다. 물론 도로 문제도 있었다.

브래드가 제 이마를 톡톡 쳤다. "입력이 너무 많아지면 어떻게 줄이는지 기억하지?"

"네, 전 괜찮아요."

브래드는 미소지으며 직접 챙겨온 아이스박스를 향해 손을 뻗었다. "좋아, 친구. 그러면 오늘은 달걀로 훈련을 해보자."

"달걀이요?"

"넌 농부잖아, 맞지? 달걀을 깨뜨리지 않고 집어 들 수 있어야 해. 그리고 점심도 만들어야 하지. 이건 정말 전문가 수준의 일이야. 그 어떤 화려한 작업보다 사실 더 어려운 거지. 그 손으로 달걀을 마스터하면 졸업이야."

브래드와 의사들은 일주일 뒤 마침내 앤디에게 퇴원을 허가했다.

"직접 운전할래?" 아버지가 앤디에게 트럭 열쇠를 내밀며 물었다.

앤디는 고개를 저으며 조수석으로 걸어갔다. "이단 기어로 바꾸는 걸 할 수 있을지 모르겠어요. 이 트럭을 자동 변속 차로 바꿔야 할지도요."

아버지가 그를 한번 훑어보았다. "그럴 수도 있겠지. 아니면 농장 주변에서 연습 좀 해볼래?"

"겁먹은 건 아니고요. 그냥 조심하는 거죠."

"그럼, 그럼." 아버지가 트럭에 시동을 걸었다.

앤디는 겁먹은 게 아니었지만 단순히 조심하는 것과도 달랐다. 처음에는 내 집에 있다는 기쁨이 이 이상한 기분을 가려주었다. 그 도로의 느낌 말이다. 앤디는 물리치료에서 배운 운동을 꾸준히 했다. 치료사들은 면도하고 요리하고 목욕하는 방법을 다시 가르쳐주었고, 그는 말을 손질하고 마구를 채우는 방법을 스스로 다시 터득했다. 모든 것이 정상임을 증명하기 위해 동네 술집에서 옛 하키팀 친구들을 만났다.

고통의 폭은 점점 더 넓어졌다. 어떻게 특정 장소에 있는 동시에 거기에 있지 않은 도로일 수가 있을까? 어떤 것도 정상적으로 느껴지지 않았다. 앤디는 언제나 먹는 걸 좋아했지만 이젠 입맛이 없었다. 억지로 요리하고 씹어 삼켜야 했다. 그만 먹기 전에 몇입이나 먹을지 목표를 정하기도 했다.

앤디는 병원에 있는 동안 근육을 소실했고 지금은 더 야위어갔다. 단단했던 예전의 몸과 달리 새로운 몸엔 힘줄이 드러났다. 원래 거울을 즐겨 보는 편은 아니었는데, 일부러 거울을 보기 시작했다. 동기부여를 위해서였을까, 아니면 앤디 자신의 뇌와 소통하기 위해서였을까. 그는 자신의 갈비뼈를 세어보았다. 살이 빠진 탓에 가슴에서 인공 팔로 이어지는 부분을 매끄럽게 하는 합성 피복에 약간의 틈이 나 있었다. 의사들에게 뭔가를 알려야 한다면 바로 그것이었다. 틈새는 쏠림으로 이어지고, 그건 의사들이 말했듯 자극과 찰과상, 감염으로 이어지는 파멸의 지름길이었다. 말안장이 쏠리는 상태로는 일할 수 없는 것과 같은 이치였다.

거울 속에서 그는 자신의 야윈 얼굴, 좁아진 어깨 그리고 그 피복을 보았다. 서툴고 삐죽삐죽한 연애편지가 새겨진 왼팔도. 오른팔에는 도로가 보였다. 마음의 속임수. 소프트웨어의 오류. 어깨, 도로. 앤디는 집게손과 금속 뼈와 와이어 근육이 다 거기 있다는 걸 알고 있었다. 이 손을 폈다 오므렸다 했다. 손은 여전히 거기에 있었지만 동시에 사라져 있었다.

앤디는 '도로 손'으로 말에게 곡식을 퍼주고, 왼손으로 말들의 텁수룩한 겨울 털을 쓰다듬었다. 도로 손으로 기계에 기름을 쳤다. 두 팔을 함께 사용해 건초 뭉치와 곡물 자루를 던졌다. 차고에서 트럭을 수리했다. 와이어와 전극으로 연결된, 어떻게든 그의 뇌에서 심장까지 인공 경로로 이어져 있는 그 콜로라도주의 눈 덮인 고속도로를 다른 트럭들이 지나갔다. 그는 얼어붙은 자신의 차고 앞 진입로에 누워 팔을 옆에 늘어뜨린 채로 트럭들이 지나가는 진동을 느꼈다.

농장과 고속도로, 곧 앤디의 두 장소 모두에 해빙은 늦게 찾아왔다. 봄의 분주함이 안도감을 가져다줄 것이라 기대했지만, 더욱 분열되는 느낌을 받을 뿐이었다.

앤디는 수전의 현관 옆 작은 베란다에서 맥주를 마시며 친구에게 그 느낌을 설명해보려 했다. 수전은 앤디가 병원에 있는 동안 마을로 돌아와 문신 가게 위 작은 아파트를 빌려 지내는 중이었다. 뚱뚱한 난로가 베란다 공간 대부분을 차지하고 있어, 아직 추운 계절인데도 수전은 탱크톱을 입을 수 있었다. 수전의 팔은 다른 누군가의 문신 실력이 발전해온 흔적을 보여주는 시간의 궤적 같았다. 수전 자신의 발전은 밴쿠버에 있는 다른 사람들의 팔에 있을 것이다. 수전은 고등학교를 졸업하자마자 어떤 유명한 문신 대가의 견습생이 되기 위해 떠났었다. 앤디는 수전이 왜 돌아왔는지 이해할 수 없었지만 그녀는 여기 다시 돌아와 있었다.

앤디의 재킷 소매가 팔을 가리고 있었다. 뭔가 숨기는 건 아니었다. 그는 이제 왼손으로 맥주를 들었는데, 그건 오른손이 아스팔트와 고속도로 주변을 굴러다니는 회전초를 꿈꾸고 있었기 때문이다. 앤디는 그 꿈을 방해하고 싶지 않았다.

"재활용된 거 아닐까." 수전이 말했다. "콜로라도주 어느 목장주의 것이었을 수도 있잖아."

앤디가 고개를 저었다. "과거에 있는 것도 아니고, 도로 위의 사람도 아니야."

"그럼 소프트웨어 문제인가? 재활용된 부분이 소프트웨어일 수도 있지. 그 칩을 토론토 근처 자율주행 도로에 쓰려고 만든 걸 수도 있잖아."

"그럴 수도." 앤디는 맥주를 비우고 현관 바닥에 캔을 떨어뜨린 뒤 작업화 뒤꿈치로 으스러뜨렸다. 그는 자신의 흉터를 손가락으로 훑었다. 두피에서 시작해 가슴을 가로질러 내려가 금속이 살과 만나는 곳까지.

"다른 사람들한테 말할 거야?" 수전이 물었다.

앤디는 귀뚜라미 소리와 그 아래 깔린 개구리 소리를 들었다. 수전도 이 소리를 듣고 있다는 걸 알았다. 하지만 수전이 그의 팔에서 울리는 도로 소리를 듣고 있을 거라는 생각은 들지 않았다. "아니, 일단 아직은 아니야."

앤디의 팔은 나날이 더 콜로라도주에 있었다. 앤디는 팔과 소통하는 데 어려움을 겪었다. 팔은 잘 작동했다. 그저 다른 곳에 있을 뿐이었다. 도로가 되는 것에 익숙해지고 나니 그렇게 나쁘지 않았다. 사람들은 도로가 어디론가 가고 오는 것이라 말하지만 그건 사실이 아니다. 도로는 매 순간 자신이 있는 바로 그곳에 있다.

앤디는 남쪽으로 운전해 그 장소가 실제로 존재하는지 확인하고 싶었지만, 병원에 너무 오래 있었던 터라 또 멀리 떠나는 걸 정당화할 수 없었다. 밭을 갈고 뒤집고 씨를 뿌려야 했다. 동물들에게 먹이를 주고 물을 주어야 했다. 그에게는 여행이나 그 길이 얼마나 중요한지와 관계없이 여행할 시간이 없었다.

수전은 앤디를 오클리 농장의 모닥불 파티에 끌고 갔다. 앤디는 가고 싶지 않았다. 자기 땅을 산 뒤로 파티에 간 적도 없었다. 하지만 수전은 그를 설득하는 데 성공했다. "고객층을 다시 만들어야 하는데 계속 추근거림당하고 싶진 않아." 수전이 말했다. 앤디는 수전이 운전하는 동안 로봇 팔을 창밖으로 내밀어 바람을 느꼈다. 시속 21킬로미터의 바람, 팔이 그에게 알려주었다. 섭씨 12도. 한편 다른 곳에서는 지난 두 시간 동안 5센티미터의 비가 내렸고, 차량 석 대가 지나갔다.

헛간 옆 빈터에는 이미 모닥불이 타오르고 그 주위에 사람들이 모여 떨고 있었다. 더그 오클리는 앤디보다 한살 많았고, 휴는 아직 고등학생이었다. 둘 다 부모님과 함께 살고 있었다. 그러니까 이건 부모님이 집을 비운 사이에 벌인 파티라는 뜻이었다. 앤디가 가본 파티는 대체로 이런 식이었는데, 그때는 모여 있는 사람들 중에서 본인이 어린 편이었고 지금은 나이 든 편이었다. 어느 시기까지는 나이 많은 멋진 사람으로 여겨지는 지점이 있지만 그 뒤에는 고등학생들과 어울리면 안 되는, 나이 들고 이상한 사람이 된다. 앤디는 자기가 이미 그 선을 넘었다고 확신했다.

수전은 친구를 사귀고 분위기를 띄우기 위해 몰슨 맥주한 상자를 샀다. 그녀는 뒷좌석에서 그걸 꺼내 잔디 위 아이스박스에 맥주를 쏟아냈다. 본인이 한 캔을 챙기고, 앤디에게 한 캔을 던졌지만 그의 새 손에 부딪혀 떨어지고 말았다. 앤디는 누군가 그걸 알아챘는지 확인하려고 주위를 살폈다. 그러곤 그 캔을 얼음 속 깊이 밀어넣고 새 맥주를 꺼냈다. 그는 집게손으로 캔을 들고 왼손으로 캔을 따서는 한번에 절반을 들이켰다. 맥주도 차갑고 공기도 차가웠다. 더 두꺼운 겉옷을 가지고 올걸 하는 생각이 들었다. 적어도 앤디는 금속 손으로 맥주 캔을 들고 있을 수 있었다. 앤디만의 자체 단열재였다.

고등학생 여자애들은 모두 현관 베란다 근처에 모여 있

었다. 대부분은 캔 대신 플라스틱 컵을 들고 있었는데 맥주에 클라마토*를 섞기 위해서였다. 수전이 그들을 비웃었다. "난 이백살이 되어도 저 조합을 이해할 수 없을 거야."

그들은 불 쪽으로 걸어갔다. 불은 높이 타오르고 있었지만 그 열기는 주변에 모인 맨 앞줄 사람들을 넘어서까지 미치지는 못했다. 앤디는 몸을 따뜻하게 하려고 발을 이리저리 옮기며 장작 연기를 들이마셨다. 그는 이곳에 모인 사람들 얼굴을 둘러보았고 대부분을 알아볼 수 있었다. 물론 오클리 형제와 그들의 여자친구도 있었다. 그들에겐 언제나 여자친구가 있었다. 한때 더그는 약혼까지 했지만 지금은 아니었다. 앤디는 구체적으로 어떻게 된 일이었는지 기억하려고 애썼다. 어머니는 아마도 알고 있을 것이다.

앤디는 더그의 팔에 안겨 있는 여자가 로리임을 깨달았다. 잘못된 건 아니었다. 더그는 좋은 사람이니까. 하지만 로리는 늘 대학 이야기를 했었다. 앤디는 로리가 농부의 삶보다 더 나은 삶을 누릴 자격이 있다고 말하며 제 마음의 상처를 달랬었다. 불빛 속에 손끝을 겨드랑이에 끼고 서 있는 로리를 보니 마음이 조금 아팠다. 앤디는 자기가 아직도 여기 있단 사실에는 개의치 않았지만, 로리가 여기 있어서는 안 된다고 생각했다. 로리는 그저 온기를 얻으려

* 토마토 주스와 조개 육수를 섞은 맛의 달콤한 음료로, 주로 술에 타서 마신다.

고 더그에게 기대고 있는 게 아니었을까? 어찌 됐든 이제 앤디는 자기가 알 바 아니라고 생각했다.

로리는 더그의 팔에서 빠져나와 사람들 속으로 사라졌다. 잠시 후 로리가 수전 옆에 나타났다.

"안녕." 로리가 인사하며 손을 들었다가, 어색함 때문인지 추위 때문인지 다시 겨드랑이 사이로 집어넣었다. 쑥스러운 듯 보였다.

"안녕." 앤디가 로봇 손으로 맥주 캔을 든 채 로리에게 고개를 까딱하며 답했다. 앤디는 그 동작을 자연스러운 것처럼 보이게 하려고 애썼다. 맥주가 아주 조금밖에 넘치지 않았다.

"팔 얘기 들었어, 앤디. 너무 끔찍했어. 전화 못 해서 미안해, 학기가 너무 바빠서……" 로리가 말끝을 흐렸다.

형편없는 변명이었다. 하지만 앤디는 진심으로 미소지어 보였다. "괜찮아. 이해해. 아직 대학에 다니고 있는 건가?"

"응, 위니펙에. 한 학기 남았어."

"전공은 뭐야?" 수전이 물었다.

"물리학인데, 대학원 가서는 기상학을 공부할 거야. 기후과학."

"멋지다. 기후과학자한테 딱 어울릴 만한 멋진 문신 아이디어가 있어!"

앤디는 맥주를 더 가지러 간다며 자리를 비웠다. 돌아왔을 때 수전은 로리의 손등에 기압계를 그리고 있었다. 수전과 로리는 원래 친하진 않았지만 그럭저럭 잘 지냈다. 수전은 로리가 야망이 있다는 점을 좋아했고, 로리는 '여사친'을 '베프'로 둔 남자랑 사귀는 건 특별한 경험이라며 좋아했다. 만약 두 사람이 같은 도시로 이사했다면 CTV*에서 그들에 관한 싸구려 시트콤을 만들 수 있었을 것이다. 작은 마을의 수석 졸업생과 작은 마을의 레즈비언 펑크가 대도시에서 만나는 이야기. 앤디는 뒤에 남은 남자 역할로 한회쯤 출연할 수 있었을 것이다.

앤디는 맥주를 다섯 캔째 마신 후, 소매 속 도로 말고는 아무것도 느낄 수 없었다. 콜로라도주의 공기에선 마치 폭풍이 다가오는 것처럼 오존 냄새가 났다. 그날 밤 수전이 옛 동창 여럿에게 마커로 문신을 그려주고, 그들에게 자신의 가게에 들르라며 초대하고, 로리와 이메일을 주고받기로 약속하고, 흐릿한 상태로 집까지 운전해 간 뒤, 앤디는 고속도로가 자신을 완전히 지배하는 꿈을 꾸었다. 악몽 속에서 도로는 그의 팔을 넘어 어깨 위로 기어올랐다. 그의 심장에 아스팔트를 깔고, 팔다리를 평평하게 만들고, 입과 눈을 타르로 덮었다. 그는 새벽이 오기 전에 숨이 막혀 깨어났다.

* 캐나다의 방송사.

앤디는 치료사와 약속을 잡았다. 버드 박사의 넓적한 얼굴은 젊어 보였지만, 머리카락은 온통 은백색이었다. 그녀는 동정 어린 표정으로 고개를 끄덕이며 앤디의 이야기를 들었다.

"제가 의견을 제시할 입장은 아니지만 이 뇌-컴퓨터 인터페이스를 너무 급하게 채택한 게 아닌가 싶어요. 당신은 그 결정에 관여하지 않았잖아요. 팔이 없다는 사실에 적응할 시간도 없었고요."

"제가 적응할 필요가 있나요?"

"어떤 사람들은 그래요. 어떤 사람들은 일반적인 의수를 착용하기 전에 몸이 치유할 시간이 필요해서 선택의 여지가 없고요."

버드 박사가 한 말은 이해됐지만, 그녀는 아무것도 더 설명해주지 않았다. 환상통이라든지, 팔이 목을 조르는 꿈을 설명해줄 수는 있었을 것이다. 앤디는 그런 것에 대해 읽어본 적이 있었다. 하지만 도로라니? 박사의 이론 중 어느 것도 그의 경험에 부합하지 않았다. 앤디는 평평한 대초원의 고속도로를 따라, 또 휴경지와 방목지 사이 평평한 대초원의 이차선 도로를 따라 집으로 운전해 갔다. 부모님 농장으로 가는 길, 그리고 그 뒤에 있는 자신의 땅으로 가는 길은 흙길이었다. 앤디의 새 트럭 충격흡수장치는 형편

없어서, 패인 곳을 지날 때마다 시트 위에 앉은 몸이 덜컹거렸다.

앤디는 여기서 평생을 살았지만, 그의 팔은 다른 곳에 속해 있다는 확신에 차 있었다. 집으로 가는 길에 팔은 말없이 그에게 이야기했다. 팔은 그를 끌어당겼다. 돌아가. 팔이 말했다. 남쪽으로, 남쪽으로, 서쪽으로. 나는 여기에 있고 나는 여기에 있지 않다고 그가, 혹은 그것이 생각했다. 나는 내 고향을 사랑해. 앤디는 팔에게 이렇게 말하려고 했다. 그렇게 말하면서도 그는 자신이 있는 곳에 온전히 존재할 수 있기를, 그러니까 서스캐처원주와 콜로라도주 둘 다에 있기를 갈망했다. 이것은 안전한 상태가 아니었다. 두곳에 동시에 살 수 있는 사람은 없다. 이건 딜레마였다. 앤디는 자신의 농장을 팔지 않는 한 떠날 수 없었고, 농장을 팔려는 계획에 유일하게 동의하는 그의 부분은 실제로 그의 일부가 아닌 부분이었다.

그날 밤 앤디는 콤바인을 타고 카놀라 밭을 가로지르다 기계가 막혀 멈추는 꿈을 꾸었다. 그걸 고치러 내려갔는데 이번에는 기계가 그의 의수를 삼켰다. 기계는 금속과 와이어를 씹어 삼켰고 앤디는 기계가 그의 몸에서 그 가짜 팔을 완전히 뜯어내기를, 아예 뇌까지 깔끔하게 뜯어내버리기를, 그래서 완전히 새로 시작할 수 있게 되기를 바랐다. 하지만 기계는 거기서 더 나아갔다. 팔에서 멈추지 않았다. 기계는 찢고 떼어냈으며, 앤디는 머리에서 뭔가 당기는 느낌이 점차 욱신거림으로 변하다가 점점 더 날카로운 고통으로 변하는 것을 느꼈다.

잠에서 깨어난 뒤에도 고통은 사라지지 않았다. 숙취 같기도 했지만 이런 숙취는 없었다. 앤디는 간신히 화장실까지 가서 토한 다음, 다시 침대로 기어 돌아와 휴대전화를 찾아 어머니에게 전화를 걸었다. 그가 정신을 잃기 전 마지막으로 생각한 것은 브래드가 의수로 기어가는 법을 가르쳐준 적이 없다는 점이었다. 팔은 혼자서도 꽤 잘해냈다.

앤디는 다시 병원에서 깨어났다. 가장 먼저 손을 확인했다. 왼손은 여전히 그대로 있었고, 오른손은 로봇이었다. 익숙한 의수와 피복 가장자리를 왼손으로 더듬어보았다. 모든 것이 그대로 있었다. 손을 위로 올려 머리에 대보려 하니 붕대가 만져졌다. 의수를 들어 올리려 했지만 움직이지 않았다.

간호사가 방에 들어왔다. "깨어났군요!" 그녀는 서인도 제도 억양으로 말했다. "부모님은 집에 가셨는데요, 먹이 주는 시간 지나고 다시 돌아오신다고 했어요."

"무슨 일이 있었던 거죠?"

"머리에 심은 칩 주변에 꽤 심한 염증이 있어서 제거했어요. 다행히 전극은 모두 이상 없이 스캔됐어요. 부은 게 좀 가라앉으면 새로운 칩을 넣어드릴 거고, 곧 그 멋진 기계를 다시 사용할 수 있답니다."

간호사가 창문 블라인드를 젖혔다. 침상에서 보이는 것은 푸르고 고요한 하늘뿐이었다. 그 아래에서 일한다면 더없이 좋을 것 같았다. 그는 다시 금속 팔을 내려다보았고, 몇달 만에 처음으로 콜로라도주가 아닌 팔을 보았다는 사실을 깨달았다. 그는 여전히 그 도로를 마음속으로 떠올릴 수 있었지만 거기에 있지는 않았다. 그는 상실의 고통을 느꼈다. 그게 다였다.

부기가 빠졌을 때 머리에는 새로운 칩이 이식되었다. 앤디는 이 칩이 스스로 주장하기를, 저 팔은 쾌속정이거나 위성이거나 코끼리의 코라고 주장하기를 기다렸지만 이제 머릿속에는 앤디 혼자뿐이었다. 그의 손은 손처럼 그의 지시를 따랐다. 펴고, 오므리고. 소도, 먼지도, 도로도 없었다.

앤디는 수전에게 병원에서 자기를 좀 데려가달라고 부탁했다. 부모님의 일정을 또 방해하지 않고 싶기도 했고 수전에게 물어볼 것도 있었다.

집으로 가는 길, 수전의 차 안에서 앤디는 왼쪽 소매를 걷어올렸다. "이거 기억나?" 앤디가 물었다.

수전이 힐끗 보더니 얼굴을 붉혔다. "그걸 어떻게 잊을 수 있겠어? 미안해, 앤디. 어느 누구도 그렇게 끔찍한 문신을 평생 갖고 사는 고통을 겪어서는 안 돼."

"괜찮아. 나는 그냥, 어, 혹시 이걸 고쳐줄 수 있는지 궁금해서. 바꿀 수 있는지 말이야."

"아, 정말 당장이라도! 넌 내 사업으로선 최악의 광고야. 어떻게 바꾸고 싶은지 생각한 게 있어?"

있었다. 앤디는 삐뚤삐뚤한 글자들을 바라보았다. 'LORI'의 I는 쉽게 A로 바꿀 수 있었고, 전체 이름은 'COLORADO' 안으로 숨길 수 있었다. 기억하는 것은 그의 몫이었다. 어딘가, 새스커툰의 어느 의료 폐기물 쓰레기통 안에 자기 자신이 도로임을 알고 있는 컴퓨터 칩이 있었다. 팔이었던 칩은 앤디였고, 앤디는 콜로라도주 동부에 있는 97킬로미터 길이의 이차선 아스팔트의 한 구간이었다. 저 멀리 산까지 볼 수 있지만 거기에 닿지 않아도 만족하는 구간. 끝까지 영원히.

그리고 우리는
어둠 속에 남겨졌다

나는 출산하지 않는다. 나의 꿈같은 아이, 내 꿈에 존재하는 그 아이, 어느 날 밤 내 머릿속으로 들어와 둥지를 튼 아이. 그 여자아이는 태어난 지 하루, 일주일, 일년, 팔년, 삼주, 하루가 되었다. 그 아이는 검고 빽빽한 곱슬머리일 때를 제외하면 고운 금발머리다. 한번은 내가 고개를 돌릴 때마다 길어지는 옥수수처럼 땋은 머리를 하고 있었다.

"그애 머리카락은 내가 잘라줄 수 있는 속도보다 더 빨리 자라." 나는 내 꿈의 가족에게 말했다. 꿈속 나의 가족은 현실의 가족과 같지만 그만큼 도움이 되진 않는다. 꿈속에서 가족은 냉담하다. 그들은 조언이나 농담을 하고 비평을 던진다. 결코 내 팔에서 아기를 받아주지 않는다. 심지어 나의 아내, 현실 속 내 아내의 꿈 버전마저도 방 저편에 있는 소파에 앉아 있을 뿐이다. 그녀는 미소를 지으며 가끔 엄지를 치켜올려 격려한다. 나는 지지받고 사랑받는다. 나는 허둥지둥하며 정신이 없다.

그 꿈들은 너무나 강렬해서 현실에서도 젖이 찬다. 가슴이 아프다. 꿈에선 아무도 나에게 수유하는 법을 가르쳐주지 않지만 우리는 방법을 찾아낸다. 그 아이는 절대 울지 않는다.

낮 동안 나는 타야에게 설명하려 애쓴다. 타야는 이해하지 못한다. 꿈 아기와, 진짜 젖과, 아침까지 이어지는 나의 혼란을 이해하지 못한다.

"'그애는 진짜'라는 게 무슨 말이야?" 타야가 묻는다. "임신을 포기한 거랑 관련 있는 거야?"

우리는 오년간 시도했지만 실패했다. 우리는 너무 나이가 많고, 만에 하나 성공한다 해도 치료를 받기에는 너무 가난하다. 입양할 여유도 없다. 작년 한해를 지나며 우리는 그런 이야기를 완전히 그만둔 참이었다.

"그거랑 달라." 내가 말한다. "결핍으로 느껴지는 게 아니야. 그애가 이미 존재하는 것처럼 느껴진다니까. 그애는 진짜야."

나는 낮잠을 자기 시작한다. 가게에서 집에 돌아오자마자, 타야가 동물병원에서 돌아오기 몇분 전에 일어날 수 있도록 알람을 맞추고 바로 자러 간다. 나는 숨길 수 있는 한 숨긴다. 이 아이가 우리 아기가 아니라 내 아기라는 사실을 어떻게 말해야 할지 모르겠다.

언제나 같은 꿈의 변주다. 매일 밤, 매번 드는 낮잠 모두. 나는 내 아기를 안은 채, 그 아이의〔금발에 어둡고 섬세하며, 낮잠을 자고 일어난 것처럼 곱슬거리는〕머리를 감싸고 있다. 내 자매들과 내 부모와, 나의 아내가 거기 있다. 나는 이 아이가 올 걸 알았다면 바닥을 청소하고, 목욕물을 받고, 음식을 만들었을 거라고 말한다.

"마지막으로 그애를 목욕시킨 게 언제였지?" 그 아이의 머리에서는 달콤하고 깨끗한 냄새가 났지만 나는 물었다. 아무도 대답하지 않는다.

아이는 나를 향해 손을 뻗고, 나는 내 옷을 서툴게 만지작거린다. 나는 준비가 되어 있지 않고 어색하다. 조언을 구하기 위해 언니를 바라보지만 언니는 고개를 저으며 미소지을 뿐이다. 아기가 젖을 먹는 동안 나는 조지아 오키프*의 1920년대 마천루 그림을 합성한 것 같은 창밖을 내다본다. 벨벳 같은 밤하늘 위에 건물들이 은빛으로 빛난다. 거대한 태엽 장난감 괴물들이〔그 그림 그 건물〕사이를 활보한다. 가끔 불꽃을 내뿜기는 하지만 상냥한 괴물들이다. 어떤 건물도 밟히지 않는다.

* 미국 모더니즘 미술의 어머니라 불리는 화가.

내 꿈의 아기는 점점 어려질 때만 빼면 점점 자란다. 그
애는 그렇지 않을 때만 빼면 때때로 유아이다. 집을 두번
떠났지만, 매번 바로 다음 날 밤이면 아기가 되어 돌아왔
다. 나는 안도하며 그애를 맞이한다. 나는 언제나 그애를
보며 놀란다. 처음에 나는 이게 진실이라는 걸 알면서도
그 아이가 나의 아이라는 것에 놀란다. 나는 출산한 일을
기억하려 애써보지만 그건 [그 계획 그 꿈의] 일부가 아니
다. 그애는 언제나 여기 있다. 그애는 언제나 여기 있다. 그
애는 태어난 지 [십사일, 십팔일, 하루] 되었다.

나는 '꿈 상징'과 '유아'라는 검색어로 온라인을 탐색한
다. 결과가 흘러 지나간다. 엄청난 지각변동, 신성한 아이,
책임, 그리고 순수의 꿈. 나는 대체로 무시하지만 링크 하
나가 눈에 띈다. 장기간 지속되고, 반복되며, 진짜처럼 느
껴지는 아기 꿈을 꾼 사람들을 찾는 게시판의 댓글. 나는
그걸 클릭하고 스크롤하며 답변들을 훑어본다. 수백개가
있다. 읽지 않는다. 나는 그 아이를 공유하고 있다는 걸 알
고 싶지 않다. 그 아이를 공유하고 싶지 않다.

세번째로 집을 떠날 때, 그애는 영원히 떠난다. 일년 만
에 처음으로 꿈 없이 잔다. 일어나는 건 쉬워졌고, 잠드는
건 슬퍼졌다. 나는 그애가 그립다. 꿈 아기들 이야기가 있
는 웹사이트를 다시 찾는다. 같은 여자가 쓴 후속 게시글
이 있고, 나도 이번엔 그걸 읽는다. 그녀 역시 더이상 그 꿈

을 꾸지 않는다. 이백일흔두명의 다른 사람들도 같은 경험을 했다고 말한다. 내 목소리도 거기 보태야 하겠지만 내 아이를 공유하고 싶지 않았던 만큼 나의 상실을 공유하고 싶지도 않다.

아기들은 돌아올 때 모두 한꺼번에 돌아온다. 나는 뉴스에 나온 내 아이를 알아본다. 우리의 꿈속 아이들은 바다에서 나온다. 벌거벗은 채 아름답고, 나이는 모두 다르다. 그들은 남부 캘리포니아주의 바다사자들과 함께 바위 위로 나타난다. 나는 내 아이가 어디 있든, 그게 텔레비전을 통해서라고 할지라도 알아볼 수 있다. 그 아이의 머리카락은 내 머리카락처럼 밤색이다. 여덟살 정도로 보인다. 나는 그 아이가 내 꿈에서 여덟살이었던 모든 순간을 기억한다. 팔이 부러졌던 해, 우리가 초콜릿 칩 쿠키를 만들고는 태엽 괴물들이 숨결로 과자를 굽게 두었던 해. 그녀는 주근깨가 있고 캘리포니아 햇살 아래 빠르게 그을리는 피부를 가지고 있다.

비행기 표를 예약하고 싶지만 타야가 거부한다. "너무 이상해. 게다가 우린 그럴 형편이 안 돼."

"그렇지만 다른 부모들이 모여들고 있어. 세계 곳곳에서 날아오고 있다고. 그애가 나를 필요로 하면 어떡해?" 나는 묻는다. "그애가 날 필요로 하는데 내가 거기 없으면?"

타야는 고개를 젓고 초록색 수술복 바지의 얼룩을 긁적

인다. "이해하려고 노력중이야, 조." 타야가 노력하고 있다는 걸 나는 안다. 눈을 보면 걱정하고 있다는 걸 알 수 있다. 그럼에도 나는 당일 항공권을 예약해 우리의 신용카드 한도를 다 써버린다. 그건 무책임하다. 그러지 말았어야 했다. 나는 작별 인사조차 하지 않는다.

나만 그런 게 아니다. 공항에는 꿈꾸는 사람들이 많다. 우리는 쉽게 눈에 띈다. 보안 요원들이 우리를 따로 불러 샅샅이 수색하느라 보안 검색대 줄이 길게 구불구불 늘어선다. 우리는 너무 멍하고, 너무 정신이 나가 있다. 우리 중 짐이 있는 사람은 아무도 없다. 우리는 불평 없이 몸수색을 받아들인다. 우리는 비행기 창밖을 바라보며, 손에 책이나 태블릿, 십자말 퍼즐을 들고 있는 법이 없다. 우리는 얼굴을 구름 속에 파묻고 있는, 구름을 얼굴에 담고 있는 바로 그 사람들이다.

우리는 로스앤젤레스 공항에서 둘, 셋, 넷씩 그룹을 지어 택시를 타고, 혼란스러워하는 택시 기사들에게 바다로, 니뇨스 델 마르로 데려다달라고 말한다. 니뇨스, 니뇨스를 강조한다. 기사들은 우리를 해변과 부두, 바위 절벽 위에 내려준다. 서퍼들이 한가로운 호기심으로 우리를 쳐다본다. 우리는 오로지 해안가의 형체에만 집중한다.

상사가 전화해 아픈 거냐고 묻는다. 거짓말을 하려고 하는데, '네'라고 하면 되는데, 입에서 나온 말은 "어딜 좀 다녀와야 해서요"다.

상사는 돌아올 필요 없다고 말한다. 신경이 쓰여야 하는데, 안 쓰인다.

우리는 기다린다. 6월이고, 저녁은 선선하지만 춥지는 않다. 공기에서 소금 냄새가 난다. 가방과 주머니를 뒤져 비행기에서 받은 땅콩, 사과, 단백질 바, 그리고 집을 나서며 챙긴 것들을 찾는다. 걱정이 된 현지인들이 피자와 생수를 가져다준다. 우리는 어둠이 깔릴 때까지 바다에 눈을 고정하고 먹는다.

일몰은 내가 태평양을 처음 본다는 사실, 이렇게 멋지게 해가 지는 걸 한번도 본 적이 없다는 사실을 잠시 상기시킨다. 나는 이걸 타야 없이 보고 있다는 사실에 죄책감을 느낀다. 바위 위 아이들은 뒤에서 빛을 받다가 그림자 속으로 사라진다. 일몰이 그들을 우리에게서 또다시 앗아간다.

우리는 우리의 꿈속 아이들에 대해 서로 이야기를 들려준다. 그들은 다르고 같다. 우리 중 꿈 바깥에 자신의 아이가 있는 사람은 아무도 없다. 가족이 있는 사람들은 언제나 자기 가족들이 꿈에도 나타난다고 말한다. 꿈에 조지아오키프 스타일의 스카이라인이나 태엽 감는 괴물이 나오는 사람은 나뿐이다. 다른 사람들의 꿈엔 샤갈이나 로스코나 그 과장된 빛의 화가가 있다. 그들의 꿈엔 동키콩과 스페이스인베이더와 루니툰 캐릭터들이 있다.

"매드립스Mad Libs* 같아요." 누군가 말한다. "우리는 각자 빈칸을 다른 걸로 채우는 거죠."

꿈의 다른 측면들을 가지고 놀기는 쉽다. 하지만 아무도 아이들에 관한 부분은 건드리지 않는다. 나는 얼마나 많은 사람이 내가 머릿속으로 하고 있는 것과 같은 계산을 하고 있는지 모르겠다. 바위 위에 있는 아이들보다 바닷가에 있는 부모가 훨씬 많다. 그건 우리 중 누군가는 아이를 공유한다는 의미일까? 우리가 모두 같은 걸 보고 있기는 한 걸까? 우리는 그런 질문은 하지 않는다.

취재진 무리가 우리 주변에 진을 친다. 취재진의 밴이 포위망처럼 원을 그리고, 거대한 안테나들이 하늘을 찌른다. 가끔 어떤 사람이 우리에게 다가오지만 우리는 그들에게 말을 하지 않는다. 우리 무리에 몰래 침투하려는 사람을 발견하는 데는 몇분밖에 걸리지 않는다. 세부 사항이 다 틀렸다. 그 여자는 "내 아기"가 아니라 "그 아기"라고 말한다. 그녀의 눈은 공허하지 않다. 우리가 떠나달라고 말하자 그녀는 비릿하게 웃는다. 녹음을 한 것 같은데, 뭘 알아냈을지 모르겠다.

한 여자가 걸어서 도착한다. 어디서 걸어왔는지는 알 수 없지만 얼굴엔 화상으로 생긴 물집이 가득하다. 밤이 된

* 이야기의 빈칸을 임의의 단어로 채우는 방식으로 진행되는 파티 게임. 미국에서 고안되어 큰 인기를 누렸다.

지 한참이 지났는데도 그녀의 피부에서 열기가 뿜어져 나온다. 우리는 그녀를 차가운 모래에 눕히고 갈라진 입술에 천천히 물을 흘려 넣는다.

"의사가 필요한가요? 메디코*?" 누군가 묻는다.

그녀는 고개를 젓고 어두운 바다를 손가락으로 가리킨다. "미호**."

그녀는 우리 중 하나다.

나는 축축한 모래 위에서 꿈 없이 잔다. 나는 익숙한 손길, 익숙한 목소리에 잠이 깬다. 나는 내가 어디 있는지 깨닫기 전까지 잠시 타야의 품을 파고든다.

"여기서 뭐 하는 거야?" 밖에서 잤더니 목이 아프고 쉬어 있다.

"나야말로 묻고 싶네."

타야의 목소리에서 배신감이 느껴진다. 평소의 나라면 그렇게 상처를 준 걸 견디지 못했을 것이다.

"여기 어떻게 왔어?" 내가 묻는다.

"표를 사려고 차를 팔았어. 돌아가면 어떻게든 해결해야 할 거야. 정신 차려, 자기야. 얼른 일어나서 아침을 먹든지 하자." 타야는 나를 일으켜주려고 손을 내민다.

* 현지어로 '의사'를 뜻한다.
** 현지어로 '내 아이'를 뜻한다.

나는 고개를 젓는다. "난 아무 데도 못 가. 그애 없이는."

타야가 뒤로 몸을 기울인다.

"떠날 수 있다면 떠날 거야, 테이. 하지만 난 여기 있어야 해. 그들이 ——"

"그들이 뭐? 너 지금 정말 미친 사람처럼 굴고 있어. 여기서 지금 뭐 하는 거냐고."

나는 무릎을 양팔로 감싸고 바다를 내다본다. 아이들은 바위 위에 앉아서 우리를 쳐다보고 있다. 타야 말이 맞긴 하지만 그게 문제가 아니다. 나는 떠나야 한다. 나는 떠날 수 없다. 나는 여전히 설명할 방법을 모른다.

타야가 내 옆에 앉는다. "좋아, 네가 있겠다면 나도 있을 거야. 우린 둘 다 잘리겠지만, 집에 돌아갈 방법도 없고 다시 출근을 할 방법도 없으니 어차피 우린 이러나저러나 망한 거야. 하지만 우린 아직 함께야, 그렇지?"

"그래." 나는 말한다. 타야에게는 내가 이미 잘렸다는 얘길 하지 않는다. 나는 지금 타야를 안아주어야 한다는 걸 알고 있지만 그렇게 하지 않는다. 나는 타야가 여기에 있어서 기쁘지만, 여기에 없었으면 좋겠다.

다른 사람들이 동요하며 아직도 아이들이 저쪽에 있는지 확인하기 위해 몸을 돌려 물을 바라본다.

"뉴스에서 너희 얘기를 하고 있어." 타야가 나를 보지 않고 말한다. 타야의 눈은 우리와 마찬가지로 아이들을 보고 있다.

"나? 뭐래?"

"너를 특정한 건 아니고. 너희 모두 말이야. 그걸 '집단 환각'이라고 하지."

"환각? 그렇지만 그 사람들에게도 아이들이 보이잖아, 그렇지? 우리 아기들은 티브이에 나왔었어."

타야는 내가 '우리 아기들'이라고 말하자 움찔했다. 잠시 말을 고르더니 타야가 조심스럽게 이야기한다. "우리도 그애들을 보지. 하지만 그애들을 알아본다고 주장하는 사람들은 너희뿐이야." 사람들은 아이들이 나타날 때마다 사진을 찍고 데이터베이스의 사진이나 실종자, 운전면허증 등과 비교해보곤 했다. 그들 중 누구도 누군가가 아니었다.

"그건 당연하죠." 타야의 다른 쪽에 앉아 있던 남자가 말한다. 전날 저녁 그와 이야기를 나눴었다. 밴쿠버에서 내려왔다고 했다. 이름이 마크인가 그랬다. "그게 왜 당신들이 가진 데이터베이스와 일치하겠어요? 그애들은 실종된 게 아니에요. 우리는 그애들이 우리를 다시 찾길 기다려왔어요."

타야는 '이 남자 미쳤는데'라는 표정으로 나를 슬쩍 본다. 나와 타야가 한편이고 나머지 세상 전체가 반대편이었던 적이 얼마나 많았던가? 내가 그 남자 편을 드는 게 타야를 아프게 한다는 걸 안다. 그 남자가 미쳤다면 나도 미쳤다. 하지만 나는 미친 것 같지 않다. "타야, 그 사람들이 또 뭐래?"

"저 바위에 있는 아이들은 고작 이백오십명 정도뿐이야. 하지만 해변에는 삼백명 넘는 사람들이 있고, 아직도 더 오고 있어. 전 세계 공항에서 사람들이 여기로 와야 한다고 외치고 있지만 대부분은 비자도 없고 표를 살 돈도 없다는 거야. 몇몇이 정확한 인원 파악을 어렵게 만들고 있긴 하지만. 예를 들면 나 말이야."

마크가 거침없이 말한다. "그럼 떠나지 그래요? 여긴 당신이 필요 없어요."

"난 그녀가 여기 있어서 기뻐. 난 네가 여기 있어서 기뻐." 두번째 말은 타야를 향해 한다.

"그래서 우리보고 다 미쳤다고 하는 게 괜찮다는 말입니까? 그렇게 말하는 사람들이 아직도 부족한가보죠." 마크는 아마도 조금 전 타야가 나에게 던진 '이 남자 미쳤는데' 눈빛을 알아챈 모양이다.

"어쩌면 우리가 미친 게 아니라는 설명을 해줄지도 모르죠."

마크는 기지개를 켜는 척하며 일어나더니 멀어져갔다.

"개자식." 나는 말한다. 타야가 미소짓는다.

더 많은 사람들이, 훨씬 더 먼 곳에서 도착한다. 한 여자는 나미비아에서 요하네스버그와 다카와 암스테르담과 뉴욕을 거쳐 왔다. 그녀는 여전히 비행기에 있는 것처럼 모래 위에 긴장한 채 있다. 다른 사람들은 벨리즈, 아이슬란드, 스리랑카에서 왔다. 여기서 부유한 편인 사람들은 우리를 위해 음식과 물을 차려주었다. 고마운 일이다. 음식을 보니 먹어야겠다는 생각이 들지만 나는 배고프지 않다. 바위 위의 아이들은 아직 먹지 않았다. 그들은 행복해 보인다.

타야는 사흘 뒤에 떠난다. "사랑해." 타야가 말한다. "사랑하고, 네가 걱정돼. 남고 싶지만 나까지 직업을 잃을 여유는 없잖아. 그리고 이건 네가 혼자 끝내야 할 일인 것 같아."

나는 타야에게 입을 맞춘다. 나는 타야가 남아 있기를 바라지만, 떠나기를 바라는 마음이 더 크다.

"나도 사랑해. 곧 보자." 내가 말한다. 타야는 눈물을 머금고 돌아선다. 우리가 언급하지 않는 것들은 이런 것이다. 나에게는 돌아갈 비행기 표가 없고, 나는 돌아갈 비행기 표를 살 돈이 없으며, 나는 내 꿈의 아이를 기다리고 있고, 나는 다음에 무슨 일이 일어날지 모른다.

타야가 떠난 뒤 나는 주머니에서 그녀가 남긴 쪽지를 발견한다. 거기엔 이렇게 쓰여 있다.

1. 캘리포니아 땅다람쥐는 자신을 죽일 수 있는 방울뱀의 버려진 허물을 씹어 자신과 새끼의 냄새를 감춘다.

2. 뻐꾸기는 숙주 기생충이다. 다른 새의 둥지에 알을 낳고, 새끼를 기르는 힘든 일을 그들에게 맡긴다.

3. 나는 내가 비합리적인 사람이라고 생각하지 않아. 일상생활에서 합리적인 결정을 내리지. 너도 마찬가지야. 우리는 합리적이고 이성적인 결정을 함께 내려. 곧 돌아와줘. 제발. 네가 그리워.

나는 쪽지를 접어, 찾은 곳에 도로 넣는다.

우리는 아이들이 마침내 바위를 떠날 때까지 꼬박 일주일을 그곳에 머문다. 그때쯤 우리의 수는 줄어들었지만, 그렇게 많이 줄어들진 않았다. 몇몇은 강제로 끌려갔다. 또 몇몇은 사랑하는 사람들에게 설득되어 집으로 돌아갔다. 그들은 마지못해 가긴 하지만 그래도 간다. 나는 그들의 남은 인생이 어떨지 궁금하다. 끝까지 남았다면 어땠을지 늘 의문을 품은 채로 살아가게 될까. 그건 아마도 다음에 무슨 일이 일어날지에 달려 있을 것이다.

다음에 일어난 일은 아이들이 물로 뛰어든 일이다. 우리는 숨을 참고 간절하게 속삭이며 그들의 움직임을 좇는다. 나는 빠져든다.

"어서." 우리는 아이들을 향해 외친다. "보고 싶어."

나는 내 아이에게 이름이 없다는 걸 깨닫는다. 이 모든 상황에서 처음으로 나를 멈칫하게 한 일이었다. 어떻게 나는 여기 캘리포니아주까지 와서, 내 아이임을 이렇게 확신하는 누군가를 부르며 그 이름조차 말하지 못할 수가 있지? 그 아이에겐 이름이 있었던 것 같다. 많이 있었을지도 모르겠다. 내가 기억할 수 없다는 사실이 신경 쓰인다.

내 아이의 어린 시절 기억이 나를 관통해 물밀듯 밀려온다. 토끼 모양 케이크가 있었던 세번째 생일 파티. 아이는 그 케이크를 자르지 못하게 했다. 여왕 역할을 맡고는 일주일 동안 왕관을 벗지 않았던 학예회. 완벽한 오키프의 구름 속에서 도형들을 찾던 일. 나는 이 기억들이 나를 향해 헤엄쳐 오고 있는 소녀와 어떻게 만날 수 있을지 궁금하다. 그 아이는 다시 내게 와서 여덟살이 될까? 그런 일들은 진짜로 일어났던 걸까, 아니면 아직 일어나지 않은 걸까? 나는 그애가 나를 알아볼지조차 모르겠다.

주머니에 손을 넣으니 접힌 쪽지가 만져진다. 타야가 이걸 무슨 의미로 쓴 건지 확실하지 않다. 내가 다람쥐인지 뱀인지 뻐꾸기인지 아니면 다른 새인지. 그 생각을 하기 전으로 돌아가고 싶다. 나는 그 아이가 어떻게 우리 집 생활에 녹아들지 상상을 하려 애쓴다. 타야는 그 아이를 어떻게 대할까? 그들은 서로에게 무엇이 될까? 우리에겐 남는 침실도 없다. 이 모든 게 전혀 계획되지 않은 것이었다.
그 무엇도 생각해서 될 일이 아니었다.

　아이들은 가까워지고 있다. 아이들은 너무나 아름답다.

　나는 그 아이에게 수영을 가르친 적이 없다는 걸 깨닫
는다. 아이들은 올림픽 선수처럼, 물고기처럼, 바다 생물
처럼, 마치 언제나 수영하고 있었고 한번도 수영을 멈추지
않은 것처럼 수영한다. 이제 나는 무섭다. 그애는 너무나
아름답고, 해변가에 도달했으며, 필연적으로 내 아이다.

기억살이 날

그 기념일에 나는 동이 틀 무렵 일어났다. 할머니는 나에게 엄마의 군화 닦는 일을 시켰다.

"엄마가 못 보게 해라." 할머니는 나에게 주의를 줬다. 나도 이미 알고 있었다.

나는 오래된 양말과 광내는 도구들을 챙긴 다음 군화를 화장실로 가져갔다. 전에 할머니가 군화 닦는 걸 본 적은 있었지만 이 작업을 나 혼자 하도록 허락받은 건 처음이었다. 가죽 닦는 비누를 먼저 칠하고, 보습제를 바른 다음, 광을 낸다. 나는 할머니가 침실 다리미판 앞에 서서 엄마의 오래된 군복에 적당한 각을 눌러 잡는 모습을 상상했다.

문이 획 열렸고, 나는 문 잠그는 걸 잊었다는 사실을 너무 늦게 깨달았다. 엄마는 일하는 날이 아니면 보통 이렇게 일찍 일어나지 않았다.

"그건 누구 거야?" 하품을 하며 엄마가 물었다.

"음……" 뭐라고 해야 할지, 어떤 거짓말을 해야 할지 나는 몰랐다.

엄마 뒤로 나타난 할머니가 그 상황으로부터 나를 구해주었다. "키마야, 저건 너희 아버지 거였단다. 내가 클라라에게 좀 닦아달라고 했어."

엄마의 시선이 군화에 머물렀다. 그게 할아버지에게 맞는 사이즈가 아니라고 생각했던 걸까? 아니면 그걸 알아본 걸까?"

"나 화장실 써야 돼." 잠시 후 엄마가 말했다. "클라라, 다른 데 가서 할래?"

나는 옷에 얼룩이 묻지 않도록 부츠를 두 손가락으로 집어서 몸에서 최대한 멀리 든 채, 다른 쪽 손으로 광을 내는 도구들을 그러모았다. 엄마는 내가 한쪽으로 지나가기를 기다린 뒤 바퀴를 굴려 들어왔다. 엄마의 실내용 전동의자는 폭이 좁았지만 우리 둘 다 이 작은 화장실에 들어가 있을 수 있을 정도로 좁지는 않았다.

"죄송해요." 문이 닫힌 뒤 내가 할머니에게 속삭였다.

"미안할 거 없다." 할머니가 답했다.

이제 숨길 이유가 없어졌으므로 나는 부엌 바닥에서 그 작업을 마무리했다. 어차피 시간이 거의 다 되기도 했다.

우리 쪽에서 퍼레이드는 10시쯤에 시작될 예정이었다. 어떤 곳에서는 사람들이 한밤중에 일어나야 하는 경우도 있었다.

엄마는 아침을 먹으러 들어왔고, 나는 군화가 마르게끔 한쪽 구석에 두었다. 할머니가 커피와 함께 그린 칠리를 넣은 스크램블드에그를 만들어줬지만 내가 느낄 수 있는 건 손에 밴 가죽용 비누 냄새뿐이었다. 우리는 모두 침묵 속에 아침을 먹었다. 엄마는 아침형 인간이 아니기 때문에, 할머니와 나는 기다리고 있기 때문에 그랬다. 듣고 있었다. 8시에 '베일'이 걷힐 것을 알려주는 예의 짧은 사이렌이 울렸다. "방금 뭐였어? 아."

베일을 걷는 것은 엄마에게 항상 같은 충격을 줬다. 선생님은 참전용사마다 모두 다른 방식으로 반응한다고 했지만 내 친구들은 자기 부모가 어땠는지 한번도 이야기하지 않았다. 엄마는 언제나 먼저 "아" 하며 입으로 손을 가져갔다. 엄마의 눈은 마치 눈을 처음 뜨는 것처럼 활짝 뜨였고, 잠깐 동안 엄마는 나를 모르는 사람처럼 바라보곤 했다. 내가 어렸을 땐 그게 속상했다. 이제 나는 이해할 수 있을 것 같다. 아니, 어찌 됐든 익숙해졌다.

"아." 엄마가 다시 말했다.

엄마는 무릎에 놓인 손을 잠시 유심히 바라보았고, 나는 그 손이 떨리고 있다는 걸 알 수 있었다. 엄마는 아무 말도 하지 않은 채 화장실로 바퀴를 굴려 들어갔다. 나는 엄마가 물 트는 소리, 샤워실 안에 있는 의자 위로 몸을 옮기며 내는 삐걱 소리를 들었다. 할머니는 식탁을 빙 돌아와 나를 안아주었다. 할머니가 엄마의 군복을 침대에 놓아두려고 일어났을 때, 나는 내가 광을 낸 군화를 들고 따라갔다. 우리는 부엌에서 기다렸다.

샤워하고 옷 입는 데는 언제나처럼 시간이 꽤 걸렸지만 엄마가 다시 부엌 문간에 나타났을 땐 군복을 차려입고 있었다. 옷은 완벽하게 잘 맞았다. 할머니가 솔기를 약간 늘려놓았다는 사실을 엄마는 몰랐다. 나는 엄마가 젊은 군인이었을 때의 사진을 본 적은 없지만 상상하기 어렵지는 않았다. 그저 휠체어와 얼굴의 화상 상처만 지워버리면 됐다. 바로 오늘이 일년에 단 하루, 내가 엄마를 그렇게 보는 날이었다. 다른 날 같으면 그것들은 그냥 엄마의 일부였다.

"이거 네가 닦아준 거야?" 엄마가 군화를 가리켰다.

나는 끄덕였다.

"완벽하구나. 모두 굉장히 감탄할 거야." 엄마는 나를 무릎에 끌어 올려 앉혔다. 나는 무릎에 앉기에는 너무 커버렸지만 오늘은 그렇게 하도록 내버려두었다. 나는 잠깐 거기 머물렀다가 다시 일어났다. 엄마가 웃을 때 그 웃음은 한해의 여느 날들과는 달리, 조금 더 낮고 부드러운 웃음이었다. 나는 어떤 게 엄마의 진짜 웃음인지 결코 확신할 수 없었다.

9시쯤 우리는 모두 밴에 올랐고, 엄마가 시내를 향해 운전했다.

"엄마, 질문 하나 해도 돼요?"

"응?"

"전쟁에서 엄마는 무슨 일을 했어요?"

나는 거울을 통해 엄마가 입술을 앙다무는 것을 보았다. "미자야, 그 질문에는 긴 답이 있는데 지금은 운전 중이라 바로 답을 할 수 있을 것 같지가 않네. 다음에 다시 이야기해도 될까?"

나는 이게 무슨 말인지 알았다. '다음에'는 오지 않았다. 하지만 오늘은 엄마의 날이었다. "그래요."

몇 분 뒤 엄마는 예상치 못한 우회전을 하더니 밴을 세웠다. "올해는 그냥 안 가면 어떨까? 어디 가서 아이스크림을 먹거나 부두에 앉아 있거나 그러면?"

"안 돼요, 엄마! 이건 엄마를 위한 거라고요!" 나는 엄마가 왜 그런 제안을 하는지 이해하지 못했다. 할머니가 뭐라고 하는지부터 지켜봐야겠다는 생각이 들기도 전에 공포심이 부풀어 올랐다.

엄마는 할머니를 보았고 할머니는 어깨를 으쓱할 뿐이었다.

"클라라, 네가 맞다. 무슨 생각이었는지 모르겠구나."

엄마는 한숨을 쉬더니 밴을 다시 출발시켰다.

이 기념일에 참전용사들은 도시의 좋은 주차 자리를 모두 차지할 수 있었다. 엄마의 제복 덕분에 우리는 가까운 자리까지 갈 수 있었다. 장애인 표시 스티커는 거기서 더 가까이 가게 해주었다. 나는 그 참전용사들이 어디로 어떻게 가는지, 어떻게 자신들의 연대를 찾아가는지 이해하지 못했지만 그들은 모두 그렇게 했다. 할머니와 나는 집결 지역 근처에 서서 참전용사들이 서로 끌어안고 눈물 흘리는 모습을 지켜보았다. 엄마는 나를 가리키며 손을 흔들어주었다. 나도 웃으며 손을 흔들어 답했다.

우리는 우리와 같은 다른 가족들에 둘러싸인 채 앉아 있을 수 있는 스탠드에 자리를 잡았다. 나는 몇몇 아이를 알아볼 수 있었다. 어렸을 때, 그러니까 잘 몰라서 그날을 '기억살이 날'이라고 불렀던 그때, 스탠드 아래에서 같이 놀던 아이들이었다. 이제 조금 더 이해할 수 있을 만큼 나이를 먹은 나는 할머니와 함께 앉아 있고 싶었다. 금속으로 된 의자가 바지를 뚫고 내 다리를 불태우는 것 같았다. 건물들이 이룬 골짜기로부터 산들바람이 불어왔다. 도로 맞은편에 있는 깃발들이 바람에 나부꼈고, 나는 여러 주, 여러 나라의 깃발을 맞혀보려고 애썼다.

행진 악단이 연주를 시작했다. 우리는 모두 「집으로 돌아온 자들」을, 그다음에는 「당신이 쓰러진 곳에 꽃이 피어난다」를 불렀다. 학교에서 '퍼레이드가 원래는 국가를 연주했었지만 전쟁 이후로는 모든 곳에 있는 우리 아군들이 이 두 노래를 부르기로 결정했다'는 사실을 배운 바 있었다. 나는 그 두 노래를 네가지 다른 언어로 모두 부를 수 있다. 악단은 각각의 스탠드 앞에 멈춰 서서 그 두 곡을 반복해 연주했다. 언제나처럼 긴 행진이었다.

그 뒤를 엄마의 군화와 같은 색깔에, 온몸이 그 정도로 빛나는 말 여섯마리가 뒤따랐다. 말들이 고개를 휘젓고 마구에 반항하듯 옆으로 춤을 추며 움직일 때마다 입에서 거품이 튀었다. 말들의 재갈과 굴레는 광택이 났지만 그들이 끄는 것은 평범한 수레였다. 수레는 나무 바퀴로 굴러갔고, 나무로 만든 관을 옮기고 있었다. 수레를 모는 젊은이는 전쟁 이후에 디자인된, 옅은 회색 바탕에 팔에는 검정 띠를 두른 새 제복을 입고 있었다. 전쟁에 참전하지 않은 사람에게는 더이상 예전 제복을 입는 것이 허용되지 않았다.

그리고 참전용사들이 등장했다. 해마다 그 수는 줄어들었다. 할머니는 나에게, 엄마가 그래도 최악의 상황을 경험한 건 아니라고 보증했다. 어쨌거나 나는 걱정한다. 언젠가는 열을 맞춰 행진할 만큼의 참전용사도 남지 않을 날이 올 거라는 상상도 해보지만 아직은 그래도 꽤 많은 수가 남아 있다. 우리 엄마처럼 전동 휠체어를 타고 가는 사람도 있었다. 어떤 이들은 얼굴에 엄마보다 더 심한 흉터가 있었다. 또 어떤 이들은 의수를 흔들어 인사했다. 너무 쇠약해진 사람들은 다른 사람들에게 밀려가거나, 대로를 따라 이동하는 장식차를 타고 있었다. 나는 우리 선생님이 행진해 지나가는 것을 보았다. 이전에는 선생님을 행진에서 본 적이 없었지만, 올해가 되기 전까지는 우리 선생님이 아니었으므로 찾아볼 생각도 하지 못했을 것이다. 교실에서 이야기하는 것으로 봐선 선생님이 참전용사일 거라고는 전혀 짐작하지 못했었다. 물론 베일이 발명된 이후 모든 참전용사가 그런 상태였다. 내가 왜 놀랐는지 모르겠다.

엄마가 행진해 지나가자 나는 목청을 더 높여서 주변 모두에게 내 어머니가 왔다는 걸 알렸다. 엄마는 군중 속에서 나를 발견하고 손가락으로 가리키며 손을 흔들어주었다. 우리는 목이 쉴 때까지 소리치며 응원했다. 그건 우리가 할 수 있는 최소한이자 우리가 할 수 있는 유일한 행위였다.

그 시각 나머지 도시와 나라에서도 같은 일이 일어나고 있었다. 나는 어린이들, 노인들이 어두운 하늘과 정오의 태양 아래에서 응원을 보내는 광경을 그려보았다. 여기는 여름이었지만 북반구는 겨울이었으므로, 나는 벤치가 내 무릎 뒤에 닿아 땀이 나는 동안 옷을 꽁꽁 껴입은 아이들이 관람석에 다리가 닿아 시린 장면을 상상했다.

마지막 군인들이 우리 앞을 지나갔고, 우리는 그들에게도 아직 감사를 표할 수 있는 목소리가 충분히 남아 있다는 걸 확실히 보여줬다. 그들 다음에는 안장이 채워져 있지만 기수는 없는, 갈풀이 갈기에 땋아진 말이 지나갔다. 그 말은 조약 이후 피폭된 정화 작업반을 상기시키기 위해 행진에 참여한 것이었다. 그 작업반 중 행진에 참여할 수 있는 사람은 아무도 남아 있지 않았다.

우리는 행진이 끝난 후 스탠드에서 기다렸다. 할머니는 근처에 앉아 있던 사람들 몇몇과 이야기를 나눴다. 어떤 가족은 떠났지만 나머지는 우리처럼 남아 있었다. 우리는 한참 걸릴 거라는 걸 알았다. 참전용사들은 정해진 집합소에 모이기 위해 떠난 참이었다. 행진 경로의 다른 쪽 끝에 있는 바, 공원, 아니면 커피숍이었다. 제복을 입은 몇 사람은 우리 쪽으로 돌아와서 우리가 보내는 시선을 무시한 채 자기 가족과 훌쩍 떠났다. 우리는 그들이 모두 투표장에 있어야 한다는 걸 알고 있었다.

"올해는 어떻게 될 것 같아?" 내 또래 소년이 물었다. 나는 그애를 만난 적이 있었지만 이름을 기억하진 못했고, 그애 부모가 둘 다 행진에 참여했다는 것만 생각났다. 소년은 홀로 앉아 있었다.

나는 어깨를 으쓱하고 우리 선생님이 했던 답변을 들려주었다. "그건 그들이 결정할 일이지, 우리가 승인하거나 반대할 일은 아니야."

그애는 멀리 떠나갔다. 할머니는 아직도 이야기 중이었다. 벤치가 모두 비었기에 나는 열기를 감수하고 거기 벌렁 누웠다. 하늘은 마치 대기를 통과해 우주를 볼 수 있을 것처럼 느껴지는, 바라볼수록 점점 더 깊어지는 푸른빛을 띠고 있었다. 나는 백군데의 다른 도시에서 나와 비슷하게 벤치에 누워 하늘을 바라보며 엄마를 기다리고 있을 여자 애들에 대해 생각했다.

우리는 한참을 기다렸다. 할머니는 책을 꺼냈다. 할머니의 손가락이 여느 때처럼 페이지를 가로질러 움직이진 않았기 때문에 나는 할머니가 진짜로 책을 읽고 있는 게 아닐 거라 짐작했다. 나는 눈을 감고, 거리를 청소하러 나온 청소부들의 소리와 몇몇 사람들이 남아서 함께 수다 떠는 소리를 들었다. 때때로 술래잡기하는 어린아이들 때문에 야외 관중석이 울리거나 흔들리기도 했다.

마침내 휠체어가 최고 속도로 달려오는 소리가 들렸다. 손그늘을 하고 아래를 내려다보았다. 엄마였다. 엄마의 눈은 마치 울고 있었던 것처럼 부어 있었다. 어떤 해에 엄마는 맥주 냄새가 났지만 올해는 그렇지 않았다.

나는 뒷좌석에 앉아 집들과 상점들에 걸려 있는 깃발을 헤아렸다.

"어떻게 됐어?" 침묵 속에 몇분을 달린 뒤 할머니가 물었다.

"안 됐어."

"투표 결과는 박빙이었어?"

엄마가 한숨을 쉬며 너무 작은 목소리로 말했기 때문에 듣기 위해서는 애를 써야 했다. "그런 적은 한번도 없어." 할머니는 엄마의 팔에 손을 얹었다. "언젠가는 그럴지도 몰라." "그래, 어쩌면."

집으로 돌아와서 우리는 깃발을 내렸다. 엄마는 옷을 갈아입었다. 할머니가 제복을 가져다가 다음 해를 위해 숨겨놓는 동안, 엄마는 손을 무릎에 얹고 안락의자에 앉아 있었다. 나는 서랍에 있는 아빠 사진을 가지러 갔다. 일어나기 전까지 건너편 침대에 할머니가 있는 걸 보지 못했다. 할머니는 손에 얼굴을 묻고 있었다.

"망할 베일." 할머니는 말했다. "대체 왜 해마다 베일에 찬성투표를 하는지 난 절대로 이해하지 못하겠다."

"기억이 너무 강렬하기 때문이겠죠." 내가 우리 선생님이 알려준 말을 반복했다. "전쟁은 너무나 끔찍했잖아요."

"그렇지만 너희 엄마는 기억하고 싶어한단다."

"엄마가 슈퍼에 갔는데 엄마를 기억 못하는 친구를 마주치거나 한다면 아무런 소용이 없을 거예요. 모두가 기억하거나 아무도 기억하지 않거나 하는 방법뿐이잖아요, 할머니.”

“그렇지만 나쁜 기억과 함께 좋은 기억들도 너무 많이 감춰버리잖니.”

“좋은 기억들도 아픈 거 아닐까요.” 나는 엄마의 눈에 맺힌 눈물을 본 적이 있었다.

“아빠에 관해 내가 모르는 걸 알려주세요.” 안락의자 팔걸이로 기어올라가며 내가 말했다.

엄마는 미소를 지으며 나에게서 사진을 가져가서는 아빠의 턱선과 제복 단추를 훑어 내렸다.

“부대에 있는 체육관에서 네 아빠를 처음 만났어. 내가 근력운동 하는 걸 보고도 잔소리를 하지 않는 유일한 남자였지.”

“그건 알아요, 엄마. 또다른 건요?” 초조한 기색을 내려던 건 아니었다. “죄송해요. 재촉하려던 건 아니었어요.”

“그이는 우리가 주둔하던 부대 밖 동네 아이들과 게임을 즐겨 했어. 관료들은 정말 싫어했지. 납치당하고 말 거라며 경고했지만, 그이는 가능할 때마다 몰래 나갔어.”

나는 미소를 지었다. “그건 몰랐어요. 아이들과 무슨 게임을 했나요?”

“우리가 거기 도착한 첫 주에 그이는 분필을 가져왔어. 작은 남자애 하나가 있다고 했고 분필 한조각을 주려고 갔는데, 갑자기 어디서 스무명 넘는 아이들이 나타나 손을 내밀며 그이에게 매달린 거야. 작은 조각으로 나눠서 줄 수 있는 분필이라 다행이었지. 어린애들은 그걸 먹으려고 했어. 나중에 그이는 나에게 '칼슘 섭취는 좀 했겠지'라고 말했어. 그후로 네 아빠는 아이들에게 아무것도 가져다주지 않았어. 그렇게 많은 조각으로 나눌 수 있는 게 아무것도 없었으니까. 그이는 아이들에게 가르쳐주겠다면서 나에게 땅따먹기를 알려달라고 했어. 상상이 가니? 그렇게 큰 군인이 땅따먹기를 하는 게? 그다음엔 축구라든지, 흙바닥에 줄을 긋거나 이미 가지고 있는 공으로 할 수 있는 모든 걸 했어. 그러고는 우리가 어디 있는지, 왜 거기 있는지 완전히 잊어버린 사람처럼 눈을 빛내며 몰래 돌아오곤 했지. 그리고 첫번째 공격이 ―" 엄마는 무릎에 두었던 두 손을 꼭 쥐었다.

"엄마는 거기에 왜 갔는데요?"

교회 종소리가 한번, 또 한번 그리고 또 한번 울리기 시작했다.

"엄마, 더 얘기해주세요, 빨리요!"

나는 알고 싶은 게 너무 많았다. 엄마 뺨으로 눈물이 흘러내렸고 엄마는 나를 꼭 안았다. 엄마는 대답하지 않았지만, 나는 이미 너무 늦었음을 알았다. 나는 제복을 입은 그 남자, 나의 아빠를 떠올리며 동네 아이들 대신 나에게 땅따먹기를 가르쳐주는 아빠를 상상하려고 애썼다. 한번도 만난 적이 없고 결코 만날 수 없을 사람을 상상하는 일은 어려웠다. 나는 아빠가 아니라 엄마로 시작했어야 했는지도 모른다.

몇분이 지나 종소리가 멈췄다. 엄마의 얼굴은 철문처럼 굳게 닫혔다. 엄마는 의자 옆에 달린 주머니를 더듬었다. 무릎에 있던 아빠 사진이 미끄러져 바닥으로 떨어졌다.

"왜 그런지 모르겠지만 저녁을 들기 전에 뭔가 재밌는 걸 보고 싶은 기분이구나." 엄마가 말했다. "같이 볼래?"

"물론이죠. 금방 다시 올게요." 나는 떨어진 사진을 주웠다.

"그게 누구니?" 엄마가 올려다보며 물었다.

"참전해 싸웠던 어떤 사람이에요."

"학교 프로젝트야?"

"네." 내가 말했다.

"나는 네가 자랑스럽단다." 엄마가 미소지었다. "그 군인들은 기억되어야 마땅하지."

할머니는 침대에 잠들어 있었다. 나는 엄마가 실수로 사진을 발견하거나 찾을 수 없도록 서랍 속에 다시 숨겼다. 내가 왜 아빠에 관해 먼저 물어봤을까? 나는 아빠에 대해 절대로 알 수 없었다. 아빠는 이미 없고, 엄마는 여기 있고, 나는 엄마의 사라진 부분도 아직 더 알지 못하니까 말이다.

복도를 통해 엄마 목소리가 들렸다. "클라라, 나랑 같이 보기로 한 거 맞지?"

"가요."

나는 엄마 옆에 의자를 끌어다 두고 엄마에게 기댔다. 엄마도 같이 기대어 왔다. 내가 제일 잘 아는 엄마는 바로 이 엄마였다. 자기 자신이 왜 휠체어를 타게 되었는지 기억 못하는 사람, 전쟁이란 다른 사람들에게 일어났던 어떤 일이라고 생각하는 사람. 나와 함께 웃긴 동물 영상을 보면서 웃는 사람.

언젠가는 나이 든 군인들이 투표를 통해 베일을 거두기로 결정할지도 모른다. 그럼 나는, 어쩌면 다른 엄마에 관해서도 알게 될 것이다. 내가 태어나기 전에 죽은 아빠를 기억하는 사람. 언젠가 나에게, 아빠와의 기억이 엄마가 잃어버린 전부만큼 가치 있는 일이었는지 이야기해줄 수 있는 사람. 이다음 해에는 엄마에게 그 질문을 먼저 하는 걸 잊지 않도록 노력할 것이다.

언젠가 모든 것은
바다로 떨어진다

　록스타는 밀물 때 해변으로 밀려왔다. 그날 일찍 베이는 멀리 바다에서 무언가 떠다니는 것을 보았다. 아마도 노 젓는 배의 잔해이거나, 어쩌면 그보다 더 좋은 것일 수도 있었다. 베이는 썰물이 될 때까지 기다렸다가 잔해물이 주로 밀려오는 만으로 걸어가기 전에 바위 사이에 설치해둔 덫과 조수 웅덩이를 확인했다.

　오래 기다리다보면 온갖 것이 밀려왔다. 유리와 플라스틱뿐 아니라 개인 트레이너들과 도박판 딜러들, 연예계 관리자들이나 댄스 강사들까지. 새로 도착한 사람의 얼굴을 알아본 것은 이번이 처음이었다. 얼굴이 있는 경우 베이는 혹시나 하는 마음에, 그것이 데브가 아니기를 바라면서, 언제나 얼굴을 먼저 확인했다.

록스타는 혼자서 구명보트를 다 차지하고 있었는데, 모터까지 달려 있는 보트였지만 연료는 다 써버린 상태였다. 그녀는 남들에 비해 월등히 좋은 상태로 살아남았다. 확실히 구명조끼만 입고 보트도 없이 도착한 사람들보다는 나았다. 그 사람들은 누더기가 된 제복을 걸친 채 도착했다. 팔이 없거나, 다리가 없거나, 때로는 머리가 없는 상태로. 말하자면 너덜너덜해진 상어 먹이었다.

"저 사람은 뭐였을까?" 데브가 있었다면 물었을 것이다. 그녀는 신체적인 특징에 전혀 관심을 두지 않았으니 무용수의 다리나 요리사의 흉터입은 손과 팔을 알아보지 못했을 것이다.

"이젠 아무것도 아니야." 베이는 상태가 심각한 경우엔 그 잔해를 썰매에 올리며 이렇게 말하곤 했다.

록스타는 아직 사지가 모두 있었다. 그녀는 배 안에 남아 있었다. 배에 숨겨진 물과 영양 바를 발견했다는 건 주변에 흩어진 포장지와 병을 보면 쉽게 알 수 있었다. 부풀어 오른 배와 갈라진 입술을 근거로 베이는 하루나 이틀 전에 물이 떨어졌고, 바닷물을 마셨을 거라고 짐작했다. 햇볕에 탄 자국이 그녀의 어두운 피부를 뚫고 붉게 빛났다. 아직 살아 있었다.

데브는 없었다. 베이는 질문할 수 없었다. 만약 데브가 있었다면 베이는 데브에게 여자 왼손의 굳은살 박인 손가락과 오른손 엄지를 보여주었을 것이다.

"배에서 왔다는 걸 어떻게 알아?" 데브는 물었을 것이다. 데브는 배들이 존재한다는 것 자체를 믿지 않았고, 그렇게 많은 사람이 그렇게 그냥 짐을 싸서 삶을 떠나버린다는 사실을 믿지 못했다. 베이가 보여줄 수 있는 유일한 증거는 이 버려진 시체들뿐이었다.

인사이드 더 뮤직: 무슨 일이 있었는지 말해주세요.

개비 로빈스: 한 넝마주이 여자가 바다에서 나를 끌어냈어요. 내 폐에서 물을 뽑아내고 나에게 공기를 불어넣었죠. 배에서 보여주는 옛날 영화들은 그 순간을 로맨틱하다고 하겠지만 그렇지 않았어요. 나는 구역질을 했답니다. 겨우 몸을 돌려서 모래 위에 토했을 뿐이었죠.

그 여자는 록스타가 뭔지 몰랐어요. 내가 반쯤 죽은 채로 바닷물을 토하며 밀려왔을 때, 비로소 세상에 그런 게 있다는 걸 알게 된 거예요. 우리의 첫 대화 시도는 잘 안됐어요. 우리에게는 공통된 언어가 없었거든요. 하지만 나는 그녀의 불가에서 손을 녹였고, 벽에 걸려 있는 악기를 발견했고 그걸 조율해서 연주하기 시작했어요. 그게 우리가 나눈 첫번째 언어였어요.

한가지 진실: 나는 배에서 떨어졌을 때부터 여기 밀려오

기까지 그사이의 일이 아무것도 기억나지 않는다.

이 진실에는 거짓말이 하나 숨겨져 있다.

어쩌면 몇개의 거짓말일지도 모른다.

내가 이미 한 또다른 거짓말: 그 넝마주이 여자와 나 사이에는 공통된 언어가 있었다.

그녀는 나를 썰매에 싣고 해변 위 절벽에 있는 돌담 오두막집으로 데려갔던 것이다. 나는 그녀의 장작 난롯가에서 몸을 녹였다. 내가 아직 입고 있던 얇은 무대 의상을 대신할 만한 담요 따위를 주지 않았기에, 나는 스스로를 팔로 감싸고 무릎을 꼭 끌어안은 채 장작이 안으로 무너질 때마다 불꽃이 나에게 튈 정도로 난로의 열린 장작 투입구 가까이 앉아 있었다.

그녀는 난로 위에서 작은 냄비에 수프를 데운 다음 하나의 그릇에 그걸 부었다. 나를 위한 두번째 그릇은 없었다. 내 배에서 꼬르륵 소리가 났다. 마지막으로 음식을 먹은 게 언제였는지 기억도 나지 않았다. 나는 그녀를 바라보고, 그릇을 바라보고, 냄비를 바라보았다.

"냄비로 날 기절시키고 내 음식을 빼앗을 수 있을지 재고 있다면 그건 좋지 않은 생각이야. 당신은 나보다 키가 크긴 하지만 스스로 생각하는 것보다 약하고, 나는 보기보다 강하니까."

"그럴 생각이 아니에요! 냄비에 남은 걸 긁어 먹을 수 있게 해줄지도 모르겠다는 생각을 하고 있었을 뿐이에요.
제발요."

그녀는 잠시 후 고개를 끄덕였다. 나는 난롯가에 서서
수프를 저을 때 쓰는 숟가락에 남겨준 음식을 몇입 먹었다.
감자와 해초, 소금과 땅과 바다 맛이 났다. 삼키다가 목을
데었지만, 몸이 안에서부터 데워져 훈훈한 느낌이 들었다.

나는 처음으로 방을 둘러보았다. 난로 뒤 벽에는 "나의
소중한 집"이라고 지져 새겨진 노가 걸려 있었다. 뒤집힌
플라스틱 우유 상자 위에는 금이 간 접시들이 있었고, 한쪽
벽에는 집에서 만든 통조림이 높이 쌓여 있었으며, 벽에 박
힌 못에는 옷이 걸려 있었다. 또다른 못에는 약간 휜 것처
럼 보이는 클래식 기타가 가죽 끈으로 걸려 있었다. 힘이
있었다면 가서 살펴봤을 것이다. 이불이 잔뜩 쌓인 2인용
침대도 있었다. 침대 옆 협탁에는 등산로에 있는 두 여자
의 사진이 액자에 담겨 있고, 문고판 책이 높이 쌓여 있었
다. 다가가서 책 제목들을 읽어보고 싶은 충동이 들었다.
나의 아버지는 책장에 있는 책들로 그 사람을 판단할 수
있다고 말하곤 했다. 침대 이불 속으로 뛰어들고 싶은 더
강한 충동도 들었지만 나는 꾹 참고 난로 근처 바닥에 다
시 자리를 잡았다. 남은 기운은 모두 덜덜 떠는 데 쓰였다.

나는 마치 집중할수록 더 많은 열기를 끌어올 수 있다
는 듯이 난로에 시선을 고정하고 있었다. 그 여자는 오두

막 안을 이리저리 돌아다녔다. 마흔에서 환갑 사이의 어떤 나이든 될 수 있어 보였다. 움직임은 가벼웠지만 피부는 거칠며 주름져 있었고, 검은 머리엔 흰머리가 가닥가닥 나 있었다. 얼마가 지난 후 그녀는 침대에 올라가 등을 돌렸다. 또 한참이 지나서야 나는 그녀가 나를 밤새도록 여기 그대로 둘 작정임을 깨달았다.

"부탁이에요, 잠들기 전에 있잖아요. 꺼지게 두지 말아 주세요." 내가 말했다. "불 말이에요."

그녀는 돌아보지 않았다. "계속 타게 둘 순 없어. 연료가 겨우내 남아 있어야 하거든."

"지금이 겨울인가요?" 나는 배에 있는 동안 계절 감각을 잃어버렸다. 넝마주이 여자는 모자가 달린 스웨터 위에 낡아빠진 청재킷을 두겹으로 입고 있었다.

"곧 겨울이 될 거야."

"불 없이는 얼어 죽을 거예요. 제가 계속 불을 피워두는 대가를 지불하면 어떨까요?"

"뭐로 지불할 수 있는데?"

"할리우드 라인에 계좌가 있어요. 상당한 계좌예요." 그 말을 하자마자 나는 실수였음을 깨달았다. 여러모로 말이다. 자랑처럼 들렸든 절박함으로 들렸든 상관없었다. 나는 그녀의 자비에 의존하고 있었고, 내가 그녀보다 나은 사람이라고 생각한다는 듯한 인상을 주는 건 나에게 유리한 일이 아니었다.

그녀가 돌아누웠다. "네 돈은 배와 섬 밖에서는 아무 쓸모가 없어. 신용도 마찬가지고. 지폐가 있다면 불을 조금 더 오래 피우기 위해 그걸 던져 넣어줄 수는 있겠지."

지폐는 없었다. "일해서 갚을게요."

"갚을 수 있는 방법이 없어. 연료 공급이 제한적이거든. 내가 지금 그걸 쓰면 나중에 더 얻을 수 없고, 두 달 뒤에는 얼어 죽게 되는 거라고.

"날 죽게 내버려둘 거면 왜 구했어요?"

"물에서 당신을 건져낸 건 내 입장에선 당연한 일이었어. 이제 당신이 살든 죽든 그건 당신 문제지."

"그럼 최소한 따뜻한 옷이라도 빌릴 수 있을까요? 담요는요?" 내 말은 내 귀에도 징징거리는 소리로 들렸다.

그녀는 한숨을 쉬며 침대에서 내려와 구석을 뒤적거리더니 패딩 조끼를 하나 꺼냈다. 등 쪽에 찢어진 부분이 있어 솜이 삐져나와 있었고 소금물 냄새가 났다. 나는 그걸 입다가 햇볕에 탄 팔이 천에 닿았을 때 비명을 지를 뻔했다.

"고마워요. 정말 감사합니다."

그녀는 대답 비슷한 걸 불평처럼 토해내고는 다시 침대로 돌아갔다. 나는 팔꿈치를 조끼 안으로 넣고 손을 겨드랑이 사이에 끼웠다. 조금은 도움이 되었지만 여전히 덜덜 떨렸다. 나는 몇 분을 기다린 후에 다시 말을 걸었다. 그녀는 이야기하고 싶어하는 것 같지 않았지만 말하는 건 몸을 따뜻하게 해주었다. 내가 여전히 여기 있다는 것, 깨어 있고 살아 있다는 것을 확인시켜주었다.

"아까 이미 말씀드리지 않았다면 말이에요, 물에서 건져주셔서 고맙습니다. 제 이름은 개비예요."

"어울리는군."

"어쩌다 물에 빠졌는지 안 물어보실 건가요?"

"내 알 바 아니지."

잘된 일이었다. 뭘 말했어도 어차피 거짓말이었을 테니 말이다.

"이름이 있나요?" 내가 물었다.

"있지만 당신한테 말해줄 이유는 모르겠는데."

"왜죠?"

"내가 잘 수 있게 입 다물지 않으면 당신을 죽여버릴 테니까."

나는 입을 다물었다.

인사이드 더 뮤직: 무슨 일이 있었는지 말해주세요.

개비 로빈스: 엘리자베스테일러호에서 공연 중에 취했던 기억이 나요. 둘 다 개인 침대가 없어서 바텐더와 구명보트에서 키스를 했어요. 거기서 정신을 잃었던 것 같아요. 어떻게 표류하게 됐는지는 모르겠어요.

나는 바닥에서 밤을 버텨냈지만 가슴 깊은 곳에서 기침이 나오는 느낌에 깨어났다. 적어도 노래를 부르지는 않아도 됐다. 나는 그 넝마주이 여자가 아침 일과를 하는 동안 부스러기를 바라는 개처럼 그녀를 따라다녔다. 밖에는 넓은 텃밭이 오두막의 두 면을 둘러싸고 퍼져 있었다. 얼마 안 되는 푸른 식물이 낮고 헝클어진 채로 자라고 있었다. 어쩌면 뿌리채소였을지도 모른다.

"소변을 봐야 한다면 저기 야외 화장실을 써." 그녀가 뒤틀린 나무들이 모여 있는 쪽을 가리키며 말했다.

우리는 그녀의 오두막에서 해변으로 내려가는 오솔길을 따라 걸었다. 절벽 면을 지그재그로 오르내리는 길이었다. 그녀가 나를 끌고 이런 경사를 올라왔다는 사실에 감탄했다. 다시 생각해보니 내가 썰매에서 굴러떨어져 추락사했다면 그녀는 아마 내 옷을 벗기고 갈매기들이 시체를 뜯어 먹도록 내버려두었을 것이다.

"우리가 지금 어디에 있는 거죠?" 나는 깨어난 후로 아무 말도 하지 않는 데 성공했고, 전날 밤 그녀의 협박 이후 한마디도 하지 않았으므로 이제 공소시효가 지났기를 바랐다.

"가장 가까운 도시로부터 40킬로미터 떨어진 곳이야, 내가 마지막으로 확인했을 때는 그랬지."

아무 정보도 없는 것보단 나았다. "그게 언제였죠?"

"여기로 걸어왔을 때."

"그게 언제인데요?"

"한참 전."

누군가 사용한 흔적이 있는 그녀의 오두막과 정원을 보면 그건 오래전임이 분명했다. "어떤 도시요?"

"포티지."

"포티지가 뭐죠?"

"포티지지. 인구는 몰라. 네가 들어본 적이 없다고 해서 그게 도시가 아니란 법은 없어." 그녀는 내가 바보라는 듯이 돌아보았다.

"그러니까, 어느 주에 있는 도시죠? 아니면 어느 나라? 어느 나라인지조차 모르겠군요."

그녀가 코웃음쳤다. "그 배에 대체 얼마나 오래 있었던 거야?"

"오래요. 그걸 신경 써서 생각해본 적은 없네요."

"너무 부자라 신경 쓸 필요가 없었겠지."

"아니요! 생각하시는 그런 게 아니에요." 그녀가 나를 어떻게 생각하는지가 왜 중요한지는 모르겠지만 나에게는 중요했다. "저는 부자라서 배를 탄 게 아니었어요. 저는 연예인이에요. 직원 숙소를 다른 다섯명의 사람들과 같이 썼어요."

"어젯밤에 부자라고 했잖아."

나는 잠시 멈춰 서서 절벽 가장자리로 가래를 뱉었다. "돈은 있어요. 그건 사실이에요. 하지만 그렇게 많진 않아요. 승객이 아닌 연예인으로 일할 정도예요. 개인 객실도 절대 감당할 수 없었죠. 그래서 조금 쓰고 나머지는 계좌에 모은 거예요."

말하다보니 기침이 더 심해졌다. 목도 말랐지만 나는 뭔가 마실 걸 줄 때까지 기다렸다.

"이름이 뭐예요?" 입을 다물어야 한다는 걸 알았지만 나는 불편할수록 더 말을 많이 하는 편이었다.

그녀가 한참이나 뜸을 들이는 바람에, 마침내 대답을 했을 때 나는 그게 내 질문에 대한 대답인지조차 확신할 수 없었다.

"베이야."

"그게 당신 이름이에요? 예쁘네요. 특이해요."

"당신이 어떻게 알아? 이게 어느 나라인지도 모르면서. 여기서 뭐가 특별한지 판단할 자격이라도 있나?"

"좋은 지적이네요. 미안합니다."

"우리가 같은 언어를 쓴다는 것만 해도 다행인 줄 알아."

"그러니까요."

베이는 절벽 면을 따라 흐르는 작은 물줄기를 가리켰다. "거기 손을 모아서 대봐. 마실 수 있는 물이야."

"샘물인가요?"

베이가 나를 처다봤다.

"미안해요. 고맙습니다." 나는 베이가 말한 대로 했다. 물은 차갑고 맑았다. 만약 여기에 나를 죽일 박테리아가 있다 해도 최소한 나는 목마른 채로 죽지는 않을 것이다.

나는 침묵으로 감사한 마음을 표하며 내리막길에 집중했다. 길은 좁아서 그녀가 끄는 썰매가 겨우 지나갈 정도였으며, 가장자리는 아무것도 없는 허공으로 부서져 내렸다. 나는 베이가 발을 디딘 곳에 내 발을 디뎠고, 그녀가 하는 것처럼 어깨를 똑바로 폈다. 베이는 스웨터의 모자를 머리 위에 씀으로써 대화를 어렵게 만드는 요소를 하나 더 했다.

우리는 나의 다 터버린 입술에서 다른 질문이 터져 나오기 전에 해변까지 내려왔다. 베이는 절벽 아래 썰매를 두고 바위 뒤에서 파란 플라스틱 아이스박스를 집어 들었다. 위에 컵홀더가 달린 종류였다. 그녀는 안을 들여다보고 얼굴을 찌푸리더니 내용물을 모두 바위 위에 쏟아부었다. 작은 폭포와 같은 물과 함께 작은 물고기 두마리가 죽은 채로 쏟아져 나왔다. 나는 그것들이 그 전날 베이의 저녁식사 거리였음을 깨달았다. 베이는 저녁을 챙기는 대신 나를 절벽으로 끌어 올리는 일을 선택한 것이다.

해변의 이 구역은 온통 깨진 바위투성이였고, 군데군데

따개비와 달팽이와 조개껍데기가 박혀 있었다. 바위는 젖어 있고 미끄러워서 발을 디디기가 위험했다. 나는 여러번 넘어져 손을 짚었고, 작은 달팽이들에 손을 베였다. 달팽이에 베여서 감염될 수 있을까? 배에는 최소한 항생제가 있었다.

"지금 뭘 하는 거죠?" 내가 물었다. "더 흥미로운 것들은 실제 물 쪽으로 밀려 나올 게 분명한데요."

베이는 발 디딜 곳을 주의 깊게 살피며 계속 걸었다. 그녀는 넘어지지 않았다. 녹이 슨 오래된 선체가 바위에서 바다로 튀어나와 있었다. 안에 있던 것들은 진작 다 주워갔겠지 생각했다. 우리는 그걸 돌아서 지나갔다. 나는 피가 흐르는 손바닥 때문에 더 조심하느라 한층 더 뒤처졌다. 이렇게 온통 녹이 슬었는데 파상풍 주사도 없다니.

베이가 속도를 늦추더니 쪼그려 앉았다. 발치의 무언가를 들여다보고 찔러보았다. 그녀에게 가까이 다가가자 이해할 수 있었다. 조수 웅덩이였다. 베이는 아이스박스를 그중 하나에 담갔고, 혼자 미소를 지었다. 나는 이기적이게도 그 미소를 보게 되어 기뻤다. 어쩌면 그녀가 조금 더 친절해질지도 모른다.

베이를 따라가는 대신 나는 그녀와 다른 경로를 택했다. 다른 웅덩이들을 들여다보았다. 처음 두 웅덩이에는 잡을 가치도 없는 작은 물고기들이 있었고, 세번째에는 아무것도 없었다. 네번째 웅덩이에서 나는 큰 게를 발견했다.

"베이." 내가 불렀다.

그녀는 짜증이 그대로 드러나는 얼굴로 돌아보았다. 내가 게를 흔들어 보이자 베이의 표정이 누그러졌다. "잘했어. 그렇게 좋은 걸 찾다니 너도 오늘 밤엔 식사를 할 수 있겠구나."

베이는 내가 따라잡기를 기다려주었고, 내가 찾은 게를 자기가 발견한 꽤나 큰 물고기와 함께 아이스박스에 넣었다.

"이건 뭐예요?" 내가 물었다.

"물고기지. 무슨 종류인지가 왜 중요해?"

"저는 요리를 했었거든요. 생선 요리에 꽤 자신이 있는데 이건 본 적이 없어요. 생선마다 맛있게 조리하는 법이 달라요."

"요리하고 싶으면 하는데, 레몬 버터라든가 케이퍼가 필요하다면 저 무지개 너머의 웅덩이를 확인해보는 게 좋을 거야." 베이는 해변 끝을 가리키며 말했고, 자신의 농담에 스스로 웃었다.

"도움이 되고 싶을 뿐이에요. 조롱할 필요는 없잖아요."

"그럴 필요는 없겠지. 게를 찾았으니 너도 완전히 쓸모없는 건 아니고."

그게 아마도 내가 들을 수 있는 칭찬에 가장 가까운 말이라는 생각이 들었다. 적어도 이제 그녀는 나를 불운하게도 말을 하게 된 잔해물이 아닌 한 인간으로 대하고 있었다.

그날 저녁 나는 약간의 바다 소금을 뿌려 우리가 잡은 것들을 팬에 구웠다. 물고기는 기름지고 맛이 없었지만 게는 맛있었다. 내 손에서는 생선 냄새와 바다 냄새가 났고, 그걸 씻을 수 있는 흐르는 물이 있었으면 좋겠다고 생각했다. 장작 연기 냄새로 그 냄새를 대체하려고 애써보았다.

저녁식사 후에 나는 그녀의 벽을 바라보았다.

"쳐봐도 될까요?" 내가 기타를 가리키며 물었다.

베이는 어깨를 으쓱했다. "저녁식사에 공연까지 ── 바다에서 제대로 된 사람을 건져왔군. 맘대로 해."

그건 실내용으로 작게 만들어진 나일론 줄의 오래된 클래식 기타였다. 이 공기에서 강철 줄은 분명 녹슬었을 테니 이건 첫번째 축복이었다. 정확한 음정을 잡을 수 있는 기준음이 없어서 현들의 상대적인 음정에 맞춰 조율할 수밖에 없었다. 3번 줄의 조임쇠가 깨져서 쓸 수 없었기 때문에 모든 줄을 3번 줄에 맞춰야 했다. 무언가 잘못되면 베이가 나를 탓할 게 뻔했기 때문에 나는 줄이 끊어지지 않기를 속으로 기도했다. 결국 음정은 조금 나가 있었지만 연주할 만은 했다.

"어떤 음악을 좋아하나요?" 내가 물었다.

"지금? 아니면 그때?"

"무슨 차이가 있죠?"

"그때는 뭐든 정치적인 것들, 주로 힙합이었지."

나는 작은 기타를 내려다보며 이걸로 어떻게 힙합을 끌어낼 수 있을지 고민했다. "지금은요?"

"지금? 네가 뭘 연주하든 내가 근 육년간 들어온 내 형편없는 노래 말고는 처음 들어보는 음악이 될 거야. 내키는 대로 해."

나는 고개를 끄덕이고는 기타가 스스로 원하는 것을 말해주기를 기대하며 기타를 바라보았다. 갑자기 밀려오는 이상한 수줍음을 억눌렀다. 수천명 앞에서 연주하는 것은 아무렇지 않은데 한 사람 앞에서는 왜 이렇게 시선이 의식되는지 이해가 가지 않는다. "참, 기타가 제 주 악기는 아니에요."

"충분히 가깝지. 넌 베이시스트잖아."

나는 놀라서 쳐다보았다. "어떻게 알아요?"

"내가 바본 줄 알아? 네가 누군지는 알고 있어."

"그럼 이름을 왜 물어봤어요?"

"그런 적 없어. 네가 말해줬지."

"아, 그렇네요." 적어도 그 부분에 대해서는 거짓말을 하지 않아서 다행이었다.

"그럼 콘서트를 시작해볼까요."

나는 베이에게 내가 배에서는 절대 연주하지 않았던 노

래 몇 곡을 연주해주었다.

"이 기타는 어디서 온 거예요?" 내가 연주를 마치고 물었다.

그녀의 얼굴에 읽을 수 없는 표정이 스쳐 지나갔다. "어디겠어? 밀려왔지."

나는 손으로는 계속해서 기타의 목을 만지작거리면서 베이를 향해 몸을 돌렸다. "그럼 이게 당신이 하루 종일 하는 일인가요? 바닷가에서 물건들을 주워 오는 거?"

"그런 셈이지."

"그걸로 살아가는 게 가능한가요?"

"어떤 물건들은 찾으면 꽤나 쓸 만해."

"어떤 것들이죠?"

"알루미늄 포일, 플라스틱, 사람들."

"사람들이요?"

"배를 잃어버린 사람들 말이야."

"제 얘기인가요?"

"너도 그렇고, 다른 사람들도 있어. 배들은 사람들을 잃고 싶어하지 않고, 사람들도 배에서 떨어지고 싶어하지 않지. 살아 있는 사람을 돌려보낼 수 있는 건 정말 드문 일이야. 너도 있어야 할 곳으로 돌아가기를 원할 거라고 생각하는데."

"그렇죠, 고마워요. 그들에게 어떻게 신호를 보내죠?"

"삼대 선박 회사의 호출 버튼을 가지고 있어. 그들이 헬기를 보내지."

나는 그 헬기들을 알고 있었다. 세련되게 개조된 군용 기계였다.

나는 갑자기 그만두는 것처럼 보이지 않도록 잠시 더 연주를 계속하다가 다시 기타를 벽의 못에 걸었다. 어차피 자꾸 음이 흐트러졌다.

나는 베이가 헬기 얘기를 꺼내자마자 당장 도망치고 싶은 충동을 억누르는 데 나의 모든 의지력을 써야 했지만 떠나기 전에 그녀가 잠들 때까지 기다렸다. 챙길 것도 없었기 때문에 식어가는 난로 옆에 웅크리고 앉아 그녀의 숨소리가 느려지기만을 기다렸다. 나는 그 조끼 외에는 베이의 음식이나 옷을 훔쳐 가지 않을 생각이었지만 문을 나서면서 못에 걸린 기타는 챙겼다. 베이가 그걸 그렇게 아쉬워하진 않을 것 같았다. 문이 경첩에서 삐걱거렸고, 나는 숨을 죽인 채 빠져나와 문을 닫았다.

절벽 위는 별빛으로 밝았다. 나는 헬기가 있는지 확인하려고 하늘을 훑어보았다. 별과 별과 별뿐이었다. 배의 불빛 때문에 우리는 별을 거의 보지 못했는데 도시 출신인 우리 모두에게는 그것이 위안이 되었다.

나는 절벽 쪽으로 등을 대고 걸었다. 달빛은 해안선이 안쪽으로 들어간 부분에서 내가 허공으로 발을 내딛지 않을 정도로는 밝았지만 바다에서 멀어질수록 나무에 부딪힐 가능성은 높아질 것 같았다. 운이 좋다면 버려진 집을 찾을 수도 있을 것이다. 그들이 육지를 수색한다면 나를 발견할 수 없을 그런 곳 말이다.

계속 걸어가면서 나는 은신의 희망을 포기하게 되었다. 오래된 아스팔트 도로를 발견하고 그게 어딘가로 이어질 거라고 맘대로 믿어버렸다. 걸었다. 하루 종일 가슴 속에서 쌓여왔던 기침이 이제 나를 괴롭혔다.

더 멀리 갈수록 나는 베이의 이야기를 의심하게 되었다. 배들이 누군가를 굳이 보내려고 할까? 나는 꽤 인기가 있었지만 나를 데리러 오는 데 필요한 연료만큼 내가 가치가 있을까? 내가 떨어졌다고 생각하면 그럴지도 모른다. 하지만 내가 일부러 구명보트를 내렸다는 걸, 그리고 또 그럴 수 있다는 걸 그들이 안다면? 그렇다면 아무래도 그럴 리 없었다. 그들이 나를 처벌하거나 보트 값을 청구하려고 할 수는 있겠지만 지금 내 계좌에서 돈을 빼 간다고 해도 나는 모를 것이다. 그리고 베이는 그들과 어떻게 연락을 한 것일까? 그녀가 말하기로는 연락이 되고 있다고 했지만 태양전지 충전기가 있지 않는 한…… 음, 사실 그것도 가능할 것 같긴 했다.

그래도 그녀가 나를 보내고 싶지 않았다면 그런 말을 하지는 않았을 것이다. 아니면 베이는 내 반응을 시험해본 걸까? 구조된다는 소식에 내가 기뻐하는지 보려고 했던 걸까?

베이가 또 어떤 거짓말을 했을지 궁금했다. 나는 내가 그녀가 언급했던 도시를 향해 걷고 있는 것이기를 바랐다. 어디서든 안전할 수 있을 거라고 생각한 내가 바보였다. 물도, 음식도, 돈도 없었다. 그 말들은 내가 발맞춰 갈 행진곡을 이루었고 그 사이를 기침 소리가 엇박으로 채웠다. 물 없음. 음식 없음. 돈 없음. 운 없음.

베이는 동이 트자마자 길을 나섰다. 멍청한 록스타가 기타를 가지고 떠나버렸다는 걸 깨달은 순간이었다. 그녀가 어느 쪽으로 갔는지 알아내는 건 어렵지 않았다. 그녀는 열에 들떠 있었고, 자신이 원하기만 하면 모든 것이 나타나는 데 아직 익숙한 사람의 어리석음으로 우둔한 상태였다. 정말 살아남기를 원했다면 그녀는 베이로부터 더 많은 것을 가져갔어야 했다. 음식. 물통. 모자. 도시에 도착했을 때 교환할 만한 가치가 있는 뭔가. 베이는 그게 그녀의 특권적 위치가 주는 맹목성 아래 깊숙한 곳에 있는 좋은 품성을 보여주는 것이라고 생각했다. 데브라의 기타를 가져가지만 않았다면 베이는 이보다 더 호의적인 평가를 했을지도 모른다.

인사이드 더 뮤직: 무슨 일이 있었는지 말해주세요.

개비 로빈스: 배에서의 마지막 밤은 그전 삼천번의 밤과 똑같았어요. 그렇지 않게 될 때까지는요. 우리는 대부분 제 노래에 신청곡을 섞어서 두 세트를 연주했어요. 하와이안 셔츠를 입은 코카인 중독자가 자기 애인을 위해 「마이 하트 윌 고 온」My Heart Will Go On을 불러주면 우리에게 각각 1000크레디트를 주겠다고 했어요.

"우리가 이걸 하게 만들지 않는다면 내가 만 크레디트를 줄게." 실라가 말했어요. 우리가 그녀의 드럼 키트 위로 몸을 기울여 그걸 하는 흉내라도 내볼 수 있을지 상의하고 있을 때였어요. "그건 내가 여기서 절대 연주하지 않겠다고 다짐한 유일한 노래야."

"우리가 연주해야 했던 모든 지미 버펫 노래는 어쩌고?" 우리의 기타리스트인 켈이 물었어요. "우린 이미 자신을 팔아먹었어. 이제 와서 무슨 차이가 있어?"

실라는 켈을 무시했어요. "개비, 이건 품위 문제야. 제발."

나는 피곤했고 이미 꽤 취해 있었죠. "그게 뭐가 중요해? 그냥 연주하자. 템포를 바꿔도 돼. 스윙으로 할까? 아니면 아이러니하게 싸구려 라운지 스타일로? 난 그 디바 음을 낼 수 없으니까 다장조로 하는 게 좋겠어."

실라는 울 것 같은 표정으로 카운트를 세기 시작했어요.

연주가 끝나고 오프라Oprah 갑판에 바람을 쐬러 나갔을 때 그 하와이안 셔츠와 그의 애인을 다시 만났어요. 그들은 포신 근처에서 "세상의 왕" 포즈를 취하고 있었는데 그건 배에 오르기 전에 모두에게 금지되었어야 하는 행동이었죠.

"저 사람 누군지 알지?" 내가 좋아하는 바텐더 JP를 바라보며 제가 말했어요. 섹시한 레트로 아프로 머리에 섹시한 수영 선수 체격이었죠. 그녀와 관계를 가진지 꽤 되었던 때였어요. JP가 마리화나를 내밀었어요.

나는 그걸 받아 들며 그 사람이 어딘가 낯익다고 말했어요.

"라디오 토크쇼를 진행하던 사람이야. 배 아이디어를 처음 제안한 사람이지. 그의 아이디어는 그냥 아무 부자나 위한 게 아니라 종교인들만을 위한 거였지만. 그는 죄인들을 뒤에 남겨두자,라고 했어. 근본주의자들이 모아둔 돈을 쓰며 죄인들이 쓸려나가 자신들의 땅을 되찾을 수 있을 때까지 기다릴 곳, 아크 노선을 만든 거지. 처음 두해는 그들과 함께 보냈어. 그러다가 다른 곳에서 무슨 일이 일어나고 있는지 알아보기 위해 순례를 떠나겠다고 발표했어. 하지만 제대로 된 순례자처럼 육지를 돌아다니는 대신 이 배를 탄 거야. 그후로 줄곧 여기 있었어. 너의 공연에서 그를 본 건 이번이 처음이었지만. 새로운 라이프스타일에 푹 빠진 거겠지."

"으, 이제 기억난다. 내 두번째 앨범을 보이콧했었어. 행복해 보이긴 하네?"

"그렇지, 저 여자가 그의 아내가 아니라는 것만 빼면. 그의 아내와 아이들은 아직도 아크에서 그를 기다리고 있어. 진짜 순례자지."

　세상의 왕과 그의 아내가 아닌 여자가 한가롭게 걸어 지나갔어요. 마리화나를 다 피우고 나자 JP도 녹아버리듯 사라졌고, 술 취한 애들이 샴페인 매그넘 병을 들고 다가올 때까지 나는 혼자 생각에 잠겼죠. 나는 혼자 있고 싶어서 난간을 넘어 구명보트로 들어갔어요. 들려오는 목소리는 대충 갈매기 소리로 치부할 수 있을 정도였죠. 선체를 통해 들리는 엔진 소리, 멀리 아래서 철썩이는 파도 소리를 들었어요.

　돈을 내고 탑승한 승객이 아닌 사람들, 다시 말해 연예인들과 직원들 모두는 구명보트 내리는 방법에 관한 훈련을 받았고, 나는 어느새 그 조종 장치를 만지작거리고 있는 자신을 발견했어요. 이걸 물에 내리는 게 그렇게 어려운 일일까? 어딘가의 해안으로부터 그렇게 멀리 떨어져 있지는 않겠지 하는 생각도 들었죠. 모든 구명보트에는 며칠 정도 몇 사람은 먹고 마실 수 있을 정도의 음식과 물이 비축되어 있었어요.

　마지막으로 마신 술에 들어 있던 게 뭔지는 몰라도 액체 형태의 바보였던 것 같아요. 보트는 어느새 내려와 있었고, 거대한 배의 옆구리에 세게 부딪히고 있어서 구명보트가 완전히 박살 나는 상황을 피하기 위해 나는 마지막 매듭을 풀 수밖에 없었어요. 그리고 그 터무니없이 거대한 배, 구원할 가치가 없는 것을 구하려는 그 어리석은 시도는 멀어져갔어요.

나는 내가 아마도 죽게 되리라는 것을 예감하며 'JP와 마지막으로 한번 더 키스를 했었어야 하는데' 하고 생각했어요.

개비는 그리 멀리 가지 못했다. 운 좋게도 그녀는 어둠 속에서 길을 찾았고, 운 좋게도 맞는 방향으로 걸었지만 지금은 차에 치인 야생동물처럼 길가에 누워 있었다. 베이는 데브의 기타가 손상되지 않았는지 확인한 다음 그 여자가 숨을 쉬고 있는지 잠시 지켜보았다. 그녀는 거칠지만 규칙적인 숨을 쉬고 있었고, 일광화상과 열병이 뒤섞여 이마는 버터를 녹일 만큼 뜨거웠다.

개비가 움직였다. 그러곤 물었다. "당신 진짜인가요?"

"당신보다는 더 진짜지." 베이가 대답했다.

"JP에게 키스했어야 했는데."

"그랬겠지." 베이가 유리병에 든 물을 내밀었다. "이거 마셔."

개비는 반을 들이켰다. "고마워요."

베이는 그 여자가 병을 돌려주려 하자 손을 저었다. "당신이 폐를 토해내며 기침을 하고 있는데 내가 그 병에 다시 입을 댈 수는 없지. 당신 가져."

"정말 고마워요." 개비는 기타를 내밀었다. "이것 때문에 온 거겠죠?"

"여기까지 들고 왔으니 계속 들고 가. 나였다면 케이스도 가져왔을 텐데."

"케이스가 있었어요?"

"침대 아래. 거기 내가 옷을 넣어두지."

"그럼 이제 최소한 당신 물건들을 뒤지지 않았다는 건 알고 있겠군요?"

베이는 코웃음을 쳤다. "물론이지. 당신은 정말 형편없는 도둑이야."

"변명하자면 난 도둑이 아니에요."

"내 기타는 그렇게 생각하지 않는 것 같은데."

개비는 기타를 땅에 내려놓았다. 그녀는 비틀거리며 일어서서 잠시 휘청대다가 몸을 굽혀 기타를 집어 들었다. 그녀는 자신이 어디서 왔으며 어디로 가야 할지 기억하지 못하는 것처럼 한쪽을 바라보고는 또 반대쪽을 바라보았다. 베이는 가야 할 방향을 알려주려다 말았다. 개비는 스스로 올바른 방향을 골랐다. 베이가 그 뒤를 따랐다.

"왜 떠났는지 안 물어보실 건가요?" 이렇게 아픈 데다가 한발 한발 내딛는 데 온갖 노력을 기울이면서도 록스타는 말을 멈추지 못했다.

"그럴 생각 없는데."

"왜요?"

"너를 전에도 만난 적 있으니까."

"정말요? 배를 타기 전인가요?" 개비는 놀란 것처럼 보였다.

베이가 고개를 저었다. "아니, 당신 같은 타입 말이야. 해변으로 떠밀려 온 사람이 당신이 처음이라고 생각하나? 삶을 흉내 내는 그곳으로부터 벗어나려고 한 시도가? 당신은 살아서 도착한 첫번째 사람일 뿐이라고."

"배가 그렇게 싫으면 왜 그들에게 저를 데리러 오라고 연락했죠?" 개비는 잠깐 멈췄다. "아니면 그런 적이 없겠군요. 그냥 제가 떠나기를 바란 거겠죠. 왜죠?"

"나 자신도 먹여 살리기 힘들어. 그리고 당신은 이런 삶에 만족할 타입이 아니지. 지금 떠나든 나중에 떠나든 마찬가지야."

"당신 정말 사이코패스 같은 사람이네요. 전 밤새 추위 속에서 걸어다녔기 때문에 아마도 지금 이 열병으로 죽게 될 거예요."

베이는 어깨를 으쓱했다. "그건 당신 선택이었지."

그들은 침묵 속에서 한참을 걸었다. 록스타는 자신의 선택을 곱씹고 있거나 말하기에는 너무 아픈 것 같았다.

"왜 그랬어?" 베이가 동정심을 발휘해 물었다.

개비가 고개를 휙 돌렸다. "왜, 뭐요?"

"왜 배에 타겠다고 한 거지?"

"당시엔 좋은 생각 같았어요."

"이 세상 절반 정도의 사람들에게 어울리는 비문 같군."

개비가 씁쓸하게 웃으며 말을 이었다. "뉴욕은 엉망진창이었고 걸프 주들이 분리독립을 시도할 때였어요. 할리우드 라인의 예약 담당자들이 해상에서의 화려한 삶을 설득력 있게 제시했죠. 모든 게 너무나 잘 계획되어 있기도 했고요. 그들은 식량과 연료를 공급하기 위해 섬나라들을 통째로 사들였거든요."

"섬나라들이 그걸 고마워했겠네." 베이가 말했다.

개비가 냉담한 미소를 지었다. "그러니까요, 맞죠? 완전 엉망이었어요. 하지만 그들은 상당한 돈을 제안했고 어떤 밴드도 당분간은 투어를 할 수 없을 것이 분명해 보였어요.

처음에는 다른 투어나 똑같았죠. 우리는 우리 음악을 연주했어요. 같이 잘 여자들도 있었고 원한다면 마약도 있고 식당, 클럽, 체육관도 있었죠. 진짜 여행 부분만 빼면 투어를 도는 것의 좋은 부분이 다 있었던 거예요. 버스에서 잘 때처럼 여전히 밴드 멤버들과 함께 쓰는 좁은 침대였지만 매일 밤 같은 침대에서 잤고요. 하지만 그 투어엔 끝이 없었고 우리에게 신청곡을 받게 만들더니 점점 더 운신의 폭이 좁아졌어요, 이해가 되나요? 피하고 싶은 사람이 있어도 피할 수가 없었어요. 혼자서 글을 쓰거나 생각을 할 수 있는 공간을 찾는 것도 힘들었고요.

그러더니 인터넷이 완전히 끊겼어요. 우리는 섬에 정박했을 때조차 육지로부터 소식을 전혀 들을 수 없었죠. 그들은 정박했을 때 우리를 배에서 내려주는 것도 그만두었어요. 경영진은 여기 상황이 매우 나빠져서 정말로 돌아갈 곳이 없다고 말했어요. 승객들은 모두 폐쇄된 시스템처럼 외부는 전혀 신경 쓰지 않는다는 듯이 그 문제를 피했고 세상은 지독하게도 멀리 있었어요. 세상이 그렇게 멀리 있는데 내가 어떻게 뭔가를 쓸 수가 있겠어요? 전 세계가 물에 잠겼을지도 모르는데 우리는 저음부터 그렇게 중요하지도 않았던 것들이 다 떨어질 때까지 아무 생각 없이 떠다니겠다는 거였죠. 어떤 사람들은 마스카라나 엑스터시나 로즈마리가 떨어졌다고 호들갑을 떨 테고 그렇게 되면 그 아름다운 사람들은 모두 서로를 공격하겠죠."

"그래서 배에서 뛰어내린 거야?"

개비는 머리를 문질렀다. "그런 셈이죠. 그것도 당시엔 좋은 생각 같았어요."

"지금은 어때?"

"오늘 아침에 일어났을 때 마사지를 받았으면 좋았겠지만, 아무튼 살아 있긴 해요."

베이가 코웃음을 쳤다. "그렇게 화상입은 상태로는 마사지를 이초도 못 버텼을 거야."

개비는 자신의 팔뚝을 내려다보며 움찔했다.

그들은 걸었다. 개비는 땀을 흘리고 있었고 눈은 열기로 빛났다. 베이는 상대의 속도를 늦추려는 의도로 자기 걸음을 늦췄다.

"당신을 쫓아올 사람이 없다고 알려줬는데 왜 이렇게 서두르는 거지?"

"당신이 여기 어딘가 도시가 있다고 했잖아요. 길에서 하룻밤 더 자야 하는 상황이 되기 전에 거기 도착하고 싶어요. 그리고 굶어 죽기 전에요." 베이가 웃옷 주머니에 손을 넣었다. 그녀는 단백질 바를 꺼내 개비에게 건넸다.

"이거 어디서 났어요? 구명보트에서 먹었던 것과 똑같은 것 같은데요."

"그거 맞아."

개비가 신음소리를 냈다. "마지막 이틀 동안 굶지 않았어도 됐다는 말인가요? 정말 모든 곳을 다 찾아봤는데요."

"라디오 콘솔 안에 숨겨진 걸 놓쳤더군."

"흠."

그들은 계속 걸었다. 개비의 거친 숨소리가 발걸음 사이로 끼어들었다.

"아내와 결혼한 직후에 절벽에서 소풍을 하려고 여기까지 운전해서 오곤 했어." 베이가 말했다. "길을 건너려고 하는 거북이들이 늘 있었어. 근처에 거북이들을 차로 밟고 지나가는 걸 스포츠처럼 여기는 십대들이 있어서 우리는 멈춰 서서 그 거북이들을 도와주곤 했어. 지금 거북이를 본다면 먹을까 생각하겠지만."

"난 거북이를 먹어본 적이 없어요."

"나도 마찬가지야. 몇년 동안 본 적도 없어."

개비가 멈춰 섰다. "그러고 보니 마지막으로 거북이를 본 게 언제인지 전혀 기억이 나지 않아요. 동물원에서였던가? 전혀 모르겠네요. 그들은 사라진 걸까요. 뭔가를 마지막으로 보는 게 정말로 마지막이 될 거라는 걸 알 수가 없다는 게 재밌죠."

베이는 아무 말도 하지 않았다.

록스타는 데브의 기타를 가슴에 안고 걸으며 반복적인 멜로디를 연주하기 시작했다. 마치 그게 그녀를 계속 움직이게 한다는 듯이, 그게 그녀의 발을 이끌기라도 한다는 듯이 계속해서 같은 부분을 반복했다. "그러니까 당신이 알루미늄 포일이나 사람들 같은 걸 거래한다고 한 건 거짓말이었죠? 당신은 아무것도 거래하지 않잖아요."

베이가 고개를 저었다. "거래할 사람이 없지."

"그럼 여기 계속 혼자 있었던 건가요? 아내에 대해 뭔가 얘기했었죠."

베이는 자기 앞의 길에 있는 돌을 발로 차고는 그 돌을 따라잡으면 또다시 찼다.

록스타가 베이에게 기타를 건네주고는 바닥에 주저앉았다. 왼쪽 신발을 벗더니 양말도 벗겨냈다. 엄지발가락에 커다란 물집이 생기고 있었다. "젠장."

베이가 한숨을 쉬었다. "조끼 속 충전재를 약간 꺼내서 그 주변에 공간을 좀 만들어."

개비가 솔기를 뜯으려고 몸을 굽혔다.

"그럴 필요 없어. 뒤쪽에 찢어진 부분이 있거든. 아무튼 이제 멈춰서 잘 때가 됐나보군."

"미안해요. 당신이 구명조끼를 처음 줬을 때 찢어진 부분을 봤는데 까먹었네요. 우리가 얼마나 멀리 온 거죠?"

"확실히 말하긴 어려워. 우린 아직 파크 로드에 있어."

"파크 로드요?"

"여긴 보호된 야생지역이야. 그랬었지. 포장도로에 도착하면 반은 온 거야. 그리고 조금 더 가면 교차로가 나오지. T 자 교차로에서 왼쪽으로 가면 별장들이 있었는데 이십년 전에 허리케인이 그걸 다 쓸어갔어. 오른쪽으로 가면 도시로 가는 길이고."

개비가 신음을 냈다. 그녀는 지는 해를 바라보며 눈을 찌푸렸다. "반도 못 왔군요."

"그렇지만 넌 아직 살아 있는 데다가 기침이나 화상이 아니라 물집에 대해 불평하고 있잖아."

"불평 안 했어요."

"내가 보기에도 더 걸을 순 없었어." 베이는 배낭을 내려놓고 바닥에 침낭을 풀었다.

"두개는 없겠죠?"

베이는 개비에게 정말 질린다는 표정을 지어 보였다. 세상에 어떤 바보가 이렇게 아프고 준비도 안 된 채로 길을 떠난단 말인가? 하지만 머릿속의 유령들 대신 실제 사람과 소통하는 게 너무 두려워서 그 여자를 내쫓은 것은 바로 본인이었다.

"우리 둘 다 들어갈 수 있어." 베이가 말했다. "체온으로 따뜻해지기도 할 거고."

침낭 안에 등을 맞대고 꼭 끼어 누우니 그렇게 하지 않은 것보다는 따뜻했다. 뒤따라오지 않고 집에 있었던 것만큼 따뜻하지는 않았겠지만 말이다. 추위는 여전히 몸속으로 파고들었다. 베이는 왼쪽 몸의 모든 부분을 느낄 수 있었다. 마치 뼈가 곧바로 땅과 닿아 있는 것처럼. 다른 여자의 등이 자신의 등에 닿아 있다는 것, 그리고 살아 있는 사람과 신체 접촉을 한 게 언제였는지 기억이 나질 않는다는 것 또한 의식했다. 개비가 앓고 있는 열병의 열기가 옷을 뚫고 전해졌지만, 그녀는 여전히 덜덜 떨고 있었다.

"왜 거기 혼자 살고 있어요?" 개비가 물었다.

베이는 잠든 척을 할까 고민했지만 대답이 하고 싶어졌다. "아내와 내가 여기서 소풍을 즐기곤 했다고 이미 말했잖아. 우린 항상 여기서 노년을 보내자고 얘기했었지. 내가 공원 관리인으로 일자리를 얻고, 관리인용 오두막집에서 여생을 보낼 계획이었지. 아, 물론 전기가 있을 거라고 생각했던 거지."

베이는 잠시 말을 멈췄다. 개비의 등에서 기침을 참으려는 긴장이 느껴졌다. "데브라는 모든 것이 그 전에 이미 그랬던 것보다 더 빠르게 나빠지기 시작했을 때 캘리포니아로 출장을 가 있었어. 우리는 전자기기를 다 엉망으로 만든 게 뭔지 끝내 알아내지도 못했지. 그냥 모든 것이 작동을 멈췄거든. 우리는 고층 아파트에 살고 있었어. 난방도 물도 없는 건물에 계속 있을 수 없었지만 서로 연락을 할 수도 없으니 데브라가 나를 찾을 수 있는 곳에 있고 싶었어. 석달이 지나도록 그녀에게서 소식이 없길래 그제야 나는 로비에서 발견한 어린이용 손수레에 필요해 보이는 물건들을 싣고 걷기 시작했어. 그럴 수만 있다면 데브라가 여기로 와서 나를 찾을 거라는 걸 알았거든."

"얼마나 안 좋았나요? 도시들은요? 우리는 이미 배 위에 있었거든요."

"내가 살고 있던 도시에 한정된 얘기일 수도 있겠지만 공포영화에서처럼 사람들이 모두 서로를 공격하거나 그런 상황은 아니었어. 사람들은 서로 도왔지. 훨씬 작은 규모였지만 우리는 이주 만에 전기도 다시 일부 가동시켰어. 다른 건 몰라도 우리는 이전보다 훨씬 강한 공동체였다고 말할 수 있어. 하지만 나한테는 그게 맞지 않았어. 나는 다른 사람들을 원하지 않았거든. 데브를 원했지."

"그들은 우리에게 사람들이 폭동을 일으키고 약탈을 하고 있다고 말했어요. 저택을 침입하고는 몇십명씩 거기 들어가서 산다고요."

"그걸 탓할 수 있을까? 배에 탄 승객들은 연료를 모두 배로 돌리고는 멀쩡한 집들을 버리고 떠났잖아. 다시 말하지만 난 내가 본 것에 대해서만 말할 수 있는데, 사람들은 새로운 질서를 파악하고 최선을 다해서 그게 제 기능을 하게 하려고 했어."

개비는 한동안 침묵을 지켰고 베이는 졸기 시작했다. 그리고 하나의 질문이 뒤따랐다. "데브라가 당신을 찾았나요? 아닐 거라고 짐작은 하지만 그래도……" "못 찾았어. 난 잘게."

인사이드 더 뮤직: 무슨 일이 있었는지 말씀해주세요.

개비 로빈스: 무슨 일이 있었는지 알고 있잖아요. 더이상 당신은 없어요. 리얼리티 쇼도 없고, 연예인 가십도, 음악 산업도 없어요. 배 위에, 그리고 그걸 완전히 포기하지 못한 우리 중 몇몇의 머릿속에 맴도는 반향만이 남아 있을 뿐이에요.

내가 깨어났을 때 베이는 이미 침낭에서 나가 있었다. 그녀는 바위 위에 앉아 간단한 핑거피킹 패턴을 연주하고 있었다. "연주를 못하는 줄 알았어요." 내가 소리쳤다.

"그렇게 얘기한 적 없는데. 내가 노래를 끔찍하게 못한다고 했지 기타 연주에 대해서는 아무 말도 안 했어. 우리 가야 돼. 도시에 웬만하면 일찍 도착하는 게 좋겠어."

나는 일어나 기지개를 켰다. 침낭이 발 주변으로 동그랗게 주저앉았다. 해는 이제 막 떠오르기 시작해 낮고 붉었다. 빽빽한 숲 너머로 양쪽에서 물소리가 들렸다. 나는 너무 기침을 심하게 해서 몸이 둘로 접힐 정도였다.

"왜 그렇게 서두르죠?" 말할 수 있게 된 다음 내가 물었다.

베이는 가까이 있었다면 나를 죽일 수도 있었을 것 같은 눈빛으로 나를 봤다. "우리 둘 다를 더 오래 먹여 살릴 만큼의 음식을 가지고 오지 않았기 때문이야. 넌 아무것도 가져오지 않았고. 게다가 난 몇년째 거긴 가보지도 않아서 그들이 밤에 들어오는 낯선 사람들을 저격할지 어떨지 모르니까."

"아." 거기엔 딱히 할 말이 없었지만 그래도 어쨌든 노력해봤다. "그러니까 기본적으로 당신이 제가 위험에 빠졌다는 생각을 하게 만들어서 제가 스스로를 위험한 상황에 빠뜨렸고, 그 때문에 당신도 스스로를 위험한 상황에 빠뜨리게 되었다는 얘기네요."

"넌 그 망할 배에서 뛰어내릴 때부터 스스로를 위험에 빠뜨린 거야."

맞는 말이었다. 나는 다시 침낭 위에 앉아 발을 살펴보았다. 물집은 끔찍했다. 조끼 속 충전재로 주변을 채워 넣다가 거의 울 뻔했다.

나는 준비가 되었음을 알리기 위해 다시 일어났고, 베이도 다시 걸어 돌아왔다. 그녀는 나에게 기타를 건넨 다음, 침낭을 털고 말아서 배낭에 묶었다. 베이는 몸 어디선가 거의 먹을 수 있는 것처럼 생긴 막대 두개를 꺼내 내밀었다. 나는 나에게 내민 것 하나를 받아 들었다.

나는 냄새를 맡았다. "생선포인가요?"

그녀가 고개를 끄덕였다.

"난 혼자였다면 굶어 죽었을 거예요."

"고맙다는 말로 들을게."

"고마워요. 진짜예요. 먹을 걸 하나도 발견하지 못하고 이렇게 오래 걸어야 한다고는 상상도 못했어요."

"먹을 건 많은데, 넌 그걸 어디서 찾아야 할지를 모르는 거야. 도구가 있다면 낚시를 할 수 있을 텐데. 또다른 게를 찾을 수 있을지도 모르지. 그리고 벌레도 있고. 더 나은 계절에는 뭘 찾아야 하는지만 안다면 베리와 식물도 있어."

우리가 걸어가는 동안 베이는 길을 벗어나서 먹을 수 있는 것들을 보여주었다. 부들 뿌리, 물냉이. 둘 다 날것으로는 맛이 썩 훌륭하지 않았지만 씹는 데 시간이 걸렸고 천천히 걸을 핑계가 되어주었다.

"도시에서 자랐겠지?" 베이가 물었다.

"네, 디트로이트에서 자랐어요. 나만 빼고 모두 뉴욕으로 도망가길래 열여섯살 때 피츠버그로 도망갔죠. 그럭저럭 괜찮은 밴드를 만들어서 주목을 받았어요. 좋은 베이시스트는 사람들이 데려가죠. 밴드와 앨범을 내고, 투어를 하고, 그다음엔 가가나 트릴리엄, 혹은 달마다 인기 있는 가수와 함께 투어를 했어요."

그녀가 물어본 것보다 더 많은 얘기를 해버렸다는 걸 깨달았지만 아직 입을 다물라고 하지는 않으니 계속했다. "그 모든 유명인, 그리고 사교계에 처음 나온 사람들과 함께 배를 탔을 때 정말 웃긴 점은 그들이 얼마나 많은 관심을 필요로 하는가예요. 그들은 파티를 열거나 대대적으로 파탄과 극복을 연출해요. 자신들에 대한 다큐멘터리를 스스로 만들어 배의 엔터테인먼트 시스템에 올리죠. 서로가 서로의 관객 역할을 하면서 번갈아가며 극적인 상황을 연출하는 거예요.

난 그들이 나를 동료로 대할 거라고 생각했는데 거기서 난 그저 그들의 쇼를 위해 고용된 총잡이일 뿐이고 자기들은 나보다 더 대단한 존재라고 여긴다는 걸 알게 됐어요. 다른 연예인 몇몇은 같은 생각을 하고는 일하는 갑판으로 내려가서 부잣집 애들에게 춤이나 노래를 가르치는 일까지 하기로 스스로의 기준을 낮췄죠. 나는 대부분의 사람들보다는 오랫동안 내 음악이 의미 있다는 생각을 붙들고 있었어요. 아직도 그랬으면 하죠."

기침이 나를 완전히 뒤집어놓았다.

"그래서 내 기타를 가져갔군." 내가 구역질을 멈출 때쯤 베이가 물었다.

"맞아요. 여기서도 여전히 음악이 필요하잖아요, 맞죠?"

"그랬으면 좋겠네."

뭔가 더 말하려 했지만 눈앞의 풍경 변화가 주의를 흐트러뜨렸다. 하얀 탑 두 개가 하늘로 솟아 있었는데 하나는 수직이고 다른 하나는 가파른 곡선으로 되어 있었다. "이 상한 모양의 다리군요."

베이는 속도를 높였다. 나는 절뚝거리며 그녀를 따라갔다. 우리가 점점 가까워지자 나는 다리가 의도적으로 기울어진 게 아니라는 걸 알 수 있었다. 이쪽 끝의 탑은 여전히 서 있었지만, 두 탑 사이의 도로는 물속으로 무너져 내려 있었다. 무거운 케이블들이 저쪽 탑에서 머리카락처럼 늘어져 있었다. 우리는 끄트머리까지 걸어가 아래의 콘크리트 덩어리들을 내려다보고 반대편과의 사이에 놓인 간극을 바라보았다. 베이는 앉아서 다리를 가장자리 너머로 늘어뜨렸다.

나는 분위기를 가볍게 만들려고 노력했다. "우리가 섬에 있는 줄 몰랐어요."

"네가 지리 감각이 뛰어나다는 걸 보여준 적은 없었지."

"언제부터 저렇게 되었던 걸까요?"

"내가 그걸 어떻게 알아?" 베이는 짜증을 냈다.

나는 그녀를 혼자 두고 주변을 탐색했다. 내가 돌아왔을 때 베이의 얼굴을 적신 눈물 자국은 말라 있었다.

"허리케인 중 하나 때문이었을 거야. 난 몇년째 여기 나와보지 않았어." 그녀의 목소리는 다시 건조하고 무심하게 들렸다. "결국 보여주는 거지, 언젠가는 모든 것이 바다로 떨어진다는 걸."

"데브는 당신을 포기하지 않았을 거예요." 내가 말했다.

"넌 그걸 몰라."

"그렇죠."

나는 잠시 조용히 있었다. 베이의 눈에서 모든 것을 읽어내려고 노력했다. "어쨌든 내가 돌아다녀봤는데요. 제방을 따라서 기어 내려갈 수 있어요. 물살이 세진 않아 보여서 1마일 정도 수영을 하면 될 것 같던데요?"

베이가 나를 올려다보았다. "옷을 입고, 겨울에, 기타까지 들고 1마일을 수영한다고? 그다음에 흠뻑 젖은 채로 나머지 길을 걸어가겠다는 거야? 농담하는 거지?"

"농담하는 거 아니에요. 도움을 주려는 것뿐이라고요."

"절대 안 돼. 지금은 아니야. 물도 공기도 더 따뜻할 때라면 몰라도."

아마도 베이가 옳았을 것이다. 그녀는 다른 모든 것에 대해서도 옳았으니까. 나는 베이 옆에 앉아서 휘어진 탑을 바라보았다. 지금 디트로이트나 피츠버그는 어떤 모습일지 상상해보려고 했다. 온통 휘어진 탑과 부서진 다리뿐일지, 아니면 베이가 떠나온 곳처럼 더 새롭고 훌륭한 공동체가 자라났을지.

"나에게 배가 있어요." 내가 말했다. "연료는 없지만 당신 벽에 노가 있잖아요. 날씨가 좋아지면 먹을 걸 가득 싣고 육지 대신 해안을 따라 갈 수 있을 거예요."

"그전에 내가 널 죽이지 않는다면 말이지. 넌 정말 끔찍하게 말이 많아."

"그렇지만 난 기타를 꽤나 잘 친다고요." 내가 말했다. "그리고 한번 게를 찾았으니까 완전히 쓸모없다고 할 순 없죠."

"완전히는 아니지." 베이가 말했다.

인사이드 더 뮤직: 무슨 일이 있었는지 말해주세요.

개비 로빈스: 바다에서 저는 거의 의식을 잃고 있었는데 누군가가 저를 구해줬어요. 그건 다른 삶, 더 작은 삶이었어요. 나는 다시 글을 쓰고 있어요. 사람들은 내가 새롭게 써낸 걸 좋아하는 것 같아요.

베이는 일어나기 전에 한참 시간을 끌었다. 그녀는 어깨에 가방을 둘러메고 개비가 데브의 기타를 집어 들 때까지 잠시 기다려주었다. 개비는 베이의 오두막을 향해 걸어가는 동안 베이가 모르는 소소한 리프를 몇가지 연주했다. 베이는 머릿속으로 그 곡에 맞춰 자신만의 가사를 붙였다. 언젠가는 모든 것이 바다로 떨어지지만 어떤 것들은 다시기어 나와 새로운 것으로 변한다는 내용의 가사를.

그녀의 낮은 울림

진짜 할머니가 죽었을 때 아빠는 나에게 새로운 할머니를 만들어줬다. "이건 대체품이 아니란다." 아빠는 마치 무언가가 대체품이 될 수 있다는 듯이 말했다. 이 할머니는 점토와 금속으로 만들어졌고, 전기를 통하게 하기 위해 전체가 전선으로 연결되어 있었는데, 아빠는 이게 그녀를 우리와 매우 비슷하게 만든다고 말했다. 우리가 심장과 내장을 가지고 있는 몸의 중심부에 그녀는 황동으로 된 새장을 가지고 있었다. 어떻게 할머니의 얼굴을 그렇게 똑같이 만들었는지 모르겠다. 아빠는 진짜 버비^{Bubbe*}의 옷을 그녀에게 입혔고, 내가 가지고 있던 진짜 버비의 스카프로 회

* 이디시어로 '할머니'를 뜻하는 말. 이 작품에서는 주인공이 할머니를 부르는 애칭처럼 사용된다.

색 머리카락을 감싼 다음, 버비의 신분증을 치마 주머니에 넣더니 나에게 그녀를 버비라고 부르라고 했다.

"이게 요리를 하나요?" 나는 아빠에게 물었다. "빵을 굽거나 노래를 부르냐고요."

"할 수 있지." 아빠는 말했다. "바로 그런 걸 할 수 있다고. 네가 가르쳐주기만 하면 돼. 내가 일하는 동안 널 돌봐주고 같이 있어줄 거야."

"그걸 버비라고 부르지 않을 거예요."

"마음대로 부르렴. 하지만 나랑 있을 땐 '새 버비'라고 하고 '그녀'로 지칭해준다면 좋겠구나. 너한테 새할머니를 만들어주려고 공을 들였거든."

아빠는 작업대에서 몇달을 보냈다. 강의를 하고 난 후 긴 저녁 시간을, 그리고 더이상 대학에서 일할 수 없게 된 후에는 긴 하루를 보냈다. 가끔 내가 잠들었다고 생각했을 때 아빠가 우는 소리를 들었다. "그녀." 나는 그 기계를 쳐다보며 되풀이했다.

그날 밤, 내가 수프를 만들려고 비트를 손질하고 있을 때 그 기계는 도움을 제안했다. "그냥 구석에 서서 지켜봐요." 나는 말했다. "어떻게 하는지 모르잖아요."

기계는 내 지시를 따랐다. 내가 서툰 칼질로 부엌에 붉은 얼룩을 만드는 동안 구석에 가만히 서 있었다. 버비와 이렇게 똑같이 생긴 무언가가 버비라면 절대 서 있지 않았을 어두운 구석에 서 있는 것을 보는 건 얼마나 이상한 일인지. "할 게 너무 많아." 버비는 늘 말했었다. "쉬는 건 죽어서나 해야지." 이제 버비는 죽었고 버비의 부재는 내 마음속 아픔이었다.

가짜 버비는 한동안 조용히 있다가 다시 말을 했다. "타티아나, 네가 부르고 있는 노래들을 가르쳐주렴. 네가 요리하는 동안 같이 부를 수 있게."

나는 그녀를 조용히 시키고 할머니의 떨리는 소프라노를 흉내 내며 옛날 노래들을 혼자 작게 불렀다. 나는 스스로 '우리'는 없다고 되새겼다. 아빠가 있고 내가 있고, 그 다음 버비가 남긴 빈자리가 있었다. 어떠한 기계도 버비를 대체할 수는 없었다. 생긴 것과 목소리가 버비와 아무리 비슷할지라도 말이다. 그건 나를 '타냐'라는 애칭으로 부를 줄도 몰랐다. 어쩌면 그건 너무 친밀한 것 같다고 아빠가 일러줬을지도 모르겠다.

나는 나의 진짜 버비가 병들기 전에 요리법과 노래를 공책에 기록하기 시작했다. 버비는 그 공책을 싫어했다. 손과 마음으로 기억해야지, 책이 기억을 대신해주기를 기대하면 안 된다고 했었다. 버비가 죽은 뒤 매일 밤 나는 그 공책을 넘겨보며 뭘 만들지 결정했고, 버비의 요리법을 정확하게 재현하려고 노력했다. 요리법이 잘못되었을 때 나는 기록되지 않은 그 사소한 세부 사항들을 되살리려고 노력하며 나 자신을 위해 새로운 메모를 추가했다. 찰라 빵 페이지에는 원래 "반죽하기"라고만 적혀 있었다. "등을 써서 반죽해야 해." 버비가 처음 알려줄 때 했던 말이 생각났다. "등을 쓰지 않고 손으로만 하면 금세 피곤해진단다." 버비는 온몸을 반죽에 쏟아부었다. 다 하고 나면 몸의 앞쪽이 모두 밀가루투성이였다. "가슴이란……" 버비는 가짜 절망으로 한숨을 쉬며 밀가루를 털어내곤 했다.

나는 "반죽" 옆에 "등을 쓸 것"이라고 썼다. 그럼에도 내 반죽은 그녀가 했던 것만큼 잘되지 않았다. 다른 요리들도 마찬가지였다. 아빠는 모든 식사를 불만 없이 먹었지만 나는 할머니의 요리처럼 맛있는 무언가를 만들고 싶었다. 새 버비가 구석에서 지켜보는 동안 시도하고 또 시도했다.

그러다 어느 날 이른 오후 아빠는 서둘러 집에 일찍 돌아왔다. "타냐, 우린 지금 오후 산책을 나가는 사람들처럼 집을 떠나야만 해. 버비 안에 넣을 수 있는 것만 가져갈 수 있단다." 나는 아빠가 한 말을 '새 버비'로 교정하려 했지만 아빠 목소리에 담긴 무언가 때문에 망설였다.

새 버비는 우리를 위해 블라우스 단추를 풀고 새장을 열었다. 처음으로 나는 그게 무슨 용도인지를 이해했다. 아빠는 그걸 우리가 가지고 있던 얼마 안 되는 금으로 채웠다. 진짜 버비의 반지와 목걸이와 안식일용 촛대들을 모두 스카프로 감싸 덜그럭거리지 않게 했다. 아빠의 기도서도 넣었다. 부모님의 결혼사진, 내가 알지 못하는 할아버지와 함께 찍은 버비의 사진, 그리고 내 노래와 요리법이 담긴 공책을 넣었다.

아빠가 한번 뒤를 돌아보는 걸 보고, 나도 뒤를 돌아봤다. 집은 슬퍼 보였다. 처마는 축 처져 있었고, 창문의 화분 받침대는 텅 비어 있었다. 아빠는 처마를 수리할 시간이 없었고, 나는 언제 봄꽃을 심어야 하는지를 몰랐다. 그런 일은 늘 버비가 했었다. 엄마와 할머니에 대한 내 기억들이 그 집과 너무 밀접하게 연결되어 있어서 그 기억들이 집에 남기로 하면 어쩌지? 나는 기억들에게 우리를 따라와도 된다는 것을 알려주기 위해 버비의 노래 하나를 숨죽여 속삭이듯 불렀다.

우리는 떠났다. 나무들은 아직 잎사귀보다는 꽃을 더 많이 달고 있었지만 전날 밤 내린 비로 꽃잎들이 바닥에 떨어져 있었다. 발아래 밟히는 꽃잎은 부드러웠고 자갈길을 걸을 때 발자국 소리를 부드럽게 해주었다. 길거리에선 라일락과 비 냄새가 났고, 나는 한번도 들어본 적 없는 비명 소리와 군화 소리에 귀를 기울였으며, 우리 셋은 급한 일이 전혀 없는 것처럼 강가로 걸어 내려가 강둑을 따라 산책했다. 그렇게 우리는 집을 떠났다. 새 버비의 가슴 속 새장에 담겨 이동하고 있는 귀중품 말고는 아무것도 가진 것 없이 그렇게 그저 계속해서 걸었다.

저녁이 될 무렵 아빠의 친구 한명이 도시 외곽에서 우리를 맞아주었다. 아빠의 친구는 우리에게 검은 빵과 치즈를 주었고 밤새 차를 태워줬다. 한번 서서 서류검사를 받았다. 한 군인이 차 안을 손전등으로 비추며 우리의 서류를 확인하는 동안 다른 군인은 소총을 들고 대기했다. 그들은 모든 문과 트렁크를 열어보았다.

"할머니, 어디 가십니까?" 한 군인이 새 버비에게 물었다. 나는 숨을 죽였다.

"내 아들에게 물어보세요, 그애가 다 알아요." 새 버비가 말했다. 그건 버비가 늘 하던 말이었다. 나는 새 버비가 이런 말도 할 줄 아는지 몰랐다. 우리 여정에 관한 아빠의 설명은 내 심장 박동 소리에 묻혀 들리지 않았다. 불빛은 우리 얼굴에 잠시 더 머무르다가 꺼졌다.

"짐은 없어." 한 군인이 다른 군인에게 말했다. 그들은 게이트를 올려 우리를 통과하게 해주었다.

우리는 계속해서 운전했다. 나는 아빠가 나와 함께 뒷자리에 앉아 있었다면, 거기서 내 머리를 쓰다듬고 나를 안정시켜 주었다면 좋겠다고 생각했다. 대신 버비가 차의 어둠 속에서 팔을 뻗어 내 손을 찾았다. 처음으로 나는 그것이 그렇게 하도록 두었다. 나는 그것의 무릎에 기대 그것의 낮은 울림을 자장가라고 생각하며 잠들었다.

아침이 되자 아빠의 친구는 우리를 낯선 도시에 데려다

주었다. 거기서 아빠는 작은 트렁크와 가방, 우리 옷을 샀고, 다음 날 출발하는 증기선 표도 샀다. 하지만 표는 두 장뿐이었다. 나는 우리 호텔방에 놓인 낡은 싱글 침대에 앉아서 아빠가 새 버비를 분해하는 모습을 지켜보았다.

"이렇게 되어서 미안해요." 아빠가 말했다. 새 버비는 어깨를 으쓱하며 정말 버비 같은 한숨을, 고통과 이해로 묵직하게 차 있는 한숨을 쉬었다. 그 눈에서 빛이 꺼질 때 나는 몸을 떨었다.

"왜 그냥 그것, 아니 그녀의 표를 사지 않았어요?" 내가 물었다.

"타냐야, 다음 여정에서는 우리가 더 좁은 공간에서 지내야 하고 검사도 있을 거란다." 아빠는 말했다. "사람을 사람 아닌 걸로 예상하지 않는 사람은 누구든지 속일 수 있지만 의료 검사까지 통과할 수는 없을 거야."

아빠는 그걸 여러 부분으로 분해한 후 전선들을 묶고 엮어서 다시 깔끔한 묶음으로 정리했다. 아빠가 새 버비의 머리를 떼어낼 때 나는 눈을 돌렸다. 새장의 핵심부와 우리의 모든 귀중품이 숨겨진 몸통은 그대로 두었는데 그건 마치 재봉사의 마네킹 같았다. 분해된 그녀는 아빠가 그날 오후에 구입한 작은 트렁크에 딱 맞았다.

부두에서 우리는 번호와 그룹을 배정받았다. 우리는 가파른 계단을 따라 마치 가축처럼 서로 밀치고 떠밀리며

3등 객실로 내려갔다. 아빠는 새 버비가 든 트렁크를 드는데 양손을 다 써야 했기 때문에 나는 한 손으로 아빠의 옷자락을 잡고 다른 손으로는 가방을 꼭 쥔 채 사람들 틈에서 아빠와 떨어지지 않으려 애썼다. 두 층을 더 내려가자 가족 숙소가 나왔고, 우리는 철제 침대 두개와 그 사이의 좁은 틈을 차지할 수 있었다.

그날 밤 아빠는 트렁크를 짚 매트리스의 발치에 두었다. 아빠는 남은 공간에 아기처럼 몸을 웅크리고 잤다. 나는 트렁크 안에 있는 부분들의 합, 한때 마치 살아 있는 것처럼 보였던 그걸 생각하지 않으려 애썼다. 삶은 부서지기 쉬운 것이었다. 나는 할머니가 죽은 뒤에 시신을 보기는 했지만 할머니의 눈에서 생명이 떠나는 순간을 직접 보지는 못했다.

우리 숙소에서는 땀 냄새와 젖은 양털 냄새, 그리고 병든 사람들 냄새가 났다. 또 얼마나 많은 소음이 있었는지! 다른 가족들은 수군댔고, 아기들은 울었으며, 어딘가에서 나이 든 여자가 신음 소리를 냈다. 증기기관은 돌아가며 철컹거렸다. 처음에는 잠들기가 힘들었지만 곧 다른 가족들의 소리는 무시하고 배가 내는 소리를 자장가 삼아 잠들 수 있게 되었다. 배 가장 깊은 곳에서 나는 엔진 소리는 새 버비를 생각나게 했고, 그건 진짜 버비의 목소리를 떠올려주었다. 나는 그 소리들이 뒤섞이도록 두었다. 진짜인 것과 상상인 것, 살아 있는 것과 거의 살아 있는 것.

나는 날짜를 세지는 않았지만 상황의 모욕적인 면을 받아들이게 되었다. 우리는 따로 식사 공간도 없이 바닥에서나 침대에서 식사를 했다. 우리는 딱딱한 비스킷을 씹고 수프에서 벌레를 골라냈다. 내 요리는 이 배의 음식에 비하면 왕족의 식사에 걸맞은 것이라 할 수 있었다. 최소한 내 수프에 머리핀을 빠뜨린 적은 없었으니까 말이다. 매 끼니 후에 나는 줄을 서서 내가 사용한 주석 접시를 바닷물이 든 대야에 담갔고, 또다른 줄을 서서 얼굴과 손을 씻었다. 너무 비좁다고 느낄 때마다 나는 트렁크 속 조각난 새 버비를 생각했다.

우리는 아빠가 우리의 새집이 될 거라고 말한 곳에 도착했다. 그가 언질을 주었던 것처럼 의료 검사가 있었다. 그들은 우리의 머리카락, 얼굴, 목 그리고 손을 검사했다. 여기까지는 새 버비가 통과할 수도 있었겠지만 그다음인 눈 검사는 통과하지 못했을지도 모른다. 의사들은 손에 분필을 들고 있었고 어떤 사람들의 옷에 표시를 했다. 나는 숨을 규칙적으로 쉬며 스스로를 취약함이라고는 모르는 기계로 바꾸려 애썼고 아빠도 그렇게 하고 있기를 바랐다. 우리는 의사들을 통과했고, 그다음에는 심문관들을 통과해 트렁크와 가방만을 든 채 새로운 곳에 도착했다.

아빠는 옛 대학 동료의 주소를 가지고 있었고, 우리는

한시간을 걸어 그 집에 도착했다. 레비탄 씨는 아마도 우리에게서 나고 있었을 압도적인 악취에도 아빠를 안아주었다. 그는 그날로 우리가 아파트를 구할 수 있도록 도와주었다. 아마도 우리의 악취가 그의 행동을 재촉했을지도 모른다. 그래도 그는 시간을 내어 우리 여정이 어땠는지 물어보았고, 달콤한 맛과 레몬처럼 새콤한 맛이 동시에 나는 사탕을 주었다.

새 아파트는 우리의 예전 집보다 훨씬 작았다. 훨씬 적은 물건을 가지고 있었기에 그건 상관이 없었다. 건물에선 레몬과 피클과 담배 냄새가 났고, 창문을 통해 들어오는 햇빛은 우리가 온 곳의 빛보다 훨씬 강력했다. 하루 종일 종소리가 울릴 때가 많았다.

아빠는 새 버비를 다시 조립했다. 아빠한테 얘기하지는 않았지만 그가 그녀의 회로를 다시 연결했을 때 나는 그녀가 아무 손상 없이 여행을 견뎌낸 걸 보고 안도했다. 나는 그가 우리의 변화된 상황에 대해 설명해주는 것을 들었다. 그녀는 어깨를 으쓱하고는 고개를 끄덕였다.

아빠는 아파트에서 나가지 말라고 당부했는데, 갈 곳이 없었으므로 그 말을 지키는 건 쉬웠다. 아빠는 집에서 그랬던 것보다 더 긴 시간을 나가서 일했기 때문에 새 버비가 나의 유일한 친구였다. 그녀는 우리가 새로운 공간으로 이사 온 이후에는 질문을 하지 않았다. 아빠는 빵과 청어만 사 왔기 때문에 그녀가 요리를 도와줄 일도 없었다. 아빠는 나에게 라디오를 사주었다. 나는 노래를 하는 대신 그걸 들었지만 진행자들이 쓰는 언어를 몰랐기 때문에 알아들을 수 있는 노래가 거의 없었다.

우리 건물의 전기는 대부분의 날에 수시로 나갔다 들어왔다 해서 불안정했다. 대부분의 경우에는 끊긴 후 잠깐이 지나면 돌아왔지만 어느 날 아침에는 나가버린 후 돌아오지 않았다. 내 라디오는 노래의 중간에서 뚝 끊겼다. 나는 처음에는 지루해서, 그리고 나중에는 겁이 나서 방을 서성거렸다. 시간이 흘렀고, 방은 어두워졌다.

"무슨 일이 생겨서 아빠가 집에 못 돌아오면 어떡하지?" 나는 새 버비에게 물었다. "우리만 남겨지면 어떡해?"

"쉿." 새 버비가 말했다. 차를 탔을 때 이후 처음으로 나는 그녀가 나를 안아주도록 두었다. 그녀의 내부에서 들려오는 윙윙거리는 소리가 나를 안심시켰다. 그녀는 절전이 영향을 줄 수 없는 존재였다.

새 버비가 노래를 부르고 있다는 걸 알아차리는 데에는 시간이 좀 걸렸다. 처음에는 조용히 부르다가 내가 그만하라고 하지 않자 점점 더 크게 불렀다. 그녀는 버비의 노래를, 그녀가 듣지 못하게 내가 아주 작게 불렀던 그 노래들을 불렀다. 높은 음에서 그녀의 목소리는 도자기가 깨지는 것처럼 갈라졌다.

나는 그녀가 다른 노래도 불러주었으면 했고 내가 그렇게 말하자 그녀는 기뻐하는 것 같았다. 후렴구를 부를 땐 나도 그녀와 함께 불렀다. 우리는 또다른 노래를, 그리고 또다른 노래를 불렀다. 옛날 노래들과 라디오에서 들은 노래들을 부르며 그렇게 하루를 보냈다. 전기가 돌아온 걸 알아차리지도 못했다.

그날 밤 늦게 아빠는 닭고기와 양파와 한자루의 카샤*를 가지고 돌아왔다.

"타냐야, 네 요리책을 가져와 보렴." 아빠가 말했다. "잔치를 벌일 거거든."

나는 고개를 저었다.

진짜 버비는 손으로 기억하라고 말했었고, 나는 새 버비에게 카샤의 비밀은 닭기름을 섞어 넣는 거라는 걸 알려주었다. 그녀는 진짜 버비처럼 블라우스에 기름을 묻혔다. 나는 그녀에게 "가슴이란……"이라고 말하며 한숨을 쉬는 걸 알려주었다. 진짜 버비가 언제나 그렇게 했던 것처럼 말이다.

그날 나는 이런 생각을 했다. 내가 그녀의 손에 요리하는 방법을 가르치고, 그녀의 입술이 버비의 노래를 알게 된다면 아빠가 멀리 있을 때에도 우리 둘은 언제나 함께

* 동유럽의 굵게 탄 메밀가루, 혹은 그 가루로 쑨 죽을 이르는 말.

할머니를 기억할 수 있을 거라고. 진짜 할머니는 나의 선생님이었지만 이 할머니는 내가 가르쳐야 했다.

"저를 '타냐'라고 불러도 좋아요." 나는 그녀에게 말했다. 나만의 상상일지도 모르지만 그녀가 기뻐하는 것 같았다.

"나는 뭐라고 부를 건데?" 그녀가 물었다. 나는 고민했다. 버비는 더이상 적절하지 않았고, '새 버비' 역시 내가 경멸조로 사용하던 이름이기 때문에 마찬가지였다.

"뭐라고 불리고 싶어요?"

그녀는 어깨를 으쓱했다. "네가 선택하렴. 너에게 의미 있는 뭔가로 불러줘."

나는 그녀에게 차야라는 이름을 지어줬다. '살아있는' 이라는 뜻이었다. 그녀는 이제 나의 잃어버린 할머니를 떠올리게 하는 무언가이기만 한 것이 아니라 그 자체로 고유한 존재가 되었다.

그녀는 언제나 나와 함께할 것이다. 그랬으면 좋겠다. 언젠가 그녀와 나는 나의 아이들과 손주들에게 크레플라흐*와 카샤 바니쉬케** 만드는 법을 알려줄 것이다. 언젠가 그들은 그녀의 가슴속에 있는 새장에 대해, 내 오래된 조리책과 조부모 사진이 여전히 들어 있는 그 새장에 대해

---

* 치즈나 다진 육류 등을 만두 모양으로 싸서 수프에 끓인 요리.
** 미국 유대교 커뮤니티의 전통 음식. 보통 카샤에 나비 모양 계란면을 섞어 만든다.

궁금해할 것이다. 언젠가 내 머리도 그녀처럼 희끗희끗해질 것이고 그러다 더 하얗게 셀 것이다. 나는 식탁 위로 몸을 굽혀 블라우스에 밀가루 범벅을 한 채, 한숨을 쉬며 "가슴이란……"이라고 그 정확한 가짜 절망을 담아 말해 주변에 있던 아이들이 키득거릴 수 있게 할 것이다. 다른 사람들이 잠자리에 들면 그녀와 나는 함께 기억하고, 나는 그녀의 낮은 울림에 귀를 기울이고, 또 우리는 서로에게 자장가를 불러줄 것이다.

죽은 사람들과
이야기하기

그렇다, 내가 바로 "리지 보든이 도끼를 들고……"라는 그 유명한 노래의 한 구절을 살려 '도끼질의 집' 이름을 지은 사람이다.* 마치 내가 그런 것에 대해 농담을 할 수 있는 사람이라도 되는 것처럼. 엘리자베스 민트가 나에게 같이 사업을 하자고 제안했었고, 내가 그것을 거절한 것 역시 사실이다. 우리는 대학 시절 룸메이트였는데, 솔직히 나는 사업수완이 아예 없다는 걸 숨길 생각이 없다. 내가 엘리자베스처럼 그 아이디어의 잠재력을 보았더라면, 그

---

* "리지 보든이 도끼를 들고"(Lizzie Borden Took an Ax)로 시작하는 동요 첫행의 '도끼'(ax)와 각운을 맞춘 두번째 행의 '도끼질'(whacks)을 활용했다. 이 동요는 1892년 매사추세츠주 폴리버에서 발생한 악명 높은 미스터리 살인사건을 소재로 만들어져 유행했다. 이 사건은 2014년 영화로 제작되기도 했다.

제안을 받아들였더라면, 그리고 그녀와 일하는 걸 그만두지 않았더라면 지금쯤 백만장자가 되어 있을 것이다.

당시 엘리자베스는 스스로를 일라이자라고 불렀다. 누구에게든 자기 이름이 '이-ㄹ-라-이-자'이며 다른 무엇도 아니라는 점을 확실히 해두었다. 그녀는 리지 보든 사건에 관련된 모든 것과 이상한 애증관계에 있었다. 엘리자베스의 가족은 그녀가 어렸을 때부터 사우스저지에 살았고 당시에는 리지라고 불렸다. 그땐 아무도 그 이름에 대해 난리를 피우지 않았고 말이다. 리지가 고등학교에 들어가기 직전에 리지의 가족은 한시간쯤 주의 북쪽으로 올라간 티넥으로 이사를 했고, 바로 그때 문제의 리지 보든 영화가 나왔다. 이사하자마자 그녀는 "보든타운에서 온 리지"가 되었으며 모두가 그녀에게 부모님이 잘 계시는지 물어보곤 했다. 그녀는 사년간의 놀림에서 벗어나 대학에서 새로운 시작을 하게 되어 기뻤다.

이 모든 것에도 불구하고, 어쩌면 바로 그 때문에, 그 이야기는 일라이자를 매혹시켰다. 나는 이해할 수 없었지만 나는 무언가에 집착하는 사람들과 함께 살아가는 데 익숙했다. 그녀는 로체스터부터 매사추세츠주 폴리버까지 이르는 로드트립에 나를 여러번 끌고 갔다. 다른 몇몇 으스스한 곳에도 데려갔다. 방치된 정신병원, 살인 현장, 연쇄 살인마의 집. 나는 얼마나 많은 사람이 그런 곳으로 순례를 가는지 전혀 몰랐었다. 최소한 일라이자의 관심은 실용적인 데 있었다. 처음에는 나도 몰랐지만 말이다.

일라이자가 기름값도 냈고, 나는 어차피 집에서 100마일 이상 떨어져본 적도 없었기 때문에 기꺼이 따라다녔다. 나와 함께 이런저런 곳에 가고 싶어하는 사람이 있다는 것 자체가 새로웠다. 돌아보면 그건 자기 자신의 관심을 나에게 투사하는 것에 불과했지만 말이다.

그런 곳들 중 하나에서 돌아오던 길이었다. 나의 오래된 포드 피에스타를 타고 ─ 그녀는 내가 만나본 사람들 가운데 돈이 있는데도 운전을 하지 않는 유일한 사람이었다 ─ 내가 생각해낼 수 있는 가장 신나는 음악을 찾느라 폰을 뒤질 때 그녀는 늘 조용히 앉아 있었다. 그리고 그럴 때면 언제나 질문들이 따라왔다.

"있잖아 그웬, 그 수영장에 왜 물이 없었을까?"

"10월이라서?"

"지금 말고. 그때. 7월에 빈 수영장에서 발견됐잖아."

나는 고심했다. "그 사람이 그렇게 되기 전에 물을 비웠는지 아니면 그러고 나서 비웠는지 밝혀진 게 있어?"

"그 사람은 익사하거나 물에 빠진 게 아니야. 이미 죽어 있었다고. 너 잘 안 듣고 있었구나?"

그 질문에 대한 답은 언제나 "맞아"였다. 그때쯤 나는 이미 살인사건이나 실종된 사람들에 질려 있었다. 나는 당면한 미스터리에 대해 최대한 적게 알게 되는 걸 목표로 삼고 그 장소들을 떠돌았다. 그 모든 일은 나에게 관음증적이고 병적으로 느껴졌다. 내 생각에 한 가족의 집 안에서 일어나는 일들은 밖으로 드러나서는 안 되는 것이었고 해결되어야 할 일은 더더욱 아니었다. 단서들에 관심을 갖는 대신 나는 건축양식, 인테리어 디자인, 조경, 예술품 등에 집중했다. 책꽂이에 꽂힌 책들과 가구와 식기 등을 유심히 살폈다. 부모님 집 지하실에 만들어둔 마을놀이에 그 집을 더한다면 그걸 어떻게 모형으로 재현할지 상상해봤다.

일라이자는 시간이 좀 지나서 제 질문에 스스로 답하곤 했다.

"나라면 나머지 가족들이 여행을 떠나 있는 동안 비싼 수리를 해야 한다고, 누군가 헤이굿 씨를 설득해서 수영장을 비워둔 거라는 데 걸겠어. 이것저것 다 수리가 필요하다면서 수영장은 물이 빠져 있어야 한다고, 미리 그 비용을 지불해야 한다고 말했을지도 모르지. 그리고 가족들이 돌아와서 그가 사기를 당했다는 것을 알게 되고, 그리고……"

"그게 21세기 최고의 인기를 누리던 미국 정치인을 끌어내린 방법이라고? 사기? 그 집은 돈이 충분히 있었다고. 그게 어떻게 아들은 수영장에 죽어 있고 상원의원 헤이굿

씨가 삼주간 실종된 사건을 설명할 수 있어?" 그 정도는 투어에 집중하지 않아도 알 수 있었다.

"잘 모르겠다면 내가 설명해볼게, 그웬."

그러면 나는 따라부를 수 있는 노래로 넘겼고 그리 오래지 않아 일라이자는 내 노래를 멈추기 위해 사과를 하고 대화 주제를 바꿨다. 그녀는 회고록에 이 모든 것을 적었다. 수많은 로드트립과 이후 그녀가 스스로에게 했던 질문들. 거기서 나를 삭제했지만 말이다. 취조와 같던 질문들은 윤색이 되어 있었다.

책에서 나는 기껏해야 한 장면 정도를 차지했다. 일라이자의 이야기에서 우리는 매스파이크 고속도로에 있었고, 폴리버로부터 학교로 돌아가는 여섯시간의 운전 구간 중 한시간 정도 지났을 때 일라이자가 나에게 이렇게 말했다. "우리가 그들에게 질문을 할 수 있다면 어떨까?"

실제로 나는 "누구?"라고 말했고 일라이자는 "알잖아, 그들"이라고 대답했다. 이어 나는 "누구 말하는 건지 모르겠는데"라고 했고 우리는 한바탕 진 빠지는 대화를 했다. 그녀는 『죽은 사람들과 이야기하기』라는 책에서 이런 대화를 간결하게 바꿔 선명하게 만들었다.

그녀의 버전에서 그녀는 "우리가 그들에게 질문을 할 수 있다면 어떨까?"라고 말했다.

각색된 나는 그녀의 생각을 완벽하게 이해하고 "그럼

정말 좋겠다"라고 대답했다.

일라이자가 말한 건 물론 "그들에게 목소리를 주면 어떨까?"였다. 그건 그녀의 아이디어였다. 살인자와 괴물과 부당하게 누명을 쓴 자들에게 질문을 하는 것.

"세앙스* 같은 건가?" 일라이자의 생각을 이했을 때 내가 떠봤고, 책에서는 이 이야기가 실제 일어났던 대화에서보다 훨씬 더 짧게 축약되어 있었다.

"세앙스인데 더 좋은 거지. 폴리버에 가서 리지 보든에게 진짜 질문을 하고 응답으로 진짜 답을 듣는 거야."

나는 대충 장단을 맞춰줬다. "'도끼질의 집'이라고 부르면 되겠다. 느낌 오지?"

"지금까지 낸 아이디어 중 가장 좋은 생각이야." 나는 일라이자의 말 뒤로 미소를 느꼈다. 나머지 구간을 운전해오는 동안 우리는 더 좋은 이름을 떠올리려 애썼지만 애초에 그 이름이 딱이었다.

그 이름은 프로젝트를 집중력 있게 추진하는 데에도 도움이 되었다. 나는 일라이자의 아이디어가 어디선가 움직이는 살인자가 튀어나오는 식으로 재현될 거라 생각했고, 그녀에게는 그게 좋은 생각이었을 수 있지만 나에게는 대통령 명예의 전당과 오즈의 마법사의 머리를 아무렇게나

---

* 살아 있는 사람들이 죽은 이들의 혼령과 교류를 시도하는 모임.

섞어 합쳐놓은 것처럼 느껴졌다. 그건 끔찍하게 으스스했고, 너무 이상했다.

우리가 진짜 같은 흉상을 만들기 위해 필요한 기술을 가진 사람을 하나도 모르는 상황이 아니었다면 그녀는 그 생각에 집착했을지도 모른다. 일라이자는 당장 가진 것에 적응하는 데 능한 사람이었고, 그녀가 가진 것은 나였다.

모델을 만드는 건 언제나 나의 일이었다. 처음에는 브로콜리 나무가 있는 전경과 랜치 드레싱을 강의 푸른색으로 물들인 걸 만들었다. 그리고 부모님 집 지하실에 있는 기차역을 품은 마을들. 내 남동생 트리스탄이 사라지기 전에, 그리고 내가 다닌 고등학교의 모든 공작과 공학 수업에서 가르친 것이었다. 살인의 집을 만드는 작업도 크게 다르지 않았다. 그렇게 치면 내가 지금 만드는 건축 모형들도 그렇게 다르지 않기는 마찬가지다. 답은 여기 있었다. 우리의 선택은 가짜처럼 보이는 사람 모형을 만들지 진짜처럼 보이는 집 모형을 만들지 둘 중 하나였다.

나는 첫번째 모형을 내가 산학 연계 업무를 하고 있었던 캠퍼스 극장의 세트장 제작소에서 만들었다. 거긴 좋은 직장이었다. 나는 만드는 걸 좋아했고 일정이 제멋대로인 것도 좋아했다. 그게 항상 나를 가난하게 만들었지만 상관없었다. 늘 그랬다.

프로토타입은 물론 보든의 집이었다. 리지 보든의 나중

집인 메이플크로프트가 아니라 92 세컨드 스트리트에 있는 집. 우리가 방문할 때마다 일라이자는 그곳에서 운영 중인 B&B를 예약했다. 일라이자는 리지의 새엄마가 살인당한 채 발견된 방으로 달라고 특별히 부탁할 수 있을 정도로 미리미리 예약을 해두었다. 나는 원래도 살인사건들보다 집 자체에 관심을 가지고 복도를 거닐곤 했지만 일라이자가 자기 계획에서 나의 역할을 설명해주고 난 후에는 한층 더 관심을 가지고 보았다. 층계의 넓이, 하루 동안 변하는 햇빛의 방향을 고려한 창문의 방향 등. 온라인에서 평면도와 사진을 찾는 것은 어렵지 않았지만 그 프로젝트에 숨을 불어넣은 건 그 방과 복도를 직접 겪어본 나의 경험이었다.

그녀가 발주한 모델을 보여주자 일라이자는 "세상에, 그웬" 하고 감탄했다.

서측 벽은 경첩으로 활짝 열렸다. 그 안에는 모든 방이 완벽한 비율로 만들어져 있었다. 살인 소파, 거울, 층계참 등도 작게 재현되어있었다. 작동하는 창문과 문. 그것은 4인치 정도의 토대를 제외하면 30센티미터 정도 높이였다. 보든의 집에는 전기가 들어오지 않아서 나는 모형 가스 램프를 테이블과 벽에 만들어 달았다.

"부탁한 게 이거 맞지?"

"어, 맞아. 그런데 이거 만드는 데 얼마나 걸렸어?"

나는 머릿속으로 날짜와 시간을 더해보다가 어깨를 으쓱했다. 일라이자는 내가 모델을 만드는 딱 그 정도 기간 동안 프로그래밍과 전기 부분을 책임지고 만들었다. 내가 그걸 만드는 동안 자재를 모두 사다 주기도 했으니 그녀도 아마 알고 있었으리라 생각했다.

일라이자는 모형을 돌려보고 창문을 통해 들여다보았다. "가구를 하나하나 다 만들었어." 내가 그녀가 하는 말을 들을 수 없기라도 하다는 듯 스스로에게 속삭였다. "정말 놀라워."

나는 요청받은 대로 토대를 비워두었고, 일라이자는 다음 날 수업을 모두 빠지고 전기를 설치했다. 내가 저녁 이후 방으로 돌아왔을 때 그녀는 침대에 누워 책을 읽고 있었다.

"켜봐." 내 쪽으로 돌아누우며 말했다.

일라이자의 책상은 내 책상과는 달리 언제나 엉망이었다. 모델은 중앙에 있었고 온갖 도구가 주변에 널브러져 있었다. 창문 셔터 하나가 없어져서 나는 순간적으로 당황했다. 베이스를 한참 더듬고서야 스위치를 찾을 수 있었다. 아무 일도 일어나지 않았다.

"이제 어떡해?" 내가 물었다.

"질문을 해봐."

아무 생각도 나지 않았고 일라이자는 투덜대며 나 대신

물었다. "애비, 공격당했을 때 당신은 어느 방향을 보고 있었나요?"

나는 안에서 인물들을 발견하기를 반쯤 기대하면서 집 안을 들여다보았다. "잠깐, 애비가 누구야? 리지에게 질문을 하는 거 아니었어?"

"우리가 흉상이 아니라 집을 만들기로 했을 때 거기 모든 사람들을 다 넣을 수 있다는 걸 깨달았어."

일라이자는 자신의 질문을 반복했다. 스피커로 한 여자의 목소리가 나왔다. 일라이자의 친구 앤지임을 알 수 있었다. "저를 공격하는 사람을 보고 있었습니다."

"애비, 처음으로 맞았던 곳이 어디였죠?"

"손님 방에서였습니다."

나는 킥킥댔고 일라이자는 흰눈을 뜬 표정을 지었다. 이건 오류였다.

"애비." 그녀는 다시 시도했다. "처음에 맞았던 몸의 부분이 어디였나요?"

"머리의 측면이었어요."

일라이자는 승리의 미소를 지으며 계속했다. "앤드루, 당신은 죽던 날 아침 집을 떠나서 어딜 간 거죠?"

이번에는 누군지 모르겠는 남성의 목소리였다. 어쩌면 교수님들 중 한명? 목소리는 우리 친구들보다 나이 들어 보였다. "저는 아침 산책을 했습니다."

"누가 당신을 공격했나요?" 내가 물었다. 답이 없었다.

"먼저 이름을 말해야 돼." 일라이자가 말했다.

나는 갑자기 쑥스러워 굳어졌다. "음, 보든 씨, 누가 당신을 공격했죠?"

"저는 잠들어 있었습니다."

나는 일라이자를 바라봤다. "보든 부인에게 이 질문을 하면 어떻게 되지? 아니면 리지에게 직접 물어본다면?"

"해봐."

"리지 보든, 당신은 당신이 죽였다고들 하는 사람들을 정말로 죽였나요?"

리지 보든은 매사추세츠주 억양을 어색하게 따라 하는 일라이자의 목소리로 답했다. "저는 이미 그 범죄 혐의들에서 벗어났어요."

맞은편 침대에 누워 있던 같은 목소리가 말했다. "굉장하다, 그치?"

내 침대 뒤쪽 창문을 뭔가가 두드렸다. 방충망과 유리 사이에 갇힌 벌이었다. 나는 그걸 풀어주기 위해 방을 가로질러 갔다.

벌은 몇차례 창문에 부딪히고 나서야 건물 벽을 따라 흘러내려갔다. 나는 내 침대로 뛰어들었다.

"아직 잘 모르겠어." 내가 말했다. "그건 결국 다른 모든 사람이 알고 있는 것 정도만 알고 있는 거잖아. 그건 말하도록 프로그래밍된 대로만 말하는 거라고. 누가 그랬는지에 관해 네가 알고 있지 않다면 그것도 모르는 거 아냐?"

일라이자는 한숨을 쉬었다. "이건 그냥 프로토타입이야. 내가 프로그래밍한 질문만 답할 수 있지. 그치만 인공지능 프로그램에 충분한 정보를 제공한다면, 그리고 모든 용의자와 모든 피해자에 대한 구체적 정보를 제공한다면 내가 모르는 답도 할 수 있는 수준으로 끌어올릴 수 있어. 주어진 정보에 기반해서 내가 보지 못한 연결점들을 찾는 거지. 어쩌면. 그리고 그렇게 하지 않는다고 해도 사람들은 그걸 살걸."

"근데 그걸 왜 하는 건데?"

"사람들은 해결되지 않은 살인사건을 사랑해." 그녀는 말했다, 자신의 회고록에서 확장된 형태로 반복한 바로 그 문장이었다. "그리고 그들은 살인사건이 일어난 집도 사랑하지. 나는, 그니까 우리는, 이걸 만들고 이걸 살인사건이 일어난 집 박물관에 파는 거야. 이건 박물관에 들어갈 정도의 수준이니까. 그리고 나서는 가구나 내가 흔들면 떨어지는 진짜 열리는 창문 같은 섬세한 것들을 빼고 더 작고 저렴하게 만드는 거지."

나는 그 말에 생각보다 더 상처받았다. 잘만 다루면 내 모형에서는 그 어떤 것도 떨어지지 않았다. 내 남동생 트리스탄은 집을 떠나 더이상 그럴 수 없을 때까지 그에게 허용된 것보다 많은 것들을 부쉈지만 한번도 내 작업 능력이 문제였던 적은 없었다. "우리가,라고 했지?"

"우리."

나는 일라이자의 잡동사니 속에서 잃어버린 창문을 찾을 때까지 책상 주위를 들쑤시며 서 있었다. 내 모형 재료를 뒤져서 그 창문을 다시 제자리에 고정할 수 있는 작은 핀을 건져냈다. "다른 목소리들은 괜찮은데, 네가 한 리지는 너무 인위적이야."

이주가 지난 뒤 일라이자는 토대를 업데이트했다. 집은 이제 더욱 다양한 대답을 내놓았다. 그녀는 자신의 목소리를 우리가 폴리버에서 들었던 말투와 더 비슷한 억양을 가진 사람의 목소리로 대체했다. 봄방학에 내가 집에 가 있는 동안 일라이자는 그 집을 무릎에 올린 채 버스를 타고 매사추세츠주로 갔다. 그리고 동네의 한 가게에 그걸 1000달러에 팔았다.

학교로 돌아온 첫날 일라이자는 내 침대에 돈을 툭 던졌다. 사는 쪽에서는 온라인으로 구매했지만 일라이자는 그걸 은행에서 20달러 지폐로 인출을 해 온 것이었다.

"그웬, 우리가 이 일에서 파트너가 맞는지 확인해봐야겠어."

"난 이미 그렇다고 생각했는데?"

"그럴 수도 있겠지. 넌 모형을 만들어줘야 하고, 나는 이 일을 어떻게 진행할지에 대해 몇가지 생각이 있거든? 우리가 파트너라면 우리가 이 사업을 위해 둘 다 돈을 넣고, 둘이 같이 결정을 하고, 모든 것을 반반으로 나누고, 아니면 모형을 만드는 데 드는 돈을 내가 부담하는 대신 이건 어쨌든 내 비즈니스인 걸로 할 수도 있지."

"나한테 얼마나 줄 건데? 모형 만드는 값으로?"

"그 첫번째 모형은 예술적인 수준이었어. 우리는 그런 걸 몇개 더 만들고 — 내가 목록을 가지고 있어 — 그 후에는 장식적인 부분 없이 미니 버전을 또 몇개 만들어야 해. 진짜 열리는 창문 없이. 큰 집들을 만드는 건 각각 600달러와 재료비를 받게 돼. 작은 집들은, 음, 각각 50달러. 팔 수 있든 없든 너한테 각각에 대한 값을 줄게.

"그 돈뭉치는 900달러야. 네가 첫번째 모형을 만드는 데 노력해준 대가지. 그 첫번째 모형을 팔 수 없었다면 아무 것도 할 수 없었을 거야. 그냥 고용되어서 일하는 것처럼 하기를 원한다면 900달러를 다 가져. 그게 아니라면 그 돈을 내가 다시 가져가서 다음 단계에 투자하고 우리는 반반씩 가져가는 파트너가 되는 거야. 성공하든 실패하든 같은 비중으로."

나는 내 침대에 쌓여 있는 지폐다발을 바라보았다. 나는 평생 그만큼의 돈을 본 적이 없었고 일라이자는 그걸 알고 있었다. 나의 부모님은 특별히 부유하지 않았고 경찰이 트리스탄을 찾는 걸 포기한 후에 그들은 가지고 있는 모든 돈을 사설탐정에 써버렸다. 900달러는 내 차의 타이어와 머플러를 교체할 수 있는 돈이었다. 이런 대가를 계속해서 받는다면 나는 다음 학기 등록금도 직접 내고 부모님께 없는 돈을 요구할 필요도 없었다. 아니면 나는 일라이자와 파트너가 될 수 있었다. 하지만 아무도 살인자의 목소리가 나오는 작은 집을 사고 싶어하지 않는다면 나는 그냥 그 살인의 집들과 남겨지게 될 것이다. 일한 데 대한 돈을 받고 책임은 없는 것, 혹은 내가 받지 않을 정도의 여유가 있는지 확실하지 않은 돈을 포기하고 지분을 받는 것.

"나 그냥 직원으로 일할게." 나는 말했다.

일라이자는 가방에 손을 뻗어 계약서를 꺼냈다. "그럼 공식적으로 확실하게 하자."

내가 다른 쪽을 선택했을 경우에 해당하는 두번째 계약서가 있기는 했었는지 나는 영영 알지 못했다.

"사람들은 수수께끼 푸는 것을 사랑한다." 일라이자는 자기 책에 그렇게 썼다. "그건 그들이 스스로 똑똑한 기분을 느낄 수 있게 해준다."

일라이자는 사람들이 뭘 좋아하고 뭘 싫어하는지에 관해 많은 생각이 있었는데, 그건 다른 모든 사람이 자기 자신의 연장이라고 여겼기 때문인지도 몰랐다. 물론 이건 일라이자의 책에 나오지 않는 내용이다. 이건 내 이론이니까.

우리는 우리의 기숙사 방을 제작 공장으로 썼다. 주문이 들어오기 시작하자 그녀는 한 창고 공간을 빌렸고 우리는 거기로 모든 것을 옮겼다. 여름에는 찜통이었고 겨울에는 얼어 죽을 것 같았지만 아무도 불평하지 않았다. 일라이자는 사업의 여러 면모를 책임질 여러 친구를 고용했고, 거기엔 목소리 연기자들과 몇몇 전기 기술자가 포함됐다. 모바라는 내 모형을 색칠하는 역할이었다. 사미아 길만은 소셜 미디어에 우리 작업을 홍보하고 웹사이트를 만들었다.

이유가 무엇이든 일라이자가 옳았다. 사람들은 살인의 집을 원했다. 처음에는 고작 몇개였지만 누군가 우리의 모형을 활용해서 2021년의 헤이굿 살인 사건을 풀어버렸다. 그 일은 법적으로도 사건을 다시 열었고, 실제 증거를 활용해 자신들의 가설을 입증하는 데 성공했으며, 가족의 명예를 지켜주었다. 헤이굿 상원의원은 우리에게 감사 편지를 쓰기까지 했다.

그 이후로는 우리가 수용할 수 있는 속도보다 빠르게 주문이 들어왔다. 대기 명단이 있다는 사실은 그걸 더욱 갖고 싶은 물건으로 만들 뿐이었다. 우리는 대량으로 생산할 수 있는 종류의 모형들을 제공했고, 그 위에 커스텀으로 만드는 고가의 라인도 만들었다. 우리는 린드버그의 집과 램지의 집을 만들었다.* 일라이자를 제외하고는 그 누구보다 많은 돈을 받고 있었기에 나는 다음 학기 등록금을 직접 낼 수 있을 정도의 돈을 모을 수 있었다.

때때로 나는 파트너가 될 수 있었던 기회를 잡지 않은 게 실수는 아니었는지 고민했다. 아직도 궁금하다. 나는 아마도 그녀가 FBI와 법의학 학교를 위해 만들기로 한 집들을 좋아했을 것이다. 이를테면 메릴랜드주의 넛셸 스터디즈 같은 곳에서 의뢰한 사례연구 퍼즐 같은 것, 그에 더해 목소리도 나오고 인공지능으로 질문을 계속 받을 수 있는 그런 것들. 또 나는 살인이 일어났던 집의 주인들이 방을 지나가는 사람들에게 입장료를 받을 수 있도록 인터컴이나 스마트폰에 인공지능을 설치할 수 있도록 해달라며 일라이자에게 돈을 준 그런 거래에도 아마 찬성했을 것이다.

우리가 실제로 각자 갈 길을 갔을 때 그렇게 하지 않았더라도 우리는 아마 그녀가 받아왔지만 내가 거절한 어떤 건으로 싸우고 말았을 것이다. 우리가 만든 집을 이용해 무죄 판결을 받은 지 오래인 사람들을 자극하고 괴롭히려 했던 선정적인 티브이 프로그램, 독재자, 현재 진행 중인 사건이나 너무 날것 그대로여서 조사하기 어려운 사건 등. 그 당시 내가 그저 고용인의 상태에 머무르고 싶었던 이유

---

* 린드버그와 램지는 각각 1932년과 1996년에 일어났던 유명한 미제 살인사건의 주인공 이름이다. 두 사건 모두 아동이 살해된 경우였다.

는 사실 더욱 단순하다. 나는 일라이자가 공예가 아닌 측면들에 얼마나 많은 시간을 할애했는지를 잘 보았기 때문이다. 나는 사업적인 면을 신경 쓰지 않고 모형을 만드는 것만으로 충분히 행복했다.

일라이자가 우리의 우정을 끝장낸 그 일을 하지만 않았더라면 우리는 아마도 그렇게 영원히 일을 할 수 있었을 것이다. 일라이자는 그 일을 『죽은 사람들과 이야기하기』에도 포함시키지 않았다. 책에서 그녀는 우리의 싸늘한 창고 공간에서부터 4학년이 되기 전 자퇴를 했을 당시까지의 시간을 그냥 뛰어넘었다.

일라이자가 생략한 것은 나의 스무번째 생일에 본인이 나에게 준 선물이었다. 우리의 생일은 서로 꽤 가까웠기에 겨울 시험이 시작되기 전 방을 같이 쓴 12월생 친구 셋과 친구들 그리고 사업 파트너들—그들이 결국 같은 사람들이었지만—과 함께 복작복작하고 친밀한 합동 파티를 열었다. 일라이자는 게니 라이트를 마셨고 나는 사이다를 마셨다. 나는 그날 밤 너무나 화가 났기 때문에 그때 이후로는 사이다를 거들떠보지도 못하게 되었다.

아무튼 몇잔을 마신 뒤 일라이자는 내 책상 위에 올라서서 주의를 집중시켰다. 누군가가, 이 부분은 불분명하지만 아마도 모 바라가, 그녀에게 캔버스 쇼핑백을 전달했다.

그녀는 나에게 그것을 전달해주기 전에 그 가방에서 달랑거리고 있는 케이블을 플러그에 꽂았다. 그래서 나는 구체적인 건 몰랐어도 그게 어떤 선물인지를 이미 알고 있었다는 사실까지는 기억이 난다.

나는 그것을 쇼핑백에서 꺼냈다. 가로 2피트, 세로 1피트의 합판 베이스에 재봉틀 크기 건물이었는데, 나의 고급 모형들보다도 훨씬 컸다. 세부 마감은 거칠었고, 내가 어린 시절 살던 집을 알아보는 데에는 시간이 조금 걸렸지만, 그걸 알아봤을 때 나는 일라이자가 무슨 짓을 한 건지 확실히 알 수 있었다.

떨리는 목소리로, 그렇지만 취하지 않은 목소리로 나는 모델에게 물었다. "너는 이름이 뭐니?"

내부에서 내 것이 아닌 ─ 내가 이 깜짝선물에 녹음을 한 적은 없으므로 ─ 목소리가 "그웬"이라고 대답했다. 나는 누구의 목소리인지 분간할 수 없었다. 아마도 가끔 아르바이트를 하는 연기학교 학생 중 하나일 것이다.

그때 나는 일라이자를 바라보았다. 나는 일라이자가 왜 내가 내 인생의 세부 사항들을 그녀가 알고 있는 대로 인공지능 상자에 프로그래밍하겠다는 생각을 좋아할 거라고 기대했는지 모르겠다. 아마도 일라이자는 자기 자신의 집이 있는 걸, 그 집에 질문을 하고 자기 스스로의 대답을 듣는 걸 개의치 않았을 것 같고, 그렇기에 그녀는 내가 똑같이 느끼지 않을 거라는 사실을 이해할 수 없었으리라 짐작한다. 하지만 내가 그녀를 쳐다보았던 바로 그 순간 일라이자는 그 선물이 실수였다는 걸 깨달았다. 나는 그 얼굴에서 웃음기가 사라질 때까지 노려보았다.

하지만 이미 늦었다. 사람들은 이미 가짜 나에게 질문을 하기 위해 밀치고 들어왔다. 내가 작년에 카즈 멘델슨이랑 잤는지? 그럼 사미아는? 내가 정말로 공학윤리에서 낙제 점수를 받았는지? 답변은 무시무시하게 정확했다. 아니. 응. 아니 — 나는 살인의 집을 만드느라 너무 바빴기 때문에 여름방학 동안 공학윤리 과목 과제를 마칠 수 있도록 기한 연장을 받아야 했고, 교수는 내가 살인의 집을 만드는 것의 윤리에 관한 에세이를 써도 좋다고 말했으므로 나는 그렇게 했다. 이것들은 모두 이년 반 동안 가까이에서 지낸 일라이자가 나에 대해 알고 있는 것들이었다. 목소리는 내 목소리가 아니었지만 나의 말하기 패턴과 억양을 가지고 있었다.

질문들은 몇차례 다른 국면을 맞이했다. 나는 그것이 내가 아님을 입증하기 위해 목소리가 실수하기를 기다렸지만 그것은 나의 집 주소와 부모님의 이름과 내가 고등학교 때 가장 좋아했던 선생님 이름을 알고 있었다. 나는 일라이자가 몰래 나의 가족과 온라인 친구들에게 연락해서 깜짝 생일선물에 참여하고 싶은지 물어보고 다니는 광경을 상상했다. 그중 누군가가 내가 깜짝 선물을 즐기지 않는다는 점을 언급했다면 일라이자는 분명히 그 정보까지 인공지능에 기쁘게 넣었을 것이다.

"형제자매는 어떻게 돼?" 누군가 물었고, 나는 거의 숨이 멎을 뻔했다. 이 사람들은 그냥 아무 질문이나 하고 있는 거야,라며 나는 스스로에게 말했다.

인공지능은 "하나도 없어"라고 말하고는 잠시 멈추었다가 "이제는 하나도 없어"라고 말했다.

나는 침대 밑에서 배낭을 집어든 다음, 열쇠와 지갑과 컴퓨터가 있는지 확인하고 곧바로 방을 나섰다. 내가 방에 남고 모두를 쫓아낼 수도 있었겠지만 나는 그들이 나에게 질문공세를 하도록 내버려두었다. 이어지는 추가 질문을 듣게 되거나, 더 최악으로는 그에 대한 대답을 듣기 전에 나가야 한다는 생각뿐이었다.

얻어 잘 곳을 찾기 위해 몇군데 문을 두드려봤지만 사람들은 우리 파티에 와 있거나 이미 캠퍼스를 떠난 상태였다. 차까지 가는 동안 우박이 떨어졌는데 못 견딜 만큼 춥지는 않았다. 아버지는 항상 트렁크에 비상용 담요를 챙겨다니라고 했고, 나는 내 옷 안으로 팔과 다리를 말아넣었다. 한밤중에 한번 일어나 뒷바퀴 근처에 토하다가 그사이 얼어붙은 얼음에 미끄러져 내 토 위로 넘어질 뻔했다.

나는 남은 시험기간 동안 다른 사람들의 방에 머물렀으

며 겨울방학 중에 방을 옮겨달라고 신청했다. 학교 측은 룸메이트가 봄학기 동안 로마에서 공부하고 있다는 어느 3학년생과 방을 같이 쓰도록 배정했다.

나는 내가 모형에 관한 한 사람들을 곤경에 빠뜨리고 있다는 사실을 알았지만 그땐 이미 신경 쓰지 않았다. 나는 살인의 집에 질려버렸다. 너무 많이 알고 있는 인공지능 목소리에도 질렸다. 내 윤리 에세이에서 나는 우리가 하는 일을 정당화했다. "어떤 경우에 우리는 목소리가 없는 사람들에게 목소리를 주는 일을 한다"라고 나는 썼다. "인공지능은 사건의 모든 관계자를 대변할 수 있다. 이 과정에 추측은 없다. 만약 답을 모른다면 그것은 '모릅니다' 혹은 '기억나지 않습니다'라고 답한다. 그리고 때때로 그것은 사건에 연루된 누군가가 했었어야 하지만 하지 않은 직관적인 도약을 하기도 한다. 이러한 추론이 입증될 수 있을지는 지켜봐야 하겠지만 이 모델이 정의를 실현하는 데 도움을 줄 가능성은 매우 기대되며, 이것이 그 어떤 도덕적이고 윤리적인 문제보다 더 중요할 수도 있다."

크리스마스 때 나는 일라이자가 거기 없을 것이 확실한 시간에 내 물건들을 챙기기 위해 로체스터까지 두시간을 운전해서 갔다. 우리는 파티 전에 들어온 주문을 모두 처리했고 ─ 그렇다, 사람들은 크리스마스에 서로에게 살인의 집을 선물한다 ─ 모두는 통으로 이주의 휴가로 보상을 받았다. 나는 그녀가 가족과 함께 바베이도스에 있을 것이라고 확신했다.

방은 거기 있던 사람들만 빼고 내가 떠났을 때와 완전히 똑같았다. 빨간 플라스틱 컵과 맥주병이 여기저기 널브러져 있었고, 그것들이 헹궈지지도 않은 채 그냥 떨어진 곳에 버려져 있었음을 보여주듯 이스트의 향이 났다.

내 선물이었던 그것은 내가 그걸 버려두고 간 책상 위에 아직도 플러그가 꽂힌 채로 놓여 있었다. 질문을 하지 않는 편이 나았겠지만 그 건물에는 나밖에 없었고, 나는 꼭 알아야만 했다.

"그웬, 너의 남동생에게는 무슨 일이 일어났지?"

"몰라." 도끼질의 집이 답했다.

"하지만 그날 네가 그를 보고 있었던 거 아냐?"

"맞아."

"그리고 무슨 일이 일어났지?"

"그애는 마당에서 놀고 있었고 나는 폰으로 게임을 하고 있었어. 그리고 나는 2층으로 잠깐 올라갔는데, 와보니 그애는 사라져 있었어." 경찰 조서에 담긴 내 말 그대로였다.

"아무 소리도 못 들었어?"

"경찰에게는 못 들었다고 말했어."

"그 대답 한번 더 해줄래?" 내가 말했다.

"경찰에게 말했어. 못 들었다고."

처음 답변의 다른 어조를 내가 상상해낸 것인지는 잘 모르겠다. 그 뉘앙스가 단어들의 의미를 어떻게 바꿔놓는지가 너무나 끔찍했다. '그것'이 하는 말들의 의미가 말이다. 대체 어떤 코드를 짰길래 그 둘의 차이가 발생하는 걸까? 나는 질문이 한가지 더 있었다.

"그때 어떤 게임을 하고 있었어?"

기계는 잠시 멈추었다. 그 정보는 어떤 자료에도 포함된 적이 없었다.

마침내 그것은 "기억나지 않아"라고 말했다.

그걸 부숴버리지 않은 건 순전히 그것이 "기억나지 않아"라고 말했기 때문이다. 아마도 당연히 그랬어야 하겠지만 말이다. 나는 카르믹 워리어를 하고 있었다. 당시로서는 가장 높은 레벨까지 간 상태였다. 지금까지도 가장 높은 레벨이라고 해야 할 것이다. 그때 이후로 다시는 그 게임을 하지 않았으니까. 그 기계는 내가 아니었다. 일라이자는 나를 새롭게 창조했다. 그것은 단지 흉내에 불과했다.

그것은 트리스탄이 나에게 카르믹 워리어 하는 법을 알려달라고 졸랐다는 사실을 몰랐다. 그것은 트리스탄이 티라노사우루스 티셔츠와 오른쪽 무릎이 닳아버린 청바지, 그리고 엄지발가락을 짓누르기 시작한 운동화를 신고 있었다는 것만 알았다. 나는 경찰에게 트리스탄이 무엇을 입고 있었는지를 정확하게 진술했다. 그것은 트리스탄의 정수리 쪽에 그 바로 전해 커피테이블 모서리에 찢어 여덟 바늘을 꿰맨 자국, 흰 땜빵이 있다는 것을 알았는데 그것이 "그를 구분시켜주는 특징"에 속하는 것이었기 때문이다.

그것은 트리스탄이 웃을 때 코를 드르렁댄다는 것을 몰랐다. 그것은 그가 달릴 때 몸을 배배 꼬고 기우뚱거리며 작은 주정뱅이처럼 달린다는 것을 몰랐다. 그것에게 아무도 트리스탄이 가지고 있던 벌에 대한 기묘한 매혹을, 젠틀하게 벌들을 포획해 때때로 집 안에 실수로 풀어버린 트리스탄 때문에 우리가 모두 벌에 수없이 쏘였었다는 사실을 이야기해주지 않았다. 그것은 내가 카르믹 워리어의 새로운 기록을 세우려던 참이었고 트리스탄에게 꺼지라고 말했다는 사실을 몰랐다. 나는 정확하게 "꺼져"라고 말했고, 나는 그를 다시는 보지 못했다.

마지막 상자를 들고 캠퍼스를 가로질러 영영 떠나기 전에 나는 인공지능 그웬의 플러그를 뽑았다. 마음을 바꿔 돌아간 것은 복도를 절반쯤 지났을 때였다. 책상 맨 윗서랍에는 드라이버가 있었다. 나는 모형을 뒤집어 기반의 나사를 풀었다. 칩을 제거해 주머니에 넣었다. 그리고 1층 부엌에 들러 그걸 전자레인지에 돌렸다. 굳이 거기 머물러 불꽃이 터지는 걸 구경하지는 않았다.

내가 일라이자와 말을 나눈 건 그 파티에서가 마지막이었다. 일라이자는 여러번 전화를 시도했지만 나는 받지 않았고, 그녀는 결국 포기했다. 사미아나 아직 '도끼질의 집' 사업으로 돈을 벌고 있는 몇 사람 말로는 무엇이 나를 기분 나쁘게 했는지 일라이자는 아직도 이해하지 못했다고 했고, 그 덕분에 나는 내가 옳은 선택을 했음을 알 수 있었다. 일라이자에게는 리지 보든과 헤이우드 스캔들과 트리스탄의 실종 사이에 아무런 차이도 없었다. 우리는 모두 그녀가 풀어주기를 기다리는 미스터리에 불과했던 것이다.

시간적 실향민을 위한
슈얼 쉼터

"눈이 내리고 있어요." 주디가 말한다.

나는 창밖을 바라본다. 하늘은 여전히 지난주 폭풍 후 남은 눈처럼 칙칙한 회색이다. 그녀가 보는 것을 어느 배경에서 볼 수 있을지 확인하기 위해 나는 일어나 창가로 다가간다. 라디에이터의 따뜻함이 무릎에 느껴진다.

"지금 그렇다는 말은 아니겠죠." 질문으로 한 말은 아니었지만 주디는 고개를 젓는다. 그녀의 시선은 나를 뚫고 지나가 또다른 창문 너머로 다른 날씨를 본다. 주디가 미소를 짓는다. 어느 시간에 있든 그건 분명 아름다운 광경일 것이다.

"어떤 모습인지 묘사해줘요." 내가 말한다.

"크고 포근한 눈이에요. 장갑에 떨어져도 녹지 않는 그

런 눈 있잖아요. 눈송이 하나하나의 모양을 볼 수 있을 정
도로 큰 눈이요."

"지금 당신이 어느 시간에 있는지 알고 있어요?"

주디는 다른 광경을 보려고 애를 쓴다. "1890년대 즈음
일까요? 길 건너편 건물이 아직 지어지지 않았어요. 마게
릿, 거리를 내려다볼 수 있다면 좋겠어요."

주디는 침대에서 나오면 안 되지만 나는 그녀가 노란 슬
리퍼를 신고 일어서는 것을 돕는다. 그녀가 기댈 수 있도
록 내 몸에 힘을 단단히 주려고 노력한다. 우리는 천천히
창가로 이동한다. 주디가 아래를 내려다본다.

"정문 앞에 브루엄*이 기다리고 있어요. 말은 검정색이
고 다른 곳에는 쌓이는 눈이 말에 닿으면 바로 녹는 걸 보
니 아마 열심히 달려온 모양이에요. 말에서 김이 피어오르
고 있어요."

나는 아무 말도 하지 않는다. 나는 그 모습을 볼 수 없지
만 상상할 수는 있다.

"누군가가 건물에서 나왔어요. 그 사람은 한 여자가 마
차에서 내리는 걸 돕고 있어요." 주디가 말한다. "그녀의
옷은 시대나 계절과 맞지 않아요. 청바지에 티셔츠를 입고
있군요."

* 마부석이 앞에 있고 네개의 바퀴가 달린 마차, 혹은 그와 같은 형태로
  운전석이 개방되어 있는 자동차를 부르는 말.

"디스틸러스* 티셔츠겠죠." 내가 말한다.

"맞아요! 당신도 그 여자를 볼 수 있어요?"

"아니요." 나는 대답한다. "그건 나였어요, 내가 여기 처음 왔을 때요. 그때, 처음 왔을 때는 오래 머무르지 않았어요."

문이 삐걱거리는 소리가 들린다. 간호사 중에 내가 제일 싫어하는 지아다. 지아는 우리를 어린아이 취급한다. "주디, 일어나서 뭐 하는 거예요? 발작이 일어나면 우리가 다칠 수 있다고요."

지아가 나를 향해 돌아선다. "마게릿 당신도요. 주디를 부추기면 안 된다는 걸 우린 잘 알잖아요."

"당신의 대명사 사용이 매우 혼란스럽군요." 내가 말한다.

지아는 나를 무시한다. "자, 우리 둘 다 일어났으니 점심 먹으러 내려가죠."

그녀는 주디를 휠체어에 태운다. 나는 그들을 따라 천천히 식당으로 내려간다.

지아는 주디를 첫번째 빈자리에 밀어 넣었는데, 그 테이블에는 한자리밖에 남아 있지 않았다. 나는 어쩔 수 없이 식당 건너편에 앉는다. 나는 주디와 이렇게 멀리 떨어지는 걸 좋아하지 않는다. 소란을 일으킬 수도 있었지만 한끼

* LA 기반 록밴드 디스틸러스(The Distillers).

146

정도는 떨어져 있는 걸 견딜 수 있다고 스스로를 설득한다. 어찌 됐든 나는 계속 주디를 지켜본다.

주디는 아직 완전히 돌아오지 않았다. 음식에 손을 대지 않는다. 칸 씨와 마이클 림, 그레이스 드 빌러스는 그녀를 가로질러 대화를 나누고 있다. 칸 씨는 언제나 그렇듯 숟가락을 공중에 띄우며 자기가 만든 첫번째 기계의 물리학적 정교함을 시연하고 있다.

"또 미트로프네." 내 왼쪽에 앉은 에밀리 아놀드가 중얼댄다. "제발 얼른 배양육이 발명되면 좋겠어."

"에밀리, 그래도 맛은 나쁘지 않아요. 이 시대의 산업적 조리시설 치고 여기 음식은 꽤 괜찮은 편이에요." 우리는 모두 더 심한 걸 먹어본 적이 있다.

우리는 우리의 미트로프를 먹는다. 식당 저 끝에 있던 누군가가 심한 발작을 일으켰고, 우리는 후식으로 젤로를 받기도 전에 모두 나가달라는 요청을 받는다. 누군지 정확히 볼 수 없지만 그녀는 버터칼을 단검처럼 휘두르며 흔들리는 갑판 위에 서 있는 것처럼 다리에 힘을 주고 버티는 중이다. 완전히 다시 그 시간에 존재하는 것, 가장 좋은 종류의 발작이다. 우리는 모두 그 순간을 기대한다. 직원들이 마치 그게 전염될 수 있다는 듯이 구는 건 웃긴 일이다.

나는 주디의 방에서 그녀가 돌아오기를 기다린다. 지아가 그녀를 휠체어에 태워 돌아와 침대로 들어 올린다. 나의 주디는 새처럼 가볍다. 지아는 나를 보자 얼굴을 찌푸린다. 우리 둘 중 하나라도 불만 사항을 제기할 수 있는 가족이 있었다면 아마 나를 더 자주 쫓아냈을 거라고 생각한다. 마이클과 그레이스의 경우 함께 식사하는 것은 허용됐지만 서로의 방을 방문할 수는 없다. 그레이스의 자녀들은 그녀가 너무나 많은 시간에 동시에 살고 있기 때문에 관계를 가져서는 안 된다고 생각한다. 가족들은 그게 너무 혼란스러울 거라고 말했지만 그레이스는 그게 자신들을 위한 말인지 본인을 위한 말인지 알 수 없다.

"저녁 식사는 어땠어요?" 나는 주디에게 묻는다.

"기억이 안 나요." 주디가 대답한다. "하지만 당신이 처음 들어오는 걸 봤어요. 당신은 '어떻게 이런 곳이 실제로 존재할 수 있죠?'라고 말했고 젊은 칸 씨가 '우리 모두가 언젠가 이곳을 만들 거니까요'라고 대답했어요."

"그리고 내가 '언제 시작할 수 있죠?' 물었고, 그는 '당신은 이미 시작했어요'라고 대답했죠."

나는 이제 그걸 볼 수 있다. 그때 식당은 격식을 갖춘 모습이었다. 내가 들어왔을 때 모두가 쳐다봤지만 대부분은 이해한다는 듯한 미소를 짓고 있었다. 그들은 시간여행의 위험을 이해했다. 그들은 그곳에 있었거나, 그곳에 지금 있거나, 아니면 앞으로 있을 테니까.

주디는 내 손을 잡는다. 나는 몸을 기울여 그녀에게 키스한다.

  "눈이 내리고 있어요." 나는 말한다. "당신을 빨리 만나
고 싶어요."

뒤에 놓인 심연을
알면서도 기쁘게

"떠나지 마."

그 말을 처음 했을 땐 명령처럼 들렸다. 말투가 너무나 조지답지 않아서 밀리는 머리빗을 떨어뜨릴 뻔했다. 그들은 예순여섯해를 함께 살아온 집 침실에 있었다. 프렌치 도어 밖으로는 오래된 눈 위에 새 눈이 내려앉고 있었다. 멋들어지게 뻗어나간 조지의 나무 위 집에서 나오는 불빛이 온통 하얀 배경 속에 도드라졌다. 조지는 전화기가 놓인 책상 앞 의자에 앉아 있었다. 그는 한쪽 다리를 다른 쪽 다리 위에 얹고 양말을 갈아 신는 중이었는데, 새 양말을 바닥에 떨어뜨리더니 기침을 한번 했다. 밀리는 화장대 거울을 흘끗 보다가 조지가 자신을 뚫어지게 바라보고 있는 걸 알아챘다.

"떠나지 마." 조지가 다시 말했다.

밀리는 그와 마주보기 위해 몸을 돌렸다.

세번째는 의문의 형태로 나왔고, 말과 말 사이에 혼란이 배어 있었다. "제발, 떠나지 말아줄래?" 그는 다음 문장, 자신의 마지막 말을 내뱉는 게 힘겨워 보였다. "미안해."

"무슨 말을 하는 거야, 이 영감이?" 밀리가 물었지만, 조지는 이미 다른 곳에 가 있었다. 더 말을 하려는 듯 입을 열었지만 아무 말도 나오지 않았다.

밀리는 가족의 작은 위급 상황들에 늘 침착했었다. 그런데 이번에는 '이제 정말 끝이야'라는 문구가 머릿속을 스쳤고 다른 모든 걸 밀어냈다. 그녀는 숨을 깊게 들이쉬고 무얼 해야 할지 기억해내려 애썼다. 조지가 앉아 있던 의자로 다가가 가슴에 손을 얹고 오르내리는 것을 느꼈다. 다행이었다. 심폐소생술은 둘째 치고 그를 바닥에 눕힐 자신도 없었다. 밀리는 몸을 숙여 조지의 맨발에 깨끗한 양말을 신겨준 다음, 그를 가로질러 전화기를 집어 들고 구급차를 불렀다. 행동의 순서를 바꿔야 했던 걸까? 그럴지도. 이제 정말 끝이다.

"금방 돌아올게." 현관문을 열기 위해 방을 나서기 전에 밀리가 말했다. 그녀가 돌아왔을 때 조지는 여전히 의자에서 오른쪽으로 약간 쓰러진 채 그대로 있었다. 그의 왼쪽 눈은 공포에 질린 듯했고, 오른쪽 눈은 이상하리만치 평온

했다. 밀리는 화장대에서 의자를 끌어다가 조지를 마주보고 앉았다. 그 너머로 눈이 하염없이 내렸다.

"이번 눈폭풍이 저 가엾은 플라타너스에게 너무 혹독한 걸지도 모르겠네." 밀리가 남편 손을 잡으며 나무 위 집을 바라보고 말했다. "이번엔 정말 굉장할 것 같다는 느낌이 와."

두 사람이 처음 만난 날에도 눈이 왔다. 1944년 12월, 시카고 마셜필즈 백화점. 그들이 동시에 스테이트가로 나서려 했을 때, 조지는 밀리를 위해 문을 잡아주었다.

"숙녀분 먼저." 육군 외투를 입은 청년이 문을 잡고 있지 않은 손에 두꺼운 노트를 들고 손짓하며 말했다. 여자도 그리 크지는 않았는데, 그는 여자보다 몇 인치 작았다. 군복을 입지 않았다면 소년으로 착각했을 정도였다.

"고마워요." 밀리는 어깨 너머로 그에게 미소를 지어 보이며 말했다. 그녀는 현관 너머에 땅이 얼어 있는 부분을 보지 못했다. 왼발이 미끄러지더니 오른발도 그랬다. 그는 밀리가 땅에 부딪히기 전에 그녀를 잡았고, 그러다 균형을 잃었다. 그가 들고 있던 노트에 끼워진 종이들이 그들 주변으로 흩날렸다. 둘 다 얼굴이 빨갛게 달아오르고 숨이 가빠진 채로 재빨리 일어났다.

"정말 감사해요." 밀리가 말했다.

조지는 등 뒤에 붙은 눈을 털어내고 바닥에 흩어진 몇 장의 종이를 주워 들었다. 밀리는 다리에 달라붙은 한장을 집어 들었다.

조지가 그걸 가리키며 말했다. "당신을 좋아하나봐요. 당신이 간직하는 게 좋겠어요."

밀리는 스타킹에서 종이를 떼어내 자세히 살펴보았다. 잉크가 번지고 흘러내렸음에도 도서관의 웅장한 계단과 티파니 돔을 능숙하게 스케치한 그림이라는 걸 알아볼 수 있었다. 푹 젖은 종이가 밀리의 손에서 두 조각으로 찢어 졌다.

"망가져버렸어요!"

"괜찮아요, 더 있으니까요." 조지가 다른 종이들을 내밀 었다. 밀리는 필즈 박물관, 버킹엄 분수, 방금 그들이 나온 건물이 모두 흘러내리고 있는 걸 보았다.

밀리는 손을 입에 갖다 댔다. "그림들이 다 망가지고 당 신 코트도 찢어졌잖아요."

조지는 팔꿈치 가장자리의 거친 부분을 만지작거리며 어깨를 으쓱했다. "걱정하지 마세요. 이건 그냥 재미로 그 린 거예요. 연습용이죠. 전 건축가입니다. 조지 고든이라 고 해요. 꼭 기억하실 필요는 없어요. 언젠가 모두 제 이름 을 알게 될 테니까요."

"밀리센트 버그예요. 만나서 반가워요. 재미로 그린 거라고 해도 그림이 망가져서 정말 죄송해요. 어떻게 보상해 드릴 방법이 없을까요?"

조지는 고민하는 시늉을 하며 머리를 긁적였다. "점심식사를 함께하자고 하고 싶지만 이미 먹었네요. 커피 한잔하면서 당신을 위해 다른 그림을 그려드려도 괜찮을까요."

밀리는 건물에서 삐죽 튀어나와 있는 시계를 힐끗 쳐다보았다. 그녀는 고개를 저었다. "안타깝게도 친구와 약속이 있는데 이미 늦었어요."

"다음에 볼까요?" 조지는 눈에 띄게 팔꿈치를 문지르며 집요하게 물었다. 다른 남자였다면 무례하다고 생각했을 수도 있지만, 그에게는 밀리가 좋아하는 뭔가가 있었다. 어쩔 수 없었다.

"죄송해요. 저는 시카고에 화요일까지만 와 있는 거라. 저는 볼티모어에서 대학을 다녀요." 밀리가 말했다.

조지의 미소가 그의 얼굴에서 평범한 모든 것을 몰아냈다. "그렇다면 이렇게 쉽게 빠져나가지 못할지도 모르겠는데요. 저는 메릴랜드에 주둔하고 있거든요. 포트미드에 있습니다."

그런 우연한 일들로 삶이 만들어졌다.

응급 구조대원들이 조지의 파자마 윗도리 단추 두개를 떼어냈다. 밀리는 그들이 도착하기를 기다리는 동안 옷을 갈아입었고, 단추를 카디건 주머니에 넣었다. 응급 구조대원들은 조지의 맥박과 호흡, 혈압을 확인했다. 그들은 서로 이야기를 나누었지만 밀리에게는 말을 걸지 않았다. 그녀는 그들이 일하는 동안 뒤에서 서성거렸다.

"그이가 괜찮을까요?" 밀리가 물었다. 아무도 대답하지 않았고, 잠시 후에 자신이 소리 내어 물어본 게 맞나 싶었다. 밀리는 거울에 비친 자신을 바라보았다. 몇년 전 그녀의 모습을 훔쳐간 노파가 그녀를 바라보고 있었다. 그들은 인사하듯 서로를 향해 고개를 끄덕였다.

구급대원 한명이 밀리에게 마침내 말을 건넨 건, 그들은 그녀가 조지와 함께 구급차를 타지 않았으면 한다는 이야기를 전하기 위해서였다.

"자리가 없어요." 어린 여자 대원이 말했다.

밀리 생각에 그건 그들이 그녀까지 신경 쓰고 싶지는 않다는 말이었다. 레이먼드와 그의 남자친구 마크가 마침 도착해서 따지려던 수고를 덜 수 있었다.

"할머니, 걱정 마세요." 레이가 말했다. "바로 뒤따라가면 돼요." 마크는 도요타 조수석에 밀리를 태웠다. 좋은 녀

석들이었다. 레이와 마크는 밀리를 미용실에 데려다주었고, 저녁식사와 연극과 콘서트에도 밀리와 조지를 데려다주곤 했다. 자식, 손주들 가운데 특히나 레이가 가까이 살고 있다는 게 기뻤다. 밀리가 뭔가를 말했을 때 실제로 귀기울여줄 것이라는 믿음이 드는 사람이 바로 레이였다.

마크는 밀리와 레이를 응급실 입구에 내려줬다. 보험 서류를 작성한 다음, 그들은 피곤한 눈을 한 수술복 차림의 여자가 나타날 때까지 대기실에서 기다렸다. 의사는 조지의 뇌 왼쪽에 허혈성 뇌졸중이 왔다고 말했다. 그들은 조지를 안정시켰다고, 원한다면 그를 볼 수 있다고 했다. 밀리는 그 말이 무슨 뜻인지 궁금했다. 하루 종일 같은 자세로 기다리고는 고맙지만 이제 와서는 보고 싶지 않다고 말하는 사람이 있단 말인가? 너무 오랜 시간 동안 같은 자세로 있어서 밀리는 일어나는 데 애를 먹었다. 레이먼드가 팔을 내밀었고, 밀리는 중환자실까지 가는 내내 그에게 기대었다.

조지의 오른쪽 얼굴이 축 처져 눈의 바깥쪽 구석이 아래를 향하고 있었다. 오른손은 힘없이 엉덩이 쪽에 놓여 있었다. 왼손은 바삐 움직이며 하얀 시트를 크게 쓸고 있었다.

"조지는 깨어 있기는 한데 아무에게도 반응하지는 않아요." 의사가 밀리에게 말했다. 그 의사 이름이 뭐였더라? 밀리가 손주들에게 읽어준 책에 나오는 생쥐 치과의사 드소토 같았다. 그 이름은 기억할 수 있었다. "뇌졸중이 왼쪽에 와서 저희는 오른쪽 편마비, 혹은 편부전마비 가능성을 보고 있어요. 조지가 말을 할 수 있게 되려면 아마 치료가 필요할 거예요. 그건 아직 먼 일일 수도 있죠. 지금은 조지가 어떤 식으로든 당신을 알아보는지 확인하고 싶네요."

밀리는 조심스럽게 다가갔다. 침대에 누워 있는 남자는 모든 조지다움이 빠져나간 조지 같았다.

"영감, 안녕." 밀리가 그에게만 들릴 정도로 속삭였다. 조금 더 크게 "안녕, 조지. 나야, 밀리" 하고 말했다. 묘하게 격식을 차린 듯한 느낌이었다. 마치 자신을 처음 소개하는 것처럼. 밀리는 죽은 손을 만지고 싶지 않아서 그의 왼손을 향해 손을 뻗었다.

조지는 밀리가 예상하지 못한 세기로 그녀를 쳐냈고, 중단되었던 동작을 계속했다. 밀리는 눈물을 참았다. 조지는 그럴 의도가 없었을 것이다. 그럴 리가 없었다. 하지만 그 모욕은 여전히 쓰라렸다.

"고든 부인, 믿기 어려우시겠지만 이건 긍정적인 신호예요. 그가 자극에 처음으로 반응한 거였거든요."

레이가 그녀의 어깨에 손을 얹었다. "할머니를 몰라본 게 아닐 거예요. 할머니를 밀어낸 게 아니에요."

밀리는 의사를 바라보았다. "고든 박사요." 밀리가 말했다.

"아뇨, 전 드소토 박사예요." 젊은 여자 의사가 레이를 힐끗 보았다.

"제가 고든 박사라고요." 밀리가 말했다. "알아두시라는 거죠." 밀리는 천천히 침대 옆 의자에 앉았다. 그러고는 의사와 손자를 올려다보았다. 그들은 모든 것을 알고 있었지만, 아무것도 모르고 있었다.

"조지는 그림을 그리고 있는 거예요." 밀리가 말했다. "저 동작들 말예요. 조지는 그림을 그리려 하고 있어요. 왼손잡이거든요."

구애 초기의 몇달이 안 지났을 때, 밀리는 한번 조지에게 설계도를 보여달라고 한 적이 있었다.

"그냥 건물들일 뿐이에요." 조지가 말했다. "특별할 게 없죠."

밀리는 조지가 하는 일이 조금이라도 특별하지 않을 거라고 생각할 수 없었다. 그녀가 보기에는 조지의 모든 것이 영리하고 재치 있고 사려깊고 낭만적이었다. 조지는 밀리를 만나도 되는지 허락을 구하러 그녀의 아버지에게 전화를 걸었고, 망가진 티파니 돔 그림을 밀리가 다니던 대학의 웅장한 본관 그림으로 바꿔주었다. 아직 겨울이었기 때문에 조지는 밀리에게 종이로 만든 장미 꽃다발을 손수 만들어주었다. 밀리의 친구들은 그녀가 나이 많은 남자,

158

자격을 갖춘 건축가를 찾았다며 수군거렸다. 스물넷의 조지와 스무살의 밀리. 친구들은 모두 부유하고 진부한 홉킨스 남학생들과 사귀었다.

"당신 도면 좀 가져와주세요." 감시가 삼엄한 기숙사의 휴게실에서 어느 날 밤 밀리는 조지에게 간절히 부탁했다. "군대에서 일로 그린 거 말고 학교 다닐 때 그린 것도 좋아요. 당신이 뭘 하는지 보고 싶어요."

"지루할 거예요, 정말이에요." 조지는 이렇게 말하면서도 기뻐 보였다. 다음에 방문했을 때, 조지는 가죽 포트폴리오를 한쪽 팔 아래 끼고 있었다. 조지는 접견실 탁자 위에 도면들을 펼쳐 놓았다.

"이건 마천루인가요?" 밀리가 윤곽을 따라 그렸다.

조지는 특유의 매력적인 미소를 지었다. 얼굴에는 약간의 수줍음도 묻어났다. "맞아요. 하지만 건축 중인 건물은 아니에요. 아직은요."

"아름다운 건물이 될 거라는 건 알겠어요. 저 출입구며 장식적인 요소들이며. 크라이슬러 빌딩보다 훨씬 멋져요!"

조지는 몸을 기울여 밀리에게 키스하려 했지만 기숙사 사감의 날카로운 기침 소리가 그걸 방해했다. "크라이슬러 빌딩이 여기에 영감을 준 거예요." 조지가 그림을 약간 옆으로 밀어낸 뒤 탁자 모서리에 밀리를 마주 보고 앉으며 말했다. 조지의 눈에서 열정이 피어올라 얼굴이 환하게 빛났다. "엠파이어스테이트 빌딩도요. 그때 우린 뉴욕에 살았는데 저는 학교를 빼먹고 그것들이 올라가는 모습을 구경하곤 했죠. 아홉살, 열살 때 말이에요. 그때 전 사람들이 보고 싶어할 만한 걸 만들겠다고 결심했어요."

조지는 포트폴리오의 다른 도면들을 가리켰다. 탑, 저택, 경기장. 밀리는 그의 비전에 감탄했다.

"언제부터 이런 걸 만들기 시작할 건가요?"

"군대에서 날 풀어주는 대로요."

"군대에서는 이렇게 아름다운 걸 설계하게 하지는 않겠죠. 그냥 병영이나 기지 같은 것뿐이겠죠."

"재미있는 프로젝트들도 있어요. 공학자들과 함께 만드는 가상의 것들이요."

"가상이요?"

"상상으로 만들어진 것들이요. 펄프 잡지에서 나온 것처럼 말이에요. 키가 3미터나 되는 군인들을 위한 병영이라든지, 산의 측면에 지어진 감옥, 물속에 있는 경비초소 같은 거요. 말도 안 되는 것들이고 아이들 같은 발상이라는 건 잘 알지만, 상상하는 게 재밌어요. 공학자들은 뭐가 가능하고 뭐가 불가능한지 말해주죠. 저는 그림을 그리고, 그들은 제 스케치를 가져가거나 바꿀 부분을 알려줘요. 밀, 나는 내 마천루가 미래가 될 거라 생각했는데, 그들은 내가 상상하기 힘든 온갖 미래를 보여주고 있어요."

한달 뒤 조지가 밀리에게 청혼했을 때, 그녀는 승낙했다. 밀리는 달콤한 면모도 사랑했지만, 꿈꾸는 건축가도 사랑했다. 조지가 그리는 미래의 일부가 되고 싶었다.

간호사가 조지의 병실로 두꺼운 도화지를 가져왔고, 드소토 박사는 그의 손에 굵은 마커를 쥐어 주었다. 밀리는 그의 침대 옆 의자에 앉았다. 이제는 찰스라고 불리는 아들 찰리가 밀리 옆에 두번째 의자를 가져와 앉았다. 제인은 그날 저녁 비행기로 도착할 예정이었다. 병실이 붐비기 시작했지만, 밀리는 누구에게 나가달라고 해야 할지 몰랐다. 밀리는 화장실이나 자판기에 간다고 변명하고 잠시 나갔다가 돌아오지 않는 것도 고려해봤다. 아니, 절대 그럴 수는 없었다. 찰리는 이제 그녀에게 필요하지도 않은 것들을 챙기느라 붙어 다니는 사람이 되어서는 밀리에게 차를 가져다주고, 의자에 베개를 가져다주고, 그녀의 피부를 종이처럼 만들어버리는 항균 세정제를 가져다주었다.

병원 냄새를 뚫고 마커 냄새가 진동을 했다. 왜 그 매캐한 냄새만 이렇게 강렬하게 나는 걸까? 찰리는 큰 꽃다발 두개를 가져왔지만 밀리는 꽃 냄새를 전혀 맡을 수 없었다. 어쨌든 겨울이었고, 이 꽃다발들은 분명 슈퍼마켓이나 병원 선물 가게에서 온 거겠지. 아마 냄새도 없을 것이다. 그녀는 잠시 조지가 꽃이 피지 않는 겨울의 몇달 동안 그녀에게 만들어주곤 했던 종이 꽃들을 떠올렸다.

조지의 성한 눈이 떠졌다. 그는 특별히 뭔가에 집중하고 있는 것 같지는 않았지만, 다시 그림을 그리기 시작했다. 빠르고 확실한 선들이었다.

"마커가 종이를 뚫고 배어들 거예요!" 찰리가 의자에서 반쯤 일어났다.

"그러게 뭐." 밀리가 말했다. "하얀 시트는 어차피 지루하잖니."

"병원에서 시트값을 청구할 때 보자고요." 밀리의 아들이 들릴 듯 말 듯 중얼거렸다. 그는 다섯살 때 그렇게 들으라는 듯 중얼거리는 속삭임을 완벽하게 익혔다. 밀리는 언제나 그래왔듯 그걸 무시했다.

밀리는 수년간 조지의 도면을 충분히 봐온 터라 이게 특이한 것임을 알 수 있었다. 조지는 주변이 아니라 중심에서 시작했다. 그가 펜을 들지 않고 하던 크게 쓸어내리는 움직임이 이제는 굽은 벽으로 변했다. 계속해서 반복적으로 그리는 걸 보니 두꺼운 벽인 듯했다. 조지가 직업적으로 해온 작업에서는 한번도 본 적 없는 형상들이었다.

조지는 한시간 동안 작업했다. 드소토 박사는 자리를 뜨면서 곧 돌아오겠다고 했다.

"아버지를 말려야 할까요?" 어느 시점이 되자 찰리가 물었다. "스스로를 탈진시키고 있잖아요."

"거의 다 한 것 같다." 밀리가 말했다. 조지의 손놀림은 이제 한층 섬세한 수정을 하느라 느려지고 있었다. 마커가 두꺼워서 그의 스케치가 가진 섬세함이 뭉개지고 있었다. 조지의 머릿속에서는 무슨 일이 벌어지고 있는 걸까?

누군가가 그 생각을 말로 내뱉었고, 밀리는 고개를 들어 의사가 돌아온 걸 확인했다. 드소토 박사는 조지의 손에서 부드럽게 마커를 빼냈다. 조지의 손은 떨리고 있었다. 의사는 그림을 들어 보였다.

"뭘 그린 거죠?" 밀리는 애를 썼지만 그 거리에서는 잘 볼 수 없었다. 의사가 그림을 가까이 가져다주었다.

"일종의 감옥 같은데요." 그 말을 크게 한 사람이 바로 찰리였다.

스케치를 가까이서 살펴본 밀리는 찰리가 맞다는 걸 알 수 있었다. 두꺼운 동심원 모양의 벽, 지하 깊숙한 곳을 향하는 것 같은 경사로. 중앙 감시탑으로 오가는 문을 제외하고는 창문도 문도 없었다. 이곳은 아무도 빠져나갈 수 없도록 만들어진 곳이었다.

그와 다른 젊은 건축가들이 파트너십에 처음으로 도전하던 시절, 조지는 종종 퇴근 후 한잔하러 나가거나 사무실에서 늦게까지 일을 하곤 했다.

그들은 저녁 만찬과 건물 기공식에 참석했다. 밀리는 새로운 의뢰인들과 그 아내들을 만나는 걸 좋아했다. 밀리는 조지가 그들의 건물에 대한 본인의 아이디어를 그들이 스스로 생각해낸 것처럼 느끼도록 만드는 전략으로 자신의 비전을 판매하는 모습을 보는 걸 좋아했다.

"내가 파트너로 승진하면, 우리의 드림하우스를 지을 거야." 조지가 말했다. 그사이, 그들은 교외로 이사를 갔다. 조지는 일과 새로운 아버지 노릇 사이에서 균형을 잡기 위해 최선을 다했지만, 아버지 노릇이 우위를 점하고 있다는 건 분명했다. 찰리가 아직 갓난아기였을 때 조지는 나무 집을 짓기 시작했다. 오른팔의 구부러진 부분에 잠든 아기를 껴안은 채 예비 도면을 그렸다. 밀리는 그 둘이 조지의 서재에 있는 걸 발견하곤 했다. "우린 잠이 안 와서, 좀 일하기로 했어." 조지가 말하곤 했다. 처음 몇년간은 온통 스케치와 구겨진 종이, 거짓된 시작과 새로운 출발이었다.

"아이들은 나무 위 집을 원하기에는 아직 너무 어려." 제인이 태어난 후, 밀리가 한번은 말했다. "아이들이 그걸 원할지 어떻게 알아?"

"저 나무를 봐." 뜰에 있는 거대한 플라타너스를 가리키며 조지가 말했다. 부드러운 10월의 햇살 아래 나뭇잎이 금빛과 주황빛으로 타올랐다. "어떻게 원하지 않을 수가 있어?"

조지는 제인이 한살, 찰리가 세살일 때 실제 건축을 시작했다. 주말과 여름 저녁 내내 작업했다. 밀리는 나무 위 집을 만드는 걸 돕지 않았다. 대신에 꽃씨를 뿌리고 잡초를 뽑고 꽃을 가꾸며 정원에 머물렀다. 밀리는 최근에야 정원 가꾸는 즐거움을 알게 됐지만, 이미 그 일은 밀리가 가장 열정을 쏟는 일이 되어 있었다. 그건 각자 다른 일에 몰두하고 있으면서도 모두가 함께할 수 있는 기회를 제공하는 일이었기에 그 이상의 의미였다. 밀리는 망치질과 톱질 소리를 배경 삼아 땅을 팠다. 장미와 작약 향기 아래 희미하게 톱밥 냄새가 흘러들었다.

밀리는 조지가 찰리에게 자기가 하는 일에 대해 설명하는 것을 듣기 좋아했고, 조지가 못 박기를 시작하고 나서 어린아이에게 그걸 마무리할 기회를 준다든가 하며 찰리를 이 모든 과정에 참여시키는 방식을 사랑했다. "얘야, 넌 정말 훌륭한 건축가구나. 저 솜씨 좀 봐." 밀리가 어떤 순간을 병에 담을 수 있었다면, 바로 이런 순간 중 하나를 선택했을 것이다.

아이들이 자라면서, 조지는 그들이 나무 집의 디자인에 각자의 개성을 반영할 수 있게 해주었다.

"기린이 있었으면 좋겠어요." 네살 난 찰리가 말했고, 조지는 평범한 사다리를 뜯어내고 목이 계단으로 되어 있는 나무 기린을 만들었다. 제인이 라푼젤의 탑을 원했을 때 조지는 두꺼운 아마색 머리타래를 통해서만 오를 수 있는 플랫폼을 지었다. 구조가 완성된 지 한참이 지난 후에도 아이들 중 하나가 새로운 요소를 요구하면 조지는 그걸 포함시킬 방법을 찾아냈다.

"언젠가는 애들이 당신을 난처하게 할걸." 밀리가 말했다.

"아직은 그런 적 없어." 남편이 대답했다. 그 말이 맞았다. 아이들은 절대 그러지 않았다. 밀리가 단순한 스타일의 아이들 요새로 상상했던 프로젝트는 정원의 잘 다듬어진 화단과 대조를 이루며 돋보였다. 몇해에 걸쳐 조지는 해적선의 갑판, 빨간머리 앤 스타일의 별관, '로빈슨 가족'*식 증축, 복잡한 통로와 비밀 공간들, 그리고 나뭇가지 높은 곳에 있는 까마귀 둥지까지 만들었다. 조지는 그 나무 집을 수천개의 전구로 장식했고, 전구들은 매일 저녁 타이머에 맞춰 켜졌으며 사계절 내내 반딧불이처럼 반짝였다.

조지는 플라타너스 나무가 자신의 비전을 제한하도록 두지 않았다. 그는 어떤 방향으로는 엉켜 자라는 덩굴처럼 나무에서 몇 야드씩 벗어나기도 했다. 나무는 단지 가이드일 뿐이었다. 밀리는 나무가 번개를 맞는다 해도, 조지의

---

* 스위스 작가 요한 다비트 비스의 1812년 소설 *Der schweizerische Robinson*을 가리킨다, 1960년 미국에서 월트 디즈니 모험 영화 「로빈슨 가족」(Swiss Family Robinson)으로 만들어져 인기를 끌기도 했다.

구조물이 나무를 제자리에 붙들어두지 않을까 생각했다. 어떤 증축은 다른 것들보다 미적으로 만족스러웠고, 어떤 것들은 특정 계절에 더 잘 어울렸지만, 조지는 프로젝트의 미학에는 신경 쓰지 않았다. 그는 자기 아이들과 다른 아이들로 그곳이 북적일 때 가장 행복해 보였고, 대부분의 시간 동안 그랬다. 조지가 만들어주기를 거절한 유일한 것은 로켓이었다. "우주선은 나무로 만들어지지 않잖아." 밀리가 듣기엔 그 주제에 어울리지 않을 정도로 진지하게 그는 말했다. "나무로 만드는 건 말이 안 된다고."

*

시애틀에서 도착한 제인은 비행 후 흥분된 탈진 상태로 와글와글하며 병실에 들이닥쳤다. 온 가족이 포옹을 나눴다. 밀리는 언제나 그랬듯 이렇게 조용한 두 사람이 이렇게 시끄러운 두 아이를 낳았다는 사실에 경이로움을 느꼈다. 레이먼드를 제외하고 손주 여섯명 중 다섯명 역시 시끄러웠다. 조용한 건 열성 형질인지도 몰랐다.

찰리와 제인은 누가 밤을 새워 지킬 것이며 누가 밀리를 집에 데려다줄 것인지를 놓고 십분 동안 실랑이를 벌였다. 밀리는 자신이 상인지 벌인지 확신할 수 없었다. 결국 제인이 자긴 이제 막 도착했으니 아버지와 단둘이 시간을 좀 보내고 싶다고 했고, 찰리가 자신과 밀리 모두 제대로 된 침대에서 제대로 자는 게 좋겠다고 말함으로써 모든 게 정해졌다. 밀리는 자신의 목소리가 중요하다는 사실을 입증하기 위해 자신도 병원에 남고 싶다고 주장하는 걸 고려해보았다. 하지만 사실은 그녀도 떠나고 싶었다. 병원에 오래 있는 건 그 누구에게도, 환자뿐 아니라 방문객에게도 좋지 않았다.

집으로 향하는 차 안에서 밀리는 조지의 스케치를 무릎에 펼쳐 들고 있었다. 찰리는 운전을 잘 했지만 모든 게 너무 빨리 지나가는 것처럼 느껴졌다. 그 차는 비행기 조종석처럼 빛나는 버튼과 계기판으로 가득한 이상한 렌터카였다.

"계획을 좀 세워야 될 거예요." 조지가 ── 아니, 찰리가 말했다. 마음속으로 그린 남편보다 아들이 더 나이가 많다는 건 얼마나 이상한 일인지. 밀리는 그가 찰리라는 걸 알고 있었다. 조지는 절대로 길에서 눈을 떼지 않았지만 찰리는 지금 자신이 한 말에 어머니가 어떤 반응을 보일지 기다리는 듯 그녀를 쳐다보고 있었던 것이다. 어떤 대답을 기대하는 걸까? 밀리는 증손주들처럼 "어쩌라고"라고 말하고 싶은 충동과 싸워야 했다.

"찰스, 앞을 보고 운전해." 밀리가 앞유리를 가리켰다. 찰리는 시선을 도로로 돌렸지만 계속해서 그녀 쪽을 힐끔 힐끔 쳐다보았다.

"엄마는 혼자서도 독립적으로 잘 지내왔지만 아빠가 재활치료를 받아야 한다면 엄마 혼자서는 돌볼 수 없을 거예요."

"알고 있어." 밀리가 말했다.

"그리고 엄마 혼자 그 큰 집에 사는 게 좋은 일인지 모르겠네요."

"레이먼드가 살펴주고 있어."

"레이먼드는 좋은 아이죠. 가까이 살고 있어서 다행이에요. 하지만 그애한테 모든 책임을 지라고 할 수는 없잖아요."

"난 괜찮을 거야." 밀리가 말했다.

"엄마는 이런 점을 좀 생각해봐야 —"

"생각해볼게."

"엄마는 여든여덟살이에요. 지금까지 둘이서 독립적으로 살아온 것 자체가 작은 기적이라고요."

"고려해보겠다니까." 밀리가 단호하게 말했다.

나머지 구간을 운전해 가는 동안 그들은 침묵을 지켰다. 전날 내린 눈이 단단하게 얼어붙어 있었다. 찰리는 시동을 걸어두고 그녀를 차에 둔 채 인도의 눈을 치우고 얼음을 제거했다. 먼 거리에서도 밀리는 찰리가 분투하고 있다는 걸 알 수 있었다. 아들이 늙어가는 모습을 지켜보는 건 얼마나 이상한 일인지. 그는 스스로를 늙었다고 생각할까? 찰리가 늙은 거라면 그녀는 대체 뭐라고 해야 할까? 얼굴이 온통 붉어지고 땀에 젖은 채 찰리는 소금을 뿌려둔 계단 위로 올라가는 밀리를 부축했다.

나중에 침실에 혼자 남게 되었을 때 밀리는 카디건 주머니에 손을 넣어 조지의 잠옷 상의에서 뜯어낸 단추 두 개를 꺼냈다. 이제 병원 가운을 입은 그의 잠옷은 어떻게 되었을지 궁금했다. 그들이 잠옷 상의를 돌려주기만 한다면 단추를 다시 달아주는 건 어렵지 않은 일이었다. 조지는 항상 단추를 잃어버렸다. 작아진 바지에서 단추가 터지곤 했고, 제도용 탁자 모서리에 셔츠가 걸려 찢어지기도 했다. 물론 이번에는 그의 잘못이 아니었다.

밀리는 늘 하는 행동을 차례로 했다. 이를 닦고, 잠옷으로 갈아입고, 빗으로 머리카락을 쓸어넘겼다. 거울을 볼 필요는 없었다. 자신이 엉망이라는 건 이미 알고 있었다. 대신 밀리는 밝게 빛나는 나무 위 집을 바라보았다. 전구를 갈아줄 조지가 더이상 없다면 어떻게 되는 걸까? 그곳이 단 하루라도 어두워진다는 생각을 하니 견딜 수 없었다.

찰리의 말이 맞을지도 모른다. 그들은 관리하기 더 쉬운 곳으로 이사를 고려해봐야 할지도 모르는 것이다. 조지가 세상을 떠난다면 이 집 구석구석에 배어있는 추억과 함께 사는 것보다 다른 곳에 있는 게 더 나을지도 모른다. 그녀는 침대에서 밤을 홀로 보낸 적이 단 한번도 없었다. 아니, 그건 사실이 아니었다. 어떻게 그걸 잊고 있었을 수 있지? 1951년, 모든 것이 달라진 그해에 한달 내내 그런 적이 있었다.

조지는 1951년 가을, 평생에 딱 한번 밀리 없이 여행을 떠난 적이 있었다. 뉴멕시코로 날아오라는 편지가 군대로부터 도착했었다.

"갈 필요 없어." 밀리가 말했다. "이제 군인도 아니잖아. 편지에도 왜 가야 하는지 알려주지 않았고. 그냥 '프로젝트 유지보수'라니."

"가보면 알겠지. 어쩌면 그 이론적 도면 중 하나가 실제로 지어졌는지도 모르지. 조지 고든 공항에 착륙하게 되는 걸지도 모르니까." 조지는 제인을 품에 안아 들더니 공중으로 들어 올렸다. "그 사람들이 아빠한테 메달을 주려는 건가! 관료주의에 맞선 용기!" 제인은 킥킥거렸다.

그는 처음에는 이주, 그러다 삼주, 결국 사주 동안 떠나 있었다. 밀리와 아이들은 제인의 세번째 생일 오후에 프렌드십 공항*에서 조지를 데리고 왔다. 아이들을 패커드 차

* 미국 메릴랜드주 볼티모어 공항의 이름.

뒤에 놓인 심연을 알면서도 기쁘게 171

에 태울 때까지만 해도 밀리는 전화벨이 울리고 조지의 피곤한 목소리가 또다시 일정이 연기되었다며 일주일 더 버텨줄 수 있겠느냐고 말할 거라는 예감이 들었다. 밀리가 제인의 생일 케이크 재료들에다 불안한 마음을 표출해 반죽이 그릇 옆면으로 튀어 오를 정도였다. 울리지 마. 밀리는 전화에 의지의 주문을 걸었다.

하지만 예상과는 달리 밀리가 차로 도착했을 때 조지는 구김 가득한 정장을 입고 어깨를 축 늘어뜨린 채 이미 거기 와 있었다. 조지는 전화로 들었던 것만큼이나 피곤해 보였다. 밀리는 남편의 부재가 자신에게 얼마나 스트레스를 끼쳤는지 알려줄 준비가 되어 있었지만, 그러는 대신 조지의 까칠한 뺨에 키스했다. 아이들은 뒷좌석에서 몸을 기울여 그를 껴안거나 목을 조르듯 매달렸다.

"둘 다 앉아라." 조지가 목에서 아이들의 손을 쳐내며 말했다.

"우리 선물 사왔어요?" 찰리가 좌석 등받이 너머로 손을 뻗어 조지가 무릎 사이에 끼고 있던 청사진 통을 향해 손을 뻗었다.

"건드리지 마! 미안하다, 애야. 선물은 없어."

밀리는 큰 울음을 터뜨릴 것 같은 제인을 보고 그걸 막기 위해 애썼다. "오늘 밤을 위해 멋진 저녁 식사를 계획했어. 제인이 좋아하는 걸 다 하고, 당신을 위해선 스테이크도 준비했다고."

"제인이 좋아하는 거?"

"응, 당연히 생일 저녁으로 뭘 먹고 싶은지 제인이 골랐지. 이제 다 큰 아이처럼 멋지게."

조지는 이틀 동안 자란 수염을 긁었다.

"제이니의 생일 저녁식사라고. 물론이지." 조지가 되풀이했다. "제이니, 내일 직접 선물을 고르는 건 어떨까? 다 큰 아이들은 그렇게 하던데."

땡깡은 가라앉았다. 뒷좌석에서 찰리는 제인이 좋아할 만한 장난감을 줄줄 읊기 시작했는데, 그건 사실 본인이 더 좋아할 만한 장난감들이었다. 밀리는 손가락으로 코 주변을 꼬집고 있는 조지를 힐끗 바라보았다. 조지에게 무슨 일이 있는지 물어볼 기회를 얻길 바랐지만, 집에 도착하자마자 그는 서재로 사라져버렸다. 밀리는 저녁식사 준비에 몰두했다. 식사하는 동안 조지는 산만하게 구는 아이들에게 두번이나 참지 못하고 호통을 쳤다. 세번째로 참을성을 잃은 후, 조지는 아이들이 제인에게 생일 축하 노래를 불러주기도 전에 자리를 떴다.

그날 밤, 밀리는 침대에서 몸을 뒤척이다 조지가 없다는 걸 알아차렸다. 그녀는 조지의 서재, 부엌, 아이들 방, 휴식 공간까지 확인한 후에야 잠기지 않은 테라스 문을 발견했다. 공기와 잔디에는 이미 서리가 내려 있었다. 밀리는 플란넬 로브를 입고 있었지만, 신발은 신고 나올걸 하고 생각했다. 나무 위의 집에서부터 흘러나온 조지의 흐느낌이 잔디밭을 가로질러 들려왔다.

밀리는 기린 목 모양의 사다리를 기어오르고, 해적선 다리를 건넜다. 떨어진 나뭇잎 때문에 계단이 미끄러웠다. 조지는 그녀 위에 있는 까마귀 둥지에서 아이처럼 울고 있었다. 밀리는 낮에 보았던 조지의 이상한 상태와 지금 보고 있는 그의 눈물 중 어느 것이 더 그녀를 두렵게 하는지 확신할 수 없었다. 어쩌면 조지는 아내가 다시 내려가서 침대로 슬쩍 들어간 뒤, 아무것도 듣지 못한 것처럼 행동해주기를 바랄지도 모른다.

밀리가 한걸음 뒤로 물러서자 낙엽이 바스락거리는 소리가 났다.

"가지 마." 조지가 말했다.

밀리가 멈춰 섰다. "조지, 무슨 일이야?"

"제발, 가지 마." 조지가 말했다. "난 정말 몰랐어. 나에게는 선택의 여지가 없었다고."

밀리는 그가 계속 이야기해주기를 바랐다. 말을 멈추게 하는 건 어렵지 않을 것이다. 잘못된 말 한마디, 잘못 디딘 한걸음. 밀리는 조지의 거친 숨소리로 그가 얼마나 가까이 있는지를 가늠하려 애쓰며 가만히 서 있었다.

"그들은 그게 단지 가상의 시나리오일 뿐이라고 했어."

밀리는 기다려주었다.

"그런데 그건 실제였어, 밀. 스스로를 방어할 수 없고, 해롭지도 않은 것들이었는데. 그들의 배는 파괴되었어. 그들은 거기 사 년 동안 갇혀 있었고, 군대는 나에게 더 새롭고 더 나은 곳을, 그러니까 그들이 확실히 '무기한'으로 갇혀 있게 할 수 있는 곳을 설계해달라고 하는 거야. 난 거절하고 바로 비행기를 타고 돌아왔어야 해. '국가 안보를 위한 일입니다'라고 중위가 말했지. 당신과 찰리와 제인을 생각해보라고 했어. 난 그럴 수밖에 없었어, 이해하겠어?"

밀리는 이해할 수 없었다. 그녀는 조지가 더 말해주기를 기다렸다. 밀리는 마음속으로 질문을 던졌다. '그들'은 누구고 왜 갇혀 있는 거지? 왜 돌아갈 수 없는 거지? 돌아갈 수 없는 곳이 어디지? 왜 그들을 '그것들'이라고 부르는 거지? 아는 게 나은 걸까, 아니면 모르는 게 나은 걸까? 밀리는 조지가 말하고 싶다면 말할 거라는 결론을 내렸다. 몇 분이 지났다. 덜덜 떨렸지만 밀리는 나무 몸통에 고정되어 있는 나무 가로대 네 개를 기어올랐다. 어설프게 휘청하며 밀리는 까마귀 둥지에 올랐다. 줄무늬 잠옷을 입은 조지가 아이처럼 무릎을 가슴에 끌어안고 구석에 앉아 있었다.

밀리는 조지에게 다가가고 싶었다. 조지가 항상 그랬듯 그를 껴안고, 그 일을 잊어버리라고 말해주고 싶었다. 하지만 그러는 대신 그녀는 조지의 정수리에 입을 맞추고는 둥지 가장자리 너머로 몸을 기울였다. 밀리는 한번도 나무 위 집의 꼭대기까지 올라와본 적이 없었다. 이 단단하고 높은 곳에서 그녀는 잠자는 정원의 섬세한 곡선을 볼 수 있었다. 그 너머로 지붕들을 지나 가로등이 켜진 동네를 지나 저 멀리 어두운 농장까지. 지금이 몇시인지는 몰랐지만, 땅과 하늘이 만나는 곳에는 새벽의 가장 희미한 빛이 물들어 있었다. 이 높이에서도 밀리는 조지의 솜씨를 신뢰했다. 발판은 안정적이었고, 난간도 튼튼했다.

밀리는 조지 옆에 앉았다. "당신은 좋은 사람이고, 좋은 남편이고, 좋은 아빠잖아." 밀리가 말했다. "무슨 일을 했든 당신이 그래야만 했을 거라는 걸 난 알아."

잠시 후 조지는 그녀를 끌어안았다. 밀리는 그가 잠깐 표면으로 드러나게 허용했던 그 무언가가 이제는 감춰졌음을 알았다. 그렇게 친밀한 순간이 전과 후의 결정적인 경계가 될 줄을 누가 상상이나 했겠는가. 그때 밀리는 더 물어보고, 더 밀어붙이고, 더 위로를 해주었어야 했는지도 몰랐다. 그날 밤 조지가 말했던 것들로 돌아오는 데 육십년이나 걸리다니. 그날 밤 밀리는 조지가 무슨 말을 하고 있는지 전혀 몰랐다. 밀리는 그게 그냥 흘러가도록 두었고, 조지가 혼자 짊어지게 내버려두었다.

밀리는 일어나자마자 가장 먼저 레이먼드에게 전화를

걸었다. 마크가 반쯤 잠든 채로 전화를 받았고, 그제야 그녀는 오늘이 무슨 요일인지도 모르고 있었다는 걸 깨달았다. 주말이라면 너무 일찍 전화를 건 셈이었다. 마크는 레이를 바꿔주었다.

"병원에 있느라 하루를 잃어버린 것 같구나." 밀리는 사과하는 대신 이렇게 말했다.

"괜찮아요, 할머니. 무슨 일이에요?"

밀리는 숨을 깊이 내쉬었다. "혹시 오늘 병원에 온다면 부탁 하나 해도 될까 해서…… 아니다, 사실, 그게 중요한게 아니고. 오늘 병원에 오는지랑 상관없이 말이다, 집에들러서 뭔가를 찾는 걸 좀 도와줄 수 있을까."

"물론이죠. 어디서 뭘 찾는데요?"

"뭔지 정확히는 모르고, 어디인지도 짐작뿐이야. 아무것도 없을 수도 있어. 그냥 궁금해서 그런데 내가 그 위에 직접 올라갈 수는 없으니."

"그 위에요?" 레이가 물었다.

"나무 위 집의 꼭대기 말이야."

찰리가 일어나자 밀리는 자기를 두고 병원에 가라고 고집을 부렸다. "레이먼드가 오고 있어." 밀리가 말했다. "걔가 날 데려다줄 거다."

"왜 걔를 여기로 오게 하는 거예요?" 찰리는 머그에 밀리의 커피를 따라주고는 찬장을 뒤져 자기가 가져갈 텀블

러도 찾아냈다. 찰리는 냉장고에서 우유를 꺼내 냄새를 맡더니 그녀의 커피와 자신의 커피에 우유를 조금씩 부었다.

"내가 잃어버린 서류 찾는 걸 걔가 도와주기로 했어." 찰리가 자기가 도와주겠다고 나서기 전에 밀리는 덧붙였다. "걔한테 안전한 곳에 보관해달라고 부탁했던 거니까 걔가 어디 뒀는지 찾아내는 게 맞을 거다."

찰리는 자기 컵 뚜껑을 덮더니 밀리에게 동정어린 미소를 지어 보였다. "삼촌처럼 된 거네요? 내가 잘 보관한다고 하고 다시는 보지 못한 물건들 기억나요? 아직도 저는 가끔 엄마가 브룩스 로빈슨 야구카드를 찾았다고 전화하기를 기대하고 있다니까요."

밀리는 잘 가라며 키스로 인사하고 찰리를 문 밖으로 밀어냈다. 이번 일로 레이먼드가 찰리와 같은 부류로 묶이는 건 레이먼드에게 부당한 일이었다. 찰리만큼 물건을 잘 잃어버리는 사람은 없었다.

레이가 도착했을 때, 밀리는 그에게 뭘 찾아야 하는지, 그러니까 밀리 자신도 레이가 뭘 찾아야 하는지 모르지만 찾으면 그도 알 수 있을 거라는 사실을 설명해주었다. 밀리는 레이를 나무 위 집으로 내보내기 전에 조지의 모자 하나와 장갑 한켤레를 끼도록 했다.

레이가 밖으로 나가자, 밀리는 수색을 시작했다. 밀리는 복도를 따라 내려가 서재 문을 밀어 열었다. 방 안의 공기는 차갑고 퀴퀴했다. 밀리는 몇주 뒤면 봄 정원을 계획하기 위해 제도용 책상에 앉겠지만 겨울에는 그녀도 조지도 이 방을 거의 사용하지 않았다. 옆방인 그들의 침실과 마찬가지로, 창문은 뒷마당을 향해 있었다. 밀리는 맡은 바 임무를 시작하기 전에 레이먼드가 눈 속을 걸어가는 모습을 지켜보았다. 자신의 행동들을 설명해줄 만한 무언가를 조지가 여기에 보관했을지 밀리는 알지 못했지만 찾아볼 만한 가치는 있었다.

밀리는 파일 캐비닛부터 시작했다. 관리비 영수증, 계약서, 보증서, 영수증 따위가 든 그녀의 캐비닛이 아니라, 조지가 스스로 만든 나무 캐비닛이었다. 서랍은 쉽게 열렸다. 안에 있는 설계도들은 깔끔하게 라벨이 붙어 있었고, 알파벳순으로 정렬되어 있었다. 여기서 그녀가 뭘 찾을 수 있을까? 비밀을 뜻하는 S라든가, 감옥을 뜻하는 P. 그럴 리 없었다.

전화가 울렸다. 한번, 두번. 왜 서재에 전화를 놓지 않았을까? 세번, 네번. 침실이 부엌보다는 더 가까웠지만 밀리는 아직 조지가 앉던 책상에 앉을 준비가 되지 않았다. 다섯번, 여섯번, 일곱번. 벨소리는 잠시 멈췄다가 다시 울리기 시작했다. 밀리는 그렇게까지 집요하게 연락을 하려는 사람과 통화하고 싶은지 스스로 확신이 들지 않았다.

밀리가 거치대에서 수화기를 들어 올렸다.

"아빠가 또 뇌졸중으로 쓰러졌어요, 엄마. 아빠가 깨어 날 수 있을지 모르겠다고 해요." 제인은 울고 있었다. 밀리 는 제인을 달래려 애썼지만 그러고 있는 게 부조리하게 느껴졌다. 조지의 잠옷 상의에서 떨어진 단추를 줍는 순간 그녀가 이미 조지를 애도하기 시작했다는 걸 어떻게 설명 할 수 있겠는가?

"제이니, 버텨보자." 밀리가 말했다. "갈 수 있는 한 최 대한 빨리 갈게. 레이먼드가 다시 올 때까지 기다려야 해."

밀리는 전화를 끊고 문틀에 몸을 기댔다. 부엌 입구에서 그녀는 휴식방 안쪽을 볼 수 있었다. 조지의 어린 시절 책 상이 계단 옆 어두운 구석에 서 있었다. 조지는 1969년 어 머니가 돌아가신 뒤 그 책상을 집으로 가져왔다. 배경이 되어버리고 주목받지 못하는 물건들이란, 흥미롭지 않은 가. 밀리는 몇년 동안 그 책상에 대해 달리 생각해본 적이 없었다.

책상 표면이 뻑뻑한 경첩에 걸린 채 위로 젖혀지고, 꼬 마들의 숨겨진 보물이 겹겹이 드러났다. 어느 디즈니 영화 엔가 나오는 공주 인형, 금속 자동차, 만화책, 외국 동전 몇 개, 바주카 껌의 농담이 적힌 포장지 몇장. 세 세대에 걸친 잃어버린 장난감들의 밑바닥에서 밀리는 또다른 걸 발견 했다. 합판 조각이었다. 밀리는 그 가짜 밑바닥을 뜯어내 는 데 좀 애를 써야 했다.

그 안에서 밀리는 그들이 처음 만났을 때 조지가 가지고 다니던 것과 비슷한 가죽 끈으로 묶인 작은 노트를 발견했다. 조지는 표지 안쪽에 '1931년'이라고 서명하고 날짜를 적어두었다. 각 페이지는 다이어그램으로 가득했다. 성, 마천루, 축척이 적용된 도시 지도들이 조지의 훈련된 손길로, 그중에서도 더 공상적인 버전으로 그려져 있었다. 그가 치워두었던 자기 자신의 모든 것이 하나의 스케치북에 담겨 있었다.

*

돌아보면 밀리는 그 한차례의 여행과 플라타너스 나무 꼭대기에서의 고백이 결정적 전환점이었음을 알 수 있었다. 그들은 해가 뜰 무렵 내려와 아이들을 챙겨 입히고, 시내에 가서 몇가지 볼일을 본 다음, 허슬러스에서 이른 점심을 먹고, 제인에게 늦은 생일 선물을 사주었다. 삶은 정상으로 돌아온 것처럼 보였다. 밀리는 새우 샐러드를 치즈 토스트에 올려 먹으며 조지의 불안을 잊어버렸다. 나중에 다른 대화들과 더 큰 다툼들이 있긴 했다. 되돌아보면 조지가 하룻밤 만에 완전히 변했다고 말하기는 쉬웠지만 그녀가 그걸 알아챘을 때, 그녀가 사랑했던 건축가는 이미 사라진 뒤였다.

조지를 대체한 남자는 대부분의 면에서 비슷했지만 소년다움이 전혀 없었다. 마천루를 스케치하던 아이의 흔적은 나무 위 집을 가꾸는 작업에서만 발견되었다. 조지는 여전히 찰리와 제인과 함께 무언가를 계획할 때면 열정을 쏟아부었다. 그는 언제부턴가 절대로 사무실에서 집으로 설계도를 가지고 오지 않았다.

"일은 직장에서만 하면 되지." 조지가 말했다.

밀리는 아이들을 위한 프로젝트에 여전히 자신의 모든 것을 쏟아붓는 사람이 자신의 직업에는 아무 관심도 두지 않는 점을 이해할 수 없었다. 밀리는 조지가 승진에서 번번이 누락되고, 일하던 회사에서 주니어 파트너 이상으로 발전하지 못하는 모습을 지켜보았다.

"나한테 초과 근무를 하라고 하잖아." 조지는 또다른 일자리를 그만두며 말하곤 했다. 혹은 "출장을 자주 다니기를 원하길래"라고 하기도 했다.

"그럼 가면 되지! 애들도 이제 커서 내가 며칠 정도는 혼자 돌볼 수 있어."

조지는 그저 고개를 저었다. 마치 그는 자기를 발전시키기 위한 모든 기술을 알고 있으면서도 스스로를 망치려 드는 사람처럼 보였다. 밀리는 불평하지는 않았다. 돈이 부족하거나 제인이 교정기를 착용해야 했을 때, 폭풍이 차고를 망가뜨렸을 때 밀리는 일자리를 찾았다. 밀리는 변화를 원망하지 않으려 애썼다. 다른 건축가들로 하여금 창조를 하도록 이끌었던 그것이 무엇이든, 그건 더이상 조지의 일부가 아닌 것 같았다. 조지는 지루한 교외 주택들을, 그다음에는 쇼핑몰과 사무실 단지를 설계했다. 마천루와 저택과 박물관은 더 야심찬 다른 건축가들에게 돌아갔다.

"당신 설계도를 보여줘." 밀리는 그에게 간청했다. "정말 하고 싶은 프로젝트들 말이야."

"그냥 건물일 뿐이야." 조지는 어깨를 으쓱하며 말했다. 이번엔 정말이었다.

"새로운 신도시야?" 밀리는 애써 흥미롭다는 듯이 굴며 물었다.

"응, 동네 하나를 통째로 맡았는데, 집 설계는 세가지뿐이야."

"당신이 그걸 다 설계하는 거야?"

"아니, 나는 방 네개를 맡았는데, 같은 머리에서 나온 것처럼 보이게 하기 위해서 다른 사람들이랑 어차피 같이 만들어야 해."

"당신은 정말 재능이 있어, 알지?" 밀리는 진부하게 들리지 않는 한에서 최대한 자주 이 말을 했다. "당신이 예전에 말하던 그 모든 걸 만들 수 있었으면 좋겠어."

조지는 웃으며 제도용 책상에서 몸을 돌렸다. "그렇게 말해줘서 고마운데, 이건 예술이 아니야. 이건 그냥 직업이지. 난 그냥 그들이 내게 원하는 걸 만들어 주는 거야."

회사 파트너들의 아내가 그들 남편의 최근 사업을 언급할 때 밀리는 미소를 짓기는 했지만 아무 말도 하지 않았다. 조지가 예술가가 되고 싶어하지 않는다면 그럴 필요는 없었지만, 밀리는 어떻게 그가 자신의 제도 실력에 그만큼 자부심을 느끼면서도 동시에 그걸 그렇게까지 외면할 수 있는지 이해할 수 없었다. 아무리 애를 써도 밀리는 조지가 정확히 무엇을 잃어버린 것인지 짚어낼 수 없었다. 매일 밤 설거지를 돕고, 아이들에게 책을 읽어주고, 아이들에게 두번 재고 한번 자르라고 가르치는 남자에 대해 어떻게 불평을 가질 수 있겠는가? 밀리는 조지를 격려하려 했지만 그는 모든 것을 다시 돌려놓았다.

"다른 학위를 따보는 건 어때?" 아이들이 둘 다 고등학교에 들어간 어느 날 조지가 물었다. "당신은 늘 식물에 대해 더 배우고 싶어했잖아."

밀리는 그렇게 했다. 반쯤은 조지에게도 동기부여가 되기를 바라는 마음이었다. 조지로 하여금 그녀와 경쟁하도록 부추길 수는 없을 거라는 사실을 깨달을 때쯤 밀리는 식물학 석사 학위와 박사 학위를 가지고 있었다. 조지는 밀리가 정원 설계를 위해 필요로 할 때면 자신의 사무실과 제도용 책상을 그녀에게 내주었다. 다른 사람들이 그를 이 집안의 박사로 여길 때 조지는 정정해주었고, 밀리의 업적에 대해 이야기하면서도 자기 자신의 업적에 대해서는 한마디도 하지 않았다. 밀리가 다른 사람들에게 그의 작품에 대해 자랑을 하려고 하면 조지는 자기비하로 대응했다. 밀리는 그가 되어버린 지금의 모습이 아니라면 무엇이든지 되어주기를 바라는 자신이 싫었고, 조지를 그 자체로 사랑하고자 했다. 조지는 불타오르기를 거부하는 성냥이었다. 밀리는 그가 밝게 불타기를 바라는 게 이기적이라고 느꼈다.

시간이 지나고 그 문제는 덜 중요해졌다. 밀리의 경력은 활짝 피었고, 조지의 경력에 대해 더이상 부담을 주지 않는 법을 알게 되었다. 아이들은 자라서 떠났다가 돌아오기를 반복했고, 자신들의 자녀를 낳았다. 은퇴 후 밀리는 조지와 함께 시간을 보내는 게 훨씬 편해졌다. 손자, 증손자들과 그가 편안하게 지내는 모습을 지켜보는 게 즐거웠고, 새로운 세대를 위해 나무 위 집에 새로운 증축 설계를 시작한 게 너무 좋았다.

이십대 때의 모습으로 누군가를 판단하는 게 공정한 일인지 밀리는 확신이 들지 않았다. 당신이 결혼한 사람과 당신이 함께 늙어갈 사람은 같은 사람이 아니다. 조지도 그녀에 대해 똑같이 말할 수 있을 것이라 확신했다. 밀리는 그 사실을 깨닫고 조지에게 부담 주는 걸 그만두는 데 너무 오랜 시간이 걸린 게 미안했지만 아마도 그게 삶이었는지도 몰랐다.

레이먼드는 밀리를 병원에 데려다준 다음 집으로 돌아 갔다. "뭔가 찾은 것 같아요." 레이가 밀리의 이마에 키스를 하며 말하고 다시 밖으로 달려 나갔다. 밀리는 조지의 침대 옆 등이 반듯한 의자에 앉아 재방송되는 프로를 보았다. 제인과 찰리는 교대로 그녀 곁을 지켰고 가끔 복도에 나가 이야기를 나눴다. 그녀는 찰리가 적어도 두 번은 "은퇴자 요양 커뮤니티"라는 말을 하는 걸 들었다.

밀리는 티브이가 주의를 빼앗아가도록 두었다. 티브이 속 모든 남자가 건축가인 것처럼 보였다. 「브래디 번치」The Brady Bunch*부터 시작해 모든 영화에 청사진과 마천루의 꿈을 가진 젊은 남자가 등장하는 듯했다. 왜일까? 그건 예술적이면서도 남성적인 일이니까, 밀리는 짐작했다. 연약하지 않으면서도 감수성 있는 일. 창의력이 있으면서도 가족을 부양하고 싶은 남자에게 완벽한 직업이었다. 최소한 조지가 더이상 그 일을 하고 싶어하지 않게 되기 전까지는 말이다. 티브이에서는 그런 일은 일어나지 않는 것 같았다.

레이먼드는 저녁 늦게 돌아왔는데, 얼굴에는 성공의 기쁨이 빛나고 있었다. 레이는 식당이 문을 닫기 전에 식사를 하러 가라며 엄마와 삼촌을 금방 설득했다.

---

* 1969년부터 1974년까지 미국 방송사 ABC에서 방영한 인기 시트콤.

"할머니가 찾으라고 한 걸 찾은 것 같아요." 레이가 미소지을 때 조지와 얼마나 닮았는지를 생각하면 정말 놀라웠다. 다행히도 레이먼드가 키가 더 컸고 이상하게 한쪽으로 삐딱하게 자른 머리를 하고 있었지만, 밀리가 감탄했던 그 불같은 자신감이 똑같았다. 밀리는 미소로 답했다. 밀리는 사실 찾을 게 있을 거라고 생각하지는 않았지만 기대를 걸어볼 만은 했다.

"나무 위 집에는 비밀 공간이 여기저기 많지만 대부분은 여전히 장난감이나 야구카드 같은 잡동사니로 가득해요. 아무튼, 한번은 사촌 조셉이 오스틴 액션 피겨를 갖고 싶다고 저를 쫓아다닌 적이 있었어요. 어디다 숨겨야 걔가 못 찾을지 잘 몰랐죠. 거의 꼭대기에 다다랐을 때 나는 까마귀 둥지를 받치고 있는 금속 지지대의 속이 비어 있다는 걸 알아챘어요. 뭔가로 그걸 열 수만 있다면 말이에요. 저는 주머니칼을 가지고 있었어요. 제가 열었던 첫번째 지지대는 안에 뭔가 끼어 있었어요. 그래서 조셉이 집에 갈 때까지 스티브 오스틴을 두번째 지지대에 숨겨뒀었죠. 그때까지 첫번째 지지대에 뭐가 있는지 살펴볼 생각은 못했던 거예요."

레이는 손을 휙 돌려 청사진 통을 꺼냈다. "안에 뭐가 있는지 확인하려고 열어봤어요. 있긴 해요. 하지만 내용물까지 확인하지는 않았어요."

밀리는 목소리가 떨리지 않게 하려고 애썼다. 다른 사람들이 좀더 오래 방에 들어오지 않기를 바랐다. "같이 볼까?" 레이가 말린 종이를 빼서 조지의 다리 위에 펼쳤다.

"조지, 우리는 당신이 숨겨둔 청사진을 보고 있어." 밀리는 무슨 일이 일어나고 있는지 알려주는 게 옳다고 생각했다.

이건 조지가 도살장 종이에 그렸던 감옥과 똑같았다. 제대로 된 제도 용지에 그려졌고, 훨씬 더 상세했지만, 여전히 완성되지 않은 느낌이 있었다. 아마도 그는 실제 설계도를 집에 가져올 수 없었을 것이다. 나중에 다시 그려둔 게 분명했다. 밀리의 시선이 종이를 훑었다. 그 끔찍한 공간의 분위기를 이해하려 애쓰면서 말이다. 밀리는 조지의 설계도를 충분히 많이 봐왔기에 그것이 종이에서부터 완전히 형성된 건물로 솟아오르는 모습을 상상할 수 있을 정도였다.

"똑같네." 밀리는 그렇게 말하면서도 이전의 거친 스케치에서는 놓쳤던 결함을 포착했다. 더욱 자세히 살펴보아도 틀림없었다. 이 모든 것을 감시하는 감옥에 작은 사각지대가 있었다. 밀리가 아는 한 조지는 청사진에서 실수를 한 적이 없었다. 조지가 원본에도 똑같은 실수를 한 걸까? 엔지니어링이나 건설에서 이걸 알아챈 다른 누군가가 있을까? 이 스케치가 실제로 지어진 것과 일치하는지, 아니면 그가 나중에 설계도를 바꾼 것인지 알 길이 없었다. 조지의 마음을 편하게 해주기 위해 무슨 말을 할지 곰곰이 생각할 뿐이었다.

밀리는 몸을 숙여 조지의 까칠한 뺨에 입을 맞췄다. 그리고 그의 귀에 속삭였다. "영감, 당신이 해낸 걸지도 몰라. 그들에게 기회를 줬을지도 모른다고."

제인은 집으로 가는 내내 자신의 일과 다양한 자녀들과 손주들의 화제로 엄마에게 계속 소식을 전했다. 밀리는 정신이 팔려 잘 듣지 못했지만 주의를 분산시킬 수 있어 고마웠다. 그들이 집에 도착했을 때 딸은 곧장 부엌으로 향했다.

"차 한잔할까?" 제인은 이미 주전자를 집어 드는 중이었다.

"차 좋지." 밀리는 자신의 침실로 들어가기 전에 동의했다.

밀리는 어두운 방을 가로질러 프렌치 도어를 열고 겨울 공기를 집 안으로 들였다. 어떤 계절에도 이 전망에 싫증이 난 적이 없었다. 오늘 밤, 보름달 빛이 눈에 반사되어 레이먼드의 발자국 속으로 사라졌다. 플라타너스의 앙상한 가지는 빛으로 윤곽을 그린 길고 하얀 손가락 같았다. 그것들은 텅 빈 나무 위 집의 발판 위로 축복을 내리고 있었다. 밀리는 현관을 지나 발코니로 발을 내디뎠다. 눈이 거의 무릎까지 쌓여 있었다. 그녀는 나무를 향해 두걸음 더 내디뎠다. 추위에 눈물이 고였다.

밀리는 1951년 그날 밤으로 돌아가고 싶었다. 조지에게 무엇을 한 건지 묻고 그의 짐을 함께 나눌 수 있었으면 했다. 그렇게 큰 것을 바라기엔 너무 늦었다. 밀리는 잠시 동안 모든 것을 애도하도록 자신을 내버려두었다. 남편과, 그들이 함께한 삶과, 그들이 공유했던 모든 것과 숨겨왔던 모든 것을. 숨을 내쉴 때 그 자리를 메우는 추위처럼 그 모든 것이 그녀를 에워쌌다. 밀리가 다시 나무 위 집에 시선을 고정할 때까지. 병원에 누워 있는 육신에서 사라진 모든 것이 여기 여전히 있었다. 조지다움이 말이다.

"아." 그날이 밀리를 강타했을 때 그녀가 속삭였다.

"떠나지 않을게." 밀리는 나무에게 말했다. 레이먼드는 그녀를 도와줄 것이고, 그게 아니면 그렇게 해줄 누군가를 그녀가 고용하면 됐다. 불빛은 밀리가 안으로 들어온 뒤에도 계속 춤을 췄다. 밀리가 눈을 감으면 그녀의 눈꺼풀 뒤에서 춤을 췄다.

밀리는 조지가 예전에 그녀에게 약속하곤 했던 꿈의 집을, 이곳이 그저 스쳐가는 곳일 뿐 그들의 영원한 집이 아닐 때 꿈꿨던 그 집을 떠올렸다. 밀리는 갑자기 조지가 그걸 지을 기회가 없었다는 사실이, 그래서 그가 하나의 광적인 프로젝트의 수없이 많은 버전에 헌신할 수 있었다는 게 기뻤다. 가장 훌륭한 계획조차도 수정이 가능한 것이었다.

아침에 부엌 식탁 위에는 은퇴자 요양 마을의 팸플릿들이 놓여 있었다.

제인은 미안한 표정을 짓고 있었다. "찰리가 엄마에게 어떤 선택지들이 있는지에 대해 얘기를 나눠야 한다고 해서."

"내 선택지가 뭔지는 내가 알아." 밀리가 웃고 있는 은발의 얼굴들 중 하나 위로 머그잔을 내려놓으며 말했다.

밀리는 제인이 병원에 가져갈 서류 가방을 들어주겠다고 했을 때 그걸 허락하지 않았다. 조지의 병실에 도착하자 밀리는 아침식사를 하고 오라며 찰리와 제인을 내보냈다.

"남편이랑 둘이 시간을 좀 보내고 싶어." 밀리가 말했다.

그렇게 다시 둘만 있게 됐다. 침대 곁 시끄러운 기계들, 째깍거리는 시계, 텔레비전, 문 밖의 간호사 스테이션을 제외하고는 말이다. 그것들은 모두 쉽게 무시할 수 있었다.

"다시 그림을 그려 보자고, 영감."

밀리는 서류 가방을 열고 제도판, 종이 한 장, 연필 몇 자루를 꺼냈다. 밀리는 침대에 반쯤 기댈 수 있게 의자 각도를 맞췄다. 밀리가 연필을 조지의 손바닥에 쥐어주자 그의 손이 연필을 감싸 쥐었다. 이틀 전의 환영 같은 에너지는 모두 사라지고 없었다. 밀리의 두 손이 조지의 왼손을 감싸 쥔 채로, 이제 밀리의 움직임이 조지의 움직임을 이끌었다.

제도사는 조지였지만 식물에 대해 알고 있는 건 밀리였다. 그들은 뿌리부터 시작했다. 밀리는 나무의 형상으로, 그의 참회의 형상으로 조지를 인도했다. 그들이 둘 다 외울 정도로 잘 알고 있는 모든 가지를 지나, 정원에서 그녀의 시선으로 바라보던 나무 위의 모든 발판을 지나. 탈출용 소방서 기둥, 인형극 극장, 라푼젤의 탑. 조지의 비밀을 간직했던 까마귀 둥지. 마지막으로 나무 위 집 주변에다 그들은 봄의 정원을 위한 밀리의 계획을 함께 그리기 시작했다. 중요한 건 영원이라 느껴질 만큼 오래, 갇혀 있던 모든 것이 자유로워졌다고 느껴질 만큼 오래 그의 손이 그녀의 손에 꼭 닿아 있다는 것뿐이었다.

고독한
뱃사람은 없다

웨인라이트 부인이 술집 대신 마구간에서 일하게 해주는 밤이면 나는 말들에게 노래를 불러주곤 했다. 말들은 모두 각자의 웅얼거림으로 나를 반겼고, 내가 그들의 저녁거리를 준비하는 동안 귀를 쫑긋 세워 내 목소리에 집중했다. 스미스 선장이 나를 발견한 곳도 바로 그곳, 내가 직접 만든 노래를 부르고 있던 그 마구간이었다. 나는 경첩이 삐걱거리는 소리를 듣자마자 입을 다물었다.

"네가 프레디 털링턴의 아들이구나, 그렇지?" 선장의 목소리에서 럼주가 느껴졌지만 취한 상태는 아니었다. 만나면 피하는 게 좋겠다는 느낌이 드는 사내들이 있었지만 그는 그런 부류는 아닌 것 같았다.

"털링턴이 제 아버지였죠."

나는 한 구유에서 그를 지켜보았다. 그는 짚 더미 위에 푹 주저앉더니 마치 그렇게 앉은 덕에 폐에서 공기가 다 빠지기라도 했다는 듯 신음을 냈다. 그는 몸에 잘 맞는 푸른 외투를 입고 있었고, 그의 장화는 손질이 잘되어 빛이 났기 때문에 요새 우리 술집에 드나드는 손님 대부분과는 확연히 구분됐다.

"이제 한 열살쯤 됐나?"

나는 대답하지 않고 하던 대로 먹이 주는 일을 계속했다. 열셋이었다. 거의 맞혔다. 말들은 고맙다는 뜻인지 더 달라는 뜻인지 모르게 우르릉거렸다.

"얘야, 너 이름이 뭐니?"

"알렉스요." 나는 대답했다.

"알렉스, 내가 누군지 알아?"

"스미스 선장님이요. 아빠가 선장님 배를 탔죠."

"프레디는 훌륭한 선원이자 훌륭한 요리사였지. 죽음을 자초하다니 참 안타까웠다."

딱히 답할 길이 없는 말이었기에 그냥 있었다. 나는 건초더미 위로 기어 올라가서 다리를 달랑거리며 그 위에 앉았다. 선장은 나를 올려다보았다. 그의 얼굴은 붉은빛을 띠고 있었는데 색이 일관된 걸로 보아 술 때문이라기보다는 햇빛에 오래 노출되어서 그런 것 같았다. 피부가 햇볕에 말린 가죽처럼 보였다.

"배 탈 줄 아니, 꼬마야?"

"네, 선장님."

뭐가 됐든 바로 요점을 말해주었으면 했지만, 그는 서두를 생각이 없었다. 그러더니 눈을 감았다. 잠시 그가 잠이 들었나 싶었다. 이윽고 선장은 다시 나에게 말을 걸었다.

"다음 주에 나랑 같이 바다로 나가줬으면 좋겠는데."

그를 다시 한번 살펴보았다. 술에 취한 건 아니라고 생각했는데. 우리가 지금 어디로도 항해할 수 없다는 걸 그가 모를 리는 없었다. 나는 먼저 현실적인 답변을 해보기로 했다. "안 돼요. 아버지가 저를 여기 두고 갈 때 저를 웨인라이트 부인에게 묶어두셨거든요."

"웨인라이트 부인과 네 계약을 사는 것에 대해 이미 얘기했다. 임대하는 거라고 해야 하나. 아주 짧은 항해 동안만 네가 필요할 거라서 말이지. 배에 네 나이 또래가 필요하단다. 왜인지 알겠니?"

잠시 생각을 해보았다. "제가 사이렌 옆을 무사히 지나가게 해줄 거라고 생각하시는 건가요?"

그는 미소를 지었다. "아주 좋아. 그래. 우리는 사이렌을 지나가야만 하는데 호머가 뭐라고 했든 왁스로 귀를 막는 정도로는 절대 안 되더군. 똑똑한 꼬마구나."

똑똑할 필요가 없었다. 지금 곶 위에 자리 잡은 사이렌들이 지나가는 모든 이에게 노래를 불러 배가 항구에 들어

오지도 나가지도 못하게 하고 있다는 걸 모르는 사람은 독스 베이에 아무도 없었다. 거리며 선술집, 하숙집은 모두 뱃사람들로 붐볐고, 그들은 다시 바다로 나가고 싶은 욕망으로 가득 차 있었다. 이게 내가 마구간에 있는 게 더 안전하다고 느낀 이유 중 하나였다. 솔트 도그 술집은 날이 갈수록 험악해졌다. 웨인라이트 부인의 말에 따르면 곧 싸움과 방화가 일어날 것이었다. 부인은 스스로가 이런 상황에 대해서는 이미 빤히 알 정도로 나이가 들었다고 말했다.

"사이렌에 대해서는요?"

내 물음에 부인이 고개를 저었다. "직접 겪어보진 않았지만 오래 바다를 떠돌다보면 대부분의 이야기에는 어느 정도 진실이 있다고 생각하지 않을 수 없을 거다."

항구의 모든 사람은 사이렌을 어떻게 지나갈 수 있는지에 관한 이론을 가지고 있었다. 최근에는 저녁마다 술집 식탁을 치우면서 그에 관한 수많은 논쟁을 엿들었다. 처음으로 항구를 빠져나가려고 시도한 건 루시우스 니클비였다. 니클비와 그의 선원들은 그리스인들처럼 밀랍으로 귀를 막았다. 존 해로는 망원경으로 배에서 뛰어내리는 그들의 모습을 지켜보았다고 했다. 아메드 파이루즈는 자신의 배 마할리아호를 타고 사이렌의 노래를 따돌리려 해보았다. 마할리아호는 곶 아래 바위에 부딪혀 산산조각이 났다. 한달이 지난 지금도 선체 파편이 밀물을 타고 해안에 떠밀려 오곤 한다.

"내가 제안한 게 뭔지 이해하겠니, 꼬마야?" 스미스는
물었다.

"그들의 목소리가 아이에게는 통하지 않기를 기대하는
거잖아요."

"거기에 내 인생을 걸었지."

나는 건초 더미에서 내려와 선장이 앉아 있는 곳으로 걸
어갔다. 그는 몸집이 큰 사람이 아니었지만 나는 훨씬 더
작았다. 가까이서 보니 선장의 푸른 외투는 얼룩져 있고
솔기가 터진 곳도 있었다. 그 모습을 본 나는 조금 더 대담
해졌다. "제 목숨도 거는 셈이 되겠네요. 그럼 어린 아이들
로만 선원을 꾸리실 건가요? 아니면 사이렌을 지나갈 때까
지 제가 선장님의 선원들을 모두 돛대에 묶어야 하나요?"

선장은 나를 새삼스럽게 살피며 잠시 침묵했다. 어쩌면
내 목소리가 예상보다 더 나이 들어 보였거나, 혹은 웨인
라이트 부인이 나의 "특이한 점"이라고 칭했던 무언가를
그가 알아챈 것일 수도 있었다. 다시 말을 시작했을 때 그
의 목소리에서 거짓된 명랑함은 사라져 있었다. "이번에
는 우리 둘이 내가 사둔 작은 고깃배를 타고 갈 생각이다.
그리고 맞다, 나만 묶어달라고 할 계획이야. 내가 틀렸다
면 내 배와 선원 모두를 위험에 빠뜨리는 일이 될 테니 그
렇게까지 할 필요는 없고. 내가 맞다면 우리는 무사히 지

나갔다가 다시 항구로 돌아올 수 있을 거다. 내가 뭔가를 잘못 알았다면, 글쎄, 최소한 난 원래 그러려고 했던 것처럼 바다에서 죽게 되겠지."

"선장님이 그러려고 했던 것처럼요." 나는 '선장님이'를 강조해 그의 말을 되풀이했다. 그건 그가 선택한 운명이지 내 운명은 아니었다. 나에게 무슨 선택의 여지가 있기를 기대했던 건 아니다. 웨인라이트 부인이 나와의 계약을 팔거나 빌려주고 싶어 한다면 그녀에게는 그럴 권리가 있었다. 그래도 나는 스미스 선장이 마치 의사를 물으러 온 것처럼 나를 찾아왔다는 게 마음에 들었다. 독스베이 너머의 세상을 본다는 것도 비록 잠깐이겠지만 좋았다. 아버지의 방랑벽을 물려받았다고는 한번도 생각해본 적이 없었다. 하지만 어쩌면 내 안의 작은 부분이 그걸 갈망하고 있는지도 몰랐다. 만과 바다는 어떻게 다른지도 보고 싶었고, 왜 바다가 사이렌만큼이나 설득력 있게 우리 마을의 모든 사내를 불러내는지도 알고 싶었다.

"웨인라이트 부인과 이미 말씀하셨고 부인도 가라고 하셨다면 제가 다른 의견을 낼 자격은 없겠죠." 악수를 나눌 때 그의 거친 손은 나의 손을 완전히 압도했다.

나는 웨인라이트 부인을 찾아가기로 마음먹고 다음 날이 되기를 기다렸다. 부인은 쌍둥이들이 각각의 손님에게 정확한 양의 죽을 떠주는지 감독하며 아침식사 준비를 하고 있었다. 그녀는 딱 손님이 값을 지불한 만큼, 그 이상도 이하도 아닌 양을 정확히 주긴 했지만 손님을 속이는 법은 없었다. 쌍둥이에게 그 미묘한 차이를 이해시키는 데에는 상당한 시간이 필요했다. 일곱살이 된 쌍둥이는 이제 최소한의 감독만 하면 될 정도로 능숙해져 있었다.

나는 인사를 건넸다. 일라이자는 손을 흔들어 답해줬지만 사이먼은 주변을 엉망으로 만들지 않고 국자로 죽을 떠서 그릇에 담는 데 온 정신을 집중하고 있었다.

바 뒤로 돌아가자 웨인라이트 부인이 행주로 내 팔을 툭 쳤다. 몸짓은 다정했고 목소리는 장난스럽게 엄숙했다.

"지금 쟤네 방해하지 마라. 이걸 잘하면 그애들에게 스튜를 서빙하는 일도 맡길지 모르니까. 말들에게는 먹이도 주고 물도 먹였겠지?"

"네, 아주머니. 그런데 칼장수랑 같이 온 작은 밤색 암말은 아직도 물을 안 먹어요."

"주인이 그걸 눈치채기 전에 떠나면 좋겠는데. 아무래도 얼간이 같은 놈이긴 했지만 말이다. 다음에 갔을 땐 물에 맥주를 좀 섞어서 줘보렴. 여기 물맛이 섬의 반대편이랑은 다를 수도 있으니까. 정말 이놈의 기회주의자들이 다 떠나고 모든 게 정상으로 돌아오면 너무 좋겠구나."

부인은 눈을 가늘게 뜨고 흘러내린 머리카락을 귀 뒤로

쓸어 넘기며 나를 바라보았다. "무슨 일 있지, 알렉스?"

"어젯밤에 마구간으로 그 선장님을 보내셨더라고요?"

그녀는 고개를 끄덕였다. "스미스 선장이지. 좋은 사람이야. 옛날에 자주 오곤 했어. 우리 쪽으로 정말 오랜만에 왔는데 저 시끄러운 기지배들이 눌러앉았다니 그 양반한테는 참 불운이다. 너의 유용함을 보여줄 기회야."

나는 부인이 내민 행주를 받아 들고, 가장 가까운 빈 탁자를 닦기 시작했다. 졸린 뱃사람 몇몇이 술집 한구석에 앉아 있었고, 바 맨 끝에도 한 사람이 보였다. 나는 쌍둥이나 그 사람들이 우리 대화를 엿듣지 못하도록 목소리를 낮췄다. "그런데 왜 그 사람을 저에게 보내신 거죠?"

"다른 멍청이들보다는 그 선장 생각이 더 낫더군. 저기 구석에 있는 사일러스 힐 말이야, 귀머거리가 될 수만 있다면 당장에 어디든 달려들 사람이야. 물론 자기 선원들도 모두 귀를 먹게 만들어야겠지?" 부인은 사일러스 힐이 듣도록 목소리를 높였다. 사일러스는 자기 앞에 놓인 에일만 뚫어져라 바라보았다.

"하지만 스미스는 어린 남자애를 데려가려는 거고 제가 그 정도로 어리지 않다는 건 아주머니도 아시잖아요." 나는 가까이 다가가 귓속말로 말했다. "게다가 저는 보통 말하는 그런 남자애가 아니잖아요."

"그래서 더 좋지." 부인이 속삭였다. "나는 네가 다른 누구보다 더 적합하다고 본다. 상황이 통제 불능이 되기 전에 이 일이 해결돼야 해."

"그럼 그냥 여기 오는 여자 선장 한분에게 맡기면 안 되나요?"

부인은 고개를 저었다. "이틀 전에 한명이 시도했었어. 깃대처럼 바위에 꽂혀 있는 저게 바로 그 여자 선장의 돛대지. 하지만 넌 여자 선장이랑 달라."

"그럼 저를 죽이려는 거군요. 저를 여기서 쫓아내고 싶으신 거죠. 최고의 입찰자에게 팔아넘긴 거잖아요." 나는 그녀가 내 손을 붙잡아 말릴 때까지 행주로 바의 끈적거리는 부분을 계속 닦았다.

"내가 그러고 싶다면 그럴 권리가 있지만 넌 언제나 열심히 일했으니까 나도 네 도움을 잃고 싶지는 않단다. 너는 지금까지 도전했던 어떤 누구와도 다르니까, 내 생각에 넌 살아남을 거다."

"그렇군요." 나는 내 분노를 숨기려는 시도도 하지 않은 채 거짓된 이해라는 걸 티내는 말투로 말했다. "그럼 제가 이쪽도 저쪽도 아니기 때문이군요?"

웨인라이트 부인은 내 손에서 행주를 가져갔다. "아니야. 네가 보통 사람들은 생각할 필요조차 없는 방식으로 스스로에 대해 잘 알고 있기 때문이다. 이제 저 바보 같은 애들을 패주고 싶어지기 전에 얼른 데려가서 씻기고 오렴."

부인이 가리킨 쪽을 쳐다보자 쌍둥이가 냄비를 자기들 쪽으로 넘어뜨려서 죽을 다 뒤집어쓰고 있었다. 냄비를 바로 세우려고 애쓰는 중이었지만 건더기는 이미 다 몸에 뒤집어쓴 채였다.

지금 이 논쟁에서는 절대 이길 수 없었다. "자, 너희 둘, 이리 와. 때밀이를 좀 당해야겠지만 맞는 것보단 낫겠지."

쌍둥이는 나를 따라 밖으로 나왔다. 걸을 때마다 사이먼의 왼발에서 철벅거리는 소리가 났다. 한걸음, 철벅. 한걸음, 철벅. 심난한 기분이었음에도 웃음을 터뜨리지 않을 수 없었다.

"양동이 두개씩 가져와." 빠져나갈 수 있을 만큼 외양간 문을 열어주며 내가 말했다. 잠시 후 쌍둥이가 돌아왔고, 우리는 펌프가 있는 곳으로 갔다. 나는 안쓰러워 양동이 두개를 직접 들고 갔고, 아이들에게는 가득 찬 양동이 하나씩을 들게 했다. 그렇지만 가끔은 하나보다 둘이 더 나았다. 균형의 문제였다. 일라이자는 걸어가는 동안 양동이의 물 절반을 자기 신발과 바지에다 흘렸다. 사이먼은 한방울도 흘리지 않으려고 조심하며 우리를 따라왔다.

날씨가 충분히 온화했으므로 나는 네 양동이를 모두 마당 물통에 부었다.

"신발에 있는 걸 저 양동이 중 하나에다 쏟아내." 사이먼에게 말했다. "그리고 너희 둘 다 몸에서 긁어낼 수 있는 죽은 다 긁어내는 거다."

아이들은 시킨 대로 했다.

"자, 이제 물통에 들어가렴, 꼬마 오리들." 둘 다 망설였지만 사이먼이 어깨를 으쓱하고는 한쪽 끝으로 기어들어갔고, 그러자 여동생도 훌쩍거리며 뒤따랐다. 나는 외양간으로 슬쩍 들어가 작은 밤색 암말에게 신발에 들어 있던 죽을 주었다. 물을 마시지 않던 말이었다.

마당으로 돌아왔을 때, 쌍둥이가 티격태격하는 소리가 들렸다. 일라이자의 목소리가 더 시달린 것처럼 들리는 걸 보니 일라이자의 잘못이었으리라 짐작했다. 둘 다 여전히 옷을 입은 상태였지만 그것도 빨아야겠다고 생각했다.

나는 그들이 처음 왔을 때부터 목욕과 기저귀를 담당했다. 그때 나는 일곱살이었다. 일라이자의 다리 사이에 있는 매끄러운 틈과 사이먼의 다리 사이에 있는 혹은 내가 되어야 할 모든 것과 내가 아닌 모든 것을 나에게 가르쳐 주었다. 돌이켜보니 웨인라이트 부인이 내게 그 일을 맡긴 이유 중 하나가 바로 그거였던 것 같다.

"왜죠?" 부인이 처음 나에게 아이들을 제대로 씻기는 법을 가르쳐줄 때 내가 물었다.

"걔들이 왜 서로 다른지를 묻는 거니, 아니면 네가 왜 둘 다와 다른지를 묻는 거니?"

나는 곰곰이 생각했다. "네."

"대부분은 사이먼처럼 남자아이로 태어나거나 일라이자처럼 여자아이로 태어나지. 하지만 세상에는 너처럼 남자와 여자의 특징을 모두 갖고 있으면서 어느 쪽에도 완전히 속하지는 않는 사람들도 있는 것 같더구나. 그건 '왜'에 대한 답은 아니지만 그 문제에 답이 있는지는 나도 모르겠다. 여분의 발가락을 가진 채 돌아다니는 그 얼룩고양이 본 적 있지? 그 고양이는 그런 것 따위는 전혀 신경 쓰지 않잖아. 너도 이게 너를 전혀 신경 쓰이게 만들지 않는다고 마음먹는 게 나을지도 모르겠다."

그 문제의 고양이는 마구간 칸의 빗장을 열고 병뚜껑을 돌려 열곤 했다. 제법 잘 지냈다.

"저도 그런 거 신경 안 쓸 거예요." 나는 부인의 말을 되풀이했다.

"어느 한쪽이 다른 쪽보다 더 가깝게 느껴지기는 하니?"

나는 두 아이를 바라보았다. 그때까지만 해도 나는 정말 어느 쪽으로도 생각해본 적이 없었다. 별 차이가 없어 보였다.

"잘 모르겠어요." 나는 솔직하게 대답했다.

"남자애로 사는 게 더 안전할 거다. 서서 오줌을 눌 수도 있고, 가슴이 평평하게 유지되는 한 취객들에게 치근거림도 덜 당할 수 있고, 취객들이 치마 속을 더듬다가 깜짝 놀랄 일도 없겠지. 물론 그건 그들에게 교훈이 되겠지만. 그

교훈은 내가 직접 가르쳐주마."

"그럼 남자애가 될게요." 무엇보다 나는 부인을 기쁘게 하고 싶었다. 나는 미소로 화답을 받았다.

"넌 정말 착한 아이다, 알렉스. 그것 말고는 네가 무엇이든 나에겐 아무 상관이 없어."

나에겐 질문이 하나 더 있었다. "아버지가 저를 여기 두고 가신 이유도 그건가요?"

부인은 사이먼에게 마지막으로 나무 가루를 뿌려주더니 내 팔에 그를 안겼다. "맞기도 하고 아니기도 해. 네 아버지가 너를 여기 두고 간 건 뱃사람이 아기를 돌볼 수는 없다는 걸 알았기 때문이고, 내가 널 잘 키워줄 거라는 걸 알았기 때문이야. 너희 아빠가 널 어떻게 얻게 됐냐고? 내 생각에는 그게 누구든 간에 널 낳은 여자는 네 몸의 특이한 부분을 보고 당황해서 널 포기한 것 같구나. 하지만 상관없어. 그냥 좀 특이할 뿐인 거고, 다른 사람들과는 이런 얘기를 나누지 않는 게 낫지. 이해하겠니?"

나는 고개를 끄덕이고 무릎에 사이먼을 앉혀 얼러주었다. 사이먼은 웃음을 터뜨렸다. 나는 우스꽝스러운 표정을 지어 보였고 그애는 그걸 따라했다. 나도 바로 그렇게 배울 것이었다.

나는 젖은 옷을 말리기 위해 난간에 걸쳐두고, 맨몸의

아이들에게 내가 마구간을 치우는 동안 낡은 담요 위에 앉아 있으라고 했다.

"말들에게 왜 노래를 불러줘요?" 일라이자가 내 수레를 피하기 위해 발가락을 오므리며 물었다.

"내가 근처에 있다는 걸 알려주고, 내가 주위에서 일하는 동안 얌전히 있게 하려고 그러지. 그리고 내가 노래 부르는 걸 좋아하니까. 자, 벌써 이유가 세가지나 있지."

"우리도 노래해도 돼요?"

"물론이지, 꼬마 오리. 그럼 노래 하나 골라봐."

나는 수레를 밖에 내려놓고, 다시 건초 갈퀴를 집어 들면서 그들과 함께 노래하기 시작했다.

말들이 차지하고 있는 기다란 구유 열네개와 박스 두개를 다 치우고 보니 정오가 한참 지나 있었다. 나는 사람의 배설물보다는 말의 배설물을 훨씬 선호했지만 지금쯤이면 손님이 대부분 밖에 나가 있을 때라 이제는 요강도 비워야 했다. 쌍둥이는 햇볕에 반쯤 말라 뻣뻣해진 옷을 억지로 꿰어 입었다.

원래는 곧장 돌아갈 생각이었는데 광장에서 들려오는 소란이 나를 교란시켰다. "집에 가서 요강 치우는 일을 시작하도록 해." 나는 일라이자와 사이먼에게 말했다. "흘리지 않게 조심하고."

나는 소리가 나는 곳으로 살금살금 다가갔다. 혹시 싸움이 날 지 몰라 조마조마해하며 건물에 바짝 붙어 있었다. 아침에 본 것보다 술에 더 취한 모습의 사일러스 힐이 낡은 우물가에 서 있었다.

"우리 언제까지 이 만에서 우리 배들이 썩어가는 걸 바라보기만 할 겁니까? 언제까지 고향에서 떨어져서 살아야 하는 거냐고요!"

힐은 말하면서 비틀거렸다. 펌프를 설치할 때 우물을 벽돌로 막아버린 게 그에겐 다행이었다. 군중은 웅성거리며 그와 함께 흔들렸다. 구체적인 숫자로 말할 수는 없어도 그 정서에는 공감하기로 한 것 같았다.

나는 빵집 딸인 내 친구 지니를 발견하고 옆으로 다가갔다. "저 사람 왜 저러는 거야?"

지니는 살짝 미소를 지어줬다. "알렉스! 사일러스가 무리를 모으려고 해. 부대라고 했던 것 같아. 육지로 가서 사이렌들을 기습하겠다는 거지."

"그게 가능해? 땅으로 가는 건 그렇다 치고 기습하는 거 말이야." 지니는 얼굴을 붉히며 고개를 숙였다. 우리는 곶까지 기어올라갈 수 있고, 바위투성이 초원에 앉아 배들이 오가는 걸 구경할 수 있으며, 심장이 터질 듯이 뛰는 가운데 빠르게 키스를 한번 할 수 있다는 것도 알고 있었다. 그 뒤로 우리는 그 일을 입 밖에 낸 적이 없었다.

"할 수 있을 거라고 생각하나봐. 문제는 얼마나 많은 사

람들을 모을 수 있는지야. 그리고 무슨 무기를 가져가기로
할지."

"무기라고?"

"기습하려는 이유가 바로 그거야. 사이렌들이 노래하기
전에 쏴서 죽이려고."

사이렌을 죽인다는 아이디어는 처음 들어보는 것이었
다. 선원들은 다시 바다로 나가야 했고, 만으로 보급품이
들어오는 것도 필요했다. 하지만 사이렌들도 언젠가는 다
른 곳에 둥지를 틀고 우리를 내버려두겠지 싶은 생각이 들
었다. 아니면 스미스 선장의 계획대로 되어서 다시 배들이
지나다닐 수 있게 되거나. 타고난 본능에 따른다는 이유로
죽어야 한다니 그게 합당한 일인지 확신이 들지 않았다.

지니와 나는 힐이 그와 비슷하게 취했거나 그보다 더 취
한 사내 열한명을 모으는 걸 지켜보았다. "겁쟁이들!" 그
가 남은 이들에게 소리쳤다. 아무도 신경 쓰지 않는 것 같
았다. 어떤 사람이 손에 장총을 들고 그걸 검처럼 휘둘렀
다. 다른 남자는 활과 화살 몇개를 들어 올렸다. 그 무리는
대충 맞는 방향으로 비틀거리며 돌길을 걸어 멀어져갔다.
큰 쪽 무리에서 몇번의 킬킬거림이 새어 나왔다.

"집단으로 자살을 하는 거나 마찬가지야." 뒤에 서 있던
여자가 말했다.

"사이렌에게 죽을 거라면 배 위에서 죽는 게 마땅하지."

옆에 있던 남자가 동의했다. "나도 그렇게 할 계획이야."

그때 나는 우물 반편에서 나를 향해 서 있는 스미스 선장을 발견했다. 선장도 남자가 하는 말을 들었지만 내 눈을 마주치고는 고개를 저었다. 선장은 자신의 해법을 믿고 있었다. 물론 다른 이들도 그랬지만 말이다.

"이봐, 꼬마!" 누군가의 손이 내 어깨를 움켜쥐었다. 그 목소리에 담긴 경멸이 나를 그 자리에 못 박아두어서 그렇게 쥐어 잡을 필요도 없었지만. 지니의 어머니인 아리에티 부인이었다. "너 일할 시간 아니니? 여기서 뭐 하는 거야."

지니 어머니가 나를 끌고 가는 동안 나는 지니에게 미안한 눈빛을 보냈다. 지니의 어머니가 "꼬마"라고 부른 걸 그녀도 눈치챘을까? 얼굴이 화끈거렸다.

"내 딸한테 말 걸지 말라고 한 거 기억 안 나니?" 우리가 지니의 귓전을 벗어나자 아리에티 부인이 나에게 속삭였다.

"하-하지 마세요."

"내 말이 장난으로 들렸나보지?" 부인의 손가락 하나하나가 내 쇄골에 못처럼 박혀 왔다. "내 딸은 너 같은 부류랑 만나게 할 생각 없다."

나는 그 부류가 뭘까 궁금했다. 이 마을에서 지니가 선택할 수 있는 건 바다를 떠도는 사내들이나 나, 아니면 몇 안 되는 섬의 농부들뿐이었다. 어쩌면 어떤 부유한 상인이 굴러들어와 지니를 더 나은 삶으로 데려가주기를 바라는 건지도 모르겠다. 하지만 사이렌이 우리를 가두고 세상으로 나가는 문을 잠가두는 한 그런 일은 일어나지 않을 것이다.

선술집 밖에서 아리에티 부인은 나를 마지막으로 한번 더 돌아보았다. 그녀는 반죽을 치대느라 마디가 잔뜩 부어오른 손가락으로 내 얼굴에 삿대질을 했다. "지니랑 같은 길로 걷기만 해도 너는 후회하게 될 거다."

바로 그때 누군가가 솔트 도그 술집에서 비틀거리며 나왔고, 나는 그 기회를 놓치지 않고 아리에티 부인의 손아귀에서 빠져나와 안으로 숨어들어 갔다. 그리고 일분 정도는 그녀가 따라 들어오지는 않을까 두려워하며 숨을 몰아쉬었다.

*

그날 밤에도 그다음 날 밤에도 술집은 만원이었고, 처음으로 나는 잔심부름을 처리하는 것 말곤 아무 생각도 할 겨를이 없어서 오히려 고마운 마음이 들었다. 쌍둥이들까지 불려 나왔다. 그들은 빈 잔과 방치된 반쯤 마신 잔을 집어오느라, 그리고 우리 눈에 보이지 않는 구석에서 무슨일이 일어나고 있는지 계속 보고하느라 바빴다.

손님들은 두 부류로 나뉘었다. 무례한 자들과 시무룩한

자들. 아무도 노래하지 않았고, 아무도 카드놀이를 하지 않았다. 나는 한바탕 싸움을 말리다가 눈 주위에 멍이 들었고, 웨인라이트 부인은 싸움을 두번 더 말려야 했다. 그녀는 사이먼과 일라이자를 위층의 자기 방으로 돌려보냈다.

얼마 지나지 않아 술에 취하진 않았지만 누추해 보이는 사내가 문으로 기어들어 왔다. 전날 의기양양하게 활과 화살을 휘둘렀던 자 가운데 하나라는 걸 알아볼 수 있었다. 가장 가까운 탁자에 있던 누군가 일어나 그에게 자리를 내주었고, 또다른 누군가는 에일 한잔을 건넸다. 그는 단숨에 그걸 비웠다.

"무슨 일이 있었던 거야?"

"사이렌들은 죽었나?"

"조용히들 하지." 웨인라이트 부인이 바를 쾅쾅 치며 말했다. "술 한잔 더 들게 해. 꼬리가 축 처진 거 안 보여? 말할 준비가 되면 얘기할 테니 시간을 좀 주라고."

그들은 조용해졌다. 그 사내 앞에 또다른 잔이 놓였다. 그는 그걸 천천히 마셨고, 잔이 바닥을 드러낼 즈음 한숨을 내쉬었다. 나는 긴 이야기를 기대했지만 그는 할 말이 많지 않았다.

"같이 갔던 사람들은 다 죽었어. 몰래 습격하려고 다가갔지만 그들은 우리가 오는 소리를 들었던 거지. 사이렌들은 노래를 부르기 시작했고, 그 소리가 들리니까 모두 무기를 버리고 그들에게 달려가기 시작하더라고."

"당신은 어떻게 도망쳤지?" 몇분 전에 나를 때렸던 선원이 물었다.

"발이 걸려서 바위에 머리를 찧었어." 그 남자는 모자를 벗어 관자놀이의 찢어진 상처와 멍을 보여주었다.

"완전히 정신을 잃었던 거야."

웃음소리가 술집을 휩쓸었다. "역시 우리의 찰리답군그래." 누군가가 소리쳤다.

"깨어나서는 어떻게 했어?"

"당연히 그 망할 년들이 내가 지나가려고 한다고 생각하고는 노래를 부르기 전에 도망쳤지. 그런데 좀 혼란스럽긴 했어. 뭐냐면, 아랫마을에 도착했을 때 왠지 모르게 잘못 꺾어서 반대 방향으로 갔단 말이지. 내가 항구에서 점점 멀어지는 방향으로 걷고 있다는 걸 깨닫는 데 반나절이나 걸렸다고."

거의 모두가 폭소했다.

"무슨 노래를 하던가?" 스미스의 목소리는 술집을 채운 웃음소리를 찢고 나왔다. 나는 그가 거기 있는 줄도 몰랐다.

우리의 찰리는 혼란스러워 보였다.

스미스는 다시 한번 말하고는 이내 질문을 바꿨다. "사이렌들 말이야. 어떤 소리를 내던가? 그들의 노랫소리를 듣고서도 살아 돌아온 사람은 자네가 처음이니까. 나는 여러가지 이야기를 들었는데 대부분은 노래를 듣고도 유혹을 이겨내면 사이렌들이 물러나거나 죽는다고 하지 않나."

찰리는 한 손으로 멍 자국을 매만졌다. "미안하지만 난 이겨낸 게 아니라고. 게다가 난 상태가 아주 좋을 때에도 노래를 기억하진 못하는데."

"그건 사실이지." 뒤쪽에서 누군가 소리쳤다. 웃음소리가 더 터져 나왔다.

"그럼 노래는 말고. 가사는? 뭐라도 없어?" 스미스의 목소리에는 웃음기가 전혀 없었다.

"노래에 대한 내용이었던 것 같아." 찰리가 얼굴을 찌푸렸다. "노래에 대해 노래하고 있었다고. 그 정도는 기억해. 노래 자체에 대한 노래는 별로 없지 않나. 대부분은 여자나 배에 관한 거니까."

누군가 「인어와 결혼했네」를 부르기 시작했고, 손님들은 그날 밤 처음으로 노래를 불렀다. 웨인라이트 부인도 끼어들었다. 나도 부르고 싶었지만, 낯선 이들이 내 목소리를 들을 수 있는 곳에서는 노래를 부르지 않도록 주의했다. 나는 스미스 선장도 노래를 하고 있지 않다는 걸 알아차렸다. 그는 나에게 말을 걸기 위해 사람들을 헤치고 다가왔다.

"알렉스, 난 이제 이런 건 질렸어. 우린 내일 아침에 간다. 갔다가 바로 오는 거지, 할 수 있다는 걸 보여주자고."

"네, 선장님."

술집의 분위기가 밝아졌다. 우리의 찰리와 사일러스 힐, 그리고 죽은 자들을 위해 함께 술잔을 들었다.

"저희는 아침에 떠나요." 나는 웨인라이트 부인에게 말했다.

"가기 전에 말들 먹이는 거 잊지 말고, 저녁때면 돌아와서 또 말들을 먹이고 있을 거다." 그녀는 재빨리 몸을 돌렸지만 나는 이미 그녀의 눈에 눈물이 고인 걸 눈치챘다.

나는 위층 부인의 방으로 살짝 올라갔다. 사이먼과 일라이자가 바닥에 앉아서 공기놀이를 하고 있었다. 나는 그들 옆에 앉았다.

"나는 내일 떠나야 해."

일라이자가 나를 보며 고개를 갸웃했다. "떠난다고?"

"선장님 한분이랑 같이."

"아무도 못 떠나는 줄 알았는데. 적어도 배로는."

"배로 떠날 수 있는 방법이 있다는 걸, 그리고 돌아올 수 있다는 걸 보여줄 거야."

사이먼이 갑자기 끌어안아서 나를 놀라게 했다. "돌아왔으면 좋겠어."

나도 그애를 껴안았다. "나도 그랬으면 좋겠다."

"오빠가 안 돌아오면 우리가 오빠 일도 해야 돼?" 일라이자가 물었다.

"아마 그럴걸. 그렇지만 난 돌아올 거야." 나는 목소리를 밝게 유지하려고 노력했다.

그날 밤엔 아이들과 함께 잠자리에 들었는데, 나는 단 일분도 잠을 자지 못했고, 동이 트자마자 아이들의 작은 몸에서 빠져나왔다. 마구간으로 가서 늘 하던 일들을 했다. 말들에게 먹이를 주고 물을 먹이고, 「인어와 결혼했네」를 불러주고, 귀 뒤를 긁어주며 한번씩 더 쓰다듬었다. 그 작은 밤색 암말이 마침내 물을 마셨다. 우리가 항구를 다시 연다면 칼장수도 길을 떠날 것이고, 그 말은 물맛이 더 좋은 곳으로 돌아갈 수 있을 것이다. 만약에 우리가 항구를 다시 연다면, 나는 여기에 다시 와서 그 암말이 떠나는 걸 지켜볼 수 있을 것이다. 다른 가능성에 대해서는 생각하지 않으려 애썼다.

스미스 선장은 부두에서 나를 기다렸다. 나는 군중을 예상했지만 그의 선원 몇몇만 와서 배웅을 하는 걸 보고 기뻤다. 나는 관심을 좋아하지 않았다. 단지 웨인라이트 부인이 왔었다면 좋았겠다고 생각했다. 어쩌면 어젯밤이 그녀가 견딜 수 있는 최선의 작별 인사였는지도 모르겠다. 나는 웨인라이트 부인이 대놓고 말하지는 않아도 나를 아낀다는 걸 알고 있었다.

스미스가 빌린 고깃배는 그가 말한 대로 작았지만 작은 선실과 돛을 갖추고 있었다. 나는 내가 배에 대해 조금은 안다는 걸 보여주기 위해 배에 뛰어올라 돛을 살펴보기 시작했다. 사실 잘 알지는 못했다. 가끔 웨인라이트 부인의 친구 한명과 만 주변을 항해한 적이 있을 뿐이었다. 그중 한 사람은 특별히 나에게 항해하는 법을 가르쳐주기도 했다.

"항구 마을에 살면서 돛 다루는 법을 모르는 건 문제가 있어." 부인은 말했다. 그래서 나는 밧줄과 도르래를 점검하고는 스스로에게 만족했다.

몇분 뒤 스미스가 선원들에게 마지막으로 손을 흔들고 합류했다. 나는 그가 선원들에게 지켜보고 있다가 우리가 돌아오지 않으면 보고하라고 하거나, 그게 아니면 우리가 돌아왔을 때 아무도 믿지 않는 경우 증인이 되어달라고 부탁했을 거라 짐작했다.

선장은 숙련된 손놀림으로 배를 풀었다. 일하는 동안 나는 그를 내버려두었다. 마침내 나에게 말을 걸었을 때 그는 나를 보지도 않고 선실 바깥쪽의 묵직한 자물쇠와 옆의 갈고리에 걸린 열쇠를 가리켰다.

"내가 가능한 한 빨리 아래 선실로 내려갈 테니 넌 나를 안에 가두면 된다. 사이렌의 목소리가 얼마나 멀리 퍼지는지 모르는 상황에서 너무 가까이 다가가는 위험을 감수할 필요는 없으니까."

나는 고개를 끄덕였다.

"내가 아무리 애원해도 나를 내보내줘서는 안 돼. 만 바깥으로 나갈 때까지는."

나는 다시 고개를 끄덕이고 선장이 키를 묶어 방향을 고정하는 걸 지켜보았다. 그는 단 한마디도 하지 않고 내 쪽으로 모호한 손짓을 하더니 아래로 내려갔다. 작별 인사였을까. 어쩌면, 아니면 행운을 빌어주는 걸까. 아니면 우리를 좌초시키지는 말라는 걸까. 그것도 아니면 그냥 얼른 시작하라는 걸까. 나는 자물쇠를 잠그고 열쇠를 다시 제자리에 걸었다.

혼자 배 갑판 위에 서본 적은 없었다. 마치 내가 선장이라도 된 양 키를 잡고 앉아 있으니 이상한 기분이 들었다. 힘을 가진 느낌이었다. 우리의 임무를 완수하는 데 성공한다면 얼마나 더 강력한 기분이 들까? 내가 영웅으로 돌아간다면 지니의 어머니도 우리가 대화를 나누는 걸 허락해줄지도 모른다.

바위 사이로 돛대 하나가 튀어나와 있었다. 여기저기 우리보다 앞서 갔던 배들의 잔해가 있었다. 앞쪽으로 넓고 아침 햇살을 받아 금빛과 푸른빛으로 반짝이는 만의 입구가 펼쳐졌다. 우리를 보호해주던 바위 곶 두군데가 전에 본 것보다 더 높아 보였다.

내가 지금 지켜보고 있는 건 오른쪽 곶이었다. 무엇을 예상해야 할지 몰랐다. 사이렌들이 나타날까? 노래를 먼저 부를까? 노래에 이끌리거나 노래에 홀린다는 건 대체 어떤 느낌일까? 자기 배를 바위에 들이받을 때 선장들은 무슨 생각을 했을까? 나는 알고 싶었다. 알고 싶지 않았다.

해안 근처에선 제법 바람이 불고 있었지만 바다로 나아갈수록 약해졌다. 나는 시간을 때우려고 혼자 콧노래를 불렀다. 이제 공기가 빨랫줄에 걸린 모직 담요처럼 축 늘어졌다. 나는 키에서 손을 뗐다. 그저 선장인 척하고 있을 뿐이었다. 바람이 잦아들면 어떻게 해야 할지 사실은 전혀 몰랐다.

"날 내보내줘!"

나는 잠긴 문에 대고 말했다. "선장님, 저는 선장님을 내보내 줄 수 없어요. 그런데 노랫소리가 들리나요? 저는 안 들리거든요."

선장은 대답 대신 신음을 했다. 나는 사이렌이 있는지 보려고 바위를 샅샅이 훑어보았다.

그리고 그때 그들의 소리를 들었다.

사이렌의 목소리는 섬뜩할 만큼 아름다웠다. 가사를 약간 알아들을 수 있었다. 우리의 찰리가 말했던 것처럼 그건 노래 자체에 대한 노래로, 듣는 자에게 들을 테면 들어보라고 하는 듯했다. 마치 선택권이라도 있다는 듯이. 가사는 허공을 떠돌았다.

"우리의 두 목소리를 들어." 그들은 말했고, 나는 그렇게 했다.

"우리는 달콤하게 어우러지는 노래를 부르지." 그리고 녹색 거울에 관한 뭔가, 그리고 그들이 노래를 하는 내내 나는 어떤 열쇠가 내 자물쇠를 돌려 열기를, 무언가가 내 손을 이끌어 키를 움직이게 만들기를 기대했다. 그들이 노래하는 내내 나는 계속해서 생각했다. 나는 이 노래를 알고 있었다. 나는 그걸 한번도 들어본 적 없지만 뼛속 깊이 알고 있었다. 가사가 아니라 그 이면의 모든 고난을.

돛이 제멋대로 움직이며 모든 방향을 거부했다. 거대한 날개가 일으키는 힘에 밀려 새로운 바람이 소용돌이쳤다. 햇빛을 가리고 배를 뒤흔드는 날개였다. 사이렌들은 갑판 위에 깃털처럼 가볍게 내려앉았고 나는 처음으로 그들을 보았다.

그들은 나와 같았다. 아니, 잠시 동안 나는 소망을 담아 그렇다고 생각했다. 그렇지는 않았지만 나는 그들을 똑바로 쳐다보기가 어려웠다. 그들은 벌거벗은 채였고 날개가 있었거나 없었고, 으스대는 새처럼 어깨를 뒤로 젖히거나 가슴을 앞으로 내밀었다. 나는 두 목소리를 이해했고, 거울을 이해했으며, 이해했다.

스미스는 여전히 선실 안에서 신음하고 있었지만 운이 좋다면 내가 돌아가지 않더라도 파도가 배를 안전하게 해안으로 데려다줄 것이다. 그리고 그의 선원들이 문을 열어

줄 수 있을 것이다.

나는 셔츠를 벗고 나의 작은 가슴을 감싼 천을 풀었다. 한쪽 장화를 벗고, 다른 쪽도 벗은 다음, 바지도 벗었다. 나는 사이렌들에게 나를 볼 용기가 있으면 보라고 부추겼고, 그들은 그게 전혀 도전이 아니라는 듯 그렇게 했다. 평생 한번도 무언가를 이렇게 원해본 적 없는 강렬함으로 나는 갑자기 몸에 날개와 비늘이 돋아나기를 원한다는 것을 깨달았다. 그들과 함께 그들의 녹색 초원 위 바위에 깃들고 싶었다.

아니야. 웨인라이트 부인과 스미스 선장은 어쩌고? 다른 바다를 내다보는 다른 초원에서 사이렌들과 함께 쉬자. 뱃사람들을 무덤으로 몰아넣는 노래 말고 새로운 노래를 그들에게 가르쳐주는 거지.

"더 가까이 와, 너의 배를 쉬게 해주렴." 사이렌은 노래했다. 그들은 노래를 멈추지 않았다. "우리의 입술에서 나오는 달콤한 소리를 듣지 않고서는 어떤 사내도 지나갈 수 없다네."

나는 사내가 아니라고, 내 안의 작은 부분이 말했다. 맞지만 아니다. 하지만 여자 선장도 좌초되었고 나는 내가 확실히 여자인 것도 아니라는 걸 알았다. 내가 혼란스러워하는 동안 그들은 각각 내 팔을 하나씩 붙잡았다. 그들은 나를 하늘로 들어 올렸다. 나는 눈을 질끈 감았다.

용기를 내어 앞을 보기까지 잠시 시간이 걸렸다. 위에서 바라보니 모든 것이 훨씬 작아 보였다. 섬 전체의 모양이 보였고, 다른 곳에는 배를 대는 걸 완전히 불가능하게 하는 바위 절벽들을 보았다. 만은 정말 개의 머리 모양이었고 두개의 곶이 목줄처럼 만을 죄고 있었다. 우리 마을은 개의 주둥이였다. 나는 광장을 보았고, 선술집을 보았으며, 내가 말들에게만 노래를 불러 주던 마구간을 보았다. 나는 웨인라이트 부인이 죽을 끌이기 시작하고, 쌍둥이가 침대에서 뒤척이는 것을, 그리고 지니의 입술이 내 입술에 닿는 것을 상상했고, 마치 내가 이미 떠나버리기라도 한 듯 그 모든 게 그리워졌다.

"잠깐." 내가 말했다. 사이렌들이 내게 어떤 소속감을 줄 수 있지? 나는 그들 중 하나가 아니었다. 그들이 제공하는 게 뭔지는 몰라도 그건 사랑도, 은밀한 키스도, 심지어 잘해낸 일에 대한 뿌듯함도 아니었다. 내가 그들을 따라가면 웨인라이트 부인은 나를 어떻게 생각할까? 그 선택은 나를 압도했다. 나는 그게 선택인지조차 확신할 수 없었다. 나는 이미 사이렌에게 목숨을 잃은 또 하나의 뱃사람인지도 몰랐다.

나는 달리 어떻게 해야 할지 몰랐고, 그래서 나는 노래를 불렀다. 사이렌들은 입을 다물고 내가 그들의 노래를 그들에게 다시 불러주는 걸 듣더니, 곡조를 내가 직접 만든 것 중 하나로 바꿔 불렀다. 가사는 자기들 걸 일부 유지했다. 그들의 두 목소리? 내 삶은 매일이 그 이야기와 같았다. 사이렌들은 그들의 꿈으로부터 어떤 삶도 숨길 수 없다고 노래했다. 그래서 나는 내 삶을 증거로 내밀었다. 나와 같은 생물의 노래를 들어본 적이 없을지도 모른다고 생각했다. 나만의 앎 속에서 홀로, 나만의 종류로 홀로 있는 그런 존재. 나는 그들의 거울을 그들에게 되돌려 비추며 또다른 노래를 불렀다.

"하지만 우리는 너에게 세상에서 일어날 모든 일을 말해줄 수 있어. 모든 비밀을 말이야." 그들의 목소리는 다소 광채를 잃었다.

"무슨 일이 일어나는지 난 이미 알아. 모두 죽을 때까지 사는데, 대부분은 힘든 삶을, 어떤 사람들은 쉬운 삶을 살고, 어떤 사람들은 자신의 아이들을 포기하는데 어떤 사람들은 그 아이들을 거두고, 어떤 사람들은 특이한 점을 가지고 있음에도 집을 얻지."

"우리랑 같이 가자. 어떤 외로운 뱃사람도 우리의 녹색 거울을 지나갈 수는 없어."

"난 외롭지 않아. 외로운 건 그 사람들, 집에 있을 때는 바다를 그리워하고 바다에 있을 때는 집을 그리워하는 그 모든 선원들이지. 그들은 사이에 갇혀 있어. 나는 사이에 있지만 갇혀 있진 않지. 나는 그냥 그렇게 존재하는 거야."

그들의 날갯짓이 느려졌고, 우리는 조금 내려왔다. 그 망설임이 나에게 자신감을 주었다. "내가 이긴 것 같군. 너희들의 노래를 들었지만 내 노래가 더 훌륭했지. 너희랑 같이 가지 않겠어. 난 여기 남을 거고, 내가 이겼으니까 너희가 떠나는 거야."

사이렌들은 나를 바다 위로 떨어뜨렸다. 그걸 친절함의 증표로 삼을 수도 있었겠지만 의도한 것처럼 느껴지지는 않았다. 내가 간신히 다시 배에 기어올랐을 때, 그들은 수평선의 점들이 되어 있었다. 더이상 신경 쓸 일이 아니었다. 나는 갑판에 잠시 알몸으로 누워 밝은 햇살을 즐겼다. 그런 다음 나는 옷을 챙겨 입고 선실 문을 열었다. 말들은 우리의 작은 배를 해안으로 데려다줄 미풍을 타고 들려오는 내 노래를 듣기 위해 귀를 쫑긋 세우며 나를 기다리고 있을 것이다.

바람은
방랑하리

나의 할머니 윈디에 관한 이야기 중 내가 진위 여부를 묻지 않은 게 하나 있어. 우주 유영을 할 때 바이올린을 가져갔다는 이야기. 할머니에 관한 이야기는 아주 많은데, 부모 세대 대한 이야기는 그보다 적고, 내 세대에 관한 이야기는 그보다 더 적어. 이제 우리도 오십대에 접어들었으니, 할 만한 이야기가 있었다면 아마도 이미 했을 거야.

할머니는 공학자였고 우리 원정대의 일원이었어. 이야기에 따르면 그녀는 신호를 보내는 외부 패널을 직접 점검하기 위해서 밖으로 나간 거였지. 도구들을 챙기면서 할머니는 바이올린과 활도 우주복 벨트에 끼웠던 거야. 임무를 마치고 나서 그녀는 도시만큼 커다란 우주선에 매달린 채 잠시 멈춰 헬멧과 우주복이 맞닿은 곳에 바이올린을 대고

「바람은 방랑하리」를 연주했어. 물론 누군가가 들을 거라 기대한 건 아니었고, 단지 손가락으로 노래를 느끼기 위해서였던 거야.

학교에서 배웠지만 이제는 기억나지 않는 어떤 물리 법칙과 관련된 이유 때문에 우리가 우주 유영을 하지 않는다는 기본적인 것부터 시작해서 이 이야기에는 여러 가지 문제가 있어. 방어막이 너무 두껍고, 우리 속도는 너무 빠르기 때문이었던가, 뭐 그런 거였어. 블랙아웃이 발생했을 때조차도 우주선의 기록은 남아 있어. 승무원 기록과 녹음 파일도 존재하고, 난 이 전설과 관련된 모든 파일을 들어봤지. 할머니는 깊게 울리는 웃음을 웃고, 전날 데이트로 피곤해진 동료를 놀리고, 일하면서 「바람은 방랑하리」를 흥얼거렸지만 설명되지 않은 침묵은 없었어.

그게 설령 가능했다고 하더라도 장갑이 너무 두꺼워서 손가락을 제대로 짚을 수 없었을 거야. 나는 할머니가 여기서는 모조품으로밖에 대체할 수 없는 그 악기를 잃어버릴 위험을 감수했을 거라고는 생각하지 않아. 또 바이올린을 차가운 우주 공간에 노출시키지도 않았을 테고. 바이올린은 사람들이 편안하게 느끼는 온도에서 편안하지. 그렇지 않으면 갈라지고 변형되거든. 할머니의 바이올린은 지금 내 바이올린이 되었어.

내가 가지고 있는 마지막 증거는 「바람은 방랑하리」가

전통적인 DDAD 조율 방식, 그러니까 첫번째와 네번째 현을 낮추는 방식으로 연주된다는 사실이야. 할머니는 그 노래를 매우 좋아했지만 자주 연주하지는 않았는데, 튜닝을 자주 하면 현이 빨리 닳기 때문이었어. 만약 바이올린을 위험에 빠뜨리고자 했다면, 만약 손가락을 자판에 누르고 활을 들어 연주할 수 있었더라면 할머니는 DDAD 선율을 연주하지는 않았을 거야. 이건 진공상태의 온도만큼이나 확실한 사실이지.

그럼에도 우주선의 바이올린 연주자들 사이에서 이 이야기는 계속 전해지고 있어. (나도 지금 이걸 이야기를 쓰면서 테일라나 이 이야기를 발견할 누군가에게 전달하고 있는 것처럼 말이야.) 할머니의 별명 '윈디'는 항해 오년차 기록에서 처음 발견됐어. 그전까지 사람들은 할머니를 '베스' 혹은 '그린'이라고 불렀지.

할머니가 그 노래를 사랑했다는 것만은 확실해. 나에게 그걸 자장가로 불러줬었거든. 열두살 때 나는 전통적인 GDAE 조율로 이 곡을 혼자 연습했어. 이 곡을 연주하기 위해 조바꿈을 한 것도 자랑스러웠고, 연주를 위해 오랜 시간을 들인 것도 자랑스러웠어. 그렇게 할머니 생일에 연주를 해드렸었지.

할머니는 나를 끌어안고 머리에 키스를 했어. 할머니에게서는 언제나 온실 속 라일락 같은 향기가 났어. "로지,

나를 위해 이 곡을 네가 직접 연주해주다니 정말 감동적이야. 음 하나 틀리지 않고 완벽하게 연주한 것 자체로 너무나 큰 선물이구나. 하지만 「바람은 방랑하리」는 DDAD조의 곡이고 그렇게 연주해야만 한단다. 다른 조율로 연주하면 다른 성격의 바람인 거니까."

나는 바람이 다를 수 있다는 것에 대해 한번도 생각해본 적이 없었어. 환풍구에서 나오는 공기나 러닝머신에 달린 선풍기를 제외하고는 바람을 느껴본 적도 없었으니까. 생일 파티가 끝난 후 나는 '바람'을 검색해보고 산들바람, 강풍, 시로코*, 하부브**, 제피로스***에 관해 읽었어. 그건 멋진 단어들이었고, 입 안에서 굴려볼 만한 단어들이었지만, 내 경험과는 아무런 관련도 없는 단어였지.

그 뒤 제대로 조율된 버전의 이 노래를 들었을 때 나는 눈을 감고 그 안의 바람을 들어보려 애썼어.

「윈디 그로브」

전통음악. 스코틀랜드에서 18세기에 케이프 브레튼으로 전해졌다고 알려져 있다. 과정에서 소실되었다.

* 리비아의 사막으로부터 불어오는 뜨거운 모래바람. 주로 이탈리아·몰타·시칠리아 등 지중해 해안에 분다.
** 건조한 내륙 지방에 부는 먼지 폭풍.
*** 서쪽에서 불어오는 바람. 서풍의 신 '제피로스'에서 이름을 따왔다.

「바람은 방랑하리」(윈드 윌 로브)

D조의 기악곡(DDAD 조율로 대체 가능).

해리엇 배리, 음악사학자:

"바이올린 연주자 올리비아 밴디버와 그녀의 아버지 찰리 밴디버는 1974년 새벽 시간에 이 곡을 만들었다. 찰리는 자신이 소년 시절 노바스코샤에서 들었던 전통 곡 「윈디 그로브」를 기억해내려 했다. 하지만 「윈디 그로브」는 지구에서든 우주선에서든 한번도 기록된 적이 없다.

「바람은 방랑하리」는 그 곡과 가장 가까운 곡으로 여겨지며 전통적인 곡으로 간주된다."

우주선 내에서 최고의 음향을 가진 방은 바로 "네개의 덱을 가진 녹음실"이었어. 다른 층에도 거의 동일한 공간이 있었지만 이곳만큼 좋은 소리를 내는 곳은 없었어. 이 방들은 모임을 위해 설계되긴 했지만 음향 공학자가 참여해서 만든 건 아니었어. 이 우주선에 그런 전문가는 없거든. 어떤 방의 소리가 좋고 다른 방의 소리가 덜 좋은 건 큰 틀에서는 중요하지 않지. 그렇지만 더 중요한 문제였어야 했던 거야.

실질적인 차원에서 이 문제는 우리의 일상에 매우 중요해. 이곳에서는 합창단이 공연을 하고, 밴드가 연주를 하며, 밤낮으로 유니테리언 교회, 카포에이라 호다, 재건주의 유대교 종파, 이슬람 사원, 퀘이커 모임, 그리고 여러 아프리카 무용 단체가 모임을 가지거든. 셰익스피어 극단도 이곳에서 공연을 한다고. 모두 자신들이 지키고자 하는 것을 매어둔 바로 그런 공간인 거지. 이 방은 몇주, 몇달, 몇년 뒤까지 일정이 빽빽하게 잡혀 있어. 지구에서 이렇게 멀리 떨어진 곳에서 주간, 월간, 연간이라는 개념은 모두 임의적인 것이지만 말이야.

목요일 밤마다 "네개의 덱이 있는 녹음실 라운지"에서는 올드타임이 열린단다. 할머니가 여행 초기에 여가위원회에 강력하게 요청했던 덕분이지. 올드타임이 어떤 의미인지 아는 사람은 거의 없어. 엄밀히 말하자면 모든 시간이 올드타임, 오래된 시간이기 때문이야. 하지만 그들은 이미 새로운 의미를 받아들였어. 다른 것을 알았던 적이 없으니까. 올드타임은 목요일 밤, 좋은 음향을 가진 홀, 바이올린 연주자, 기타리스트, 만돌린 연주자, 벤조 연주자들의 모임이야. 이제는 동사형으로도 사용하지. "이번 주에 올드타임 할 거야?" 만약 이 질문을 하거나 이 질문을 받게 된다면 답은 항상 '그렇다'여야 해. 올드타임을 놓칠 수는 없으니까.

바로 그 목요일 밤에도 나는 그걸 절대 놓치지 않겠다고 다짐했지만, 10학년 수업이 나를 늦게까지 붙잡았어. 우리는 20세기와 21세기의 우주 경쟁에 대해 토론하고 있었는데, 대화가 위험한 방향으로 흘러갔지. 학생들에게 지구의 역사가 왜 여전히 중요한지 설명하는 데 삼십분이나 쓴 참이었어. 지금까지 가르친 모든 수업에서 이런 일이 분기마다 한 번씩은 발생했지만 이번 학생들은 내가 기억하는 어떤 학생들보다도 이 문제에 열광했어.

"저는 지구에 갈 일이 없잖아요, 맞죠? 클레이 선생님?" 넬슨 오델이 물었어. 이 반을 가르친 지는 이주밖에 안됐지만, 나는 넬슨이 태어났을 때부터 그를 알았지. 넬슨의 증조할머니인 나의 친구 해리엇이 그를 올드타임에 데려오곤 했거든. 넬슨은 나중에 반항할 나이가 될 때까지 만돌린을 연주했어. 그의 작은 손가락은 만돌린의 작은 목에 잘 맞았고, 얼굴은 항상 불만이 있는 표정이었어.

"맞아, 이건 편도 여행이란다. 너도 잘 알고 있잖니."

"저는 이 우주선에서 자라서 죽게 되겠죠, 그렇죠? 우리 모두가요? 선생님도요? 이미 늙었으니 자라는 부분은 말고 죽는 거요." 나는 학생들에게서 이 말을 여러번 들었어. 이제 더이상 움찔하지도 않아. "네 말이 다 맞긴 하지만 그건 너무 단편적인 사고이고 마지막 부분은 무례했어."

"그럼 지구에서 어떤 무리가 다른 사람들의 소유물을 탐냈다는 게 우리랑 무슨 상관이죠? 그런 걸 배워서 나쁜 생각을 알게 되느니 안 가르치는 게 낫지 않나요?" 넬슨이 물었어.

넬슨 옆에 앉아 있던 에밀리 레드호스가 대답했어. "우리가 우주선을 탄 이유를 이해하라고 배우는 거지." 에밀리는 이 반의 유일한 올드타임 연주자였어. 유망한 바이올린 연주자. 올드타임 연주자들은 보통 어렸을 때부터 역사의 가치를 이해했지.

넬슨은 에밀리의 말을 무시했어. "우리는 이 우주선에 탄 적이 없어. 우리의 조부모와 증조부모가 그랬지. 그리고 여기서 우린 그들에게조차 오래된 것들을 배우고 있는 거라고."

"왜냐면 멍청아." 트리나 응우옌이 말했어.

내가 끼어들었어. "트리나, 토론은 좋지만 놀리는 건 안 돼."

"왜냐하면 넬슨." 트리나는 다시 시도했어. "역사에 새로운 건 없어. 그래서 역사라고 부르는 거야."

넬슨은 팔짱을 끼고 나를 똑바로 쳐다봤어. "그럼 아예 가르치지 마세요. 그게 그렇게 중요했으면 왜 다 버리고 왔겠어요? 유전학이나 우주선 보수, 농사 같은 걸 배울 시간을 늘려주는 게 낫겠는데요. 우리가 실제로 사용할 수 있는 거 말이에요."

"첫째로, 역사는 고정된 게 아니란다. 새로운 유물이나 일차 자료가 발견되면 그들이 누구였는지에 대한 시각이 바뀌었어. 우리가 지구를 떠난 이후로 새로운 일차 사료를 발견할 가능성은 포기했지만 우리는 여전히 오래된 정보에 대한 새로운 관점을 가질 수 있어." 그들 중 누구도 블랙아웃을 언급하지 않길 바라며 나는 다시 통제권을 되찾으려고 했어. 이 세대의 학생들은 거의 그러는 법이 없었어. 그들에게 그건 단지 우주선의 역사에 있었던 사건일 뿐, 내가 그들의 나이였을 때처럼 생생한 망령은 아니었거든.

나는 이어 말했지. "두번째로, 에밀리가 맞아. 우리가 여기 어떻게, 왜 왔는지 아는 건 중요해. 역사를 모르는 자는 그걸 반복할 운명에 처해 있다고 보통 이야기하지."

"어떻게 반복해요?" 넬슨은 벽에 걸린 사진들을 가리켰다. "우리에게는 석유나 물이 없는데요. 총이나 칼, 폭탄도 없고요. 선생님이 우리에게 그런 것들을 가르쳐주지 않았다면 우린 그것들이 존재하는지도 몰랐을 거예요. 내 조상이 에밀리의 조상을 죽이려고 했다는 걸 모르는 게 우리에게 더 좋은 일 아닌가요? 심지어 누군가가 그걸 다 지워버리려고 했는데도 선생님은 그게 우리의 새로운 역사에 다시 포함되도록 하셨잖아요."

"내가 아니었어, 넬슨. 나보다 전 시대에 일어난 일이었지." 나는 그들이 나를 화나게 하려는 것이 아님을 알았지만 피곤하고 배가 고파서 일곱시간짜리 음악 마라톤을 시작하기에 이상적인 상태는 아니었어. "그만하자. 무슨 말을 하려는 건지는 알겠지만 이걸 배우지 않는 건 선택 사항이 아니란다. 역사 반복의 예시를 하나 찾아서 화요일까지 천 단어 이상으로 제출하도록 해."

누군가 항의하기 전에 나는 덧붙였어. "우린 어차피 에세이를 쓰게 되어 있었어. 주자만 바꾸면 되지. 너희는 우주 경쟁에 대해서 쓰고 싶지 않았던 것 같아 보이는군."

학생들은 모두 불평을 하며 각각의 게임과 음악을 들으려고 다시 이어폰을 꽂고 문 밖으로 나갔어. 나는 그들이 나가는 것을 보며, 그 순간에 다르게 대응했어야 했다는 생각을 했지만 아직 어떻게 해야 할지 몰랐어. 넬슨이 이 작은 반란을 주도하고 있다는 게 나에게는 흥미로웠어. 그의 증조할머니는 올드타임 기억 프로젝트를 운영하는 분이었거든. 내 할머니는 내가 역사에 집착하게 만든 사람이고 내가 아이들을 가르치는 직업을 택한 이유였지만 해리엇은 넬슨에게는 그런 영향을 주지 않은 것 같았어.

넬슨은 내 책상 옆을 지나가면서 중얼거렸어. "언젠가는 모든 걸 다시 지워야 할지도 몰라요."

"잠깐." 나는 넬슨에게 말했어.

넬슨이 나를 향해 돌아섰어. 내가 몇 인치는 더 컸지만 넬슨은 자기가 더 크다고 생각하는 듯 몸을 세웠어. 나머지 학생들은 그를 피해 흘러나갔어. 트리나는 지나가면서 일부러 한 것 같은 동작으로 넬슨의 다리에 휠체어를 들이 받았어. 그러고는 사과하는 척도 하지 않았지.

"내 수업에서 논쟁을 하는 건 괜찮지만 어디 가서 누가 또다른 블랙아웃을 옹호하는 의견을 듣게 해선 안 돼."

넬슨은 시큰둥했어. "옹호하는 게 아니에요. 그냥 지구 역사를 가르치는 건, 특히 엉망인 역사를 가르치는 건 모두에게 시간낭비라고 생각하는 거죠."

"언젠가 교육위원회에 들어가서 그 변화를 주장할 수 있 겠지. 하지만 넌 '모든 것을 다시 지운다'고 말했고 그건 완전 다른 얘기야. 해리엇 앞에서 그 얘기를 할 수 있겠니?"

"제가 좀 과장했던 걸 수도 있죠. 이젠 모든 걸 지우는 게 가능하지도 않잖아요. 그리고 내가 좋아하는 것도 많으 니까 그걸 다 지우는 걸 원하진 않는다고요." 그는 어깨를 으쓱했어. "진심은 아니었어요. 이제 가도 되죠?"

그는 내가 허락을 하는 걸 기다리지도 않고 떠났어.

이 수업을 위해 내가 신경 써서 꾸며놓은 교실 벽을 바라봤어. 10학년은 언제나 우리가 이 여정의 정치적이고 과학적인 선례들을 가르치는 해였어. 이건 블랙아웃 이후 교육 위원회가 정확하게 다시 만들어내기 좋은 과목 중 하나였는데, 그 당시에는 아직 살아 있는 기억의 형태로 남아 있었기 때문이야. 또 같은 이유로 꾸미기가 쉬운 교실이기도 했지. 나는 할머니의 개인 소장품에서 고른 우리 우주선 건설 과정의 사진들을 확대해 교실 벽에 걸었어. 그리고 뉴스 헤드라인을 재현한 것들도 걸어놓았지. 교실 상단에는 유엔 사무총장 컨퍼던스 스와레이의 오래된 인용구가 걸려 있었어. "우리는 이제 두가지 임무를 가지고 있다. 지구를 더 좋게 만들고, 우리 자신을 더 좋게 만드는 것."

보통 나는 저녁에 성인 교육 모임이 이 교실을 사용하는 것에 대비해 벽을 중립적으로 만들어놓곤 했지만 이번에는 벽에 걸린 디스플레이를 그대로 둔 채 불을 끄고 떠났어. 학생들이 지구 역사가 중요하지 않다고 생각한다면 우리는 이미 그 아이들을 제대로 양육하는 데 실패한 것일지도 몰라.

내 교실 밖 거리의 디지털아트가 하루 사이에 바뀌었어. 나는 벽에 손가락을 대고 따라가며 정보를 얻었어. 말리 기억 프로젝트가 후원한 압둘라예 코나테의 벽화를 재구현한 거라는 설명이 있었어. 원작은 유럽의 어느 환승역 모자이크였다고 했는데 어느 나라에서 그걸 의뢰했는지는 알 수 없었어. 물고기들이 모자이크 바다를 헤엄쳤어. 파란색 새 같은 인간 형상 셋이 멀리 서 있었어. 그 색채는 나를 진정시켰지만 그 형상들은 그렇지 않았어. 그게 원작과 얼마나 비슷했냐고? 알 길이 없어. 그건 과거의 어떤 버전을 우리의 현재 삶 속에 유지하려는 재발명 중 하나였던 거야.

나는 악기를 챙기고 간단히 저녁을 먹기 위해 내 숙소로 향했어. 올드타임에 가면 항상 먹을 게 있지만 경험상 바이올린을 연주하기 시작하면 손가락이 더이상 버틸 수 없을 때까지 연주를 멈추지 않을 거란 걸 알고 있었거든. 내 손가락과 배는 다른 계획을 가지고 있을 때가 많았지. 또 그 수업 이후 나는 약간의 진정할 시간이 필요했어. 넬슨이 그 "엉망인 역사"라 부른 게 나를 자극했어. 나는 언제나 그 사실 역사를 보존하는 걸 더욱 중요한 일로 만든다고 믿었지만 그가 무슨 말을 하려던 건지는 이해했어.

네개의 덱이 있는 홀에 도착했을 땐 누군가 이미 내 자리를 차지한 후였어. 나는 사람들의 악기 케이스가 쌓여 있는 구석에서 조율을 마치고 방 상황을 살폈어. 최고의 바이올린 연주자들은 중앙을 차지했고, 그 주변으로 만돌린, 벤조, 기타 연주자들이 방사형으로 앉아 있었지. 올드타임에서 유일하게 능숙한 베이스 연주자인 더그 켈리는 중앙 근처에 서 있었고, 그는 배에서 유일하게 업라이트 베이스를 연주했어. 그의 학생 몇명이 뒤에 앉아 기다렸는데, 그들은 그가 잠시 쉬고 싶을 때를 대비해 한두 곡을 대신 연주할 준비가 되어 있었어.

남은 자리는 모두 벤조 연주자들 옆이었어. 나는 배의 자문위원회에서 활동 중인 다나 토레스 옆자리를 발견했어. 다나는 훌륭한 관리자였고 나름 괜찮은 벤조 연주자였어. 최소한 시간은 잘 맞췄지. 연주에 충분히 숙달되지 않았다면 여기에 나타나지도 않았을 거야. 지도부가 어떤 일에든 실패하는 걸 보고 싶어하는 사람은 없으니까.

다나는 내가 평소 앉는 자리에서 두줄 정도 떨어진 곳에 자리를 잡고 있었어. 우리 할머니가 앉았던, 곡을 시작하고 끝내는 연주자들이 앉는 가장 안쪽 원은 아니었어. 나는 쉰다섯살이 되었지만 아직도 거기 앉을 자격을 얻지 못했어. 그래도 나는 그 바로 바깥에 앉아 연주를 따라갔고, 리더들이 내 연주를 보고 눈살을 찌푸리는 모습을 본 지도 오래됐지.

내가 빈자리를 향해 걸어가고 있을 때 곡이 시작됐어. 「허니서클」이었지. 해리엇이 내가 늦은 것에 대한 벌로 내가 기억 프로젝트에서 다루는 곡 중 하나인 「허니서클」을 나 없이 시작했을지도 모른다는 생각이 스쳤어. 그다음 떠오른 생각은 아마도 학생들이랑 나눈 대화 때문일 텐데, 이 방에서 허니서클이 뭔지 알거나 신경 쓰는 사람은 나를 포함해 세명 정도밖에 없을 것 같았어.

종자은행을 관리하는 톰 음보보와 온실에서 일하는 리앗 셔스터. 함께 그 많은 밤을 보내면서도 리앗에게 허니서클 식물에 대해 물어볼 생각은 못했네. 그리고 음악사가이자 지구를 떠난 세대의 마지막 올드타임 연주자인 해리엇 오델. 다른 사람들에게는 그저 노래 제목일 뿐이야. 이 노래를 의미할 뿐 딱히 다른 의미는 없는 거지.

그렇게 생각하기 시작하면 모든 노래가 머릿속에서 평면적으로 느껴졌어. 수많은 노래가 들판, 꽃, 도로, 새를 이야기했지. 사랑 노래는 여전히 관련이 있었지만, 나머지는 대부분의 사람들에게 다른 언어로 쓰인 것처럼 느껴졌어. 아니면 전혀 관련이 없는 것처럼 말이야. 대부분의 경우 우린 노래는 바이올린이 하도록 내버려뒀어.

노래를 몇번 연주하든 그건 매번 다른 노래야. 멜로디가 같고, 키도 그대로고, 리듬도 마찬가지야. 음표의 패턴, 그들의 운율도 그대로지. 하지만 여전히 차이는 있어. 정확한 바이올린의 수가 변화하고, 각자의 바이올린 음색의 차이를 가진 연주자들의 그룹 내 위치가 달라. 베이스, 만돌린, 기타, 밴조의 위치도 듣는 사람에 따라 달라지지. 간식 테이블에서 노래를 듣는 사람에게, 그리고 나중에 녹음을 찾는 사람에게는 뉘앙스가 달라지겠지. 노래가 존재하는 몇분 동안, 그건 전적으로 자신만의 거니까. 적어도 나는 그렇게 느껴.

해리엇이 발을 구르며 「허니서클」의 마지막 라운드에 도달했다는 신호를 보냈고, 우리 모두는 그에 맞춰 끝을 냈지만 신호를 보지 못한 바깥쪽 기타리스트 한명이 마지막 코드를 계속 연주했어. 그는 눈총을 받으며 어깨를 으쓱했어.

"오클라호마 루스터"라고 외치자, 사람들이 승인의 웅

성거림을 보냈어. 해리엇이 곡을 시작했고, 다른 바이올린들이 멜로디를 따라잡았어. 나는 내 바이올린에 활을 대고 눈을 감았어. 나는 사진에서 보는 것 같은 실제 농장을 상상했고, 오클라호마라 불리는 곳에 있는 건 어떤 느낌일지 이 노래를 통해 상상했어. 우주만큼 큰 하늘, 염소 소독된 물빛의 하늘, 먼 곳에 있는 밝고 차가운 태양. 나무 패널로 된 정사각형 건물과 그 옆의 둥근 건물. 완벽한 초록 잔디밭. 들판을 가로질러 서로에게 울어대는 크고 튼튼한 말들. 모두가 수탉의 목소리로, 농장 전체를 깨우는 알람시계 역할을 하던 그 새의 목소리로 노래했어. 옛말에 이르듯 새들이야말로 희망의 상징이었으니까.*

평생 동안 내가 매주 한번씩 연주한 곡들을 연주하면서 마음이 들판과 밭으로 내달리게 하는 건 쉬운 일이었어. 넬슨이 생각보다 나를 더 신경 쓰이게 했던 것 같아. 나는 주와, 달과, 년을 헤아려봤어. 한해에 오십번, 거의 오십년 동안. 그리고 혼자 다시 연습하거나 밤에 더 소규모로 같은 노래들을 연주했었지.

올드타임은 평소처럼 새벽 3시에 끝났어. 나는 머리를 양쪽으로 굴리며 목을 꺾었어. 음악은 나를 밤새 버티게

---

* Birds are the things with feathers. 미국 시인 에밀리 디킨슨의 시에 "hope is the thing with feathers"(희망은 날개 달린 것)라는 구절이 등장하는데, 여기서 새가 희망을 상징한다.

해주었지만 그게 멈추는 순간 손가락의 경련과 어깨의 불균형이 느껴지기 시작했지.

"「오클라호마 루스터」가 너에게 어떤 의미인지 물어봐도 돼?" 나는 다나 토레스에게 물었어.

"뭐라고?"

"「오클라호마 루스터」를 연주할 때 무슨 생각을 해?

토레스는 웃으며 말했다. "난 C-C-G-C-C-C-G-C를 생각해. 그 이상 생각하면 박자를 놓치거든. 너는 무슨 생각을 하는데?"

새, 농장, 들판. "잘 모르겠어. 미안. 이상한 질문이었지." 우리는 악기를 챙겨 밤을 흉내 내며 어둡게 거리로 나왔어.

숙소로 돌아와서는 잠을 자야 했지만 그 대신 테이블에 앉아 역사 데이터베이스를 불러왔어. "바람은 방랑하리."

옵션이 나타났어. "재생." 여러 올드타임 녹음 중 선택할 수 있도록 데이터베이스와 교차 참조가 되어 있었어. "악보." 내 할머니와 그 친구들이 고생해서 만든 거였는데, 모든 적절한 악기 탭이 있었지. "역사." 나는 마지막 아이콘을 눌렀고, 수면 유도 차를 끓이면서 재생을 시작했어. 나는 그걸 이미 수백번 봤었어.

테이블에서 비디오가 재생됐어. 엄격해 보이는 삼십대 백인 여성, 검은 머리는 단단한 포니테일로 묶었고 일자로 자른 앞머리가 이마를 가로지르고 있었어.

그때 해리엇은 매우 젊었지만 상황적 스트레스로 실제 나이보다는 늙어 보였어.

첫 자막은 "해리엇 배리, 음악 역사가"라고 나올 거야. 그다음 해리엇이 나타나 말을 시작하지. "바이올린 연주자 올리비아 밴디버와 그녀의 아버지 찰리 밴디버가 1974년 한 세션에서 이 곡을 만들어냈죠……"

그런데 내가 돌아왔을 때 테이블은 텅 비어 있었어. 메인 메뉴로 돌아갔지만 「바람은 방랑하리」를 선택해도 아무 옵션도 나타나지 않는 거야. 다시 시도했더니 이번엔 그 노래가 아예 존재하지 않았어.

그 노래가 있어야 할 자리를 뚫어져라 쳐다봤어. 「윈더스 슬라이드」와 「울프 크릭」 사이에 있어야 하는데. 마음속 깊은 곳에서 엄청난 공포, 대대로 내려온 공포가 솟구쳤어. 어쩌면 내가 피곤해서 상상해낸 걸지도 몰라. 방금 전까지만 해도 거기 있었잖아. 평생 동안 항상 거기 있었는데. 새로운 데이터베이스는 백업의 백업의 백업이 있었어. 우리가 원본이라고 부르는 녹음들이 오래전에 잃어버린 걸 다시 만든 것에 불과하다 해도 말이야. 버그는 있을 수 있어. 아침이면 고쳐지겠지.

혹시 몰라 기술팀에 짧은 메시지를 보냈어. 차를 마시고 잠자리에 들었지만 잠은 잘 오지 않았어.

「바람은 방랑하리」

역사적 재현.

바이올린 연주자 올리비아 밴디버 역의 윈디 그린:

"우린 아홉시간째 연주를 하고 있었어요. 정말 에너지 넘
치는 세션이었고, 우리 모두 지치기 시작했죠. 손가락을 쉬게
하려고 곡 사이사이마다 잡담을 했어요. 어떻게 그 주제가
나왔는지는 기억이 안 나지만 아버지가 「윈디 그로브」라는
곡을 언급했어요. 다른 사람들은 아무도 들어본 적이 없었고,
아버지는 우리를 모두 무지한 미국인이라고 놀렸죠.

아버지는 '아침의 영혼'과 비슷하게 들리는 A파트를 시작
했어요. 하지만 '영혼'이 내려가는 부분에서 절묘하게 미세
한 상승이 있었죠. 아버지는 우리 중 그 누구도 흉내 내지 못
할 방식으로 바이올린을 다루셨어요. 우리는 최선을 다해 따
라갔죠. B파트는 '영혼'과 전혀 달랐고 꽤 빨랐어요. 하지만
A파트가 다시 돌아왔을 때 그건 또다르게 변했어요. 그래서
우리는 모두 아버지가 연주하는 걸 조용히 지켜봤어요. 세번
째로 연주할 땐 두번째와 거의 같았고, 그래서 우리는 아버
지가 곡을 기억해 냈다고 생각하고 다시 합류했죠. 네번째와
다섯번째도 똑같이 했어요.

다음 날에야 아버지는 자신이 기억하려고 했던 곡을 완전
히 기억해내지 못했다는 걸 인정했어요. 전날 밤 우리가 연
주한 게 아버지의 창작이었다는 뜻이었어요. 우리는 그 곡을

다듬어서 '바람은 방랑하리'라는 제목을 붙이고 밴디버 가족의 세번째 LP에 녹음했어요."

나의 할머니는 우주비행사였어. 우리는 우주비행사가 아니지. 우리 어휘에서 그건 쓸모없는 단어가 됐어. 지구에 남아있는 사람들은 아직도 그 단어를 쓸까. 그들은 우리를 언급하기나 할까? 그들은 아직 거기 있을까?

우리 가족이 떠날 때 그들은 여행자들이라고 불렸어. 유전자은행, 종자 은행, 자문 위원회의 도움을 받아서 놀라운 여정을 떠나는 만명의 여행자들. 삼십년에 걸쳐 만들어진 우주선과 훈련받은 전문가들이 함께 했지. 우주비행사들, 공학자들, 생물학자들, 의사들, 등등. 뉴스 매체에 따라서 여행자들은 광신도 집단이거나 사회 실험이거나 개척자들로 비춰졌어. 우리는 우리 자신을 그런 용어로 부르지 않는데, 다른 어떤 그룹과 비교해서 스스로를 칭할 필요가 없기 때문이야. 우리가 구별을 할 때는 '이전'을 언급하는 정도야. 그렇다고 해서 우리가 '동안'이나 '이후'인지는 잘 모르겠지만.

우리 엄마의 부모님은 '이전'에 엄마가 아직 훈련 중일 때 텍사스에서 만났어. 우리 할아버지는 여행이 제한적일 때까지는 우주비행사와 결혼했다는 걸 좋아했지만 여행에 동참하는 건 거부하셨어. 그는 다른 두 아이, 둘 다 우리 엄마보다 나이가 많은 나의 이모, 그리고 삼촌과 함께 지구에 남기로 했어. 나는 가끔 그 가족들을 상상해. 내가 들려줄 이야기를 가지고 있지 않은 모든 사람. 몇 세대에 걸친 그 사람들.

이론상으로는 지구의 과학자들이 지금쯤 더 빠른 우주선을 만들었을 수도 있어. 이론상으로는 우리가 여행하는 동안 그들이 더 빠른 여행 방법을 개발했을 수도 있지. 이론상으로는 그들이 더 좋은 우주선을 만들어 사람들을 태우고 우리를 지나쳐 갔을 수도 있고, 사람들을 얼렸다가 다시 깨우는 방법을 알아냈을 수도 있고, 우주선에 탑승한 사람들이 그대로 목적지에 도착할 수도 있어. 우리가 목적지에 도착했을 때 우리 자신의 조상들이 우리를 맞이할 수도 있는 거야. 나는 그곳에 없겠지만 내 손자의 손자의 손자의 손자는 있을지도 몰라. 나는 그들이 서로에게 어떤 이야기를 들려줄지 궁금해.

이 이야기는 검증 가능한 역사야. "옛날에 몬 브룩스라는 사람이 있었어." 이렇게 시작하지. 아이들이 숙제를 하고 수업에 집중하게 만들기 위해 쓰이는 이야기야. 아무도 뭔가의 위험을 경고하는 이야기 속 주인공이 되고 싶지는 않으니까.

옛날에 몬 브룩스라는 사람이 있었어. 우주선에서 사년

째 되던 해, 컴퓨터 업그레이드를 하는 동안 그는 실수로 우주선 데이터베이스의 백도어를 만들었어. 그로부터 육 년 뒤 트레버 듀브라는 화가 난 젊은 프로그래머가 바이러스를 풀어 여러 데이터베이스를 통째로 삼켜버렸어. 백업까지 다 파괴한 거야. 듀브는 "중요한" 시스템, 즉 항법, 생명 유지, 의료, 종자와 유전자 은행은 건드리지 않았지만 도서관에 치명적인 피해를 줬어. 음악이 사라졌어. 문학, 영화, 게임, 예술, 역사도 사라지고, 사라지고, 사라지고, 사라졌어. 가상현실 시뮬레이션 은행도 사라지고, 게임과 훈련과 지구의 장소들을 체험형으로 재현한 것들도 다 사라졌어. 그는 외부 통신도 끊어버렸지. 우리는 예상한 것보다 몇년이나 일찍 혼자가 되었어. 단절된 거야.

어떤 이유로 이 재앙에는 브룩스의 이름이 붙었어. 듀브는 감옥에 갇혔지만 브룩스는 여전히 공동체 안에 존재하며 사람들의 손가락질과 비난의 대상이 됐어. 우리의 은어 '브룩했다'는 그의 이름에서 온 거야. 그는 수년간 사람들이 시험을 '브룩했다'라거나 관계를 '브룩했다'라는 말을 들으며 살았어. 그가 그 좋은 이름을 가지고 있다는 건 전혀 도움이 되지 않았지. 옛 영어, 네덜란드어, 독일어로 활기찬 물줄기를 뜻하는 단어지. 이제 우린 그걸 명사로 쓸 일이 없어. 여긴 개울이 없으니까. 하지만 그의 동료들은 다시는 그걸 볼 수 없다는 걸 알면서도 여전히 개울을 기억했어. 동사형도 이미 있긴 있었지만 맥락상 관계없는 의미였고 잘 사용되지도 않았어. 그의 동시대 사람들은 그를 새롭게 동사화했지.

그가 이후 십육년 동안 미래의 피해를 막기 위해 보안을 강화하는 팀에서 일했다는 사실은 중요하지 않았어. 그가 결국 자살했다는 것도. 아무도 듀브와 그의 동기에 대해서는 이야기하고 싶어하지 않았어. 사람들이 언급하는 건 오직 화면이 어두워진 순간과, 그들이 거슬러 올라가 추적했을 때 그 모든 재앙에서 브룩스가 맡은 부분뿐이었어.

따지고 보면, 그들의 공포는 상상할 수 있는 정도를 넘어섰을 거야. 그들은 여전히 원래의 여행자들, 원래의 승무원, 한두명 바뀐 걸 빼면 원래의 자문 위원회였어. 우리가 역사를 잃어버리지 않도록, 그리고 그대로 가장 좋아하는 즐길거리 없이 남겨지지 않도록 포괄적인 데이터베이스를 확보했던 건 그들이었어. 영화와 드라마와 노래는 그들이 떠나온 집을 떠올리게 했어.

미디어 데이터베이스는 그 첫 세대에게 내가 감히 상상할 수 있는 것 이상의 의미가 있었을 거야. 그들은 지구 전역의 다양한 문화권에서 왔어. 몇몇 작은 소수 집단 출신들에게는 그들의 민족과 그들을 연결해주는 유일한 것이었지. 그들이 그렇게 반응한 것도 놀랍지 않아.

가끔 여정의 초기에 일이 잘못되지 않았다면 지금 뭐가

달라졌을지 궁금해. 우리가 지금처럼 그것에 집착하는 대신 자연스럽게 우리가 가져온 예술을 극복하고 나아갔을까? 우리가 할 수 있는 건 견디고 살아내는 것뿐이지만 나는 여전히 궁금해.

나는 금요일에는 수업이 없어. 일곱시간 동안 바이올린 연주를 하거나 거의 밤을 새운 뒤에는 이십대나 삼십대, 사십대 때처럼 빠르게 회복할 수가 없지. 보통은 금요일 아침에 늦잠을 푹 자. 그런데 이번에는 뭔가를 놓치고 있다는 느낌이 들면서 10시에 갑자기 완전히 깨버렸어. 문 옆 구석을 힐끗 보고 나는 내 바이올린을 합주실에 두고 온 게 아닌지 확인했어.

샤워를 하고 학교 서버에 로그인해서 학생들이 과제를 일찍 제출했는지 확인을 해봤어—아무도 안 했지—. 그리고 내 하루 계획에 영향을 줄 만한 공지사항이 있는지 확인했어. 쉽게 피할 수 있는 거리를 몇군데 표시해줬고, 새로운 셰익스피어와 중국 문화 데이터베이스가 유지보수를 위해 다운되어 있다고 알려줬어. 그 알림들이 전날 밤의 데이터베이스 사고를 떠올리게 했어. 「바람은 방랑하리」를 검색했을 때 다시 한번 긴장으로 속이 뒤틀렸지만 그건 바로 거기 있어야 할 자리에 있었어.

벨소리가 울렸어. 금요일마다 나는 해리엇과 점심을 먹

어. 사실 우리 둘 다 하루의 첫 끼니지만 우린 그걸 점심이라고 불렀어. 해리엇도 올드타임 다음 날에는 일찍 일어나지 않거든. 나는 보통 침대에서 일어나 옷을 입고 시간을 아슬아슬하게 맞추는데, 그녀도 똑같이 했다는 걸 알아. 방이 남한테 보여줄 만큼 정돈되어 있는지 둘러봤어. 더러운 옷을 침대 위에 쌓아뒀지만 그건 가림막 뒤에 꽤 잘 숨겨져 있었어. 이 정도면 괜찮아.

"약속을 어겼네, 로지." 내가 문을 열자 해리엇이 내 머리를 보며 말했어.

"잠을 못 잤어."

해리엇은 어깨를 으쓱하고 내가 방금 앉아 있던 의자에 앉았어. 새까만 검정색으로 염색한 머리를 두건으로 가리고 있었어. 해리엇은 나보다 서른살이 많지만 여전히 날씬하고 활기찼어. 그녀를 더이상 할머니의 친구로만 여기지 않고 나의 친구로 받아들이는 데 수십년이 걸렸어. 이제 우리 관계는 멘토십과 우정 사이 어딘가에 있어. 역사 교사와 음악 역사가. 바이올린 연주자와 대가 바이올리니스트.

해리엇에게 박하차 한잔과 죽 한그릇 그리고 숟가락을 건넸어. 내 식기는 할머니가 지구에서 가져온 거야. 해리엇은 항상 '케이프 브레튼 바이올린 연주자 협회'라고 쓰인 이 금 간 머그잔을 건네줄 때마다 미소를 지었어.

해리엇은 잠시 얼굴 가까이 컵을 들고 박하 향을 들이마

셨어. "어제 왜 늦게 들어왔는지 말해봐. 2열에 네가 없더
라고. 네가 앉던 자리에 켐 포터가 앉아서 밤새도록 그 엉
성한 주법의 연주를 들어야 했어."

"켐이 그 정도로 못하진 않아. 그는 그 곡들을 잘 안다고."

"곡은 알지만 아직 2열에 앉을 준비는 안 됐어. 곳곳에
서 리듬을 브룩하고 있었다고. 네가 그걸 지적했어야지."

"그렇게 안 할 건데!"

해리엇은 다시 한번 컵을 들고 숨을 들이마셨어. 리앗과
나는 몇년 전에 헤어졌지만 그녀는 여전히 온실에서 키운
진짜 박하를 가져다줬고, 난 해리엇이 그걸 고맙게 여긴다
는 걸 알고 있어.

"알아. 넌 너무 친절해. 누군가에게 그의 위치를 알려주
는 게 부끄러운 일은 아니라고. 다음엔 내가 말할 거야."

해리엇은 정말로 그럴 거야. 그녀는 할머니에게서 올드
타임 단속자 역할을 물려받았고, 그 본보기에 맞게 그 일
을 수행해냈어. 그들은 둘 다 내가 안쪽 원으로 진입하기
전에 나를 여러 차례 바깥 원으로 돌려보냈지.

"준비가 됐을 때 말해줄게, 로지." 할머니는 말씀하셨
어. "결국 거기 도달하게 될 거야."

"윈디가 그랬을 거라는 걸 알잖아." 내 생각을 되풀이하
듯 해리엇이 말했어.

그 별명이 내 기억을 되살렸어. "바람은 방랑하리!" 내

가 말했어. "어젯밤 데이터베이스에 뭔가 문제가 있었어. 그 노래가 사라졌었다고."

그녀는 컵들을 옆으로 밀고 테이블을 두드려 깨웠어.

"유지보수 중." 해리엇은 눈살을 찌푸리며 큰 소리로 읽었어. 그러더니 고개를 들었어. "마음에 안 들어. 내가 직접 기술팀에 가서 물어볼게." 그녀는 일어나서는 작별 인사도 없이 나갔어.

해리엇은 뭔가를 너무 단호하게 말해서 동의할 수밖에 없게 만드는 기술이 있었어. 해리엇이 '넌 2열에 속하지 않는다'고 말하면 넌 아직 준비가 안 된 거야. 해리엇이 '노래 문제를 걱정하지 말라'고 하면 난 불안해도 그 말을 믿었을 거야. 아무 일도 아니길 바랐지만 해리엇의 반응은 블랙아웃을 겪은 사람이라면 누구나 그럴 법한 적절한 반응이었어. 나는 그녀의 첫번째 질문에 답할 기회도 없었고, 어쨌든 넬슨에 대해 뭐라고 말했어야 하는지도 잘 모르겠었거든.

금요일 오후마다 그랬듯이 나는 손주들을 데리러 보육원으로 갔어. 나탈리가 병원에서 긴 하루를 보내는 날이었어. 만약 무언가가 나를 제정신이 아니게 만들 수 있다면 그건 아마도 막 걸음마를 뗀 애들을 쫓아다니는 일의 정신 나갈 것 같은 피로일 거야.

"염소?" 테일라라 물었어. 테일라는 이제 막 두살이 됐고, 테일라의 오빠 조나는 네 살이야.

"애야, 염소 괜찮겠어? 난 조나에게 물었어. 조나는 냉
담하게 어깨를 으쓱했어. 조나는 동물을 별로 좋아하지 않
아. 게임을 더 좋아하는데, 지난주에 우리가 게임을 했었
거든.

"그럼 염소로 하자."

농장은 아래층 갑판 폐기물 처리장 근처에 있었어. 우
리는 두 개의 튜브를 타고 갔는데, 조나는 우리가 지나가는
길에 있는 모든 스크린을 켰고, 테일라는 내 머리카락을
가지고 놀았어.

난 항상 튜브에서 농장의 상대적으로 열린, 녹음실 여
덟 개를 합친 것만큼 넓은 공간으로 들어서는 걸 좋아했
어. 이 바깥의 공기는 생활 갑판과는 다른 순환기로 작동
해서 짙고 풍부해. 우주선의 다른 부분보다 약간 더 강하
게 움직이지만 여전히 바람은 아니지. 미풍조차도 못 돼.
인공 태양은 다른 갑판과 다르지 않지만 더 강렬하게 느껴
져. 질감도 다른데 더 부드럽고, 식물과 털, 터치스크린은
더 적어. 눈을 가늘게 뜨면 나는 우리의 앞이나 뒤에 있는
진짜 농장을 상상할 수 있어. 다른 모든 갑판에 있는 모든
것은 우리를 건강하고 제정신인 상태로 유지할 수 있도록
설계되었어. 다른 동물을 살아 있게 유지하는 데 전념하는
공간에서 시간을 보내는 건 언제나 흥미로운 일이었지.

염소들은 할머니 세대의 설계자들에게 논란의 여지가 있는 문제였어. 반대하는 사람들은 그들이 음식과 공간, 자원의 낭비라고 말했어. 윈디는 염소들을 지지하는 사람 중 하나였지. 합성 우유와 고기 공급을 보완할 수 있었거든. 염소들은 유전자 은행에 문제가 생겼을 때를 대비해 살아 있는 안전장치 역할을 하는 건 물론이고, 언젠가 행성에 도착했을 때 필요한 수의학 훈련과 동물 사육 기술을 제공할 거야. 또 고양이나 개 같은 반려동물을 남겨두고 떠나는 사람들에게는 심리적인 이유로도 좋을 거야.

그녀는 자주 그랬듯 토론에서 이겼고, 그들의 계산에 아프리카 피그미 염소 암컷을 몇마리 추가했어. 그때도 반대하는 사람들이 있었지. 블랙아웃이 일어나기 전까지 논쟁은 계속됐고, 여정이 계획대로 진행될 수 있다는 생각과 함께 갑자기 사라졌어.

그녀는 내 어머니가 떠나고 삼주 뒤, 내가 여전히 그걸 개인적으로 받아들이고 있을 때 그 모든 걸 내게 말해줬어.

"염소를 잡아본 적 있어?" 그녀가 물었어.

없었지. 염소를 본 적은 있지만 방문객들은 그저 쓰다듬기만 하라고 했거든. 그녀는 허락을 받았고, 난 이십분 동안 잡히기를 전혀 원하지 않는 동물을 잡기 위해 노력했어. 그게 날 다시 웃게 한 첫번째 일이었어. 손주들을 데리고 염소를 쓰다듬으러 갈 때마다 항상 그 날을 생각해. 그들에게 같은 기술을 쓸 이유가 없기를 바라지만 말이야.

조나와 테일라가 먹이주기를 할 수 있도록 음식 조각을 좀 싸 왔어. 음식을 다 주고 나자 염소들은 테일라의 저지를 씹기 시작했지. 나는 테일라의 혼란스러운 기쁨과 공포 속에서 염소 이빨과 어린이들의 손가락을 주시하며 모두 적절한 수를 가지고 돌아가는지 확인했어.

"클레이 선생님." 누군가 말했고, 난 누가 날 불렀는지 보려고 고개를 들었다가 다시 아이들과 손가락들, 염소들을 바라봤어.

누군가 "클레이 선생님"이라고 말했고, 난 누가 날 불렀는지 보려고 고개를 들었다가, 다시 아기들과 손가락들, 염소들을 바라봤어. 그들은 어렴풋이 익숙해 보였지만 어느 정도 시간이 지나면 모두가 그렇게 보였어. 내가 그들을 가르쳤다고 해도, 같은 갑판에서 시간을 보내지 않는다면 이십 년이 더 지난 얼굴을 알아보지 못할 수도 있어.

"클레이 선생님, 저는 넬슨의 부모예요. 다른 부모죠. '리'라고 합니다. 애시를 아시죠." 애시는 해리엇의 손주였지. 음악을 완전히 거부하고 전혀 연주하지 않아서, 해리엇을 끝없이 좌절시켰어.

리는 넬슨과 전혀 닮지 않았지만, 그때 해리엇이 자신들은 유전자 은행을 전적으로 이용했다고 말한 게 기억났어. 가족 계획에 유전적 다양성을 포함시키는 데 따른 인센티브가 너무 좋아서 많은 사람이 그걸 포기할 수 없었지.

"반가워요." 내가 말했어.

"혹시 그애가 문제를 일으키고 있다면 죄송해요." 리가 말했어. "그애가 어떤 시기를 지나고 있는 것 같아요."

"어떤 시기요?" 어떨 땐 모르는 척하는 게 동의하는 것보다 더 많은 흥미로운 정보를 얻어주지.

"그애는 학교에서 잘못된 것들을 가르치고 있다고 판단했나봐요. 행성에 도착했을 때 직접적으로 필요한 것과 관련 없는 건 배울 필요가 없다나요. 그게 새로운 걸 배워야 할 사람들의 머릿속에 낡은 생각을 주입한다면서요. 그애가 어디서 그런 생각을 하게 됐는지 모르겠어요."

나는 고개를 끄덕였어. "여기서 일하시나요?"

리는 거름 묻은 작업복을 가리켰어. "그런데 그애가 여길 좋아해요. 농사짓는 건 그애의 세계관에 맞나봐요."

"그런데 역사는 안 맞고요?"

"역사, 고전문학, 직접 적용할 수 없는 모든 것이요. 그애가 문제를 일으키고 있다는 건 알지만 그애는 좋은 아이예요. 자기 자리를 찾으면 괜찮아 질 거예요."

테일라는 작은 검은 염소에게 뭔지 모를 것을 한 주먹가득 내밀고 있었어. 조나는 염소를 탈 수 있을지 궁리하는 것 같아 보였어. 나는 그의 어깨에 손을 올려 막았지.

"블랙아웃에 대해 이야기해주세요." 난 내가 아직 학교에 다닐 때 만든 영상의 시작 부분에서 말해. 열여덟살의 나는 이미 역사가였어. 내 목소리는 훨씬 어린데 난 화면에 나오지 않아도 열여덟살의 나를 상상할 수 있어. 키가 크고, 어색하고, 엄마보다는 어둡고 아빠보다는 밝은 피부.

"그때 극도로 당황하지 않은 사람은 없었을 거야." 할머니가 이야기를 시작해. 보라색 머리는 지저분하게 묶인 채였고, 지금은 내 방이 된 할머니 자신의 방에 앉아 있어. 벽에 걸린 할머니의 케이프 브래튼 사진들과 함께 말이야.

우리가 호흡하고 먹는 데 필요한 항법이나 시스템에 버그가 영향을 비치지 않았다는 걸 이해하고, 범인은 바이러스였으며 피해는 돌이킬 수 없다는 게 분명해지자, 우리는 그걸 그냥 감당해야만 했지.

"'범인'은 바이러스가 아니라 사람이었죠, 그렇죠?"

"바이러스를 풀어놓은 바이러스지." 그 생각에 할머니의 얼굴이 일그러졌어.

난 더 안전한 주제로 돌아갔지. "모두가 그냥 '감당'한 건가요? 내가 들은 것과는 좀 다른데요."

"'모두'라고 하면 아주 많은 사람을 포함하게 되지. 어린 아이들은 괜찮았어. 그들은 여전히 합주실에서 뛰어다니거나 스케이트를 타고 달렸어. 외부 놀 거리에 의존하던 더 큰 아이들은 더 힘들어했고, 더 많은 문제를 일으켰어."

할머니가 다 알고 있다는 듯한 미소를 지었어. "한번도 물어본 적 없다면 네 아버지가 어떻게 새끼손가락을 잃었는지 물어보렴."

"그때 그런 거예요?"

"응. 네 아버지는 열여덟살이었고 리프트 꼭대기에 올라타겠다는 무모한 생각을 한 거야. 살아남은 게 다행이라고."

"아빠는 염소가 물어뜯었다고 했는데요!"

할머니가 코웃음을 쳤어. "네가 크면 염소 농부가 되고 싶다고 했을 때 그랬겠지?"

더 어린 나는 할 말이 없어.

할머니는 어깨를 으쓱했어. "아니면 리프트 카우보이에 대한 잘못된 생각을 심어주고 싶지 않아서였을 수도 있고."

"그런데 아빠는 무모한 사람이 아니잖아요."

"이제는 아니지. 그 일 이후로는. 네가 태어난 이후로는. 어쨌든 넌 누가 그냥 '감당하기'로 했는지 물었고, 네가 맞아. 아이들은 비교할 게 없어서 잘 견뎌냈지만 네가 정말 알고 싶은 건 어른들에 대한 거겠지. 기억 프로젝트 말이야."

"맞아요. 바로 그게 숙제예요."

"그래. 보자. 지구에서 태어나고, 지구에서 자란 이 사람들이 있었어. 그들은 더 나은 곳을 향해 떠나겠다는 낭만적인 생각으로 여행자가 되겠다고 지원한 거야. 그리고 처음 몇년은 정말, 너는 아마 상상도 못 할 거다, 흥분과 공포가 뒤섞인 그 느낌을. 뭔가가 잘못될 때마다 말이야. 이를 테면 복제기가 고장나거나, 환풍기 전원이 나가거나, 그게 뭐든 말이지, 누군가는 우리가 우리 가족을 '확실한 죽음' 으로 몰아넣었다고 소리치기 시작했어. 그녀는 극적으로 '확실한 죽음'이라는 표현을 쓰면서 나를 향해 삿대질을 했지. 그러면 승무원이나 물류팀, 기술팀이 그 문제가 쉽게 해결된다는 걸 보여주고, 그들은 진정했어. 우리가 상황을 잘 통제하고 있다고 말해도 소용없었어. 시간만이 유일한 위안이었지.

10년이 지나서야 우린 마침내 일반 대중을 진정시킬 수 있었어. 모든 사람이 각자의 역할을 맡고, 마침내 각자가 맡은 일을 조용히 하게 된 거야. 하루 정도 온수관이 차가워진다고 해서 우리가 죽지는 않을 거라는 걸 알게 된 거지. 물론 걱정할 일들은 있었지만 고민하기에는 다 너무 큰 문제들이었어. 마치 지금처럼 말이야, 이해가 되니? 그리고 우리에겐 인간이 만들어낸 모든 좋은 것, 전 세계의 음악과 문학, 예술이 백개의 언어로 담겨 있는 이 데이터베이스가 있었어.

그런데 트레버 듀브가 모든 걸 망쳐버린 거야. 그 부분은 너도 알고 있을 테니 반복하진 않으마. 몬 브룩스가 그렇게 하고, 듀브란 놈도 그렇게 하고, 자신의 자손들이 언젠가 새로운 행성에 발을 디딜 것을 꿈꿨던 이 모든 여행자들이 갑자기 자신의 실제 아이들을 대면해야 했던 거야. 그들은 다음 세대가 자신들이 중요하다고 생각한 것들을 보거나 듣지 못할 수도 있다는 생각을 해야만 했어. 남은 건 텅 빈 벽뿐이라는 사실을. 그들은 ─ 우리는 ─ 데이터 베이스가 복구되기를 기다리고 기다리고 기다렸어. 그러 다 그들은 깨달았지. 아, 데이터베이스가 여기 남아 저 먼 미래의 손자의 손자의 손자들을 가르치기를 기대할 수는 없겠구나."

할머니는 앞으로 몸을 기울였어. "그래서 사람들은 각 자 자신에게 가장 중요한 것들에 더욱 집중하게 됐어. 그 때 종교가 없던 사람들 중 일부가 종교를 다시 갖게 됐어. 배에 있던 몇 안 되는 실물 책이 신성한 원전이 됐고, 그중 엔 원래부터 신성한 텍스트였던 것들도 포함되어 있었지. 사진부터 포르노까지 ─ 웃지 마 ─ 모든 소소한 개인 미 디어가 대의를 위해 복제됐는데, 그건 우리가 잃어버린 것 에 비하면 아무것도 아니었어.

여행이 시작된 이후로 쇠퇴하고 있던 문화 단체들은 갑 자기 더 많은 회원을 갖게 됐지. 배우들은 기억나는 모든 공연을 무대에 올리고, 새로운 녹화본을 만들었어. 사람들 은 기억나는 대로 좋아하는 책과 연극을 다시 쓰고, 좋아 하는 그림을 그리려고 애썼어. 모든 사람이 다른 부분을 기억하고 있었고, 어떤 것들은 다른 것들보다 정확했지.

그때부터 우린 매주 모이기 시작했어, 매달이 아니라."

"늘 매주 모인 줄 알았어요, 할머니."

"아니야, 그렇지는 않았단다. 우리에게는 정신을 팔 만한 다른 오락거리가 없었고, 노래 뒤에 있는 이야기들이 사라질까봐 걱정했어. 조직화된 기억 프로젝트는 그렇게 우리가 시작했지. 우리는 그게 우리가 전해주고 싶은 것을 전할 수 있는 가장 좋은 방법이라고 생각했어. 또다른 사람들은 우리가 문제에 접근하는 좋은 방법이면서 동시에 사람들을 바쁘게 유지할 수 있는 방법을 찾았다고 봤고, 그렇게 다른 기억 프로젝트들이 생겨났어. 우리는 전체 레퍼토리를 훑어보고 가장 보존하고 싶은 사십 곡을 골랐어. 우리 각자가 최대한 많은 곡을 암기하기로 했지만 특히 몇 곡에 대해서는 각자 책임을 지기로 했지. 우린 이미 노래 자체는 알고 있었지만, 이제 사람들이 그 노래들에 대해 알고 있는 것들도 모으고, 노래의 역사까지 외웠어. 그 노래들이 어디서 왔는지, 무엇을 의미하는지 말이야. 그리고 나중에는 그 역사를 다시 녹음하고 젊은이들에게 가르치는 것까지 담당하게 됐어. 그렇게 각 노래가 다음 세대로 전해질 수 있도록 한 거야. 그건 그렇고, 그게 바로 너란다."

"알고 있어요."

"그냥 확인하는 거야. 넌 아주 뻔한 것들을 물어보고 있잖니."

"프로젝트 때문이에요. 물어봐야 한다고요."

"그래, 그럼. 아무튼 우린 가능한 빨리 모든 노래와 역사를 다시 녹음했고, 다음에 또 누가 우리 데이터베이스를 망치려고 할 때를 대비해서 그걸 외웠어. 그리고 다른 사람들은 각자에게 중요한 것들을 외웠지. 자기 민족의 역사——역사책에 나오지 않는 것들 말이야——민속 춤이나 공식 같은 것. 배우들은 연극을 처음부터 다시 만들었는데 어떤 부분들은 이전과 정확히 같지 않았어. 그리고 그 불쌍한 재즈 음악가들."

"불쌍한 재즈 음악가들이라고요? 재즈는 즉흥적으로 연주하는 거 아니었어요?"

"즉흥 연주가 많지만 특정 공연들은 그 전체 양식의 기준점이 될 만큼 뛰어났지. 우리가 독주의 탁월함에 크게 의존하지 않는 음악을 연주해서 다행이야. 우린 바이올린 곡들을 모두 다시 녹음했고, 노래들은 여전히 노래지만, 우주선의 누구도 마일스 데이비스처럼 「소 왓」$^{So What}$을 연주하거나 존 콜트레인처럼 음악을 할 수는 없었어. 말하자면 그들의 작곡은 살아남았지만 그들의 연주는 그렇지 않았던 거지. 네 할아버지가 배에 탔다면 그는 엄청나게 좌절했을 거야. 아무튼, 내가 무슨 얘길 하고 있었지? 인간을 백업하는 아이디어는 어떤 것엔 잘 작동하고 다른 것들엔 그렇지 않았지만 반응이 좋았어. 최악의 사태에 대비하는 시나리오였지."

"할머니는 공식적으로 어떤 두 곡의 역사를 외웠나요?"

"비공식적으로는 모든 노래. 공식적으로는 너와 같아. 「허니서클」과 「바람은 방랑하리」. 이미 아는 얘기잖니."

"알아요, 할머니. 과제를 위해서라니까요."

「윈디 그로브」

역사적 재현. 케이프 브레턴의 바이올린 제작자 하위 맥카브 역의 마리우스 스밋: "밴디버는 틀리지 않았어. 「윈디 그로브」라는 곡이 있었지. 내 증조할아버지가 연주한 적이 있는데 대부분의 바이올린 연주자들에게는 너무 복잡했대. 이제는 일부밖에 기억이 나질 않아. 게일어와 영어로 된 가사도 있었어. 밴디버가 그걸 언급한 적이 있는지는 모르겠네. 아마 게일어 이름도 있었겠지만 노래와 함께 사라졌지.

내 증조할아버지는 기계가 양모를 수축시키고 프롤릭이 그저 사교 행사가 되기 전, 진짜 밀링 프롤릭에 갔었어. 내가 아는 게일어 노래 중 몇곡은 밀링 프롤릭 리듬을 가지고 있지. 그게 그 곡을 네 머릿속에 박히게 만드는 거야. 「윈디 그로브」는 그런 곡은 아니었어. 내가 아는 한 그건 바이올린 곡이었지만 난이도 때문에 흔히 연주되진 않았어.

내가 아는 건 영어로 된 A파트뿐이야. 지금 멜로디를 제대로 못 부를 것 같아서 「바람은 방랑하리」의 멜로디에 맞춰 불러볼게.

　우린 윈디 그로브로 내려갔어

　바람이 어디로 갔는지 영영 몰랐고

　언제 바람이 돌아오는지도 영영 확신하지 못했지

　우리가 마지막에 알았던 것과 같은 바람인지 아닌지."

　넬슨의 에세이는 월요일에 정확히 도착했어. 그 에세이는 "우리 수업에서 역사가 반복되는 많은 예를 볼 수 있다. 다른 통치자의 실수로부터 배우지 못한 통치자들이 있는 것이다"라는 말로 시작했어.

　나는 철자를 하나 고치고 계속 읽었어. "선생님이 알려주셨으니 그들이 누군지는 알고 있다. 내가 그걸 다시 선생님께 말해야 하는 이유가 뭘까? 나는 대신 역사가 다른 방식으로 반복되는 것에 대해 쓰려고 한다. 클레이 선생님은 주변을 한번 둘러보시기를 바란다.

　내가 이 우주선에 있는 이유는 증조부모가 남은 생을 우주선에서 보내기로 결정했기 때문이다. 그들은 그게 이타적인 결정이라고 생각했다. 자신의 자손들이 언젠가 사람들이 아직 학살을 시작하지 않은 행성에서 개척자가 될 수 있도록 자신들을 희생하는 거라고 생각한 것이다. 그들은 그 행성이 자신들을 죽이지 않을 거라고 어느 정도 확신했고, 그곳에 지적 생명체가 없기를 바랐다. 그들은 우리 역시 정확히 그들이 했던 일을 하도록 묶어두는 결정을 한 셈이었다.

그래서 이렇게 되었다. 내 부모는 이 우주선에서 태어났다. 나도 여기서 태어났다. 나의 염색체는 유전자 은행에서 왔고, 그 유전자는 내가 태어나기 수십년 전에 죽은 두 사람으로부터 왔다.

우리가 역사를 반복하는 것 말고 무엇을 할 수 있는가? 여기서 아무도 한 적 없는 일 중 내가 무엇을 할 수 있는가? 이년 안에 나는 전문 분야를 선택해야 한다. 부모님처럼 염소를 돌보는 일을 할 수 있을 것이다. 공학자나 의사, 치과 의사, 원예학자가 될 수도 있다. 이것들은 모두 우리를 어떻게든 살아 있게 하는 데 초점을 맞춘 일들이다. 당신처럼 역사 선생님이 될 수도 있지만 당연히 그렇게 하진 않을 것이다. 나는 이론적 농부나 다른 이론적인 뭔가가 될 수 있을 것이고, 여기서는 절대 쓸모없을 것들을 배워서 나의 아이들과 그 아이들의 아이들에게 전달하고, 그들이 또 그걸 전달해서 언젠가 누군가 그걸 사용할 수 있도록 할 수 있다. 만약 우리가 가고 있는 곳이 정말 존재하고 우리가 정말로 그곳에 도착한다면 말이다.

하지만 나는 절대로 진짜 산 위에 서지 못할 것이다. 왕이나 총리, 대량 학살을 저지르는 폭군이 될 수도 없다. 선생님이 우리에게 가르치는 그런 사람들 말이다. 내 이름이 거기서 왔다고 생각했을지 모르겠지만 나는 거대한 모자를 쓴 나이 든 백인 남자 넬슨 경이 될 수 없다. 내 이름은 지구에 있던 어떤 나이 든 농부가 키우던 말의 이름을 따라 지어진 것이었고, 그 말의 이름은 책이나 밴드, 아니면 넬슨 경이나 넬슨 만델라, 혹은 우리가 더이상 기억하지 못하는 다른 넬슨의 이름을 따라 지어졌을 것이다.

오래된 역사는 반복될 수 없고, 나는 어떤 것에도 전혀 영향을 미치지 않는 그다음 세대의 사람들 중 하나다. 우리는 역사를 만들고 있지 않다. 우리는 대양의 한 가운데 있고 해안은 아주 멀리 있다. 우리가 우주선에서 마침내 기어 나올 때쯤엔 여정이 우리를 변화시켰어야 하겠지만 선생님은 우리가 모든 짐을 지고 가기를 원하고, 그래서 우리는 떠났을 때와 정확히 같은 상태다. 하지만 우리는 그럴 수 없고, 그럴 필요도 없다."

나는 화면을 끄고 눈을 감았어. 내가 의도한 대로 과제를 쓰지 않았으니 그 학생을 낙제시킬 수는 있었지만, 그는 분명히 이해하고 있었지.

「웬디고」

전통음악. 소실됨.

해리엇 배리:

"우리가 제목은 알지만 다른 건 거의 모르는 또다른 곡. 개

264

인적으로 나는 「웬디고」와 「윈디 그로브」가 같은 곡이라고 믿는다. 케이프 브레튼 사람들 중 일부가 알곤킨으로 이주했을 때 가져간 것이다. 그들은 현지 음악가들에게 그걸 가르쳤는데 그들이 제목을 잘못 듣고 현지의 괴물 전설과 혼동했다. 「웬 아이 고」라는 곡이 얼마 지나지 않아 온타리오주에서 유행하기 시작했는데 온타리오주와 핀란드에서를 제외하고는 아무도 관심을 보이지 않았다."

만약 우리가 아는 것들에 대한 노래만 연주한다면 우리의 플레이리스트 중 많은 부분을 잃게 될 거야. 바람도 없고 나무도 없어. 전투도, 바다도, 개울도, 산꼭대기도 없지. 우리는 여행자들에 대해 노래하지만 여정에 대해서는 노래하지 않을 거야. 우리는 과정에 대해서는 노래하겠지만 시작이나 끝에 대해서는 노래하지 않을 거야. 우리는 기다림과 갈망의 노래를 연주할 거야. 우리는 사랑 노래를 연주할 거야.

왜 별에 대한 노래는 하지 않느냐고 물을 수도 있겠지? 왜 어둠과 우주에 대한 노래는 연주하지 않느냐고? 전통주의자들은 그런 노래를 하지 않을 거야. 나는 누가 그 노래들을 쓰려고 할지 모르겠어. 지구에 있는 사람들은 회색 하늘 아래 서 있었기 때문에 푸른 하늘에 대한 노래를 썼지. 그들에게는 낮이 있었으니까 밤에 대한 노래를 쓴 거고. 감옥에 대한 노래가 가슴아픈 이유는 그 주인공이 그 전에 다른 것을 알았고, 다른 것들을 꿈꾸었기 때문이야. 과거와 미래는 이제 모두 추상적인 개념이 되었지.

내 딸 나탈리가 십대였을 때, 그녀는 새로운 데이터베이스에 뭔가를 올린다고 가정했을 때 "기타/정의되지 않음"으로 분류될 밴드에서 바이올린을 연주했어. 그들의 콘셉트 중 일부는 자신들의 음악을 녹음하지 않는 것이었고, 다른 사람들에게도 녹음을 하지 말아달라고 요청했어. 그걸 경험하려면 그 자리에 있어야 했던 거지. 나와 할머니와 해리엇의 이야기를 계속 듣다보면 내 딸이 그런 데 빠진 것도 이해할 만하지.

난 나랑 내 딸이 어릴 때 연주했던 학생용 바이올린을 빌려 왔어. 내 딸은 내가 그들의 공연을 들으러 가는 걸 원치 않는다고 말했어.

"우리 음악이 소음처럼 들린다든가 내 자세가 엉망이라고 말할 거예요." 그애가 말했어. "그것도 아니면 더 최악으로는 우리가 2030년대의 어떤 밴드랑 똑같다고 말하거나 우리 가사가 어쩌고저쩌고 전통을 따르고 있다고 말할 거고, 난 한번도 들어본 적 없는 음악가로부터 우리가 모든 걸 훔쳤다고 생각하게 되겠죠. 우린 새로운 걸 하고 싶어요."

"절대 그러지 않을게." 내가 말했어. 비록 속에 불편한 마음이 자리 잡기는 했지만 딸이 연습하는 걸 듣고 의견을 말하는 것도 피했어. 이미 가지고 있는 것들을 보존하는 데 집중해야 할 시간에 새로운 음악에 시간을 낭비하고 있다며 해리엇이 음악가들에 대한 불평을 늘어놓을 때도 이를 악물고 참았지.

한번은 그들이 일곱개의 데크가 있는 합주실에서 공연할 때 보러 갔었어. 뒤쪽 어두운 곳에 서 있었지. 내가 듣기엔 노래들이 다 엘리베이터 통로 아래로 소리치는 유령이나 메아리처럼 들렸어. 노래들은 '내가 그랬으니까'라든지 '테러폼' 같은 제목을 가지고 있었어. 그들은 곡 사이마다 제목을 외쳤지만 방송 시스템에 왜곡이 있어서 그것조차 잘못 들은 걸지도 몰라.

밴드에는 우주선 전체의 다양한 집단 출신 젊은 음악가들이 열다섯명 있었어. 재즈, 록, 클래식, 주크, 중국 오페라, 서아프리카 드럼 그룹의 아이들. 내가 전에 들어본 어떤 음악과도 유사한 소리를 내지 않았지. 그들이 자라온 전통을 종합하는 건지 아니면 완전히 거부하는 건지 여전히 파악할 수 없었어.

내 귀는 어디에 집중해야 할지 몰랐기 때문에 나트에 초점을 맞췄어. 그녀는 어린 시절 레슨에서 배운 좋은 테크닉을 여전히 가지고 있었지만 어떻게 들어야 할지 모르겠는 방식으로 그걸 사용했어. 그녀는 리드가 아닌 리듬을 연주했고, 멜로디 아래의 패드, 바이올린과 드럼으로 형성된 스타카토 폴리리듬을 연주했지.

그녀가 「바람은 방랑하리」를 연주하기 시작했을 때 난 그걸 놓칠 뻔했어. 나트의 파트에만 집중하지 않고 전체를 들었다면 절대 알아차리지 못했을 거야. 그녀의 연주는 완전히 다른 무언가에 대한 대위선율이었고, 리듬은 스윙되었지만 키는 변하지 않았어. 해리엇은 그걸 싫어했겠지만 나는 그게 더 큰 곡 아래 숨겨져 있어서 조용한 힘이 있다고 생각했어.

난 그날 밤 나트의 공연을 들으러 갔던 걸 절대 말하지 않았는데, 내가 그걸 들었다는 걸 인정하고 싶지 않기 때문이었어.

난 펑크와 포크, 힙합의 탄생, 그리고 시위 음악들과 함께 발달한 사회운동에 대해 연구했어. 현재의 상태를 바꾸려고 노력하는 사람들에게서 탄생한 음악들 말이야. 나의 딸과 그녀의 친구들은 무엇을 바꿀 수 있을까? 사람들은 무엇을 바꾸고 싶어했을까? 우주선은 계속 항해해. 그들은 일년 정도 함께 연주하다가 그만뒀어. 그녀는 바이올린을 다시 누군가에게 줘버리고 의학 공부에 몰두했어. 약속했던 대로 아무도 그들의 음악을 업로드하지 않았고, 그래서 이 이야기 밖에서는 그게 존재했다는 증거가 전혀 없지.

나의 할머니는 콘트라베이스를 우주선에 몰래 들여왔어. 지금은 더그 켈리의 것이지만 그건 할머니의 "기타 용품" 항목 아래 전문가에게 허용된 물건으로 우주선에 들어오게 된 거야. 원래 목록에는 이렇게 적혀 있어. "기타 용품 — 특대형 상자 1개 — $200\text{cm} \times 70\text{cm} \times 70\text{cm}$." 누가 무엇을 가져왔는지 알아내려고 목록을 공부하고 있을 때 난 할머니에게 이 상자의 무게가 악기 무게보다 훨씬 더 나갔던 이유를 물어봤어.

"줄 때문이야." 할머니가 말했어. "옷으로 감싼 다음 상자를 줄 세트로 채웠거든. 콘트라베이스용과 바이올린용. 내가 가져온 상자는 줄과 활털, 송진으로 구석까지 채워져 있었어. 나는 복제기를 믿지 않았으니까."

그때 콘트라베이스는 조나 리치 거였어. 우주선의 원래 올드타임 연주자들을 찍은 할머니의 사진에서 조나는 그 악기에 비해 아주 조그맣게 보이지. 사분의 삼 사이즈인데도 그 악기는 조나를 압도해. 나는 그녀를 만난 적은 없어. 할머니는 "그렇게 작은 여자가 그렇게 크고 빠른 손을 가진 걸 본 적은 없을 거다"라고 말했어.

관절염이 너무 심해져서 연주할 수 없게 되었을 때 조나는 그걸 "그녀의 두배 크기지만 연주자로서는 절반밖에 못 된" 마리우스 스미트에게 넘겼어. 그다음엔 짐 리긴스, 그다음엔 앨리슨 스미트 그리고 더그 켈리로 이어졌어. 중간중간 여러 2군이나 3군 연주자들도 있었고. 이 사람들이 올드타임 연주자들이었던 거야. 콘트라베이스는 일부 재즈 앙상블이나 오케스트라에서도 이중으로 사용됐어.

대부분의 악기를 연주하는 사람들에게는 개인에게 허용된 무게나 공간의 허용치가 문제가 되진 않았어. 물류와 심리적 복지를 담당하는 팀이 서로 다투고 협상하고 타협하고 또다시 타협했지. 그들은 네개의 공용 드럼 키트(재즈 트랩과 록 5피스 각 두대씩), 그리고 록과 재즈, 베이스와 기타와 키보드용으로 사용될 스물두개의 다양한 앰프를 위한 공간을 만들었어. 우리는 세가지 서로 다른 중국 거문고를 두개씩 가지고 있고, 젬베부터 카림보까지 서른두가지 다른 종류의 아프리카 드럼 백세개를 가지고 있어. 모든 합주실에는 방송 시스템이 있지만 튜바는 하나뿐이야. 위원회가 자문을 구했던 음악 심리학자는 전기 베이스가 공간을 고려한 합리적 타협점이 되지 못한 이유를 이해하지 못했어. 그래서 할머니는 그걸 몰래 들여오게 된 거지.

지구의 위원회는 어떻게 오십년이나 팔십년, 백팔십년 뒤의 여행에 필요한 것들을 짐작할 수 있다고 믿었을까? 그들은 우리에게 최첨단 복제기와 우리의 아름답지만 운명이 정해진 데이터베이스, 앞으로 필요할 기술을 가르치기 위한 프로그램과 시뮬레이터를 준비해줬어. 그래도 미래를 정확하게 예측하는 모델은 없어. 그들은 데이터베이

스가 어떻게 브룩될지, 그리고 그로 인해 어떻게 변화하게
될 지 예측할 길이 없었지. 만약 위원회에 실제 음악가가
포함되어 있었다면 우리에게 콘트라베이스가 필요하다는
걸 알았을 거야. 나는 여전히 우주선에 남아있는 할머니
영향력의 물리적 현현에 둘러싸여 있다는 사실이 정말 좋
아. 콘트라베이스나 피그미 염소들. 이제는 내 바이올린이
된 그녀의 바이올린.

목요일에 교실에 도착했을 때 누군가 내 벽을 해킹한
걸 발견했어. 내 사진 전시 벽 위에는 낙서가 되어 있었어.
"집단 기억 진실." "역사는 허구다." "과거는 거짓말이다."
덮어쓰기는 아니고 일시적인 덧씌우기였어. 나의 개인 파
일이나 영구적인 것에는 침입하지 않았지. 누가 그랬는지
알아내기도 쉽고, 지우기도 쉬웠어. 난 그걸 그대로 뒀지.
학생들이 들어올 때 나는 그들의 표정을 지켜봤어. 어떤
학생들은 완전히 무관심했고, 듣고 있던 음악에 빠져 있어
서 고개도 들지 않고 자리에 앉았지. 몇몇은 킥킥거리거나
눈을 크게 뜨고 서로를 바라봤어.
넬슨은 얼굴에 비웃음을 띠고 들어왔는데, 그건 나를 향
한 도전이었지. 그는 벽을 보지도 않았어. 내가 그의 낙서
를 지우지 않았다는 걸 알아차리는 데 시간이 조금 걸렸
지. 그걸 알아차렸을 때 비웃음은 혼란으로 바뀌었어.

"여러분이 도착하기 전에 이걸 지우지 않은 이유가 궁금하겠죠?"

주의를 기울이지 않던 학생들이 처음으로 주변을 둘러봤어. "우아." 누군가가 말했어.

"첫번째 대답은 이걸 그대로 두는 게 신고하기 쉽기 때문이에요. 기물 파손과 해킹은 둘 다 불법이고, 누가 이걸 했는지 알아내는 건 어렵지 않죠. 하지만 영구적인 손상은 없으니 이걸 배움의 기회로 사용하면 어떨까 했습니다." 모두 넬슨을 쳐다봤고, 그의 귀는 빨개졌어.

나는 계속했어. "누군가 묻고 싶어하는 질문은 이겁니다. 그러니까…… 클레이 선생님, 우리가 배우고 있는 역사가 진실이라는 걸 어떻게 알 수 있죠? 그건 왜 중요한가요? 그리고 그들은 내가 '왜냐하면 내가 그렇다고 말했으니까'라고 대답하거나 그와 비슷한 이야기를 할 거라고 기대하겠죠. 하지만 실제 진실은 우리의 역사가 완전히 엉망이라는 것입니다. 그건 사실에 대한 기억들로 만들어졌고, 기억은 신뢰할 수 없죠. 이전에 그들은 기억과 유물을 어느 정도 교차 참조해서 특정 일들이 일어났고, 어떤 일들은 일어나지 않았다고 어느 정도 확실하게 말할 수 있었어요. 하지만 우리는 그 증거의 거의 전부를 잃었죠."

"그럼 남은 건 뭘까요?" 나는 낙서된 사진들을 가리켰어. "난 어떤 것들이 기억할 가치가 있는지, 어떤 것들을 여전히 사실이나 진실, 또는 뭐든 여러분이 부르고 싶은 대로 부를 만한 가치가 있는지 알아내는 데 도움을 주려고 하는 거예요. 아마 이게 가장 실용적인 학문 분야는 아니겠지만 여전히 중요하죠. 언젠가 여러분의 자녀들이 우리가 왜 이 여정을 하고 있는지 물어볼 때 중요해질 거예요. 무언가 잘못되었을 때 처음부터 다시 시작하는 대신 과거를 돌아보고 '이전에 이런 문제가 있었을 때 어떻게 해결했더라?'라고 말할 수 있다면 도움이 될 거예요. 그건 자기 문제에만 빠지는 대신 '왜'와 '어떻게'와 '만약에'를 물어보았던 모든 사람들 때문에 의미가 있는 겁니다. 그들이 그렇게 우리를 생각해주었는데 우리도 그들을 생각해야 하지 않을까요?

오늘은 이 우주선을 만들기 시작했을 때 지구가 겪고 있던 기후변화와 그것이 정치에 미친 영향에 대해 이야기할 거예요. 그리고 여러분이 수업 내내 숨죽이고 기다리지 않도록 미리 말해주자면, 이번 주 숙제는 여전히 지구를 기억하고 있는 누군가를 인터뷰하는 거예요. 그들이나 그들의 부모가 왜 우주선에 탔는지 물어보세요. 그들이 그 시기에 대해 무엇을 기억하는지 물어보고, 이어서 여러분이 생각할 때 적절한 후속 질문들을 해보세요. 보너스 점수를 원한다면 나에게 과제를 보낸 다음, 구술 역사 데이터베이스에 업로드하면 됩니다."

질문 있는 사람이 있는지 둘러봤지만 그들은 모두 조용했어. 난 원래 가르치려고 했던 수업을 시작했지.

내가 그들 나이 정도일 때 같은 과제를 받았었어. 그땐 원조 여행자들을 인터뷰하는 게 더 쉬웠지만 나는 언제나 할머니를 찾아갔어. 그 비디오는 구술 역사 데이터베이스에 묻혀 있지만 나는 오래전에 그 경로를 외워버렸지.

이 영상에서 할머니는 여전히 건강하고 강한 데다 특유의 보라색 머리를 하고 있어서 상태가 좋아 보여. 우리가 그렇게 가까웠는데도 나는 할머니의 원래 머리 색깔이 뭐였는지 전혀 모르겠어.

"왜 떠나셨죠?" 나는 물어.

"난 그걸 떠나는 걸로 생각하지 않았어. 어딘가로 가는 거지 뭔가를 뒤에 두고 떠나는 게 아니었거든."

"어딘가로 가는 건 뭔가를 뒤에 두고 떠나는 걸 포함하는 일이 아닌가요?"

"넌 그렇게 생각할 수 있겠지만 나는 내 방식대로 생각하련다."

"모든 여행자가 그렇게 생각했나요?"

할머니는 콧방귀를 뀌어. "어떤 두 사람에게 물어보더라도 두 가지의 다른 답이 나올 거다. 네가 지금 나한테 질문을 하고 있으니 내가 보는 방식대로 말해주는 거지. 우

274

리는 기술을 가지고 있었고 가장 아름다운 우주선을 가지고 있었다. 우리를 유지할 수 있는 완벽한 조건을 가진 걸로 알려진 목적지도 있었고."

"자신의 아이가 목적지에 도착하지 못할 걸 알면서 아이를 갖는 건 어떤 기분이었나요?"

"나는 '내 딸은 누구도 겪어보지 못한 삶을 살게 될 거야, 그리고 그녀는 사람이 다른 사람과 함께 존재한다는 것의 의미에 관한 새로운 규칙을 만들어가는 세대의 일부가 될 거야'라고 생각했지." 그녀는 어깨를 으쓱했어. "난 그게 흥미진진한 일이라고 생각했어. 그녀가 자신이 사는 곳에서 살고, 좋아하는 일과 싫어하는 일을 하면서, 누구나 그렇듯이 자신의 삶을 살아갈 거라고 생각했지."

그녀는 잠시 멈췄다가 내가 질문을 하지 않았는데도 말을 이어가. "그땐 더 나쁜 삶들이 있었단다. 우리 가족에게는 이게 최선의 선택지처럼 보였어. 더이상 도망가지 않고 뭔가 멋진 걸 향해 나아가는 거."

"지구에 그리운 점이 있나요?"

"사람 말고 물건에 관한 질문이니? 만약에 사람도 포함된다면 너의 할아버지와 나의 다른 아이들이 언제나 그리고 영원히 그립지. 내가 가져올 수 없었던 다른 사랑하는 건 없었단다." 그녀는 아련한 눈빛으로 말해.

"아무것도 없었다고요?" 나는 더 밀어붙여.

그녀는 미소를 지어. "누군가가 간직할 수 있는 그런 건 없어. 바다. 해안에서 불어오는 바람. 좋은 노래에 푹 빠져 연주할 때 난 그걸 아직도 느낄 수가 있어."

그녀는 바이올린을 집어 들기 위해 손을 뻗는다.

*

그 영상에서 내가 일부러 묻지 않은 질문, 할머니가 멈춘 부분에 딱 어울리는 자연스러운 후속 질문이 있어. 그건 내 선생님이 알 필요가 없기 때문에 묻지 않았는데, 할머니가 말한 것처럼 나의 엄마가 정말 '사람이 다른 사람과 함께 존재한다는 것의 의미에 대한 새로운 규칙을 만들어가는' 세대에 속하는지에 대한 질문이었지. 내가 엄마에 관한 언급을 많이 하지 않은 건 우리가 서로를 정말 이해하는 데 영영 실패했기 때문이야.

엄마는 여덟살 때 우주선을 탔어. 흙과 하늘과 바람에 대한 결정적인 기억들을 형성하기에는 충분한 나이였지. 자신만의 작은 바이올린을 스스로 가지고 탑승하기에도 충분한 나이였고. 엄마는 열네살 때 할머니에게 더이상 음악을 연주하고 싶지 않다고 말했어.

블랙아웃이 일어났을 때 열여덟살. 나를 가졌을 땐 열아홉살. 엄마는 자문위원회와 물류팀의 공동 조치로 허가된 블랙아웃 베이비의 하나였어. 그 시점에서 그들은 지속 가능성을 보여주는 수치를 확보할 수 있다는 조건에서 사람들을 행복하고 조용하게 유지할 수 있는 거라면 뭐든 받아들였을 거야.

할머니는 엄마에게 음악으로 돌아와 올드타임의 기억 프로젝트를 돕자고 간청했어. 엄마는 거절했지. 블랙아웃 직전에 엄마는 학교에서 「헛소동」이라는 셰익스피어의 희극에 출연했어. 엄마는 여전히 주인공의 대사를 외우고 있었고, 일반 극작가들과 셰익스피어 전문가들 모두가 엄마에게 기억 프로젝트에 참여해달라고 연락해 왔지. 그들은 모두 연극을 처음부터 다시 구성하느라 정신이 없었거든.

영화 팀도 그들의 터무니없이 힘겨운 작업을 위해 엄마를 영입했어. 그 시기 영상 중 내가 가장 좋아하는 영상은 스무살 된 엄마가 「타이타닉」이라는 역사 드라마의 주인공을 연기하는 영상이야. 그건 옛날 영화를 다시 만든 거였는데, 거대한 바다 선박과 관련된 더 오래된 각주였어.

나의 엄마: 젊고, 화려하고, 빛남. 엄마는 움직일 때마다 반짝이는 드레스를 입고 있어. 엄마가 그걸 나에게 처음으로 보여줬을 때 나는 다섯살이었는데 내가 본건 오직 엄마가 얼마나 아름다운가였어.

일곱살 때 나는 바다가 날 죽일 수 있는지 엄마에게 물었어.

"여긴 바다가 없단다. 로지, 그건 우리가 지어낸 거야."

그건 말이 안 됐어. 난 우주선을 둘러싸기에 충분할 만큼 크고, 액체 같고, 만질 수 있는 공간을, 거리를 따라 쫓아와서 나를 둘러쌀 수 있는 그 공간을 화면에서 봤거든. 엄마는 나를 8번 갑판의 무대 세트로 데려가서 그들이 「세레나」라는 영화를 촬영하고 있는 걸 보여줬어. 이제는 그들이 여전히 복구 작업 중이었다는 걸 아는데, 그들은 블랙아웃으로부터 팔년이 지난 뒤에도 처음의 절망적인 몇 년 동안 기억해서 쓴 대본을 바탕으로 그들이 기억하는 모든 중요한 영화를 최대한 기억에 가깝게 촬영하고 있었던 거야. 내가 알 수 있었던 건 그 버전들이 유일하지.

엄마는 나에게 바다는 바다가 아니고 하늘은 하늘이 아니라는 걸 보여줬어. 나는 배가 아닌 배에 앉아볼 수 있었고, 그렇게 함으로써 배가 뭔지 배웠어.

"엄마, 왜 울고 있어?" 그날 저녁에 나는 내 침대에서 부모님의 침대로 걸어가면서 물었어.

아빠가 나를 들어 올려서 꼭 안아줬어. "엄마는 엄마가 잃어버린 무언가 때문에 울고 있는 거란다."

"난 피곤하지 않아요. 영화를 다시 보면 안 돼요?"

우리는 일어나 앉아서 젊은 엄마가 누군가 다른 사람, 그 잘난척하는 사람을 만나고 사랑에 빠지는 걸 봤어. 그들이 이제는 나와 내 가족을 위협할 수 없다고 확신하는,

그 물살을 가르며 달리는 모습을. 배가 가라앉고 ─ 그건 진짜가 아니야, 바다는 없어, 더이상 그 무엇도 가라앉지 않지 ─ 구명보트들이 사라지고, 두 연인이 떠다니는 문짝에 함께 매달려 새벽 구조를 기다리는 모습을.

열여섯살 때, 엄마는 광신도 집단에 들어갔어. 어쩌면 엄마가 그걸 시작했을지도 모르지. 뉴타임은 할머니의 사명에 대해 할 수 있는 가장 직접적인 반항이야. 그들은 종의 번영을 위해 오락거리가 담긴 데이터베이스를 다시 한번 영원히 삭제하는 것을 지지했어.

"우리는 우리가 가져온 것들을 다시 만드는 데 너무 많은 창의적 에너지를 쓰고 있어." 엄마는 말했어. 나는 엄마가 차분하게 옷을 챙기는 소리를 내 침대에서 들었어.

"당신은 셰익스피어 전문가잖아! 재창조를 해야 하는 사람이라고." 아빠도 절대 목소리를 높이는 법이 없었어. 그들의 대화에서 가장 기억에 남는 게 바로 그거야. 둘 다 침착함을 절대 잃지 않았다는 거.

"나는 셰익스피어 전문가였지만 그것보다 배우라는 게 더 중요해. 난 연기할 수 있는 새로운 작품이 필요해. 우리가 지구에서 누구였는지가 아니라 지금 우리가 누구인지를 말해주는 작품들 말이야. 우리 이야기를 하는 예술."

"당신은 가족이 있잖아."

"당신과 아이들을 사랑하지만 난 이게 필요해."

다음 날 아침 그녀는 마치 일하러 가는 사람처럼 우리 둘에게 키스를 하고 뉴타임과 함께 14번 갑판으로 떠났어. 나는 자문 위원회가 이 계획에 없던 공동체를 위해 14번 갑판 가족들을 재배치하는 데 어떤 조정 과정이 필요했는지, 또는 순수하게 예술적인 존재로서 살기 위해 일을 포기한 사람들과 어떠한 협상을 해야 했는지 몰랐어. 인류 역사상 그런 게 가능했던 시기도 있었지만 이건 그런 때가 아니었어. 그건 내가 나중에야 물어본 질문들이야. 그 순간에 나는 엄마에게 분노했을 뿐이었지.

나는 내가 그 분노를 멈춘 적이 있었는지 모르겠어. 뉴타임에서 나온 창작 연극에 절대 가지 않았고 그들의 예술이나 그들의 음악도 절대 살펴보지 않았어. 그들의 특별한 시선으로 볼 때 우리가 어떻게 보이는지 알아보려고 하지도 않았지. 새로운 작품에 반대한 게 아니야. 그걸 만들기 위해 우리와 단절되어야 한다는 그들의 생각에 반대한 거지. 그들이 더이상 우리 공동체에 속해 있지 않은데 그들이 쓴 게 어떻게 우리의 경험을 진짜로 반영할 수가 있겠어?

그들은 영영 나머지 우리들과 함께 살러 돌아오지 않았어. 엄마와 나는 내가 나탈리를 가졌을 때 화해했지만 엄마는 내가 기억하는 그 사람이 아니었고 엄마도 나에 대해 그렇게 생각했을 거라고 확신해. 엄마는 가끔 내려와서 나트와 놀아줬지만 나는 그 분리주의 사상이 내 아이에게 영향을 미칠까봐 두려웠기 때문에 그들을 절대 단 둘이 두지 않았어.

수년 전 나탈리의 오래 못 간 밴드 공연을 봤던 그날 밤, 내가 온 것에 대해 나트가 화를 내지 않도록 어둠 속에 숨어 있던 그날 밤,「바람은 방랑하리」를 알아채고 나서야 나는 비로소 내가 내내 숨을 참고 있었다는 걸 깨달았어. 그들의 음악은 이전에 있었던 모든 걸 뉴타임식으로 거부하는 게 아니었어. 그건 종합이었어.

「바람은 배회하리」Wind Will Roam

역사적 재현.

윌 E. 위맥 역의 아코나 음보보:

"저희 이모가 웨스트 할리우드의 어떤 사람들 집 청소를 했는데 그들이 이모에게 음반을 주곤 했어요. 이모는 그걸 저에게 가져다 줬죠. 저는 그걸 모두 흡수했어요. 모든 게 저에게 영향을 줬죠. 서해안의 힙합 음악가들뿐 아니라 모타운과 팝, 록, 그리고 이 멋진 옛날 바이올린 연주곡들까지. 이 노래를 들었을 때 저는 바이올린을 너무나 연주하고 싶었지만 어떻게 바이올린을 구할 수 있었겠어요? 가능성이 없었던 거죠.

제가「바람은 배회하리」를 위해 샘플링한 노래 ─ 이 바이올린 음악「바람은 방랑하리」——는 저를 변화시켰어요. 첫 부분의 상승에는 매번 나를 감동시키는 뭔가가 있어요. 어딘가에 가사가 있는 버전이 있다는 얘길 들었지만 저는 직접 가사를 만들 수 있었기 때문에 기악 버전을 좋아했어요. 저는 열살 때 첫번째 버전을 썼어요. '방랑하다'가 개가 내는 소리처럼 들려서 저는 그 곡을 '바람은 배회하리'라고 부르고 바람이라는 이름을 가진 개에 대한 가사를 붙였어요. 저는 글자 그대로 받아들이는 아이였거든요.

열다섯살 때 두번째 버전을 만들었는데 그건 잘 기억나지 않아요. 그때 나는 랩을 하고 온라인에서 녹음을 하고 있었으니까 아마도 어딘가에 그 버전이 있겠죠. 찾더라도 저에게 보여주진 마세요. 그땐 멋있어 보이려고 너무 애쓰던 때거든요. 저는 언제든 그 시기가 존재하지 않았다는 듯이 굴 준비가 되어 있어요.

저는「바람은 방랑하리」로 몇번이고 계속 돌아왔어요. 이 버전을 녹음했을 땐 스물다섯살쯤 됐을 거예요. 아들이 막 태어났을 때라 그에게 아주 특별한 걸 주고 싶었거든요. 여전히 '바람은 배회하리'를 '바람은 방랑하리'보다 더 좋아했는데, 배회roam라는 단어를 쓰면 '집'home이나 '시'poem 같은 단어들과 운율을 맞출 수 있었기 때문이에요.

(노래를 한다)

바람은 배회하리

나도 그럴 거야

죽기 전까지 갈 길이 멀어

하지만 돌아오리

난 언제나 돌아오지

마치 바람처럼

너에게 갈게

우리는 비 없이 몇주를 보낼 수 있지

그리고 매일 밤 해는 또다시 떠나가

어떤 바람은 따뜻하게 불고 어떤 바람은 낮게 불지

너와 나는 갈 길이 멀고도 멀어

내가 사랑하는 걸 가지고 와서 완전히 다른 것으로 만들고 싶었어요. 그걸 완전히 변형시키는 거 말이에요."

다음 올드타임은 G로 시작했어. 할머니는 G키를 별로 좋아하지 않았지. 할머니가 돌아가신 뒤에 우리는 할머니가 노래를 고르던 때보다 훨씬 더 많은 G세션을 연주했어. 「딕시 블로섬」 그리고 「강을 따라서」 「다람쥐 사냥꾼」 「제이버드는 백일해로 죽었다네」 「집으로 가는 긴 여로」 「증기선의 아가씨들」.

세시간째가 되었을 때 해리엇은 휴식을 선언했고, 우리가 돌아왔을 땐 「물 위에서 보내는 자정」으로 시작해 몇몇

D곡들을 연주할 계획이었어. 나는 해리엇이 어떤 순서를 생각하고 있는지 알고 있었어. 「물 위에서 보내는 자정」, 그다음 「보나파르트의 후퇴」 그리고 「바람은 방랑하리」. 나는 그녀가 나를 위해 그렇게 한 거라고 거의 확신했어. 해리엇은 내가 다시 2열로 돌아온 데다 제시간에 와서 기뻤던 것 같아.

대부분은 일어나서 기지개를 펴거나 악기를 내려놓고 간식을 먹으러 갔어. 나를 포함한 몇몇 바이올린 연주자들은 이 틈을 활용해 DDAD조로 크로스튜닝을 했지. 이 노래들은 표준 조율로도 연주할 수 있지만 낮은 D 저음은 뭔가 표현할 수 없는 걸 더해주거든.

모두 자리로 돌아와 앉았을 때 해리엇은 우리를 「물 위에서 보내는 자정」의 섬세한 왈츠 박자로 이끌었어. 그리고 어둡고 활기찬 「보나파르트의 후퇴」, 그다음에는 내가 바랐던 대로 「바람은 방랑하리」.

같은 노래를 아무리 여러번 연주해도 그건 매번 달라. 나는 여전히 넬슨의 낙서에 대해, 그리고 과거가 나에게는 전혀 거짓말처럼 느껴지지 않았던 이유에 대해 생각하고 있었어. 그건 진전이었지. 「바람은 방랑하리」는 특정한 방식으로 우주선의 올드타임 세션에서 바이올린 줄에 활을 댈 때마다 우리가 새롭게 태어난다고 말해주었어. 우리를 새로 태어나게 하는 건 우주선도, 세션도, 활도, 바이올린도 아니었지. 손도 아니고. 그건 모든 것의 조합이었어, 이전에 조합된 적 없는 특별한 방식의 조합. 우리는 오래되고 오래된 선율의 변형이야. 우리는 몸이자 몸이고 나무이자 살이야. 우리는 활이자 바이올린이자 손이자 기억이자 우주선이자 올드타임이야.

「바람은 방랑하리」가 나에게 말을 걸었고, 나는 할머니가 그랬던 것처럼 바람을 느끼기 위해 바다 위 절벽에서 눈을 감았어. 우리는 A파트, B파트를 세번, 네번, 다섯번 반복했어. 그리고 내가 눈을 감았기 때문에, 그 공간이 아니라 노래 속에 있었기 때문에 마지막 라운드라는 해리엇의 신호를 놓쳤어. 나만 빼고 모두가 함께 연주를 마쳤지. 더 나쁜 건 내가 선율에서 벗어났다는 거야. 예상치 못하게 생겨난 나의 솔로 구간 그 마디 안, 침묵 속에서 내 연주만이 드러났을 때, 나는 내가 선율에서 벗어났다는 걸 깨달았어. 여전히 「바람은 방랑하리」였고, 최소한 그와 비슷했지만 나는 세번째 마디를 네번째 마디로 흘려버렸고, 그건 휘몰아치며 날아오르는 사고였어.

해리엇이 짜증과 질책이 섞인 듯한 표정으로 나를 바라봤어. 나도 전에 학생들에게 그런 표정을 지은 적이 있지만 내가 그런 표정의 대상이 되는 쪽에 있어본 건 오랜만이었지.

"죄송합니다"라고 말했지만 실은 그 감각이 사라진 것,

바람을 잃어버린 것에 대한 유감이었어.

모두 연주를 계속하는 동안 나는 조금 일찍 빠져나왔어. 해리엇과 이야기하고 싶지 않았거든. 집에 와서 내 실수를 재현해보려고 했어. 머릿속으로는 들렸지만 다시 그 현상이 일어나게 할 순 없었고, 삼십분쯤 시도한 끝에 바이올린을 치워뒀어.

다음 날 아침 해리엇을 피하고 싶었지만 우리의 정기적 약속을 취소하는 건 상황을 더 나쁘게 만들 것 같았어. 또 일찍 일어났지. 해리엇에게 화를 낼 다른 이유를 주기 위해 샤워를 할까도 고민했지만, 어떤 불만을 다른 불만으로 대체하는 게 아니라 두가지 불만을 쌓게 될 거라는 사실을 깨닫고 그만뒀어.

이번에는 내 숙소보다 세 층 위에 있고 약간 더 작으며 모든 표면이 기록들을 모아준 상자와 손으로 쓴 악보 더미로 덮여 있는 해리엇의 숙소에서 만났어.

"어젯밤에 무슨 일이 있었던 거야?" 그녀가 거두절미하고 물었어.

난 손을 들어 항복의 표시를 했지. "멈추라고 신호한 걸 못 봤어요. 죄송해요. 제가 안쪽 원에 속한다고까지 얘기해주셨는데 말이에요. 다시는 안 그럴게요."

"그렇지만 넌 제대로 연주를 하지도 않았어. 그건 네가 담당하는 곡 중 하나라고. 너는 그 노래를 오십년 동안 연주해오지 않았니? 사람들도 끝나고 수군거렸어. 다음 주에 놀림 받을 준비를 하라고. 그밖엔 험담할 만한 다른 일이 일어나지 않았으니 누군가 바보 같은 짓을 하지 않는다면 그들은 네 일을 기억할 거야."

난 적절한 대답을 못했어. 멈추라는 신호를 놓친 건 물론 바보 같은 짓이었지만 곡을 정말 잘못 연주했다고 생각하지는 않았거든. 할머니가 말씀하셨던 것처럼 그건 다른 바람이었어.

"며칠 전에 데이터베이스에 문제 있었던 건 어떻게 된 건지 알아냈어요?" 화제를 바꾸기 위해 나는 물었어.

해리엇은 눈썹을 찌푸렸어. "전혀. 기술 팀에서는 데이터베이스 자체의 문제가 아니라 접근 문제라던데. 특정 부분들에만 문제가 발생하고 있어. 디렉터리나 저장된 설정을 통해 가는 대신 이름을 직접 입력하면 접근이 여전히 가능한데 번거롭지. 원인을 찾지는 못하더라고. 솔직히 말하자면 난 상당히 걱정돼. 뭐 자료는 아직 분명히 거기 있지, 우회해서 접근할 수 있으니까. 그렇지만 연구에는 정말 방해가 된다고. 그리고 이걸 보니 기억 프로젝트에 또다른 중복 레이어를 추가해야 되는 게 아닌가 생각도 들어."

그녀는 이 문제에 대해 길게 이야기했고, 나는 그렇게 하도록 내버려뒀어. 나에 대해 얘기하는 것보다는 다른 어떤 주제라도 좋으니까.

말이 늘어지기 시작했을 때 내가 끼어들었어. "해리엇, 당신에게 「오클라호마 루스터」는 어떤 의미죠?"

"그 곡에 대해서는 역사가 많지 않아. 오클라호마의 바이올린 연주자 딕 허친슨에게서 왔다는 것 알지만 그가 직접 쓴 건지는—"

"역사 얘기 말고요. 그 곡이 당신에게 어떤 느낌을 주나요?"

"무슨 말인지 잘 모르겠구나. 그건 괜찮은 소박한 바이올린 곡이지."

"그렇지만 당신은 실제로 농장을 본 적이 있잖아요. 그 노래가 수탉의 소리처럼 들리나요?"

그녀는 어깨를 으쓱했다. "그런 생각은 해본 적이 없는데. 그건 좋은 곡이야. 기억 프로젝트에 들어갈 정도의 가치는 없지만 좋은 곡이지. 그건 왜 물어?"

내가 그 곡을 연주할 때 농장에 있는 것 같은 느낌이 든다고 말하면 멍청하게 들릴 것 같았어. 「바람은 방랑하리」가 나를 어디로 데려가는지도 그녀에게 말할 수 없지. "그냥 궁금해서요."

"해리엇의 손자 때문에 미칠 것 같아." 내가 나탈리에게 말했어. 나는 매주 금요일에 그랬던 것처럼 오후 내내 테일라와 조나와 함께 있었는데, 이번에는 조나가 우리를 저중력실로 끌고 갔어. 아이들은 뛰어놀았고 나는 그들의 억제되지 않은 기쁨을 바라보며 함께 웃었지만 그들의 비행 궤적을 따라 고개를 돌리느라 목에 쑤시는 통증이 생겼어.

그후 수업 채팅에 로그인을 해서 보니 넬슨이 또 학생들을 선동해 반란을 일으켰더라고. 소심하다고 할 수 있는 학생 둘과 성실한 학생 하나를 제외하고 반 전체가 화요일까지 제출해야 하는 새 과제를 하지 않기로 한 거야. 그들은 넬슨을 따라 "우리는 역사를 거부한다. 미래는 우리 손에 있다"라는 성명을 냈어.

"적어도 다들 일찌감치 제출했네." 나트는 농담을 했어. "그런데 진짜 왜 그애가 행패 부리는 걸 그냥 내버려두는 거야?"

그녀는 바닥에 흩어진 장난감들을 주워 담기 시작했어. 아이들은 탁자 화면에 손가락으로 그림을 그리고 있었어. 조나는 티라노사우루스를 그리고 있었는데, 온통 몸통과 꼬리, 이와 깃털로 되어 있었지. 테일라는 뭔가를 구상적으로 나타내는 그림을 그리기엔 너무 어렸지만 항상 공간을 흥미로운 방식으로 사용했어. 나는 둘 다를 지켜보기 위해 몸을 기울였어.

"넌 웃지만." 내가 말했어. "어쩌면 이 애들이 그의 지금 나이쯤 됐을 때, 넬슨이 전체 시스템을 장악했을지도 몰

라. 미래와 관련된 과목들만 가르칠 것. 과거는 거부. 인간의 조건에 대해 숙고하는 것은 금지. 역사도, 문학도, 공룡도 없는 거지."

조나가 찡그렸어 "공룡이 없다고요?"

"할머니가 농담하는 거야, 조나."

조나는 그걸 받아들였어. 그의 곱슬머리가 다시 탁자 위로 숙여졌어.

나는 계속했어. "넬슨이 일인 시위를 할 때랑은 달라. 이제 그의 바이러스가 반 전체로 퍼지고 있는데 내가 어떻게 하면 좋을까?

나트는 잠시 생각에 잠겼어. "나라면 해독제를 개발한 다음 그걸 더 빠르고 강력한 바이러스에 숨겨서 반 전체에 주입할 것 같아. 그렇지만, 음, 그게 나의 전문적인 입장이야."

"네가 말한 비유에서 해독제는 뭐야? 더 빠르고 강한 바이러스는?"

나트는 웃으면서 손을 펼쳤어. "비유가 아니었어, 미안. 난 오로지 바이러스와 유아들로부터 배우거든. 종종 둘 다 동시에. 자, 이 아이들이 잠들기 전에 연주해줄 거지? 졸린 꿀벌에 대한 노래를 애들이 정말 좋아하더라고."

그녀는 테일라를 의자에서 들어 올린 다음 방향을 돌려 무릎에 앉혔어. 조나는 계속 그림을 그렸지.

나는 바이올린을 집어 들었어. "꿀벌이 뭐지, 조나?"

그는 쳐다보지도 않고 대답했다. "공룡이요."

나는 한숨을 쉬고 연주를 시작했어.

나탈리의 해법 때문에 나는 생각에 빠졌어. 넬슨의 문학 선생님에게 물어봤더니 그 수업에서도 내 수업에서와 같은 행동을 하고 있다고 확인해주더라고.

과연 넬슨이 얼마나 잘못했다고 할 수 있을까? 그들은 국가와 국경, 추상적인 이름들, 그어지고 다시 그어진 선에 대해 배워. 문학 수업에서 가르치는 책들은 인간의 조건을 포착하지만 우리에게 완전히 낯선 상황을 통해 그걸 표현하지. 우리에게. 그에게 낯선 만큼이나 나에게도.

나는 항상 도전을 좋아했어. 과거의 상황에 대해 읽는 것이 우리의 중간 시기 상황을 더 받아들일 수 있는 걸로 만들었거든. 시작을 더 구체적으로 만든 거지. 역사 속의 모든 사람들도 중간 시기에 살았어. 어느 시기에 살았든 그 이전과 이후가 있었고, 이후 시기에 특정 그룹이나 개인이 존재하지 않는다고 해도 그랬지. 나는 변화를 거슬러 올라가며 무엇이 무너지고 무엇이 남아 있는지 보는 것을 즐겼어.

나는 즐겼어. 내 즐거움을 전달하는데 성공했을까? 어쩌면 내가 역사 공부를 좋아하는 이유에 대해서만 너무 많이 생각하고 학생들이 그걸 지루해 하는 이유에 대해서는 고려하지 않았던 건지도 모르지. 그들에게도 이게 의미가 있는 일이란 걸 보여주는 방법을 찾는 게 내 일이야. 그들이 여기 열광하지 않는다는 건 내가 그들을 실망시킨 거라고.

저녁을 먹고 돌아와 「바람은 방랑하리」를 연주하기 위해 바이올린을 집어 들었을 때 그건 그 새로운, 사라졌던 버전, 전에 내가 잃어버렸던 그 버전이었어. 나는 오십년 간의 체화된 기억에도 이제는 그 원래의 연주를 찾을 수가 없었어.

그게 실제로 어떻게 진행되는지를 듣기 위해 데이터베이스에 가봤을 때, 그 노래는 다행히 문제없이 나왔어. 새로운 데이터베이스에 있는 마지막 변주는 「바람은 방랑하리」로 저장되어 있었지만 더 정확하게는 「바람은 배회하리」로 분류되어야 했어. 그리고 그것조차도 우리 우주선보다 더 이전의 인터뷰에 대한 누군가의 기억을 다시 만든 거였어. 만약 이 특정한 노래의 역사에 노래를 해석한 사람들이 노래의 서로 다른 조각들을 부르는 인터뷰가 포함되지 않았다면, 만약 해리엇이나 할머니, 또는 누군가가 그걸 충분히 많이 보고 외우지 않았다면, 또는 그걸 중요하게 생각하지 않았다면 우리는 그게 어떻게 진행되는지 전혀 몰랐을 거야. 그 역사적 재창조들도 그 자체로 노래는 아니었지만 그들을 자신만의 역사와 자신만의 이야기를 갖게 됐어. 그것들은 왜 중요할까? 그건 누군가가 그걸

292

만들어낼 정도로 그것들에 대해 애정을 쏟았기 때문에 중요했던 거야.

월요일에 나는 바이올린 케이스를 어깨에 메고 자신들이 뭔가 대담한 일을 했다고 확신하고 그 결과를 기대하면서 긴장해 킥킥거리고 있을 학생들을 만나러 교실로 들어갔어. 넬슨은 킥킥거리는 대신 흔들림 없이 반항적인 태도로 내 눈길에 맞섰어.

"지난주에 누군가가 내 교실 벽에 아주 기이한 형태로 질문을 전달했어요." 나는 내 책상의 장치를 이용해 낙서된 벽을 싹 지워버렸어.

"오늘 내가 말하려는 건 여러분에게 선택권이 없다는 사실이에요. 여러분은 부서지고 손상된 우리 역사를, 남아 있는 모든 것을 배우러 이 수업에 왔어요. 그걸 더 부서뜨리면서도 후대에 그걸 전달하기 위해서죠. 어쩌면 모든 사실을 그 역사로부터 짜낼 때까지 그걸 계속 비틀어봐야만 할지도 모르겠지만 그렇게 해서 남은 건 우리가 누구인지, 또는 우리가 누구였는지에 관한 어떤 진실일 거예요. 가장 기억할 만한 가치가 있는 부분이죠."

나는 바이올린 케이스를 책상에 올려놓았어. 속삭이는 목소리들을 들으며 침착하게 DDAD로 조율을 했지.

조율이 마음에 들게 되었을 때 나는 활을 들었어. "이 노래는 「바람은 방랑하리」라는 노래예요. 살아 있는 역사가 저에게 어떤 의미가 있는지 여러분에게 들려주고 싶군요."

나는 모든 걸 연주했지. 알려진 모든 변주, 세월에 잃어버리지 않은 그 모든 버전을. 바이올린을 내려놓고 하위 맥카브의 역사적 재현에 나오는 「윈디 그로브」의 불완전한 조각을 노래했고, 월 E. 워맥의 「바람은 배회하리」도 불렀어. 그 사이사이에는 역사를 낭송했어. 「윈디 그로브」와 「웬디고」「웬 아이 고」. 다시 바이올린을 턱에 대고 눈을 감았어. 「바람은 방랑하리」: 전통적인 형태로 세번, 내가 스스로 변주한 버전으로 세번.

"연습을 너무 많이 하면, 느끼는 게 아니라 외운 것처럼 들려." 할머니는 이렇게 말하곤 했지. 이건 내 바이올린에 새로운 환경이었어. 오래된 변주들도 그 안에서 새롭게 들렸다니까. 내 손가락은 가볍고 빠르게 춤을 췄어.

나는 그 노래를 바람 이상의 무언가처럼 들리게 하려고 애썼어. 바람에 대해 뭘 아는 사람이 우리 중 누가 있겠어? 화면에 담긴 글자 이상은 아니지. 나는 내가 만든 새 노래에 우리의 우주선 전체를 담으려고 했어. 우리가 바로 바람이었어. 우리가 바람이고, 바람에 의해 실려 전달되었고, 그렇게 널리 전파되었어. 나는 진공을 가로질러 여행하는 우주선을 연주한 거야. 나는 우주선의 생명과, 익숙한 거리를 걷는 발자국, 사람들, 염소들, 좌절, 그리고 가만히 서 있으면서 경험하는 움직임을 연주했어.

연주가 끝났을 때 학생들은 조용히 앉아 있었어. 그중 단 한 사람 에밀리 레드호스만이 올드타이머였고, 그녀는 과제를 제출한 세 학생 중 한명이었지. 넬슨이 이 노래를 들으며 자랐다는 걸 난 알아. 나머지 학생들은 아마도 지금 뭘 들었는지 전혀 모를 거라고 확신해. 넬슨을 한번 보니 이미 대답을 준비했다는 걸 알 수 있었고, 나는 그에게 말을 할 기회를 주지 않았어.

나는 바이올린을 다시 케이스에 담고 교실을 떠났지.

할머니에 관한 이야기는 너무 많아. 나에 관한 이야기는 그렇게 많진 않을 거야. 어쩌면 이 반 아이들 중 하나가 자기 선생님이 평정을 잃었던 날에 관한 이야기를 들려줄 수도 있겠지. 어쩌면 에밀리 레드호스가 언젠가 올드타임에 자리를 잡고 내 선율을 비난할지도 모르고. 어쩌면 역사와 이야기가 결합해서 둘보다 더 큰 걸 낳을지도 몰라. 그리고 너, 테일라, 너와 너의 오빠는 일화가 진실에서 벗어나는 지점들을 탐구하는 데 몰두하게 될 거야. 만약에 이 이야기들 중 어떤 게 진실인지 알고 싶다면…… 음, 그건 각자의 방식으로 모두 진실이야. 어떤 일은 일어났고 어떤 일은 일어나지 않았다고 하더라도 말이야.

난 내 버전의 변주를 새로운 데이터베이스에 녹음하고

해리엇을 언짢게 하지 않기 위해 일단은 그걸 "기타" 섹션에 저장했어. 난 그걸 '우리는 방랑하리'라고 불러. 할머니는 아마 좋아할 거야. 나는 그 녹음에 「윈디 그로브」와 「바람은 방랑하리」에서부터 시작해 할머니의 전설적인 우주 유영, 자기만의 의미를 찾으려 했던 엄마의 시도, 내 딸의 녹음되지 않은 노래를 거쳐 나 자신의 각색에 이르기까지 모든 역사를 포함시켰어. 본질적으로 그건 모두 하나의 이야기야.

난 노래를 계속 변형하고 있어. 점점 더 내 것으로 만들어가는 거지. 그걸 연주할 땐 무언가를 관통하는 긴 선을 그리며 눈을 감고 언젠가 내가 떠난 뒤 오랜 시간이 지나 문이 열리는 모습을 상상해. 아이들이 우주선에서 나와 새로운 곳의 밝은 태양 아래로 쏟아져 들어가고, 누군가 내 오래된 바이올린, 할머니의 바이올린을 들어 올려 새로운 선율을 바람에 실어 보낼 거야.

열린 길의 성모

우리가 '차이나 그로브'에 도착했을 때 즈음엔 식용유 탱크 계기판 바늘이 완전히 바닥났음을 보여주고 있었다. 입구 위로는 분홍색과 보라색 유리 섬유로 만든 거대한 용이 우뚝 솟아 있었다. 폐쇄된 동네 놀이공원에서 온 난민 신세인 게 분명했다. 사실 그 용은 중국보다는 중세식에 가까웠다. 주차장에는 자동주행 차량들과 수동 농장 트럭들이 뒤섞여 있었지만 다른 개조 차량은 보이지 않았으므로 나는 차를 주차했다.

"아슬아슬했네, 루스?" 실바가 책을 내려놓고 계기판을 들여다보더니 말했다.

"이 근처 오십 마일 거리 안엔 농장뿐이었어. 우리가 가보지 않은 길을 가려고 한 게 잘못이지."

"지금 어디야?" 차 뒤 침대에서 재키가 물었다. 나는 백미러로 그를 힐끗 쳐다보았다. 그는 눈이 마주치자 신나게 손을 흔들었다. 가느다랗게 땋은 머리가 얼굴 앞쪽으로 쏟아져 내렸고, 재키는 그것들을 다시 그러모아 두꺼운 포니테일로 묶었다.

내가 대답하기도 전에 실바가 말했다. "인디애나주 어느 구석이야. 다시 잠이나 자."

"알겠어." 음악도 없고 엔진 소리도 없어서 재키의 코고는 소리가 이내 차를 가득 채웠다. 재키는 우리와 함께 투어를 한 지 일 년 째였고, 우리는 이제 그 코골이 소리에 익숙해졌다. 솔직히 나는 그렇게 빨리 잠드는 능력이 부러웠다.

나는 실바를 바라보았다. "너도 한 번은 물어보는 게 어때?"

실바는 웃으며 온통 문신으로 뒤덮인 두 팔을 들어 올렸다. "나는 안 되는 거 알잖아."

"긴팔 옷이라는 것도 있어." 나는 내 좌석 뒤에서 바람막이를 꺼내 그에게 흔들어 보였지만, 그가 맞다는 걸 알았다. 중서부에서 처음 가는 식당에 접근할 땐, 문신과 뾰족한 파란 머리를 가진 실바에게 절대 맡기지 않았다. 오래 전에 치료되기는 했지만 양 볼에 날카로운 천연두 흉터가 있는 재키도 안 됐다. 결국엔 내가 할 수밖에 없었다.

운전석에서 내릴 때 내 약한 무릎이 휘청거렸다. 그걸 움켜잡기 위해 몸을 굽히자 척추 바로 오른쪽 허리 아래에 경련이 일어났고, 그때 발생한 순간적인 통증은 내 인생의 모든 선택을 다시 생각하게 할 정도였다.

"뭐 하는 거야?" 실바가 열린 문 너머로 물었다.

"신발 끈 묶고 있어." 거짓말을 할 필요는 없었지만 어쨌든 나는 그렇게 했다.

자존심인지 허영심인지 그 비슷한 감정 때문이었다. 그는 나보다 두살밖에 어리지 않았고, 이제는 우리 둘 다 앰프 위에서 뛰어내리지 않는다. 운전하느라 내 몸이 아프다면 실바도 아플 게 분명했다.

허벅지 뒤쪽이 저릿저릿했고, 셔츠는 땀으로 축축했다. 나는 잠시 동안 디젤기관 데이지에 기대 뜨거운 공기 속에서 몸을 폈다. 내 몸 냄새가 느껴졌다. 샤워를 못 한지 나흘째라 냄새가 좋지는 않았지만 견딜 수 없는 정도는 아니었다.

문 안쪽으로는 붉은색, 금색, 검정색으로 꾸며진 로비가 펼쳐져 있었다. 빨간 치파오를 입은 금발 직원이 벽으로부터 한발짝 떨어지기 전까지 나는 거기 사람이 있는 줄도 몰랐다.

"혼자 드시나요?" 직원이 물었다. 그 너머로 식당에 가득 차 있던 사람들이 내 쪽을 바라보았다. 이곳은 고속도로에서 멀리 떨어져 있어 관광객이 자주 찾는 곳은 아니었고, 특히나 요즘 같은 시기에는 더 그랬다.

"아니요, 음, 사실은 요리사나 주인분과 잠깐 이야기할 수 있을까 하고요. 오래 걸리진 않을 겁니다." 나는 한창 바쁜 저녁시간을 잘 피해서 도착했다고 생각했다. 대부분의 손님들은 이미 먹고 있는 중이거나 접시를 옆으로 치워놓던 참이었다.

주인과 요리사는 같은 사람이었다. 나는 뻔한 금발의 중서부 사람을 예상했지만 그는 진짜 중국인이었다. 그는 기름으로 운행되는 밴에 대해 들어본 적이 없다고 했다. 나는 너무 간절하게 부탁하는 것처럼 보이지 않는 편을 택했다. 무대에서 나는 강렬하게 보이는 걸 목표로 했지만 청바지에 운동화, 그리고 포니테일을 하고 있을 때 나는 형편이 어려운 중서부의 어느 애 엄마처럼 보일 수 있었다. 너무 무리하지 않는 게 관건이었다.

주인이자 요리사는 내 요청에 약간 당황한 것처럼 보였지만 적어도 고려해보겠다는 의향은 있었다. "문 닫은 뒤에 주방 문으로 와서 보여주시죠. 10시나 10시 반쯤."

9시였다. 나쁘지 않았다. 나는 밴으로 돌아갔다. 실바는 아직 조수석에 앉아 있었지만, 이제는 삼단으로 접힌 메뉴를 읽고 있었다. 내가 식당에 들어갈 때 몰래 따라 들어와 그걸 집어갔던 게 분명하다. "여기 로메인이랑 같이 빵

바구니를 주네. 스파게티와 미트볼도 있고. 우리 지금 어디야?"

"인디애나주 어느 구석." 내가 되풀이했다.

어두운 밴에 앉아 우리는 손님들이 빠져나가는 모습을 지켜봤다. 손님들의 외모를 보고 나는 트럭을 타고 갈 사람과 자율주행차로 갈 사람을 대부분 맞출 수 있었다. 가끔씩 작업용 부츠와 트럭 운전사 모자를 쓴 덩치가 큰 남자가 작은 자율주행차에 타는 모습을 보고 놀라기도 했다. 아무튼 그 맞추기 게임은 시간을 보내기에 좋았다.

한 중년 카우보이가 우리 밴을 쳐다보며 다가왔다. 멀리서는 진짜 목장 주인처럼 보였지만, 가까이 다가오자 자수가 놓인 셔츠 아래 목사의 옷깃이 보였다. 부츠는 반짝였고, 오래된 로데오 벨트 위로 배가 나와 있었다. 로데오 경기에 참여한 목사 이미지를 생각하니 웃음이 났다. 그는 내가 자기를 보고 있다는 걸 깨닫고는 깜짝 놀랐다.

카우보이는 나에게 창문을 내리라는 손짓을 했다.

"메릴랜드주 번호판이군요!" 그가 말했다. "예전에 헤이거스타운에 살았어요."

나는 헤이거스타운을 지나가면서밖에 가본 적이 없지만 미소를 지었다.

"고등학교 졸업하자마자 당신 밴이랑 비슷한 교회 밴을 몰았어요. 이렇게 테이프를 덕지덕지 붙인 상태는 아니었지만요. 여기는 무슨 일로 왔어요?"

"투어 중이에요. 밴드입니다."

"정말요? 어디서 본 것 같은데. 제가 알 만한 밴드인가
요?"

"카시스 파이어요." 나는 그 질문을 밴드 이름을 말할
기회로 삼았다. "예전에는 차 옆에 이름을 써놓고 다녔는
데요, 익명으로 다녀야 교통경찰한테 덜 잡힌다는 걸 알게
됐죠."

"이름은 들어본 적이 없네요. 나도 예전에 한때는 밴드
가 있었는데……" 그의 목소리가 점점 흐려졌고 우리는 더
이상 말할 필요가 없다는 걸 알았다. 그가 언급한 몇가지
"예전"은 모두 같은 것을 의미했다. 스테이지홀로^{StageHolo}
와 스포츠홀로^{SportsHolo}가 집에 처박혀 있는 걸 더욱 수월하
게 만들기 전. 대부분의 사람들이 아는 사람들끼리의 모임
이 아니라면 어디든 모이는 걸 두려워하게 되기 전.

"이 동네에서 공연하는 건 아니죠?"

나는 고개를 저었다. "내일 밤 오하이오주 콜럼버스에
서요."

"그럴 줄 알았어요. 이 근처에선 공연할 만한 곳이 생각
나지 않네요."

"어차피 우리 스타일 음악을 원하지도 않을 거예요." 나
는 동의했다. 그가 어떤 음악을 좋아하는지 몰랐지만 그게

안전한 대답 같았다.

"스타일과 관계없이 그냥 없어요. 아무튼, 대화 즐거웠습니다. 스테이지홀로에서 찾아볼게요."

그는 돌아섰다.

"우린 스테이지홀로에 없어요." 나는 그의 등에 대고 대답했지만 그가 들을 만큼 크게 말했는지는 모르겠다. 그는 손을 흔들어 그의 자율주행차를 타고 주차장을 떠났다.

"루스, 넌 정말 형편없는 세일즈맨이야." 실바가 나에게 말했다.

"왜?" 나는 실바가 듣고 있었는지도 몰랐다.

"그가 널 알아봤잖아. 밴드 이름을 말하는 대신에 네 이름을 말하거나 '블러드 앤드 다이아몬드'라고 말했어야지. 그럼 우리 모두에게 저녁도 사주고 티셔츠랑 다운로드 코드도 다 사줬을 텐데."

"그런 다음 그가 그걸 들어보고는 우리가 지금 만드는 음악이 예전 음악과 전혀 다르다는 걸 알게 되겠지. 그가 좋아한다고 하더라도 어차피 공연에 오진 않을 걸. 기껏해야 우리가 스테이지홀로에 있었으면 좋겠다고 메시지나 보내겠지."

"우리가 거기 있을 수도 있지……"

"우린 거기 없을 거야." 그 문제에 관해서는 논쟁의 여지가 없다는 걸 실바는 알고 있었다. 그건 우리 사이에 유일하게 존재하는 진짜 갈등의 원천이었다.

식당 창문에 '영업 중'이라고 표시된 네온사인이 꺼졌고, 나는 그걸 신호로 삼아 차 시동을 걸었다. 예열 플러그 불빛이 켜지자, 나는 밴을 다시 출발시켰다.

움직임이 재키를 다시 깨웠다. "우리 이제 어디야?"

나는 굳이 대답하지 않았다.

내 예상대로 주인은 내가 뭘 부탁하는 건지 좀처럼 이해하지 못했다. 나는 그에게 맞춤형 기름 필터와 탱크 두대를 보여주며 엔진 투어를 시켜줬다. "시동을 거는 데는 똑같이 보통 경유를 사용하고요, 그다음에 식용유 탱크로 바꾸는 거예요. 그것 말고는 별거 없어요."

"그게 합법인가요?"

합법적인 편이었다. 우리가 연료세를 피하고 있다는 점에서 어느 정도는 회색지대에 있을 수도 있다. 하지만 우리 논리에 따르면 우리는 연료세를 내야 하는 이유까지도 피하고 있었다. 어쨌든 곤경에 빠질지언정 그건 우리 일이지 그의 문제는 아니었다.

"물론이죠." 나는 이렇게 말하고는 곧 화제를 돌렸다. "그리고 가장 좋은 점은 밴에서 계속 춘권 냄새가 난다는 점이랍니다."

그는 웃었다. 우리는 그의 가게에서 탱크 한대 분량을 얻었고 어차피 버려질 뻔한 음식도 한봉지 가득 얻었다.

아이들은 음식에 매우 신이 났다. 식당이나 슈퍼월리 뒤에서 쓰레기통을 뒤지는 게 우리의 다음 일정이었으니 쓰레기통에 들어간 적이 없는 음식은 우리에게 고급 요리나 다름없었다. 실바는 빵이 따라오지는 않았지만 로메인을 집어 들고 여행용 젓가락을 꺼내 조립한 뒤 글러브박스에서 내 젓가락을 꺼내 건네주었다. 나는 팬케이크 없는 무슈* 요리를 선택했고, 재키는 깨어나서 세번째 용기를 챙겼다.

"우리 어디 좀 가보면 안 돼?" 실바가 창문 쪽으로 젓가락을 흔들며 말했다.

"화요일 밤에 이런 시골에서 할 만한 게 있을까?"

재키도 뭔가 할 준비가 되어 있었다. "레이저 태그? 레이저 볼링?"

가끔 나이 차이가 아주 깊은 골처럼 느껴졌다. 나는 좌석에서 몸을 돌려 그를 째려보았다. "레이저 한표."

"모르겠네." 실바가 말했다. "그냥 바? 이 밴 안에 한시간이라도 더 있으면 소리 지를 것 같아."

나는 음식을 몇입 먹으며 생각했다. 우리가 낯선 사람이라는 사실은 차치하고서라도 우리의 냄새와 외모를 생각하면 어디서든 그렇게 환영받을 것 같진 않았다. 한편, 이

---

* Moo Shu. 미국식 중국요리의 일종으로 계란과 채소, 돼지고기 등을 볶아 만든다.

런 곳에서 아이들에게 진짜로 재미있는 걸 제공하면 할수록 그들이 문제 될 만한 짓을 할 가능성은 줄어들었다. "잘 곳을 찾기 전에 술집이나 볼링장이 보이면 그러자."

"내가 찾아볼게." 재키가 말했다.

"아니." 내가 말했다. "그냥 운명에 맡기자."

나는 무슈의 삼분의 이를 먹고는 용기를 닫았다. 음식 낭비하는 걸 정말 싫어했지만 양이 너무 많았다. 나는 젓가락을 바지에 닦아 다시 케이스에 넣었다.

식당에서 2마일 떨어진 곳에서 우리는 '스타커즈'*라는 곳을 발견했다. 나는 그 이름의 문장부호를 보고 거기가 스트립 클럽이 아닌 그냥 술집이기를 바랐다. 주차장은 넓었고 자율주행차 여덟대가 여물통에 줄을 선 돼지들처럼 나란히 세워져 있었다. 적어도 술에 취한 누군가가 나가다가 우리 밴을 들이받을 위험은 없다는 뜻이었다.

나는 문에 가장 가까운 곳에 밴을 후진 주차했다. 그곳이 가장 밝았기 때문에 우리의 장비를 도난당할 걱정을 덜 할 수 있었다. 지역 사람들이 우리의 외모를 마음에 들어 하지 않을 경우를 고려해도 문에 가까운 건 좋은 일이었다.

우리는 들어가자마자 고전 서부영화에서처럼 모든 고개가 우리를 향하고 피아노 연주자가 연주를 멈추는 것 같

* Starker's. 작은따옴표가 없으면 '전라의'라는 의미가 된다.

은 긴 시선을 받았다. 물론 오늘날의 피아노 연주자는 우리가 들어왔다는 걸 알지 못하기 때문에 연주를 멈추지는 않았다. 이 시나리오에서 피아니스트 역할은 로이 비탄이 맡았고, E스트리트 밴드 전체가 마치 경기장에서 공연하는 것처럼 스테이지홀로에 3D로 투사되고 있었다.

"나갈까?" 재키가 나에게 속삭였다.

"아니야, 괜찮아. 이미 들어왔는데. 한잔하고 가자."

"그래도 최소한 브루스잖아. 브루스는 괜찮아." 실바는 나를 지나쳐 바 쪽으로 이동하며 말했다.

몇가지 최소한이 있었다. 최소한 그건 특가 판매 모조품이 아니라 브루스였다. 브루스는 내 생각에 펑크의 대명사였다. 그는 팔십대에 들어설 때까지 새로운 음악을 녹음하고 실제 라이브 공연을 계속 고집했으니 말이다. 최소한 그건 커버 차지를 따로 하는 스테이지홀로 라이브가 아니라 스테이지홀로였다. 나는 나를 대체하려는 기술과 같은 방에 존재하는 것까지는 감당할 수 있었지만, 그 특권을 가진 기술에 돈까지 지불하는 건 참을 수 없었다. 물론 브루스가 스테이지홀로 라이브에 나온 것도 아니었다. 그는 몇년 전 이미 세상을 떠났고, 이 브루스는 육십대쯤 되어 보였다. 약간 평평하게 보이기도 했는데 그건 그 영상이 스테이지홀로 기술을 사용해 녹화된 게 아니라 더 오래된 공연을 새로 가공한 것임을 의미했다.

실바가 차가운 캔을 내 손에 쥐여주었고, 나는 뭘 마시고 있는 건지 확인할 생각도 하지 않은 채 한모금을 들이켰다. 자기 자신을 알고, 우리를 아는 실바는 가장 저렴한 걸 집어 왔을 게 분명했다. 싸구려 맥주였지만 차가운 싸구려 맥주였다. 기름진 중국음식을 씻어 내리기에는 딱이었다.

다른 두 친구가 나를 따라오기를 기대하며 부스로 들어가 앉았다. 재키는 같은 맥주잔을 한 손에 들고, 다른 손에는 자동차 유리 세정액 색깔의 플라스틱 샷잔을 들고 있었다.

"한잔 줄까?" 재키는 나에게 파란 액체가 든 잔을 권했다. "바텐더가 특선 음료라고 했어."

나는 그걸 도로 밀어냈다. "난 파란색 음료는 안 마셔. 끝이 안 좋더라고."

"맘대로 해." 재키는 그걸 단숨에 들이켜고 활짝 웃었다.

"너 이빨 파래졌어. 스머프 잡아먹은 것 같아."

"스머프가 뭐야?"

가끔 나는 재키가 얼마나 어린지를 잊곤 한다. 내 나이의 절반. 이 업계에서 보낸 만큼의 시간. "작은 파란색 캐릭터들? 마을에 여자 하나, 노인 하나, 그리고 젊은 남자들 잔뜩 있는 거 있어."

"우리 밴드랑 똑같네?" 재키가 고개를 저었다. "미안, 후진 농담이었다. 아무튼 내가 먹은 음식에 뭐가 들었는지 모르겠지만 스머프였을 수도 있겠네. 그게 파랗고 돼지고기 맛이 난다면. 네가 먹은 건 어때?"

나는 그를 손등으로 살짝 쳤다. "괜찮아, 파란 음료만 안 마시면 돼."

그는 맥주를 한번에 쭉 들이켜고는 한잔을 더 가지러 일어났다. 그는 내 맥주를 보고 눈썹을 까딱했다.

"아니, 괜찮아." 나는 말했다. "난 한 잔만 마실게. 이 동네 음주 단속 엄격하게 할 것 같아."

이십여년의 투어 생활을 통해 배운 게 있다면 현지 경찰과 엮이지 않는 것이었다. 주차장에 있는 모든 차가 자율 주행차라는 사실은 누군가가 우리를 잡기 위해 도로를 순찰하고 있음을 의미했다. 내가 젊었을 때 클럽을 나서며 만취 운전자를 겨우 피했던 기억이 떠올랐기에 나는 이런 노력을 좋게 생각했다. 이 위대한 신세계에서 내가 완전히 찬성할 수 있는 몇 안 되는 부분 중 하나였다.

나는 주변을 둘러보았다. 실바는 바에 앉아 있었다. 재키는 그의 어깨에 손을 얹고, 브루스의 노래 "그녀가 바로 내 사랑"의 보 디들리 비트에 맞춰 발을 구르고 있었다. 바에 있는 다른 사람들은 단골이 아니라기엔 너무나 편안해 보이는 사람들뿐이었다. 몇몇은 값싼 신경 오버레이를 착용한 사람들 특유의 고개를 갸웃한 자세를 하고 있었다.

나머지는 매끈한 터치스크린 바에서 게임을 하거나 팔에 차고 있는 최신 유행 기술 장치 브레이서 탭을 두드리고 있었다. 아무도 다른 사람과 대화를 나누고 있지 않았다.

다른 쪽 끝에는 금발 여성 둘이 홀로그램 브루스를 바라보며 그에 맞춰 노래를 부르고 몸을 흔들고 있었다. 그가 그들 쪽으로 손가락을 가리키자 여자들 중 한명이 친구의 팔을 붙잡고는 그가 자기를 개인적으로 지목했다는 듯이 까르르 웃었다. 무대 근처의 남자 둘 중 한명은 공기 드럼을 치고 있었고 다른 한명은 여자들을 보고 있었다. 여자들은 오직 브루스만을 바라보고 있었다.

그들이 왜 그러는지 나는 이해했다. 나는 브루스의 목소리나 노래를 좋아하지 않는 사람들도 알고 있지만 무대에서의 그의 존재감에 감탄하지 않는 사람은 알지 못했다. 특히 음악을 하는 사람이라면 더욱 그랬다. 여기, 그리고 지금, 저 공연이 녹화된 지 수십년이 흘렀다는 사실을 알고 있으면서도, 그리고 이 노래를 썼던 젊은 남자와 이 노래를 부르고 있는 나이 든 남자 사이에도 수십년의 간극이 존재한다는 걸 알면서도, 심지어 이렇게 지저분하고 심하게 밝은 바의 한구석에서도, 낯선 사람들과 나의 냄새 나는 밴드와 함께 싸구려 맥주를 마시면서도 나는 브루스가 '바로 그녀가 내 사랑'이라고 하면 그를 믿었다. 스테이지 홀로를 만든 회사를 더 싫어하게 된 건 내가 그 공연을 즐기고 있었다는 사실 때문이다.

　누군가 내 옆 부스에 들어와 앉았다. 나는 내 밴드 동료 중 한명일 거라 예상하고 고개를 돌렸지만 낯선 사람이 생각보다 너무 가까이 다가와 앉은 것이었다.

　"지나가는 길인가요?" 그는 충혈된 눈으로 나를 바라보며 물었다. 그는 이마 위로 두텁게 쏟아진 머리카락을 쓸어 넘겼는데, 그 머리 스타일이 유행했던 수십년 전부터 그걸 유지하고 있었던 것처럼 보였다. 그는 젊은 시절 가장 자신 있는 자신이었을 미소와 보조개를 여전히 가지고 있었다. 하지만 그는 그가 마신 술이 그를 덮쳐와 붉게 부어 오른 얼굴과 코를 가지게 되었다는 걸 제대로 깨닫지는 못한 모양이었다. 아니면 그가 그 두 단어뿐인 말조차 좀 흐리멍덩하게 해서 그렇게 보인 걸지도 모르겠다.

　"지나가는 길입니다." 나는 간단하게 '관심 없음' 미소를 지어주고 몸 전체를 무대 쪽으로 틀었다.

　"여기 멈추는 건 차치하고 여기를 지나가는 것만 해도 상당히 드문 일인데요. 뭐에 끌려서 오게 됐죠?" 그가 "끌리다"라는 말을 사용한 건 의도적이었다.

　그가 내 어깨에 팔을 두르려고 한다면 나는 그를 한 대 쳐야만 할 것이다. 나는 조금 몸을 움직여 그와 나 사이 거리를 늘리려 애쓰며 나의 다음 단어를 강조해 말했다. "우린 그냥 술 한잔 하러 왔어요. 운전을 꽤 오래 했거든요."

그는 실망한 기색이 분명했다. "남자친구? 남편?"

나는 바를 향해 고개를 까딱함으로써 그가 내 애인처럼 보이는 사람을 그가 직접 고르고 아무 꼬리표나 붙이도록 내버려두었다. 나는 그 둘 중 누구와도 사귀는 걸 상상할 수 없었기 때문에 어느 쪽이든 그저 흥미로울 뿐이었다. 처음부터 그럴 수 없었고, 이렇게 오랜 시간을 밴에서 함께 보내고 나니 더욱 그랬다.

그때 나는 내가 왜 이런 수를 쓰고 있는지 문득 의문이 들었다. 나는 그 낯선 사람을 향해 고개를 돌렸다. "우린 밴드예요."

"정말요! 나도 한때 밴드를 했었어요." 상황을 새롭게 파악한 그의 얼굴에는 화색이 돌았다. 한층 더 친근한 미소였다. 태도를 완전히 바꾼 그를 보자 나는 그에게 조금 더 관심이 갔다.

"정말요?"

"네, 주로 여기서 연주했죠. 보험료가 오르기 전, 그리고 스테이지홀로가 유명 밴드의 홀로그램을 쓰면 돈을 아낄 수 있을 거라고 매기를 설득하기 전 얘기죠."

"그녀는 돈을 절약했나요?"

그는 한숨을 쉬었다. "아마도요. 홀로그램은 술을 마시지 않고, 마이크를 망가뜨리거나 방송 시스템에 맥주를 쏟지도 않으니까요. 그리고 사람들은 좋은 밴드가 연주를 하고 있다면 몇시간이라도 머무르며 술을 마시잖아요."

"아직도 취미로 연주하나요? 당신의 밴드요."

그는 어깨를 으쓱했다. "한동안은 그랬죠. 마지막 주립 박람회에서도 공연할 기회를 얻었고요. 그 이후로는 가끔 누군가의 뒷마당 바비큐 파티에서 연주를 했고요. 하지만 목표가 없으면 계속하기가 어려워요. 여기서 일주일에 한 번 연주하는 것도 나쁘지 않은 목표였지만 진짜를 들을 수 있는데 누가 내가 부르는 커버 곡을 듣고 싶어하겠어요?"

그는 맥주잔을 들어 무대 근처 여성들을 가리켰다. "저기 서 있는 저 여자가 저의 전 부인이에요."

"안됐다고 해야 하나요?"

"괜찮아요." 그는 맥주를 한모금 마셨다. "폴리가 나를 떠난 것도 그때였어요. 밴드가 끝장났기 때문은 아니라고 말했지만 저는 그게 관련이 있다고 생각해요. 그 뒤로 제가 어떤 것에도 열정이 있어 보이지 않는다고 말했으니까요."

그는 고개를 숙이고 맥주잔을 바라보다가 다시 나를 쳐다보았다. "당신은요? 아직도 연주할 곳이 있나보죠?"

"몇군데 있긴 하죠." 내가 말했다. "대부분 도시에 있어요. 공연장이 자주 바뀌기도 하고요. 친하게 지냈던 곳들도 다시 연락해보면 어느새 흔적도 없이 사라지곤 해요."

"그걸로 먹고 살 만큼 벌 수 있나요?"

그 질문을 전혀 믿을 수 없다는 듯 기분 나쁘게 묻는 사람들이 있는데, 그런 사람들에게 나는 "여기 우리가 있는 걸 보면 모르시겠어요?"라고 답하곤 하지만, 이 남자는 과거를 너무 그리워하는 것처럼 보여서 솔직히 대답했다. 어쩌면 우리 같은 사람들에게 남아 있는 영광이 전혀 없음을 알려줄 수 있는 기회인지도 몰랐다.

"오래전에 쓴 노래에서 저작권료가 조금 들어오곤 했었어요. 그 돈으로 밴 수리비와 보험료를 내고 있었지만 BMI 대 스테이지홀로 구도가 만들어진 이후로는 그 돈도 점점 줄어들고 있어요. 길바닥에 살고, 아주 끔찍한 음식으로 끼니를 때우고, 가끔씩 맥주를 마실 수 있을 정도로만 벌어요. 돈을 모을 수는 없고요. 절대로 멈출 수 없을 정도만 버는 거죠. 그래도 뭐, 멈추고 싶은 건 아니니까 괜찮아요."

"계속 길 위에 사는 건가요? 사는 곳은 없어요?"

"밴은 메릴랜드의 저희 부모님 주소로 등록되어 있고, 쉬는 게 필요해지면 거기서 지내요. 자주 그러지는 않고요."

"그럼 밴드 멤버들은요?"

"베이시스트와 나는 오랫동안 함께 연주해왔고, 그는 머물 만한 곳이 몇군데 있어요. 드러머는 가끔 교체하고요. 이번 드러머는 우리와 일년째 함께하고 있고, 그 둘이 서로에게 관심이 있어서요, 둘이 틀어지지 않는 한 이 조합은 꽤 오래갈 것 같네요."

그가 고개를 끄덕였다. 늑대 같은 면모는 사라지고 보다 아쉬워하는 느낌이 그 자리를 채웠다. 그는 맥주잔을 들어 올렸다. "음악을 위하여."

"라이브 음악을 위하여." 내 캔이 그의 잔과 부딪혔다.

바에서 누군가 소리를 쳤고, 우리는 둘 다 무슨 일이 일어났는지 보려고 고개를 돌렸다. 공기 드럼 연주자가 돌아다니다가—맥스 와인버그도 쉬고 있었다—재키와 뭔가로 다투는 장면이 보였다. 20피트 바깥에서도 재키의 파란 입술이 빛나고 있었다.

"파란 음료를 마시고 좋은 꼴을 볼 리가 없죠." 나는 내 새 친구에게 말했다.

그는 고개를 끄덕였다. "당신 친구를 여기서 데리고 나가는 게 좋을 거예요. 저기 바 뒤에 있는 사람이 주인이거든요. 당신 친구가 뭐 하나라도 부순다면 바로 경찰을 부를 거예요."

"젠장. 고마워요."

파란 음료가 재키 주변에 고여 있었고, 그 뒤로는 뒤집어진 플라스틱 샷잔들이 있었다. 적어도 그건 유리잔이 아니었고, 재키가 고급스러운 바 장식을 망가뜨린 것도 아니었다. 나는 주머니에서 얇은 돈뭉치를 꺼내 20달러짜리 지폐를 한장 끄집어내며 그게 충분하기를 바랐다.

"넌 가짜 밴드에 맞춰 가짜 드럼이나 연주하고 있잖아."

재키가 말했다. "게다가 그것도 잘 못해. 진짜 브루스랑 연주하다 네가 크래시 심벌을 그렇게 치면 넌 이 초 만에 잘릴 거야."

"어쩌라고? 내가 드럼 연주 평가해달라고 했냐?"

"아니, 그랬다면 나는 네 발박자도 밀린다고 말해줬겠지. 두살배기 내 조카가 너보다 더 비트를 잘 친다고."

상대 남자의 얼굴이 붉어졌고, 나는 그가 주먹을 움켜쥐는 걸 보았다. 실바는 이미 재키의 가슴을 감싸 안고 그를 문 쪽으로 밀고 있었다. 우리는 눈을 마주쳤고 실바가 고개를 끄덕였다.

나는 20달러를 바닥의 마른 부분에다 던지고 빨리 도망칠 수 있기를 바랐다.

"현금 안 받아요." 주인은 내 돈이 죽은 쥐라도 되는 듯 그 모서리를 손가락 끝으로 집어 들고 말했다.

젠장. 나는 어깨를 반듯하게 폈다. "법에 따르면 미국 통화는 받는 게 의무예요."

"그건 미국에서나 그렇지 여기 스타커스에서는 슈퍼윌리 크레디트만 받아요. 게다가 당신의 파란 친구가 쏟은 음료 값으로 그건 어차피 턱없이 부족하다고요." 그녀의 손이 바 아래로 들어갔다. 그게 전화기든 야구 방망이든 총이든 아무튼 좋은 게 나올 리 없었다.

지폐를 빠르게 채 오면서, 내 머릿속은 바쁘게 돌아갔

다. 실바는 신용카드 계좌를 가지고 있었지만 그는 이미 문 밖으로 나갔기 때문에 도움이 되지 않을 것이었다. 나는 신용카드와 장비들을 대체로 피하는 편인데 대개는 그게 나에게 도움이 되었다. 하지만 이곳에서는 그런 기술을 쓰지 않는 '논컴'이라는 레이블이 내 편을 만들어주지 않을 것 같았다. 재키는 거의 돈을 내지 않아서 그가 지금까지 현금을 쓰고 있었는지 신용카드를 쓰고 있었는지 알 길이 없었다.

"매기, 내가 계산할게." 내 옆에 있던 새 친구가 자신의 전화기를 내밀며 나섰다.

그는 나를 향해 돌아섰다. "가세요. 이건 내가 처리할게요."

매기의 손이 바 아래서 나왔다. 그녀는 계산대 뒤에서 전화기를 꺼내 크레디트 이체를 준비했고, 그녀가 손을 꺼내지 않았다면 나왔을 것들이 내 건강에 좋지 않았을 것임이 분명해졌다.

"계속 연주하시길!" 그가 내 등 뒤로 소리쳤다.

재키는 전혀 반성하지 않았다. "걔가 먼저 시작했어. 우릴 보고 병균의 근원이라고 했다고. 그래서 내가 그 놈한테 세상은 당신이 존재하는 줄도 모르고 계속 잘만 돌아갈 테니 거기나 처박혀 있으라고 했지. 게다가 에어 드럼도 못 치던데 다른 사람들처럼 에어 기타나 칠 것이지."

실바가 웃었다. "네가 기침하는 척이라도 했다면 그는 분명 겁에 질려 오줌을 쌌을 거야."

재키와 실바는 뒷좌석에 퍼져 누웠고, 나는 주차장을 빠져나왔다.

"재미없거든. 누가 시작했든 상관없어. 싸움은 안 돼. 진짜로. 내가 너희 보석금을 내줄 만큼 여유가 있을 것 같아? 우리 드러머가 감옥에 갇혀 있으면 내일 공연은 어떻게 해? 게다가 그들이 감옥 부분을 생략하고 총이라도 쏘면 어떻게 할 건데? 그런 적 있는 거 알지."

"죄송해요, 엄마." 재키가 말했다.

"재미없다고." 나는 반복했다. "한번만 더 나한테 엄마라고 부르면 너 길바닥에다 버리고 갈 거야. 그리고 난 자율주행차가 아니야. 누가 앞자리로 와서 말동무 좀 해."

실바가 침대와 가방을 가로질러 조수석으로 올라왔다. 그는 경찰 스캐너를 켜더니 몇 분 동안 아무 소식도 없는 걸 확인하고 그걸 껐다. 우리 같은 개조 차량 괴짜들을 잡기 위해 경찰이 나섰다는 이야기는 없었다. 나는 이따금씩 귀가하는 승객들을 태우고 지나가는 자율주행차들과 마찬가지로 제한속도에 5를 더해 주행했다. 가능하다면 고속도로를 타고 이 지역을 완전히 떠나는 걸 선호했겠지만, 데이지는 이초 내에 차도 센서를 작동시킬 터였다. 우리는 오년간 고속도로를 타는 게 금지되어 있었다.

약 20마일을 달린 후에야 나는 우리가 쫓기지 않을 거라는 확신이 들었고, 심장이 다시 정상적인 리듬으로 돌아왔다. 우리는 순찰을 돌지 않을 것 같은 사무실 밀집 지역에 차를 댔다.

"루스, 침대 쓸 차례 맞지?" 재키가 물었다. 아마 사과를 하려는 의도였을 것이다.

"내 침낭만 찾을 수 있다면 너희가 써도 돼. 밖에 날씨가 꽤 좋기도 하고, 그럼 너희 파란 옷에서 나는 그 냄새를 맡지 않아도 되니까."

"침낭이 있었어?"

"당연하지. 마지막으로 쓴 게……" 사실 마지막으로 언제 썼는지 기억도 안 났다. 나는 실바가 차고 세일에서 사온 싸구려 소설 상자 뒤 침대 아래 저장 공간에서 침낭을 찾아내기 위해 몇분을 뒤져야 했다. 나는 그걸 밴 바로 앞에 펼쳤다. 온도는 완벽했고 하늘에는 별이 가득했다. 이 근처에 코요테가 없기를 바랐다.

세시간인가 네시간을 잤을 때 나의 몸은 내가 왜 더 자주 밖에서 자지 않았는지 상기시켜주기 시작했다. 나는 일어나서 소변을 보고 기지개를 켰다. 차 문을 여니, 평소보다 더 강한 기름 냄새가 나를 덮쳤다. 며칠간 씻지 않은 두 남자의 끔찍한 냄새를 거의 압도할 정도였다. 게다가 잭이

열린 길의 성모　　　　319

온몸에 묻혀 온 그 파란 술의 냄새도 있었다.

운전석 위로 몸을 기울여 중앙 콘솔에서 은색 펜과 내가 '길의 성서'라 부르는 두꺼운 지도책을 꺼냈다. 별빛이 너무 밝아 손전등 없이도 페이지를 볼 수 있었다. 지도책은 십오년쯤 된 것이었지만 내가 적은 메모 덕분에 여전히 유용했다. 우리가 '어느 구석'이라 불렀던 마을의 진짜 이름은 랙우드였다. 나에게는 그 이름이 나무 질병의 이름처럼 들렸다. 나는 랙우드 옆에 반짝이는 별표를 그리고, 여백에 "차이나 그로브 — 마이크 선 — 기름 AND 음식"이라고 적었다. 그리고 우리가 다시는 찾지 않을 스타커스 위치에 엑스 표시를 그렸다.

몸의 모든 뼈가 아파질 새벽 즈음 다시 차로 기어들어가 조수석을 뒤로 젖혀 누웠다. 아무도 밴을 두드려 차를 빼라고 하지 않아서 우리는 해가 우리를 뜨겁게 달구기 시작할 때까지 늦잠을 잤다. 재키는 전날 밤 남은 음식을 나에게 건넸다. 나는 그 음식의 냄새를 맡아 보고 다시 돌려주었다. 그는 어깨를 으쓱하더니 손으로 음식을 집어 먹기 시작했다. 젓가락은 주변의 난장판 속으로 사라졌을 것이었다. 잠시 뒤적거리고 나서 나는 내 남은 저녁을 찾았고 그것도 재키에게 줘버렸다.

실바가 운전석으로 기어들어 왔다. 나는 운전대를 거의 양보하지 않았다. 나는 직접 다 운전하는 걸 진짜로 좋아했다. 나는 통제하는 걸 좋아했고, 데이지의 안정적인 엔진 소리와 도로의 진동을 듣는 것을 좋아했다. 실바도 그걸 알고 있었기에 정말로 운전하고 싶은 때가 아니면 나에게 운전대를 달라고 하지도 않았고, 따라서 그가 부탁할 때는 내가 자리를 양보했다. 뒷좌석에 둥지를 틀고 책을 읽거나 음악을 듣는 데 만족한 재키는 한번도 운전하겠다고 제안하지 않았다. 그가 우리와 잘 맞는 또다른 이유였다.

실바가 운전을 한다는 건 내가 주변을 둘러볼 수 있다는 뜻이었다. 내가 가보지 않았던 길을 선택하는 건 흔한 일이 아니었다. 나는 우리가 전날 어쩌다 이 길을 선택하게 되었는지조차 기억나지 않았다. 우리는 폐업한 식당과 주류 판매점, 한때 중심 거리였을 법한 유령 마을을 지나쳤다.

"다들 어디 갔어?" 재키가 물었다.

나는 그가 농담을 하는 건지 확인하려고 몸을 돌렸다. "올해 내내 창밖을 한번도 안 쳐다본 거야? 그걸 오늘 처음 알아챘다고?"

"이 지역을 지날 땐 내가 보통 자고 있잖아. 지루하다고."

"다들 이라는 건 없어." 실바가 말했다. "몇몇 농부, 그리고 그밖엔 한시간 거리 안쪽에 있는 모두를 고용한 슈퍼 월리뿐이야."

나는 내 지도책을 들여다봤다. "우리가 보통 다니던 길에서 40마일 정도 뒤로 가서 북쪽으로 10마일 가면 배급

센터가 있어. 그곳이 이 근처 회사 상점에서 일하지 않는 사람들을 고용하고 있겠지." 그런 종류의 장소를 지도에 그려 넣는 게 꼭 필요한 일은 아니었지만, 나는 지도를 더 완전하게 만드는 걸 좋아했다. 지도 곳곳에는 레이어가 있었고, 어떤 곳에는 가게와 공장들이 들어섰다가 사라지고 다시 나타나곤 했다.

요즘 낙후한 마을은 대체로 이런 모습이었다. 잘해봐야 패스트푸드점 하나, 사료 가게 하나, 그리고 어쩌면 낡아빠진 식료품점이나 건강 클리닉 정도가 전부였다. 그 사이에 슈퍼윌리가 있었고, 실바가 말했듯 그건 사람들을 마을 중심에서 더 멀어지게, 지역사회를 닮은 무언가에서 더 멀어지게 했다. 마을마다 같은 광경이 반복되었는데, 대부분의 사람들은 아무것도 보지 못했다. 그들은 자율주행 고속도로에서 느긋하게 영화를 보며, 창밖을 보는 대신 A 지점에서 B 지점으로 멈추지 않고 이동했다.

우리도 사실 다를 바 없었다. 우리라고 지역 경제에 기여하는 건 아니었다. 우리는 공짜 저녁과 공짜 연료를 얻었다. 우리는 다른 방식으로 기여하지만 이 마을이나 우리가 그 전날 지난 마을에는 기여하지 않았다. 어쩌면 언젠가 여기서 우리를 불러준다면 다시 돌아오겠지만 그때까지 우리는 그냥 지나갈 뿐이었다. 잘 있어, 인디애나의 랙우드.

322

"다음 마을엔 세계에서 가장 큰 소금통이 있대." 재키가 말할 때 흥분한 목소리에서 대문자가 들리는 듯했다. 그는 관광 안내서를 다운받는 걸 좋아했다. 나는 어떤 곳이 덜 평범해지게 만드는 무엇인가를 지지하는 마음으로 그 취미를 지지했다. 가끔 우리가 여유가 있을 때나 급하지 않을 때면 실제로 몇군데를 들르기도 했다. 하지만 오늘은 그 두가지 조건이 맞지 않았다.

"다음에." 실바가 말했다. "우리 오늘 너무 늦게 일어났어."

"놓치기 아까운 건데."

나는 몸을 돌려 재키를 바라봤다. 그는 침대에 드러누워 휴대폰을 휘두르며 세계에서 가장 큰 소금통을 보자는 제스처를 했고, 그렇게 하면 우리가 마음을 바꿀지도 모른다고 생각하는 듯했다. "샤워랑 소금통 중 선택해."

재키는 한숨을 쉬며 휴대폰을 주머니에 넣었다. 샤워가 승리했다.

콜럼버스에서 한시간 정도 떨어진 곳, 내 지도에 이미 표시해 둔 시간제 모텔에서, 우리는 한 시간 동안 흐르는 물의 영광을 빌렸다. 프런트 직원은 아무 말 없이 내 현금을 받았다.

나는 내가 깨끗해진 후에 그들의 냄새를 다시 맡고 싶지 않아서 그들에게 먼저 샤워하라고 했다. 샤워시설 자체는 특별히 좋을 게 없었다. 금속 부스에 욕조도 없고, 수압은 약했으며 칠분마다 물이 꺼졌다. 그래도 없는 것보다는 나았다.

샤워를 하고 나서 나는 이전 호텔에서 가져온 흰색 수건을 배낭에서 꺼내 방에 두고, 거의 똑같이 생긴 깨끗한 수건 하나를 가방에 넣었다. 가져온 수건은 내가 지난번에 남겨둔 것일 수도 있었다. 수건이 부족한 적은 없었고, 이 방법으로 세탁소에서 시간을 많이 절약할 수 있었다. 누가 나에게 이 요령을 알려주었는지는 기억나지 않지만 나는 수십년 동안 이 방법을 사용해왔다.

이제는 비교적 깨끗한 공연 복장을 입고 있었지만 그래도 우리는 물론 다시 거대한 기름 덩어리 같은 우리의 밴으로 돌아가야 했다. 나는 모든 창문을 열고 팬을 최대한으로 틀어 샤워 후의 상쾌한 냄새를 최대한 오래 유지하려고 했다. 뒤쪽에서 재키가 콜럼버스의 관광 명소들을 외치고 있는 게 어렴풋이 들렸지만, 소음 때문에 그가 하는 말의 핵심은 놓쳐버렸다. 나는 팔을 창밖으로 내밀고 바람을 가르며 손을 흔들었다.

나는 잠들 의도가 없었지만, 실바가 "야! 생일 축하해, 데이지!"라고 외치며 경적을 울리는 소리에 깨어났다. 나는 그의 옆으로 몸을 기울여 계기판 숫자가 '99,999'에서 '0'으로 바뀌는 순간을 보았다. 재키는 계기판이 모두 '0'

으로 바뀌는 순간을 사진으로 찍으려고 몸을 앞으로 던졌다. "오! 이번에 몇번째 생일이야?"

나는 잠시 생각했다. 데이지의 계기판은 다섯 자리여서 매 10만 마일마다 새롭게 시작했다. "여덟번째쯤?"

실바가 웃으며 말했다. "다시 생각해봐. 내 계산으로는 이번이 아홉번째야."

"아홉번째? 이년 전 시애틀로 가는 길에 일곱번째를 넘겼다고 생각했는데."

"그게 오년 전이었어. 여덟번째는 애슈빌에서였어, 정확히 언제였는지 기억나지는 않지만."

"흠. 네가 아마 맞을 거야. 백만 마일을 넘기면 파티를 열어야겠다." 나는 마치 말의 엉덩이를 두드리듯 차의 대시보드를 팡팡 쳤다. "잘했어, 데이지. 정말 대단해."

"정말이야." 재키가 말했다. "그럼 오늘 밤엔 「열린 길의 성모」를 연주해도 될까? 데이지를 기념해서? 그 노래 정말 좋아. 왜 우리가 그걸 더 자주 연주하지 않는지 모르겠어." 그는 내 좌석 뒷부분을 손으로 치며 노래의 시작 부분을 연주했다.

"나도 좋아." 실바가 찬성했다. "「명백한 독립」 대신 부르면 되겠지? 그 노래는 잠깐 쉬어도 돼."

"「명백한 독립」은 못 빼." 내가 말했다. "다른 걸 제안해봐."

"그럼 「발생」?"

"그래."

재키는 세트리스트를 변경하기 위해 뒷좌석으로 물러났다.

우리의 목적지는 도시 중심부 깊숙한 곳이었다. 고속도로를 타면 금방 도착할 수 있었겠지만, 우리에게는 그 옵션이 없었다. 우리는 강을 따라 이동한 다음, 낡아가는 컨벤션 센터를 지나 동쪽으로 갔다.

우리는 이 특정 장소에서 공연을 한 적은 없었지만 같은 동네의 비슷하게 버려진 창고 같은 데서 공연한 적은 있었다. 대부분의 장소는 꽤 빨리 문을 닫거나 폐쇄되고 다른 곳으로 옮겨갔기 때문에 우리가 같은 관객을 위해 공연한다 하더라도 같은 건물에서 두번 공연하는 경우는 드물었다.

이곳, '더 체인'이라는 곳은 오래 남을 가능성이 있어 보였다. 그곳은 낮에는 자전거 협동조합으로, 밤에는 공연장으로 운영되었다. 도시들은 자전거 협동조합을 좋아했다. 제대로 된 사람들이 운영하는 곳이라면 지원금 제안서를 쓰고 정장 차림으로 위장을 할 줄 아는 누군가를 내세워 악수 몇번을 하고 자전거 협동조합을 도시계획의 일부로 포함시킬 수도 있을 것이다. 물론 내가 고작 몇달간의 강제된 합법성을 위해 자기 자신을 팔아넘기라고 조언할 입장은 아니었지만 말이다.

우리는 완벽한 타이밍에 도착했다. 오후의 자전거 수리 수업이 막 끝났기 때문에 그 작은 무대 공간은 거의 비어 있었다. 더 좋았던 건 그들이 피자를 주문해 두었다는 것이었다. 재키는 용감하게 남은 중국음식을 먹었지만 실바와 나는 아직 끼니를 때우기 전이었다. 나는 피자에 달려들기 전에 장비를 안으로 옮겨두기 위해 내 모든 자제력을 동원해야 했다. 나는 피자 신에게 장비가 다 들어간 후에도 우리 몫의 피자가 남아 있게 해달라고 조용한 기도를 올렸다.

나는 기타와 장비, 앰프, 판매할 굿즈 상자를 나르느라 세번 왔다 갔다 한 다음, 종이 접시에 피자 세조각을 담았다. 나는 그 세조각을 모두 먹을 능력이 충분히 있었지만 다른 친구들이 장비를 다 옮기기 전에 피자가 다 떨어지면 나눠 줄 생각도 있었다. 사실 노래 부르기 전에 먹기에 이상적인 저녁 메뉴는 아니었다. 그래도 기름이 치즈를 이기고 성대를 코팅해줄지도 몰랐다. 나는 앰프 위에 걸터앉아 재키와 실바가 드럼을 들여오는 것을 보며 첫번째 조각을 먹었고, 죄책감은 아주 약간밖에 느끼지 않았다. 내가 다른 사람들을 돕지는 않았지만 내 몫은 다 했으니까.

자전거 수업을 들은 사람들이 남아 있었다. 우리는 그중 몇몇과 대화를 나눴다. 에마, 루디, 디주안, 카터, 마린, 그리고 몇몇이 더 있었지만 그다음부터는 이름을 기억하지 못했다. 나는 이 다섯 사람에게 가장 많은 관심을 주었는데, 루디는 우리 공연을 잡아준 사람이었고, 에마는 자전거 협동조합의 프로그램을 운영하는 사람이었기 때문이다. 그들 덕분에 우리가 거기 갈 수 있었던 것이다. 우리는 정치와 음악, 자전거에 관해 이야기했다. 다행히 나 자신을 설명해야 하는 상황은 아니었다. 이들은 우리 사람들이었다. 그들은 우리를 그냥 지나가는 사람이 아니라 집에 돌아온 사람처럼 대해주었다.

관객들이 점차 더 들어왔고, 수요일 밤치고는 꽤 괜찮은 인원이 모였다. 세대와 성향에 따라 다양한 펑크스타일을 한 사람들이 젊은 사람부터 나이든 사람들까지 섞여 있었다. 여기저기 조금은 더 단정해 보이는 사람들도 있었지만, 그들 역시 그 공간에 왔다는 사실만으로 누구보다 진정한 의미에서 펑크였다. 어쨌든 펑크라는 장르는 이제 더이상 과거의 모습이나 소리를 닮아 있지 않았다. 펑크는 사방으로 흩어졌고, 라이브 관객을 위해 라이브 음악을 만들고자 하는 열망이라는 요소만을 공통점으로 가진 밴드들의 느슨한 집합에 불과했다.

첫번째 밴드가 연주를 시작했는데, '모비 K. 딕'이라는 이름의 사인조 여성 밴드였다. 그들은 나의 자녀뻘이 될 수도 있을 정도로 어렸고, 그 말은 그들이 지금의 펑크 신 말고는 다른 걸 전혀 본 적이 없다는 뜻이었다. 베이시스트는 스포티하게 보이는 휠체어에 앉아 연주했고, 마치 드

328

러머의 모자와 일대일로 대화를 나누고 있는 것처럼 관객에게 등을 돌리고 있었다. 처음에는 그녀가 부끄러워서 그러는 거라고 생각했지만 점차 음악에 너무 몰두해서 그랬다는 것을 깨달았다. 드러머는 보컬도 맡고 있었는데 드럼 박자에 맞춰 올라갔다 내려왔다 하는, 드레드록스로 땋은 머리카락 커튼 뒤에 얼굴을 숨기고 있었다. 그들은 두배 빠르고 두배 큰 소리로 연주하는 바다의 뱃노래 같은 곡을 연주했지만, 가사는 모두 고래와 돌고래가 인간에게 복수하는 내용이었다. 꽤 멋졌다.

나는 함께 공연한 모든 밴드에 나를 사로잡을 기회를 주었다. 우리는 항상 도로 위를 이동하고 있었기 때문에 우리가 유일하게 들을 수 있는 라이브 음악이 바로 그들의 음악이었다. 같은 공연 일정을 도는 몇 안 되는 친구들은 다른 도시에서 같은 밤 공연을 하고 있었고, 우리는 돌아가면서 서로 다른 곳에서 공연을 했다. 나머지 친구들은 스테이지홀로에서 활동했고, 우리는 더이상 자주 연락하지 않았다. 예전에는 가끔 같은 날 같은 도시에 있기도 해서 서로 만나지 못하고 관객을 나눠 가져야 했지만 이제는 공연할 수 있는 장소가 거의 없어서 그런 일도 잘 일어나지 않았다.

모비 K. 딕은 내 온 신경을 사로잡았지만, 두번째 밴드는 금방 내 관심을 놓쳤다. 드러머를 제외한 모든 멤버가 게임 콘솔을 개조한 악기를 사용했다. 현악기는 하나도 없이 모든 악기가 버튼으로만 되어 있었으며, 버튼을 누르면 그저 샘플을 불러내도록 프로그래밍되어 있던 것이었다. 나는 그런 밴드 중 그래도 괜찮은 밴드를 본 적이 있지만 이건 내 취향이 아니었다.

첫번째 밴드의 멤버들이 음료가 든 아이스박스 옆에 서 있어서 나도 그쪽으로 갔다. 나는 얼음 속에 손을 넣어 물병을 하나 집었다. 대부분의 공연장들은 알코올음료를 금지했고, 모든 연령에게 열려 있었다. 어딘가 비밀 맥주 냉장고가 숨겨져 있을 법도 했지만 굳이 찾고 싶은 기분은 아니었다.

"연주 정말 좋았어." 베이시스트에게 말했다. 가까이서 보니 무대에서보다 나이가 조금 더 들어 보였다. 아마도 이십대 중반 정도일 것이다. "난 루스라고 해."

그녀는 미소를 지었다 "알아요! 그니까, 제 이름은 트룰리예요. 그리고 맞아요, 그게 진짜 제 이름이에요. 만나서 반가워요. 그리고 진짜요? 진짜 좋았어요? 완전 대박인데요! 저희는 이 공연 프로그램에 당신 밴드와 함께 들어가고 싶어서 매달렸어요. 저는 어릴 때부터 카시스 파이어를 들으며 자랐어요. 집 벽에는 '명백한 독립'이라고 쓰여 있고요. 제 좌우명이거든요."

나는 찡그렸지만 나이와 관련된 뉘앙스를 강하게 내포

한 그녀의 말 폭탄을 꿋꿋이 견뎠다. 그녀는 계속했다. "저희 부모님이 당신의 음악을 전부 가지고 있어요. 그들은 마르시아 재뉴어리가 드럼을 치고 두번째 기타리스트가 있었을 때의 음악을 제일 좋아하는데 저는 지금의 구성이 더 깔끔하다고 생각해요."

"고마워." 나는 그녀가 그 곳 어딘가에 있는 부모님을 가리키고, 그 부모님이 나보다 젊은 상황을 상상했다. 다행히도 그녀가 그 정보를 자발적으로 제공하진 않았고, 나는 "너희들 녹음한 거 있니?" 하고 물었다.

"저희는 공연을 녹음하고 있긴 하지만 그냥 연주를 하고 싶어요. 오프닝 밴드로 투어에 합류할 수도 있어요, 만약에 원하신다면요."

그녀가 마지막 부분을 농담처럼 말했지만 나는 그 요청이 진심일 거라고 거의 확신했고 진지하게 답했다. "예전 같으면 그렇게 할 수도 있었겠지만 요새는 아니야. 우리 먹을거리를 구하거나 다음 공연 장소로 가는 것도 힘들단다. 조언이 필요하면 해줄 수 있어. 우리 밴 봤어?"

그녀의 눈이 커졌다. 그녀의 열정은 꽤나 사랑스러웠다. 내 안의 일부는 그녀에게 작업을 걸어볼까 잠시 고민했지만 무대에 올라가기까지 몇분밖에 남지 않았고, 나는 상황을 복잡하게 만들고 싶지 않았다. 가끔 내가 책임감 있는 사람이라는 사실이 싫었다.

"바로 밖에 있어. 우리가 연주할 차례가 되면 누군가 와서 찾겠지. 가자."

우리가 지나가자 그녀의 휠체어를 위해 사람들이 길을 터 주었다. 나는 문을 잡아주었고, 그녀는 문틀의 작은 턱을 능숙하게 넘었다.

"우린 얘를 데이지라고 불러." 내가 트룰리에게 밴을 소개해주며 말했다. 주머니를 뒤져 열쇠를 찾으려 했지만 실바가 가지고 있다는 걸 깨달았다. 그렇게 되면 내 계획은 무산된 셈이었다. "이건 십오인승 밴인데, 중간 좌석을 빼서 침대를 만들었고, 뒤쪽에는 드럼 같은 장비들이 급정거할 때 우리를 덮쳐서 죽이지 못하게 가둬두는 공간을 만들었어."

"연비는 얼마나 돼요?" 그녀는 밴의 운행 거리를 물으며 계획을 진지하게 고민하는 듯한 표정을 지었다. 나는 그녀의 집중력이 마음에 들었다. 하지만 그녀는 점점 나 자신을 떠오르게 했고, 그게 바로 그녀에게 작업을 걸지 않기 위해 필요했던 방해 요소가 되었다.

나는 열쇠 없이 후드를 여는 레버를 당기며 그녀를 그쪽으로 불렀다. "이게 제일 좋은 부분이야."

그녀는 휠체어를 고정시키고 몸을 밀어 데이지의 프레임에 기대 섰다. 내가 의아한 표정을 짓자 그녀가 설명했다. "항상 필요하진 않은데 연주를 하면 보통 너무 피곤해져서요. 그리고 군중 속에서 치이는 게 싫거든요."

"아, 그래, 그거 괜찮네." 내가 말했다. "그리고 네가 만약 너만의 밴을 산다면 개조해야 할 부분이 하나 줄겠네. 리프트 없이 올라갈 수 있다면 말이야. 네 명이 탈 공간과 장비, 거기다 휠체어 리프트까지 어떻게 넣을 수 있을지 고민하고 있었거든."

"아니에요, 제가 차를 살 돈을 어떻게 마련할 수 있을지 고민하는 부분으로 돌아가도 돼요. 지금은 여동생 가족의 자율주행차를 빌려 쓰고 있거든요. 겨우 장비를 실을 수 있을 정도 크기는 되지만 연비가 형편없고 옷이나 굿즈 같은 걸 넣을 공간은 전혀 없거든요."

"음, 제이지 같은 중고 밴을 살 수만 있다면, 연료비를 아끼기 위해 튀김 기름으로 운행한다는 아름다운 해결책이 있지. 배달 음식을 좋아한다면 그 냄새에도 익숙해질 거고……"

실바가 문틈으로 머리를 내밀더니 우리에게 다가왔다. 나는 그 둘을 소개했다. 그는 밴을 열어주었다. 나는 트룰리가 냄새에 인상을 찌푸리는 걸 눈치챘다. 실바는 침대 밑, 바퀴 쪽으로 손을 뻗어 위스키 병을 꺼냈다. 그는 병째 한모금 길게 마시고 나에게 건넸다. 나는 작게 한모금, 목구멍이 따뜻해질 정도로만 마셨다. 게으른 가수의 워밍업 방식이었다.

트룰리도 나를 따라했다. "제가 밴을 살 수 있게 되면 조언해주겠다고 약속해요."

나는 약속했다. 이 아이는 그냥 나랑 비슷한 게 아니었다. 그 아이는 사실상 나였는데, 성공하기에는 이십년 정도 너무 늦게 태어나는 불운을 가진 나였다.

나는 실바에게 그녀와 전화번호를 교환하도록 했다. "내가 직접 해도 되는네……"

"알아요." 그녀는 말했다. "저도 논–컴을 하고 싶지만 부모님이 반대해요. 비상 연락망도 필요하고 어쩌고 그런 거죠."

우리가 평소보다 연주를 잘 한 걸까, 아니면 그냥 그렇게 느껴졌던 걸까. 모비 K. 딕이 큰 도움이 되었다. 내가 하는 일이 의미가 있다는 걸 확인받는 일은 언제나 기분 좋은 일이다. 위스키 한모금과 음악과 가능성과 우리가 주는 모든 걸 받아들일 준비가 되어 있는 열정적인 관중의 조합만으로도 정신이 고양됐다.

이렇게 좋은 밤, 우리가 서로 완전히 맞아떨어지는 그런 때면 나는 잠시 시간여행자가 되는 기분이었다. 이 순간에 완전히 몰입해 있으면서도, 우리가 연주했던 모든 밤과 앞으로 연주하게 될 모든 밤이 겹쳐졌다. 내 손가락은 모양을 만들었고, 철제 현을 자석 위로 지나가게 했으며, 그 신호가 뒤쪽의 앰프까지 흘러 들어갔다가, 그게 다시 나에게 파도처럼 몰려왔다. 눈부시게 아름답고, 카타르시스를 주는, 뼛속 깊이 울리는 소리였다.

무대에 서면 내가 얼마나 오랫동안 이 일을 해왔는지를 잊었다. 여전히 부모님 집 지하실에서 연습하던 아이일 수도 있고, 히트 싱글을 내고 대형 레이블과 계약했던 젊은 여성, 차세대 조안 제트나 라이엇 걸의 재림이라고 불렸던 그 사람일 수도 있다. 그 젊은 버전이 되고 싶다는 건 아니지만 말이다. 나는 이제 무릎을 꿇고 슬라이딩이라도 했다가는 다시는 일어나지 못할 수도 있다는 걸 기억해야 했다. 나는 이제 더 나은 기타 연주자였고, 더 나은 가수였으며, 더 나은 작곡가였다. 내 마음속에는 수년간 모아온 정당한 분노가 쌓여 있었다. 말을 할 때면 가끔은 스스로가 과거에 갇혀 있는, 분노에 찬 노인처럼 느껴졌다. 하지만 음악으로 그걸 표현할 수 있는 시간이 주어졌을 때 나는 더 나은 모습으로 비쳤다.

모비 K. 딕은 우리가 「명백한 독립」을 연주할 때 앞으로 비집고 나와 목청껏 노래를 따라 불렀다. 그들은 내가 그 노래를 발표했을 때 아기였을 테지만 그건 그들을 위해 쓰인 노래일 수도 있었다. 그 노래는 나에게 그랬던 것처럼 그들에게도 진실이었다.

젊은 펑크와 나이 든 펑크가 모두 반응했던 것이 바로 그것이었다. 그들은 내가 부르는 노래를 내가 진심으로 믿고 있다는 걸 알았다. 우리를 특별하게 만들었던 모든 것을 잃어가고 있다는 것, 더이상 특별한 일이 일어나지 않는다는 것, 그리고 옛 세상을 대체하고 있는 새로운 세상이 그만큼 좋지 않다는 것, 모든 사람이 배고프고 모든 것이 망가졌으며 우리가 맞는 도구를 찾으면 그걸 고칠 수 있을 거라는 같은 분노를 우리는 공유하고 있었던 것이다. 내 역할은 이 모든 것에 목소리를 부여하는 것이었다. 거기에 마셜 튜브 스피커를 통해 연주되는 나의 르 폴식 달콤한 올드스쿨 크런치 사운드, 실바가 연주하는 구불구불한 베이스 라인, 재키의 까다로운 비트가 더해지면 우리는 당신이 들어본 최고의 라이브 밴드가 될 수 있었다. 당신이 현장에 있어야만 그 효과를 온전히 느낄 수 있다는 사실이 이를 더욱 특별하게 만들었다.

우리는 스테이지홀로처럼 미리 정해진 움직임이나 조명 쇼나 맞춰야 할 스포트라이트는 없었지만 우리는 관객을 위해 연주하는 법을 알았다. 마치 한 사람을 위해 연주하는 것처럼, 그리고 모두를 위해 연주하는 것처럼, 그리고 오직 그들만을 위해 연주하는 것처럼. 왜냐하면 이 밤은 특별했고 오로지 한번밖에 오지 않을 밤이니까. 사람들은 춤을 추고 포고*를 타며 음악에 몸을 맡겼다. 춤추는 사

---

* 손잡이와 발판이 달린 막대 형태의 놀이기구로 콩콩 뛰면서 타는 방식이다. 펑크록 음악 공연장에서 춤추듯 타고 놀기도 한다.

람들 중 몇몇은 자외선 문신을 하고 있었는데 내 시점에서
보면 언제나 굉장히 멋져 보였다. 그건 공연하는 자들을
위한 비밀스러운 공연이었다. 나는 그들 중 한명을 보라며
실바를 팔꿈치로 쿡 찔렀다. 그건 한 댄서의 맨 어깨와 팔
을 가로질러 날개 끝에서 다른 쪽 끝까지를 넓게 펼치고
있는 빛나는 불사조였다.

　관객들 사이에서는 작은 스크린 몇개도 빛나고 있었다.
브레이서 탭으로 우리를 녹화하느라 팔을 높게 들고 있는
사람들이었다. 난 그건 괜찮았다. 공연에 온 사람들은 그
곳에 있는 게 어떤 느낌인지 알고 있었다. 그들은 우리가
공연할 장소가 있는 한 계속해서 다시 찾아올 것이었다.
홀로그램이 아닌 녹화 영상의 유일한 시장은 이 관객들과
같은 사람들이었고, 그렇게 녹화된 영상은 그들로 하여금
다시 공연장에 오도록 영감을 불러일으킬 뿐이었다.

　공연이 끝나갈 때 나는 데이지에게 「열린 길의 성모」를
바쳤다. 마지막 후렴구가 끝날 무렵, 재키는 그가 전에 해
본 적 없는 방식으로 탐탐을 연주해 노래를 활짝 열었고,
그가 착륙해야 하는 지점에 착륙하지 않으려는 계획임을
분명히 했다. 실바와 나는 눈빛을 교환하며 말없이 '재밌
어지겠는데'라고 생각하고는 재키를 따랐다. 그렇게 하는
유일한 방법은 평소보다 더 크게 소리를 만들고, 계속 이
어가고, 그렇게 그걸 괴물로 만드는 것이었다. 나는 나의

게인 페달을 밟고 피드백을 조절하기 위해 앰프 쪽으로 몸을 돌렸다. 열린 길의 성모님, 또 하루를 지낼 수 있게 해주시옵고.

어떤 기적 같은 의사소통 덕분에 우리는 마치 계획된 것처럼 보일 수 있을 정도로 깔끔하게 노래를 마무리할 수 있었다. 나중에 재키를 죽여버리고 싶겠지만 그 순간에 나는 그를 사랑했다. 관중은 환호성을 질렀다.

나는 어깨로 눈의 땀을 닦아냈다. "여러분을 위한 곡이 한 곡 더 있습니다. 오늘 이 자리에 와주셔서 진심으로 감사합니다." 나는 「웃는 게 낫지」가 뒷북처럼 들리지 않기를 바랐다.

바로 그때 정전이 됐다.

"경찰이다!" 누군가가 소리쳤다. 관중은 문 쪽으로 밀려 나가기 시작했다.

"경찰 아니에요!" 다른 누군가가 소리쳤다. "그냥 정전입니다!"

"그냥 정전이랍니다!" 나는 마치 마이크가 아직 켜져 있기라도 하듯 그 말을 마이크에 대고 반복했고, 그들이 아직 내 말을 듣고 있기를 바라며 앞줄에 더 큰 목소리로 "뒤로 전해주세요!"라고 말했다.

그 메시지는 관객을 타고 물결처럼 전달되었다. 사이렌 소리가 나는지 집중하며 흩어질 준비를 하고 기다리는 긴장된 순간이 지나갔다. 그러더니 그들은 정전이 도시 전체의 것인지 건물만의 것인지, 전기 요금이 제대로 납부되었는지, 이곳을 폐쇄하기 위한 음모는 아닌지를 두고 토론을 벌이기 시작했다.

에마는 군중을 헤치고 우리에게 이야기를 하러 왔다. "시내 쪽 회로에 과부하가 걸릴 때마다 이 동네 전원을 차단해요. 우리는 누군가가 시의회에서 이 문제를 제기하게 만들기 위해 노력하고 있어요."

나는 몸을 기울여 땀에 젖은 채로 그녀를 안아주었다. "걱정하지 마. 이런 일도 있을 수 있지."

우리는 록의 신이 우리에게 미소지어주기를 기대하며 기다렸다. 공간은 점점 더워졌고, 누군가가 바깥 문을 열어서 온도를 약간 낮추었다. 이십분이 지난 뒤 우리는 악기를 내려놓았다. 최소한 우리는 준비한 세트리스트의 대부분을 이미 연주한 후였다. 초대한 쪽에서는 우리에게 일당을 줄 게 분명했고, 들으러 온 사람들 역시 돈값을 못했다고 불평할 정도는 아니어서 걱정은 없었다. 나는 배낭에서 호텔 수건을 끄집어내 땀이 뚝뚝 떨어지는 얼굴을 닦았다.

몇몇은 우리에게 다가와 말을 걸고 티셔츠와 패치, 심지어는 LP판과 다운로드 코드까지 구매했다. 우리 노래의 대부분을 온라인에서 무료로 들을 수 있었는데도 말이다. 그게 바로 이 아이들이 가진 아름다움의 일부였다. 그들은 모두 찢어지게 가난했지만 여전히 우리를 지원하고 싶어 했다. 그게 단지 패치나 핀, 아니면 그들이 이초면 해킹할 수 있는 비밀번호일지라도 말이다. 그리고 그들은 모두 현금을 믿었다. 그들에게 축복이 있기를. 우리는 그들의 휴대폰 화면 불빛에 의지해 거스름돈을 계산했다.

모비 K. 딕의 여자애들은 모두 티셔츠를 샀다. 트룰리는 LP도 구입했는데 ─ 그녀가 바이닐을 좋아한다는 건 이해가 됐다 ─ 나는 "내가 가장 좋아하는 새로운 밴드에게, 행운이 따르기를"이라고 사인했다. 그녀는 밴드 멤버들과 함께 바퀴를 굴려 나갔고, 부모는 보이지 않았다. 나는 그들이 라이브 음악을 듣기에는 너무 나이가 들었다고 생각한 걸까 고민했다가 그 생각을 한 스스로를 나무랐다. 그들이 아마도 내 나이일 거라는 사실에 화를 내든가 그들이 거기 없다는 사실에 화를 내든가 하나만 해야지. 게다가 그들은 그저 아이들과 따로 나간 것일 수도 있었다. 내가 그런 데 집착하기 시작하는 걸 보니 정말 피곤한 상태구나 싶었다.

"물이 좀 필요해 보이는데요." 어둠 속에서 누군가 나에게 말했다. 응결로 표면이 축축한 물병이 내 손에 쥐어졌다.

"고맙습니다." 나는 말했다. "불이 다 나갔는데 내가 지금 어떻게 보이는지를 당신이 어떻게 아는지 모르겠지만요."

바로 그때 천장의 등이 다시 윙윙거리며 들어왔다. 나는 기타를 앰프에 뒤집어 기대어 놓았던 터라 끼익 하는 피드백 소리가 울렸다. 나는 물을 다시 돌려주고, 손을 바지에 문질러 닦은 뒤, 스탠바이 스위치를 쾅 내리쳤다. 그 날카로운 소리는 점차 사라졌다. "미안해요, 뭐라고 하셨죠?" 나는 아직 병을 들고 서 있는 낯선 사람에게 돌아가 물었다. 나는 그녀에게서 병을 다시 받아들었다. 나는 빛이 있으면 그녀를 알아볼 수 있을 거라 생각했지만 그녀는 낯설었다. 아마도 삼십대 중반 정도 되어 보였고, 큰 키에 그을린 피부, 그리고 무난하게 친절한 얼굴에 운동을 한 듯한 팔뚝을 가졌으며, 한쪽 팔뚝에는 브레이서 탭이 묶여 있었다. 그녀는 소매를 잘라낸 '매그니피슨트 비피터스' 티셔츠를 입고 있었다. 우리는 그들이 유명해지기 전에 그들과 함께 공연을 하곤 했었다.

"아까 당신이 목이 마른 것처럼 보인다고 말했던 거였어요. 그니까, 정전되기 전에 그렇게 보였는데요, 그래서 그 후에도 아마 그렇게 보일 거라고 생각했어요."

"아."

"그리고 공연 좋았다고 얘기하고 싶었어요. 제가 본 당신 공연 중 최고였어요."

"여러번 봤어요?" 내가 그녀를 알아보지 못했음을 암시하는 어쩌면 약간 무례한 질문이었다. 영업에는 좋지 않았다. 모든 사람들이 자기 자신이 그 공연 경험의 필수적인 부분이었다고 믿도록 만들어야 했다. 하지만 솔직히 난 그녀를 본 적이 없었고, 그건 그녀가 최근 육개월간 우리를 계속 따라다녔다고 말하지 않는 한 최악의 질문은 아니었다.

"당신 밴드를 최근 육개월간 계속 따라다녔어요." 그녀가 말했다. "하지만 대부분 라이브 공연 관객이 올린 업로드 영상으로 봤죠. 그렇지만 지난번 콜럼버스 공연 때랑 로체스터 때는 직접 갔었어요."

로체스터 공연은 거대한 창고에서 했었다. 좀 덜 미안했다.

"와줘서 고맙습니다. 그리고, 어, 그 물도요." 나는 만회하려 애썼다.

"천만에요." 그녀는 말했다. "당신 음악이 정말 좋아요. 전 니키 켈러만이에요."

그녀는 가상 명함을 교환하자는 보편의 제스처로 팔을 내밀었다.

"죄송해요. 저는 논-컴이에요." 나는 말했다.

그녀는 놀란 것 같았지만 내가 논-컴이라는 사실에 놀란 건지 아니면 그 용어를 몰랐던 건지 구분할 수 없었다. 후자는 그다지 있을 법한 일이 아니었다. 요즘 우리 공연의 관객 중 삼분의 일 정도는 온갖 기기와 그에 딸려오는 모든 기업의 추적을 포기한 사람들이라고 말할 수 있었다.

그녀는 태블릿을 풀고, 축축해진 팔에서 얇은 지갑을 떼어 낸 후 그 안에서 종이 명함을 꺼냈다.

나는 그걸 소리 내 읽었다. "니키 켈러만, 신인발굴팀, 스테이지홀로 제작사."

나는 그걸 그녀에게 돌려주었다.

"제 말 좀 들어보세요." 니키가 말했다.

"그래요, 신인 발굴팀 선생님. 제가 짐 싸는 동안 말해 보시죠."

나는 기념품 통을 열고 그 안에다 티셔츠들을 다시 쌓아 넣기 시작했다. 보통은 다음에 열 때를 위해 시간을 들여 사이즈별로 분류했지만 이번에는 최대한 빨리 벗어나고 싶어서 그냥 던져 넣었다.

"아시겠지만 우리는 전국 공연장에 스테이지홀로를 성공적으로 도입하고 있어요. 이전에는 라이브 음악이 없던 곳에도 라이브 음악을 가져다주는 거예요."

"그 말에는 잘못된 부분이 일곱가지 정도 있는데요." 나는 쳐다보지도 않고 말했다.

니키 켈러만은 내가 대꾸를 하지 않았다는 듯이 계속했다.

"가장 잘 팔리는 공연은 아레나, 록, 팝, 랩, 그리고 스페인 팝이에요. 이제 우리는 바와 클럽으로 치면 열 곳 중 아홉 곳에는 들어가 있죠. 스테이지홀로 앳홈^{At Home}은 네 곳

중 한 곳에 있고요."

"이제 그만하시죠. 저에게 스테이지홀로 앳홈 얘기는 꺼낼 생각조차 하지 말라고요." 내 목소리가 높아졌다. 실바는 구석에서 자전거를 타는 애들 몇몇과 대화하고 있었지만 걱정스러운 눈빛으로 이쪽을 보는 걸 알 수 있었다. "'거실을 떠나지 않고도 라이브 공연의 모든 흥분을 즐기세요' '오늘 밤 존 레전드와 함께 앳홈 하세요'."

나는 기념품 상자 뚜껑을 쾅 닫고 그걸 문 쪽으로 옮겼다. 내가 무대 장비를 챙기러 갔을 때 니키가 따라왔다.

"당신은 이 잠재력을 이해하지 못하고 있어요, 루스. 우린 사업을 다각화해서 새로운 관객층에 가닿으려고 해요. 펑크, 포크, 메탈, 뮤지컬 시어터까지 진출할 계획이죠." 니키는 그들이 아직 완전히 파괴하지 않은 몇가지 장르를 더 나열했다.

나는 그녀를 한대 치기 직전이었다. 나는 폭력적인 사람이 아니었지만 확실히 그녀를 한대 칠 것 같다는 걸 알 수 있었다. "당신은 지금 나를 똑바로 보며 내 생계를 망치는 데 도움을 달라고 하고 있어요."

"아니요! 망치는 게 아니죠. 더 나은 삶으로 초대하는 거라고요. 당신은 여전히 공연을 할 수 있고 관객도 있을 거예요."

"거기 있으라고 돈을 받은 엑스트라 관객이요? 당신네

스튜디오 관객들이요?" 나는 이를 악물고 물었다.

"그렇기도 하고 아니기도 해요. 당신의 공연장에 설치할 수도 있으니까요, 조금 더 어렵긴 하지만. 아레나 환경에서는 문제가 없지만 이런 곳에서는 삼차원 배열이 신경 쓰일 거예요. 우리가 극장이나 아레나를 예약해드릴 거예요. 필요하다면 관중도 채워넣고요. 원하신다면 그 사이사이에 이런 공연도 계속할 수 있지만······" 니키는 어깨를 으쓱하며 내가 왜 그런 걸 하고 싶어할지 이해할 수 없다는 듯한 표정을 지었다.

"저기, 루스, 이것 좀 도와줄래?" 나는 마이크를 케이스에 넣지 않고 잡고만 있는 내 손을 내려다보았다. 그리고 매일 밤 혼자서 하지 않았다는 듯 베이스 앰프를 손수레에 올리려고 애쓰는 실바를 올려다보았다. 이건 분명히 그가 보내온 구조 신호였다.

"가봐야겠네요." 나는 악마의 신인개발 담당자에게 말했다. "당신네 사람들이 우리에게 연락하게 하세요."

베이스 장비를 옮기는 일을 두 사람이 필요한 일로 만들기 위해서는 우리의 연기력을 모두 동원해야 했다. 우리는 과장되게 느린 동작으로 문까지 걸어갔다. 밴에 들어 올릴 땐 진짜로 두 사람이 필요했지만 보통 내 허리와 무릎 때문에 나를 빼고 둘이 했다. 나는 이를 악물고 그걸 들어 올렸다.

"아까 뭐였어?" 실바가 데이지의 뒷문을 닫고 기대서며 물었다. "너 그 여자 목을 이로 물어뜯을 것처럼 보였다고."

"스테이지홀로! 말도 안되게 뻔뻔하지 않아? 여기 와서 우리를 어둠의 편으로 끌어들이려고 한다?"

"정말 뻔뻔하네." 실바는 고개를 저으며 내 말을 따라 했지만, 나를 이상한 눈으로 쳐다봤다. 그는 땀에 젖은 이마를 팔로 닦고 밴에서 몸을 떼었다.

나는 그를 따라 다시 안으로 들어갔다. 니키 켈러만은 아직도 거기 있었다.

"루스, 당신은 내가 제안하는 걸 제대로 보지 못하고 있어요."

"아직 안 갔어요? 저는 꽤 확실하게 말했다고 생각했는데요."

"여길 좀 둘러봐요." 니키 켈러만은 거의 비어버린 공간을 향해 손짓을 했다.

나는 그녀를 똑바로 쳐다봤다. 대답의 형태로 존중을 보여주는 일은 절대 하고 싶지 않았다.

"루스, 오늘 밤 좋은 관객이 있었던 건 알지만 더이상 안 오는 사람들이 있지 않나요? 지금 있는 이 장소를 좀 보라고요. 대중교통도 더이상 이 동네까진 안 다녀요. 당신은 고작해야 몇 블록 안에 있는 창고에 무단으로 거주하는 사람들과 자전거나 자율주행차를 감당할 수 있는 사람들만을 위해 연주하고 있는 거라고요."

"대부분의 사람들은 자전거 한대쯤은 구할 수 있어요." 나는 말했다. "그런 일로 불평하는 건 들어본 적이 없다고요."

"그럼 당신이 자전거를 탈 수 있는 사람들을 위해 공연을 한다고 해보죠. 그 첫번째 밴드의 베이시스트는 차 없이 여기 올 수 있었을까요?"

처음으로 나는 그녀가 들을 만한 말을 하고 있다고 느꼈다. 나는 앰프 위에 앉았다.

"당신은 이 일을 소명처럼 여기는 도시의 펑크족 일부만을 위해 공연을 하고 있어요. 그리고 그다음엔 밤에 외출하는 걸 감당할 수 있으면서도 여전히 스스로를 혁명가라고 생각하는 소수의 사람들을 위해 공연하죠. 그것도 좋아요. 고귀한 일이죠. 하지만 나머지는 어떡하죠? 베이비시터를 고용할 여유가 없는 부모들은? 혼자서 여기까지 올 수 없을 만큼 어리거나 도시로 올 방법이 없는 십대들은? 음악을 사랑하고 당신의 메시지를 들을 자격이 있는 사람들이 충분히 있어요. 그들은 단지 당신이 공연을 하는 곳에 살 만큼 운이 좋지 않을 뿐이에요. 그들에게도 도달하고 싶지 않나요?"

망할, 망할, 망할, 그녀의 말에 일리가 있었다. 나는 어젯밤 우리의 술값을 계산해준 남자와 중식당 밖 교회 밴 남자, 그리고 차를 가지고 있는 언니가 없을 경우의 트룰리를 생각했다.

니키 켈러만의 제 등을 만졌다. "전 공연을 마친 후의 당신을 여러번 봤어요. 당신은 공연할 땐 굉장하지만 무대에서 내려올 때면 이게 얼마나 힘든 일인지 다 보여요. 당신은 지쳤어요. 당신이 아프거나 당신의 허리가 완전히 나가버리면 어떻게 하죠?"

"전 항상 버텨왔거든요." 그렇게 말했지만 나는 일분 전만큼 분노를 품고 있지는 않았다.

"제 말은 당신이 그저 버티기만 할 필요가 없다는 거예요. 이런 공연들을 계속할 수 있지만 이렇게 많이 할 필요는 없어요. 우리가 도와줄 수 있게 해줘요. 마사지 치료사나 척추지압사, 혹은 자율주행 밴을 제공해줄 수 있어요."

나는 항의하려고 했지만 그녀가 두 손을 들어 올려 나를 진정시켰다. "죄송해요, 당신이 당신의 밴을 사랑한다고 얘기한 걸 알아요. 무례하게 굴려던 건 아니에요. 제가 당신을 따라다니는 건 저의 상사가 그러라고 해서가 아니에요. 제가 당신의 공연을 봤기 때문이죠. 당신은 훌륭한 음악을 만들어요. 사람들의 마음에 가 닿죠. 그게 바로 우리가 원하는 거예요."

그녀는 내 옆 앰프 위에 명함을 놓고, 클럽 앞문으로 나갔다. 나는 그녀가 나가는 걸 지켜보았다.

"저기, 루스." 재키가 나를 불렀다. 나는 천천히 그 쪽으로 갔다. 내 허리가 다시 항의를 하기 시작했다.

"무슨 일이야?" 내가 물었다.

그는 자신을 둘러싼 자전거 타는 아이들, 에마와 루디, 그리고 내가 이름을 잊어버린 몇몇을 가리켰다. 마리나? 마린. 나는 미소를 지었다. 우리를 이곳에 초청해준 사람들이니 그들과 더 많은 시간을 보냈어야 했다.

"우리의 관대한 주최자들이 근처에 묵을 곳을 제안해줬어. 나는 좋은 생각인 것 같다고 말했는데, 결정은 네가 해."

그들은 모두 나를 바라보고 기다렸다. 나는 아직 오늘 밤의 수입을 확인하지 못했다. 이런 곳은 자신들의 몫을 떼어가지 않기 때문에 아마 꽤 좋을 것이다. 그들은 음악을 위해 이 일을 하니까. 그리고 우리와 시간을 보낼 수 있는 기회, 내가 제공할 수 있는 그것. "좋은 것 같아요." 내가 말했다. "밴에서 하룻밤을 더 자는 것보다는 뭐든 낫죠." 우리는 호텔을 감당할 수 있을지도 모르고, 다음 날을 위해 호텔에 돈을 쓰지 않고 아껴둘 수도 있었다. 나는 머릿속으로 피츠버그로 가는 다음 여정을 떠올렸다.

자전거를 타는 아이들의 도움으로 우리는 남은 장비를 빠르게 정리할 수 있었다. 루디가 돈을 세고 자부심이 가득한 표정으로 나에게 건넬 때까지 조금 더 기다렸다.

"고마워요." 내가 말했고, 진심이었다. 정말 좋은 공연이었고, 돈도 실제로 예상보다 더 많이 벌었다.

"우리 여긴 언제든 다시 올게요." 그걸 증명하기 위해 나는 배낭에서 일정표를 꺼냈다. 그는 에마를 불렀고, 우리는 석달 뒤의 재방문 일정을 같이 적어 넣었다. 이렇게 유능한 사람들과 함께 일하게 되어 기뻤다. 석달 뒤에도 그들이 여기 있을 가능성은 높았다. 우리는 결국 식당에 도착했다. 밴은 앞에 주차되어 있었고, 자전거들은 뒤쪽 울타리에 체인으로 묶여 있었다. 무질서한 무리였다.

나는 너무 피곤해서 메뉴판이 영어로 보이지 않았다. 그러다 내가 스페인어 쪽을 보고 있다는 걸 깨달았다.

"우리가 묵을 곳에 냉장고가 있나요?" 실바가 물었다.

똑똑한 녀석이었다. 에마가 고개를 끄덕였다. 실바와 재키, 그리고 나는 즉시 메뉴의 어느 쪽도 더 보지 않고 각자 변형된 오믈렛을 주문했다. 오믈렛의 장점이라면 토스트와 감자는 다 먹고, 나머지는 챙겨두었다가 다음 날에도 계란을 여전히 맛있게 먹을 수 있다는 점이었다. 한끼로 두끼, 어쩌면 세끼까지 해결할 수 있고, 이틀 동안 쓰레기통을 뒤질 필요도 없었다.

우리의 주최자들은 정말 재미있었다. 나는 간신히 눈을 뜨고 있었지만 — 최소한 두번은 눈이 감겨 있다는 걸 깨달았다 — 에마는 콜럼버스의 정치와 자전거, 녹지 공간에 대해 유머와 열정을 섞어 이야기했고, 그건 나로 하여금 우리가 공연을 하는 이런 곳들에 대해 백만번째로 감사함을 느끼게 했다. 비록 내가 대화를 완전히 다 따라가지는 못했지만 말이다. 니키 켈러만은 스스로 변기물에나 빠져버리라지. 나는 이 아이들을 그 무엇과도 바꾸지 않을 것이다.

우리에게 제안된 장소를 보기 전까지는 그랬다. 그 근사한 식사 이후, 알 수 없는 어두운 동네를 통과해 그들의 자전거 속도에 맞춰 따라가 실바가 밴을 세웠다. 마지막 구간은 포장된 주차장 입구 위로 자란 잔디 사이 두 개의 긴 바퀴 자국을 따라 포장도로에서 벗어나는 것이었다. 나는 도시 지도를 보고 따라가보려고 했지만 거리가 일치하지 않아 포기했다. "이봐." 내가 눈을 뜨며 말했다. "저게 뭐야?"

우리는 모두 위를 쳐다보았다. 첫눈에 그건 위층을 받치고 있는 벗겨진 하얀 기둥들이 있는 거대한 벽돌 플랜테이션 저택 같아 보였다. 두번째 보니 어쩌면 일종의 공장처럼 보이기도 했다.

"옛날 병영이야." 지역 관광지의 왕인 재키가 말했다. "저 아이들이 버려진 요새를 차지했네."

"내용물도 포함되어 있었을지 궁금하다." 실바가 총을 장전하는 시늉을 했다. "자전거 아니면 죽음을."

나는 웃었다.

재키는 앞좌석으로 몸을 기울였다. "나한테 드럼 세트

다 옮기라고 하면 나 진짜 그만둔다. 자전거 부대에 합류할 거야. 맹세한다."

나는 창밖을 보았지만 어디인지를 전혀 알 수 없었다. "실바?"

"난 네가 그래야 한다고 생각하면 밴에서 잘 수 있어."

실제 침대가 있다는 걸 생각하면 관대한 제안이었다.

"그럴 필요 없어." 내가 결정했다. "모험을 해보자." 나는 아침에 잠깐이라도 연주할 수 있길 바라며 뒷문에서 기타를 꺼냈다. 실바도 똑같이 했다. 우리는 악기와 배낭을 어깨에 멨고, 재키는 우리의 오믈렛이 담긴 스티로폼 상자 세 개를 들었다. 자전거를 타는 아이들은 거대한 문 옆에서 무리지어 기다리고 있었다. 우리는 비틀거리며 그쪽으로 걸어갔다. "그래서 누가 열쇠를 가지고 있어?" 실바가 물었다. 에마는 씩 웃었다. "이쪽으로 오세요."

그 커다란 문은 극적인 효과를 위한 것일 뿐이었다. 우리는 옆에 있는 잠기지 않은 작은 문으로 들어갔다. 그것은 건축 후기에 되는대로 추가한 것처럼 보였다. 문 밖에는 발전기가 윙윙거리며 돌아가고 있었고, 그게 우리의 남은 음식을 보관할 냉장고에 전원을 공급하고 있었다. 나는 그게 천장 등에도 전원을 공급하기를 바랐지만 자전거를 탄 아이들은 우리가 음식을 넣자마자 모두 할로겐 손전등을 꺼냈다.

그림자는 모든 걸 불길하고 낡아빠진 것처럼 보이게 했다. 나는 그게 낮에 봐도 똑같이 보일지 확신할 수 없었다. 부서져가는 계단을 올라간 뒤, 또다른 계단을 올라 더 작은 3층에 도착했다. 한쪽은 벽이고 다른 쪽은 난간이었는데, 그 아래로 온통 암흑인 중앙 공간이 내려다보였다. 우리의 발자국 소리가 텅 빈 공간에 메아리쳤다. 피곤한 상태에서 나는 복도에서 그냥 자라는 말을 듣게 되는 상황을, 바닥에 머리를 대고 자야 하는 상황을 상상했다. 만약에 그들이 곧 멈추지 않는다면 내가 그럴 수도 있었다.

다행히 우리는 더 멀리 갈 필요가 없었다. 에마는 표시가 없는 문을 활짝 열고 나에게 손전등을 건넸다. 나는 그걸로 방 안을 둘러봤다. 깨진 유리창으로 바람이 스며들었다. 펼쳐진 소파 침대가 공간의 대부분을 차지하고 있었고, 닳아빠진 소파가 창문 아래에 축 늘어져 있었다. 그 물건들이 어떻게 계단을 완전히 무너뜨리지 않고 이 방까지 올라왔는지 미스터리였지만 이렇게 가구가 반갑게 보인 건 평생 처음이었다.

나는 어깨를 늘어뜨리고 기타를 바닥에 내려놓았다. 자전거를 탄 아이들이 우리를 쳐다보고 우리도 그들을 쳐다보았다. 오 하느님, 나는 생각했다. 만약 그들이 더 같이 놀고 싶어한다면 나는 울어버릴 것 같았다.

"여기 정말 멋지네요." 외교관인 실바가 말했다. "정말 감사합니다. 밴에서 자는 것보다 훨씬 좋네요."

"좋아요. 내일 봐요!" 루디가 뾰족한 머리를 까딱이며
말했다. 그들은 문으로 물러나 문을 닫고 복도를 따라 삐
걱거리면서 사라졌다.

나는 소파에 푹 주저앉았다. "난 더이상 못 움직여." 내
가 말했다. "그들이 임대한 건지 무단 점거한 건지 얘기했
어? 여기 감옥 같다는 느낌 안 들어?" 재키가 소파 침대에
털썩 누우며 물었다. 실바가 문을 열었다. "갇힌 건 아니
네." 그는 복도를 내다보고 우리에게 돌아섰다. "하지만,
음, 그애들은 흔적도 없이 사라졌어. 너희 둘 중에 화장실
어디 있는지 본 사람 있어?"

나는 고개를 저었다. 아니면 그랬을 거라고 생각했다.
그들은 알아서 해야 했다.

그 밤은 편안하지 않았다. 한번은 실바가 병에 소변 보
는 소리에, 한 번은 동물들이 문을 긁는 것 같은 소리에, 한
번은 소파의 스프링이 내 허벅지를 찌르고 있음을 깨닫고
잠에서 깼다. 네번째로 아침 8시 즈음에 깼을 때, 나는 토
끼처럼 보이는 천장의 균열을 바라보고 있는 나를 발견했
다. 고개를 돌리자 소파 침대 아래에 고양이 화장실이 보
였다. 아마도 그게 아까 들렸던 긁는 소리를 설명해주는
건지도 몰랐다.

나는 몸을 굴려 척추를 하나씩 세우며 일어났다. 스프링

만 빼면 나쁘지 않은 소파였다. 내 허리는 전날 밤보다 나아진 것 같았다. 나는 기타를 들고 살며시 빠져나왔다.

발걸음 소리가 메아리치지 않도록 조심했다. 창문으로 들어오는 울퉁불퉁한 첫 햇살에 나는 이 장소가 얼마나 황량한 곳인지를 정확하게 볼 수 있었다. 마치 야생으로 돌아간 것 같았다. 나는 1층으로 살금살금 내려갔다. 세계 지배를 위한 전투 계획처럼 보이는 벽화를 지나쳤는데, 온통 원과 화살표뿐이었고, 또다른 벽화에는 두 대의 자전거가 짝짓기를 하고 있는 모습이 그려져 있었다. 잠긴 문 세 개를 지나자 냉장고와 출구가 보였다. 이 거대한 건물 너머로 비슷한 크기의 여러 건물들이 푸른 잔디밭에 흩어져 있었다. 나는 아침 햇살 속에서 건물에 등을 기대고 바닥에 앉았다.

기타와 단 둘이 있으니 좋았다. 계속해서 투어를 하는 것의 문제는 우리가 언제나 운전 중이거나 언제나 사람들과 같이 있거나 언제나 우리가 이미 아는 노래들만 연주한다는 것이었다. 그리고 틈새 시간이 생기면 우리는 그 시간을 새로운 공연 기회를 찾거나 다음 장소가 아직 존재하는지 확인하는 데 썼다. 새로운 곡을 쓰는 것처럼 중요한 일은 우선순위 목록의 맨 마지막으로 밀려났다.

이 기타와 나는 오랜 친구였다. 내가 다운스트로크를 할 때 치는 부분은 픽가드 위 광택이 이미 닳아 없어졌다. 작은 홈들은 내 손가락이 프렛을 누른 자국을 표시하고 있었다. 그녀는 내 손에 완벽하게 맞았다. 우린 더이상 대화를 하지 않았다.

내 기타는 오래된 레스폴 모조품이었고, 벗겨진 나무가 드러난 부분을 제외하면 은색 구름무늬였다. 어찌나 무거웠던지, 이게 바로 내 허리가 항상 아픈 이유였다. 그녀 위로 몸을 기울일 때 만들어지는 구부정하게 굽은 어깨는 영구적인 상태로 굳어졌다. 물론 앰프 없이 그녀는 현의 가벼운 소리 이상은 내지 못했다. 그럼에도, 그녀는 느낌이 좋았다.

우리가 매일 밤 연주하는 노래들을 연주할 필요는 없었지만, 내 손가락들은 항상 새로운 패턴을 찾기 전에 익숙한 것들을 반드시 먼저 연주하곤 했다. 나는 몇몇 옛날 곡을, Frightwig와 캐슬린 전투 학교와 Disappear fear의 노래처럼 내가 처음 독학으로 기타를 배울 때 좋아했던 노래들을 연주했다. 순전히 나에게 정말 와닿는 무언가를 연주하기 위해서였다. 그러다 「그녀가 바로 내 사랑」의 몇마디를 연주하고, 모비 K. 딕의 고래 노래 중 기억나는 부분을 연주했다. 나는 그애들이 마음에 들었다.

마침내 내 뇌의 잠금이 해제되었을 때, 나는 꼬여 있는 작은 단조의 하강 멜로디에 사로잡혔다. 고래 노래와 같은 리듬이지만 다른 진행, 다른 리프였다. 모든 음악가들이 하는 것과 같은 작은 도둑질이었다. 열 두 개의 음 안에서 선보일 수 있는 독창성이란 한계가 있었다. 제기랄, 대부분의 클래식 펑크는 코드 몇개로 만들어졌다. 루 리드가 뭐라고 했더라? 코드 하나면 괜찮고, 두개는 무리하는 거고, 세개면 재즈의 영역이라고? 나는 노래를 부르기도 전에 내가 무엇에 대해 노래하고 있는지 깨달았다. 스테이지 홀로의 제안, 그리고 매일 밤 돈을 받고 모인 관객들 앞에서 연주한다는 생각, 그것의 장점과 단점에 대해. 악마와의 거래가 가지는 흥미로운 점은 그의 제안을 거절하는 사람들에 대해서는 거의 듣지 못한다는 점이다. 어쩌면 가끔은 영혼을 바치는 게 가치 있는 일일지도 모른다. 나는 공연 가방 주머니를 뒤져 펜과 종이를 찾았다. 네임펜만 하나 나왔는데, 나는 가사를 내 팔에 적었다. 코드들은 기억될 것이다. 내가 그것들을 기억할 것이다. 아마 가사도 기억하겠지만 나는 그걸 운명에 맡기고 싶지 않았다.

실바가 잠시 후 허리에 낡은 수건만 두르고 나왔다. "뒤쪽에 양동이 샤워장이 있어!" "잠깐만 기다려, 근데 이거 먼저 한번 들어봐." 나는 그에게 내가 만든 것을 연주했다. 그의 눈이 커졌다. "금방 돌아올게."

그는 잠시 후 청바지를 입고 베이스를 들고 돌아왔다. 우리는 둘 다 세게 연주해야 했고, 나는 전원이 연결되지 않은 전자악기 소리를 듣기 위해 속삭이듯 노래해야 했지만, 얼마 지나지 않아 우리는 둘 다의 마음에 드는 무언가를 만들었다. "오늘 밤에?" 그가 나에게 물었다.

"그럴 수도…… 우리가 거기 얼마나 일찍 도착하느냐에 따라 다르겠지. 그리고 거기 진짜 사운드체크가 있는지에 따라서도. 기억나?"

그는 고개를 저었다. "네개 악기 밴드 라인업에, 창고에서 한다는 것만 기억나. 그렇지만 우리가 곧 출발한다면 일찍 세팅할 수 있지 않을까? 세시간 정도밖에 안 걸릴 거야 아마." 그는 샤워 장소를 알려줬고, 나는 그 기회를 활용했다. 자전거를 탄 아이들이 울퉁불퉁한 사과가 든 봉지를 가져왔고, 우리는 바닥에 앉아 오믈렛과 함께 사과를 먹었다. 오랜만에 최고의 아침이었다. 그들은 이 부대에 관해 설명했다. 이야기는 예술 지원금과 오래된 학교, 버려진 건물들, 그리고 고양이 보호소와 관련이 있었는데, 나는 머릿속으로 새로운 노래를 생각하느라 중간 어디선가 이야기를 놓쳤다. 아침 식사 후, 우리는 길을 떠나야 한다는 핑계를 댔다. 그들은 우리가 왔던 길로, 앞쪽까지 돌아가며 우리와 함께 걸어왔다. 내 미소는 모퉁이를 돌 때까지만 유지되었다. 데이지가 사라진 걸 확인하기 전까지 말이다. "재키, 네가 옮겼어?" 실바가 물었다. "열쇠는 네가 가지고 있잖아."

실바는 주머니를 더듬어 열쇠를 꺼냈다. 우리는 더 가까이 걸어갔다. 유리 조각들. 나는 그 자리를 응시하며 의지로 데이지를 제자리에 돌려놓으려고 애써보았다. 눈을 깜빡 하면 다시 돌아올 거라고. 어떻게 이런 일이 일어나도록 놔뒀을까? 나는 머릿속으로 어젯밤을 되짚어보았다. 유리 깨지는 소리나 엔진 시동 거는 소리를 들었던가? 그렇지 않은 것 같았다. 우리는 연주를 하거나 먹거나 샤워하거나 자는 동안 얼마나 여러번 그녀를 밖에 두었던가? 나는 유리를 피해 길가에 누워 아침 하늘을 올려다보았다.

자전거 아이들은 낙심한 표정으로 모두 동시에 말했다. "이런 일은 한번도 일어난 적이 없어요." "저희는 그냥 도움을 드리려고 한 건데."

"너희 잘못이 아니야." 잠시 후 내가 말했다. 그리고 그들이 계속하길래 더 크게 반복했다. "너희들 잘못이 아니야." 그들은 입을 다물고 나를 쳐다봤다.

나는 앉아서 손을 뒤로 짚은 채 침착한 사람, 어른 역할을 하려 애쓰며 계속했다. "나쁜 소식은 우리가 경찰에 신고를 해야 한다는 거야. 좋은 소식은 너희가 무단 점거는 아니니 우리가 여기서 뭘 하고 있었는지 설명하느라 너무 애쓸 필요는 없다는 점이고. 나쁜 소식은 밴을 훔친 사람이 그 연료통으로 꽤 멀리까지 갈 수 있다는 거고. 좋은 소식은 아마 이 근처 사람들일 테니 플로리다주까지 가려는 계획은 아닐 거라는 점이야. 아마도 자율주행이 아닌 차를 운전해본 적 없는 아이들일 테니 연료가 떨어지면 근처 어딘가에 그녀를 버리겠지." 나는 그들만큼이나 나 자신을 안심시키기 위해 노력하고 있었다.

"어쩌면 그들이 중국 음식을 싫어할지도 모르지." 재키가 말했다. "그 냄새 때문에 너무 배가 고파서 중국 음식을 먹으러 어딘가에 들러야 할지도 몰라. 우리는 이 근처 중식당을 다 찾아봐야 해."

실바는 이미 경찰과 통화를 하느라 무리를 벗어나 있었다. 그는 등을 돌리고 있었지만 나는 단편적인 정보를 들을 수 있었다. 번호판. 네, 밴입니다. 네, 타주 번호판입니다. 아니요, 제 소유는 아니지만 주인과 함께 있습니다. 네, 기다리겠습니다. 우리가 달리 어디로 가겠어요? 글쎄요, 피츠버그요, 하지만 거기 곧 도착할 수 있을 것 같진 않네요. 실바는 전화를 끊고 주머니에 손을 넣었다. 그는 돌아서지도 않고 무리로 돌아오지도 않았다. 내가 그에게 가봐야 했겠지만 그는 대화하고 싶어하는 것 같지 않았다. 경찰이 도착하기 전에 아이들은 흩어졌고, 에마를 제외한 모든 아이가 건물 안으로 사라졌다. 재키도 어디론가 사라졌다. 우리가 함께 다닌 모든 시간을 생각하면 나는 그의 과거에 대해 정말 아는 게 없다는 생각이 들었다.

신고를 받으러 온 젊은 여자 경찰은 처음에는 마치 우리가 범죄자라도 되는 듯 냉담했다. 에마가 상황을 설명했다. 경찰관님, 그런 게 아니고요, 무단 점거 아니고, 여기

허가증이 있어요. 나는 밴의 등록증과 보험을 배낭에 있는 폴더에 보관했는데 그것도 그녀를 조금은 우리 편으로 만드는 데 도움이 되었다. 아주 조금이었지만 말이다.

"보험 있죠?"

"물론이죠." 나는 같은 폴더를 뒤져서 보험 카드를 보여주었다. 그녀는 놀라는 것처럼 보였는데, 아마도 전자로 된 서류를 기대했기 때문일 거였다. "그렇지만 대인배상이랑 사람 운전자 보장밖에 되지 않는데요."

그녀를 또 한 번 놀라게 했다. "이 밴이 자율 주행이 아니라는 말씀이신가요?"

"아니에요, 경찰관님. 그 밴을 이십삼년 동안 탔거든요."

"정부에서 보조금을 제공했을 때도 전환하지 않으셨나요?"

"네, 저는 운전하는 걸 좋아해요."

그녀는 나를 이상한 눈으로 바라보았다.

"밴 안에 무엇이 있었나요?" 그녀가 물었다.

나는 한숨을 쉬고 뒤에서 앞으로 목록을 나열하기 시작했다.

"드럼 키트 한 세트인데 여러가지가 섞여 있는 잡동사니 같은 거예요. 암페그* 베이스 앰프, 마셜 기타 앰프, 공

---

* 베이스 앰프로 유명한 음향기기 회사.

연 의상이 한가득 들어있는 여행 가방. 슬리핑백. 소설책이 한 오십권 정도 든 상자. 음, 모든 판매용 상품들: 레코드와 티셔츠와 다른 굿즈들……" 나는 머릿속의 모든 잡동사니를 계속 나열하다가 작은 것들은 제외했다. 접이식 젓가락이나 식당 메뉴, 베개, 재킷 같은 것들. 그건 모두 대체 가능한 것들이었다. 내 생각은 한가지에 걸렸다.

"도로 지도. 랜드 맥날리 지도예요."

경찰관은 눈썹을 치켜올렸다. "뭐요?"

"도로 지도요. 지도가 들어 있는 책 말이에요."

"그걸 분실물에 기록하라는 뜻인가요?"

"뭐, 그것도 그 안에 있었어요. 그리고 어쨌든 저에게는 중요합니다. 안에 설명을 일일이 다 달아 두었거든요. 우리가 공연을 했던 모든 곳, 우리가 즐겨 가는 곳과 기피하는 곳." 나는 내 목소리의 흔들림을 감추려고 애썼다. 울지 마, 나는 스스로에게 말했다. 밴 때문에 울어야 한다면 울어. 지도 때문에 울지 말고. 다른 걸 다시 만들면 되지. 몇년이 걸릴지도 모르지만 할 수 있어.

물론 지도만의 문제는 아니었다. 우리는 가진 게 처음부터 별로 없었는데, 갑자기 훨씬 더 적어진 것이다. 나에게는 주머니 속 현금, 일정표, 배낭에 든 여벌 옷 한벌 그리고 기타만 남았다. 여기서 어떻게 다시 시작할 수 있을까? 밴 없이 어떻게 투어를 마칠 수 있지? 앰프나 드럼은?

경찰관은 보고서 사본을 전해주려고 휴대폰을 내밀었다.

"저는 논-컴이에요." 내가 말했다. "정말 미안합니다."

실바가 처음으로 나섰다. 물건들을 나열하는 건 도와주려고 입도 뻥긋 안 해놓고 지금 그의 폰을 들어 올리고 있다. "저에게 보내주세요, 경찰관님."

그녀는 단서를 찾는 대로 후속 조치를 하겠다는 약속과 함께 보고서를 전송했다. 순찰차에 탔다. 그녀는 실제로 핸들을 잡고 바퀴 자국이 난 길을 직접 운전해서 돌아가야만 했다. 이런 장소들이 바로 경찰차에 수동 운전 옵션이 있는 이유일 거라고 짐작했다. 어느 쪽이든 그녀는 우리를 이미 포기한 것 같았다.

나는 실바를 향해 돌아섰지만 그는 이미 걸어가버린 후였다. 나는 그를 따라 오래된 창고 쪽으로 난 길을 걸어갔다.

"잠깐!" 나는 그가 멈추지 않을 게 분명해 보여서 이렇게 말했다. 그는 나를 향해 돌아섰다. 나는 그도 나만큼 슬플 거라고 예상했지만 그는 내가 한번도 본 적 없는 만큼 화가 나 있었다. 주먹을 꽉 쥐고 턱을 꽉 다문 채로. "자." 내가 말했다. "진정해. 괜찮을 거야. 뭔가 길이 있을 거야."

"어떻게? 어떻게 괜찮은데, 루스?"

"그들이 데이지를 찾을 거야. 아니면 우리가 뭔가 다른 방법을 찾을 거고."

"데이지는 그냥 시작일 뿐이야. 앰프랑 앨범이랑 티셔츠, 그리고 우리가 가진 모든 것. 난 이제 여분의 속옷 한장도 없다고. 너는 있어?"

나는 고개를 저었다. "사면 되지……"

"슈퍼윌리에서 속옷 정도는 살 수 있겠지. 하지만 다른 것들은 다 안 돼. 우린 그걸 살 여유가 없어. 여기가 끝이야. 우린 끝났다고. 단……"

"단?" 그는 왼손 주먹을 펴고 종잇조각을 내밀었다. 나는 그걸 받아서 펴보았다. 내가 마지막으로 봤을 때 내 앰프 위에 있던 니키 켈러만의 명함이었다.

"안 돼." 내가 말했다.

"내 말 좀 들어봐. 우린 이제 남은 게 아무것도 없어. 아무것도. 우리가 전화해서 계약하겠다고 말하면 니키가 다 구해줄 거란 걸 알잖아. 우린 잃어버린 걸 다 찾을 수 있다고. 새 앰프, 새 무대 의상. 그리고 홀로그램 쇼를 한다면 새 밴도 필요 없을 거야. 잠시 쉴 수도 있고."

"진심이야? 한곳에 머물면서 홀로그램 쇼를 하겠다고?" 나는 대답을 기다렸다.

그는 흙 위의 유리조각을 밟아 부츠 뒷굽으로 짓이겼다. "지금까지 이십년 정도 함께 연주해오면서, 난 네가 그런 제안에 동의할 거라고는 상상도 못했어."

"제발 좀, 루스. 내가 너만큼 반대하지 않는다는 건 너도 알잖아. 너도 그걸 아니까 니키의 제안을 거절하기 전에 내 의견을 구하지도 않은 거고. 우리가 민주주의는 아니란 걸 알지만 예전의 너는 나에게 선택권이 있다는 착각이라도 하게 해줬었어."

나는 입술을 깨물었다. "맞아. 난 네 의견을 묻지 않았지. 그리고 사실 난 그녀의 제안을 결국 거절한 게 아니야. 승낙하지는 않았지만 그녀가 나를 혼란스럽게 하는 말을 좀 했거든."

그 말에 그가 멈췄다. 우리는 둘 다 잠시 아무 말도 하지 않았다. 나는 주변을 둘러보았다. 이런 논쟁을 하기엔 너무나 이상한 곳이었다. 언젠가 이런 일이 있을 거라고는 생각했지만 밴 안에서일 줄 알았다. 나는 그의 반응을 기다렸고, 아무 반응이 없길래 재촉했다. "그러니까 네가 원하는 게 그거라는 말이지?"

"아니! 어쩌면. 몰라. 어떨 때 보면 최악의 생각은 아닌 것 같단 말이야. 하지만 지금은 우리에게 다른 선택권이 없는 것 같아. 우리가 하던 대로 조금 더 계속할 수는 있었겠지만 완전히 바닥부터 다시 시작하라고?" 그는 고개를 저으며 다시 걸어갔다. 이번에는 따라가지 않았다.

우리가 머물렀던 건물로 돌아가니 자전거 아이들이 다시 나타나 자기들끼리 웅얼거리고 있었다. 재키는 그들로부터 몇 피트 떨어진 현관 계단에 기대어 있었다. 나는 나의 드러머 맞은편 잔디밭에 앉았다.

"근데 진짜 스테이지홀로에 대해 어떻게 생각해? 진심?"

재키는 땅에다 침을 뱉었다.

"나도." 나는 동의했다. "그런데 아무것도 없이 시작하는 거랑 다시 일어나기 위해서 그들에게 도움을 요청하는 것 사이에 선택해야 한다면 너는 어떻게 할 거야? 다른 선택지가 없다면."

그는 자신의 땋은 머리를 손으로 쓸었다. "다른 선택지가 없다면?"

나는 고개를 끄덕였다.

"다른 선택지는 언제나 있어, 루스. 난 가짜 관객들을 위해 가짜 창고에서 가짜 쇼를 하려고 너와 함께하기로 한 게 아니야. 그렇게 하면 난 남지 않을 거야. 그리고 넌 버티지 못하겠지."

재키는 잔디를 한움큼 뽑아 그에게 던졌다.

그는 하던 말을 반복했다. "정말이야. 네가 어떻게 될지 모르겠어. 넌 더이상 너 자신이 아니겠지. 어떤 사람에게는 여전히 와 닿을 수 있겠지만, 넌 잘못된 종류의 분노를 갖게 될 거야. 모두를 위한 분노가 아니라 너 자신을 향한 분노. 넌 너 자신의 홀로그램 버전이 될 거야. 실체 없이."

나는 그를 가만히 바라봤다.

"사람들은 언제나 드러머를 과소평가하지만, 나는 매일

밤 너의 뒤에서 널 지켜봐. 날 믿어." 재키는 웃더니 내 어깨 너머를 바라보았다. "난 너도 지켜본다, 실바. 너도 마찬가지야."

나는 실바가 언제부터 내 뒤에 있었는지 몰랐지만, 그는 우리 둘 사이 바닥에 몸을 낮춰 앉으며 신음소리를 냈다. 실바는 재키에게 기대고는 유리 먼지가 붙은 지저분한 부츠를 내 무릎 위에 올렸다.

나는 그걸 밀어냈다. "방금 말한 거 정말 늙은이 같았다."

"거의 늙은이가 되어가고 있어, 하지만 네가 먼저 되겠지, 이 할머니야. 무슨 계획이라도 있어?"

나는 자전거 아이들이 모여 있는 곳을 보았다. "애들아! 너희 중에 차 있는 사람 있니? 아니면 차 있는 사람을 아는 사람?"

자전거 아이들은 충격 받은 표정을 지었다가, 한 명이 ─ 디주안이었나? ─ 고개를 끄덕였다. "제 언니에게 자율주행차가 있어요."

"가족용 크기야?"

디주안의 얼굴이 어두워졌다.

다시 원점이다. 몸을 뒤로 하고 팔꿈치로 기대어 앉은 채 나는 우리가 도움을 청할 수 있는 모든 밴드들에 대해, 데이지가 다시 나타나지 않을 경우 밴을 팔 수 있는, 투어를 그만둔 아는 밴드가 있는지 생각해봤다. 어쩌면 있을지도 모르지만 오늘 밤에 당장 빌려줄 수 있을 만큼 가까이 있는 사람은 없었다. 하나의 가능성만 제외하고…

"너 그만둔다거나 그런 건 아니지?" 나는 실바에게 물었다. "스테이지홀로 아니면 안 하겠다 그건 아닌 거지? 난 정말 그건 못 해. 어쩌면 나중에 언젠가, 우리 조건대로라면 모르지만, 아직은 할 수 없어."

그는 눈을 감았다. "너는 못 할 거라는 거 알아. 하지만 달리 뭘 할 수 있는지를 모르겠어."

"난 알아. 최소한 오늘 밤은."

나는 그에게 누구에게 전화를 할지 알려줬다.

트룰리는 언니의 가족용 자율주행차를 가지고 한 시간 뒤에 도착했다. 우리는 그녀를 길까지 나가서 맞이해야 했다.

"좀 빠듯하긴 하겠지만 도착은 할 수 있을 거예요." 그녀가 말했다. 3열과 모든 발 공간은 모비 K. 딕의 앰프와 드럼, 케이블로 가득 차 있었다.

"정말 고마워." 나는 핸들이나 페달이 있었다면 운전석이었을 자리에 올라타며 말했다. 우리가 있던 어딘가로부터 우리가 가야 할 곳으로 차량이 스스로 운전해가는 건 이상한 기분이었지만 묘하게 자유로운 느낌을 주었다.

나는 속상해야 마땅했다. 하지만 우리는 다음 공연으로 가는 차도 있고 연주할 장비도 있었다. 당분간은 공연 판매 상품들 없이도 버틸 수 있을 것이다. 그때까지 데이지를 찾지 못한다면 피츠버그의 누군가가 볼티모어로 가는 방법을 찾아주거나, 콜럼버스로 돌아가 데이지를 찾는 걸 도와줄 것이다.

일정을 조정할 시간만 충분하다면 다른 밴드들은 앞으로 있을 대부분의 공연에서 그들의 드럼과 앰프를 우리가 사용할 수 있게 해줄 것이고, 우리는 아직 우리의 기타와 약간의 현금도 가지고 있다. 우리는 계속 굴러갈 것이다, 데이지를 타든 자율주행차를 타든, 그것도 아니면 기타를 등에 매단 채 자전거를 타고서라도. 그 어떤 스테이지홀로 공연도 이렇게 나쁘게 끝날 수는 없다. 이건 정말 굉장했고, 끔찍했고, 지긋지긋한 길 위의 삶이었다. 우리는 음악을 만들었다. 우리는 음악이었다. 우리는 계속 굴러갈 것이다. 우리는 계속 굴러갈 것이다. 우리는 계속 굴러갈 것이다.

일각고래

오드잡스^{Oddjobz}*에서 역대 최고의 아르바이트를 구한 지 일주일이 지났을 무렵, 리넷의 문 앞에 고래가 도착했다.

오드잡스 광고에 응답하면 많은 일이 잘못될 수 있었다. 리넷은 충분히 의심스러운 일자리를 많이 경험했기 때문에 이제는 자신을 보호하는 방법을 터득했다. 그녀는 달리아와의 약속 장소를 사람이 많은 힙스터 커피숍으로 잡았고, 그 낯선 사람이 참을 수 없을 정도로 수상할 경우에 대비해 제일 친한 친구 폴라가 주변에서 지켜보고 있기로 했다. 폴라는 이러한 잠행을 즐겼고 마치 스파이 영화에서처럼 『볼티모어 선』** 뒤로 몸을 숨겼다. 신문 1면 헤드라인

---

* 특이한 일자리가 주로 올라오는 가상 구인 플랫폼의 이름. odd(이상한)와 jobs(직업)를 붙여 만든 합성어다.

은 "놀라운 슈퍼히어로들, 다시 뉴욕을 구하다"라며 요란하게 외치고 있었다. 폴라는 이날을 위해 실제 인쇄된 신문을 구입했다.

달리아는 전혀 위험해 보이는 사람이 아니었다. 그녀는 오십대 초반의 프리랜서 인생 상담 코치나 요가 강사처럼 보이는 백인 여성으로, 그에 걸맞게 친절하고 슬픈 표정으로 나타났다. 그녀는 최근 돌아가신 어머니의 차를 자신의 집이 있는 새크라멘토까지 팔일간의 여정으로 운전해 가는 계획을 설명했는데, 리넷에게 가장 매력적인 요소는 그 구간의 주요 경유지들이었다. 달리아는 리넷의 숙박비까지 모두 부담하겠다고 했다. 리넷이 그 아르바이트를 수락하자 달리아는 새크라멘토에서 볼티모어로 돌아오는 편도 비행기표를 그 자리에서 결제해 그녀가 이 일에 진심이라는 걸 입증했다. 일주일 후 오전 9시 정각 달리아는 집 앞 도로에서 문자를 보냈다.

밖에 있음

차에서 나가지 않을 것임

아이들에 둘러싸여 있음

출발할 시간임

** 지역 신문 이름.

리넷이 현관문을 열자 주차된 고래가 보였다. 동네 아이들이 놀이터에서 길 건너로 몰려왔지만, 그들은 고래를 둘러싸기보다는 몇 피트 앞에 모여서 뚫어지게 쳐다보고 있었다. 누가 그러지 않을 수 있겠는가? 리넷도 잠시 멈춰서서 바라보았다.

고래의 청은빛 몸체는 유리섬유처럼 보였다. 스테이션왜건의 차대 위에 만들어진 것 같았고, 꼬리의 넓은 뒷부분은 위로 휘어 올라가 있었다. 리넷이 축제나 박람회에서 본 전시차들은 움직이는 것보다 가만히 서 있는 게 더 어울렸지만 이 차는 도로로 뛰어들 준비가 된 것처럼 보였다. 승객석 창문 위로 그려진 한쪽 눈이 축복을 내리듯 그녀를 바라보고 있었다.

"리넷 양, 저걸 타고 갈 건가요?" 이웃집 첫째 케이스가 슬쩍 다가오며 물었다. 그는 밴드 어스타운딩 맨의 완벽한 얼굴과 그의 슬로건 "또다른 하루, 구원받은 또다른 도시"가 선명하게 박힌 티셔츠를 입고 있었다.

"그런 것 같네요." 리넷이 아무렇지도 않다는 듯 말해보려 했으나 곧 그 생각을 포기하며 말했다. "전국을 가로질러서 운전할 계획이에요."

아이들은 적당히 감명받은 듯했다.

리넷은 고래 뱃속의 늑골 같은 걸 약간 기대했지만 차의 내부는 스테이션 왜건과 비슷했다. 리넷은 달리아의 가방과 상자들이 있는 뒷좌석에 자신의 가방을 던져놓고 조수석으로 미끄러지듯 들어갔다. 대시보드에는 누군가의 엄마가 소유한 스테이션 왜건에서 흔히 볼 법한 평범한 버튼과 다이얼, 레버들이 있었고, 그것들과 함께 정체불명의 버튼도 잔뜩 있었다.

"모르는 건 손대지 마요." 달리아가 말했다. "이게 어떤 기능인지 저도 전혀 모르니까요."

리넷은 뭘 손대려고 한 적도 없다고 항변하려다가 긴 여정을 방어적인 태도로 시작하고 싶지 않아서 그만두었다. 대신 "저는 언제나 고래를 좋아했어요"라고 말했다. "차가 고래라고는 얘기 안 해주셨잖아요. 완전 멋진데요."

"바로 출발해야 해요. 화요일까지 직장에 돌아가려면 지켜야 할 일정이 아주 빡빡해요."

리넷은 이 말에도 어떻게 답해야 할지 몰라 달리아가 차를 출발시키는 걸 보며 조용히 있었다. 아이들이 뒤따라왔다. 아이들의 놀라워하는 모습은 리넷으로 하여금 예전에 서커스단이 볼티모어를 떠날 때마다 공연장에서 기차역까지 롬바드 거리를 따라 동물들을 행진시키던 모습을 떠올리게 했다. 친구들과 현관 계단에서 놀고 있으면 갑자기 코끼리가 나타나곤 했다. 그건 언제나 예상치 못한 마법 같은 순간이었다. 이제 더이상 서커스는 오지 않았다.

리넷과 마찬가지로 이 아이들은 어떤 곳에도 가본 적이 없었다. 그녀가 가장 멀리 여행했던 건 학교 현장학습으로 워싱턴 DC의 국회의사당에 방문했던 거였다. 그 여행에서 그녀는 아직도 주머니에 가지고 다니는 기념주화를 구매했다. 그건 그녀가 언젠가 여행했던 온갖 멋진 곳을 보여주기 위해 작은 숟가락이나 동전이나 자석을 모으는 그런 사람이 되겠다고 스스로에게 하는 약속이자 행운의 상징이었다.

영화 속의 사람들은 언제나 엄청난 로드트립을 떠났지만 그들은 차를 소유한 건 물론이고 리넷 자신보다 훨씬 더 많은 돈과 시간을 가진 것처럼 보였다. 이 여행은 그 제공자로 보나 그게 무려 일자리로 제안되었다는 점에서나 둘 다 문 앞에 고래가 나타나거나 롬바드가에서 코끼리가 서쪽으로 걸어가는 것만큼이나 기적적인 일이었다.

마틴루터킹 거리 모퉁이에서 구걸하던 마약에 찌든 십대들은 신호에 멈춰 서 있는 고래를 보느라 신호가 바뀌는 걸 통째로 놓쳤다. 고래가 고속도로에 진입하자 다른 차들이 경적을 울리며 손을 흔들었다. 기이한 유명인사가 된 것 같았고, 3000마일 내내 차들이 경적을 울린다면 지겨워질 테지만 잠시 동안은 재밌을 것 같았다.

"항상 이런 일이 일어나나요?" 리넷이 물었다.

고래가 앞으로 돌진하고 있었음에도 달리아는 고개를

돌려 리넷에게 완전히 집중하며 말했다. "전혀 모르겠어요. 이걸 운전해본 건 이번이 처음이에요."

"아, 그때 어머니 차라고 하시길래 자라면서 계속 탔던 차라고 생각했어요."

달리아는 웃었다. "정말 웃긴 그림이죠? 엄마가 이걸 타고 이런저런 일들을 하는 걸 생각하면요. 내가 그걸 자랑스러워했을지 부끄러워했을지 모르겠네요."

제발 앞에 보고 운전해,라고 리넷은 말하지 않았다.

"내가 아는 한 엄마는 자주색 캠리를 몰았지만 그걸 기부했죠. 엄마가 유서를 통해 나에게 남긴 것은 오직 이것뿐이에요. 엄마는 '나는 돈이 없고 너는 돈이 필요 없으니 내가 만든 것 중 유일하게 의미가 있는 걸 너에게 줄게'라고 말했어요. 집에 일단 가지고 간 다음 이걸 왜 나에게 줬는지, 이걸로 뭘 해야 할지를 생각해봐야겠다고 판단했죠. 엄마가 이걸 보관하고 있던 차고를 찾기 위해 나라의 절반을 건너 델라웨어까지 가야 했어요. 우리 집에서 타던 오래된 스테이션 왜건이 이 안에 들어 있을 수도 있지만 확실히는 모르겠네요."

달리아는 다시 앞의 도로를 봤고, 리넷은 직선도로를 만나기 전까지는 어떤 질문도 하지 말아야겠다고 다짐했다. 리넷은 가는 길에 있는 모든 관광지의 하이라이트를 보여주는 앱을 다운받고, 보고 싶은 모든 것에 관한 알림을 설정하는 데 열중했다.

그들이 가는 길과 애팔래치안 트레일 다리가 교차하는 지점에 도달하기 10마일 전, 리넷은 잠시 차를 세우고 그 표지와 함께 사진을 찍어도 될지 달리아에게 물었다.

"그건 그냥 표지판일 뿐인데요." 달리아는 스웨터에서 머리카락 한올을 떼어내고 창문을 몇 인치쯤 연 다음 그걸 밖으로 튕겨 냈다.

"하지만 멋진 표지판이잖아요! 저는 항상 애팔래치아 트레일을 하이킹하고 싶었어요." 리넷이 말했다. "사람들은 일부러 그 길을 걷잖아요, 우리가 운전해 갈 거리만큼이나 긴 트레일이라고요. 운전해서 지나가는 데만도 일주일이나 걸리고요. 여기까지 왔었다는 걸 기록하고 싶어요. 이십초면 돼요. 그거면 돼요."

달리아는 다시 운전석에서 몸을 완전히 돌려 리넷을 향했다. "이렇게 일찍 멈추고 싶지 않아요. 어두워진 후에는 이 차를 운전하고 싶지 않거든요. 얼마나 잘 관리되어 있는지 모르겠고, 길에 고립될 생각은 없어요. 오늘 그냥 오하이오까지 가는 걸로 하죠. 그다음에 멈출 곳에 대해 얘기해봐요."

I-70 고속도로는 내리막과 오르막을 반복했고 두 바퀴가 갓길에 닿을 때마다 차가 덜컥거렸다. 운전자가 자신을 쳐다보는 동안 도로를 지켜보던 리넷은 결국 포기했다.

"죄송해요. 신경 쓰지 마세요." 지나가면서 휴대폰으로 사진을 찍어보려 했지만 사진은 흐릿하게 나왔다.

바로 그 순간 리넷은 이 여자가 자신에게 운전을 돕는 대가로 돈을 주는 거지 관광을 하라고 돈을 주는 게 아니라는 점을 스스로에게 상기시키기 위해 달리아를 이름 대신 "상사"로 생각하기 시작했다. 리넷에게는 선택권이 없었다. 그들은 친구가 아니었다. 어쩌면 조금 더 먼 곳까지 가고 나면 달리아도 덜 딱딱하게 굴지도 모른다.

하지만 그렇지 않았다. 리넷이 운전할 때에도 상사의 계획이 모든 것을 지배했다. 달리아는 식사와 수면을 위해 언제 어디서 멈출 것인지를 정확히 알고 있었다. 화장실에 관해서는 약간의 여지를 줬지만 그것도 많이는 아니었다. 그 다음 이틀 동안 그들은 폴링워터, 거대한 커피포트, 존&애니 글렌 하우스, 그리고 공원과 박물관 수십 곳을 지나쳤다. 리넷은 반달리아의 수조타워는 고속도로에서 볼 수 있었지만 그 아래 어딘가에 있을, 동전을 넣으면 불을 뿜기 위해 기다리고 있는 카스카스키아 용은 보지 못했다.

첫날 밤, 오하이오주의 한 길가 모텔 침대 위에 앉아 포장해온 햄버거와 감자 튀김을 먹을 때에도 리넷은 여전히 작은 희망을 품고 있었다. 로비에서 관광 안내 책자를 가져와 햄버거를 먹으며 휴대폰으로 지도를 찾아봤다. 걸어서 갈 수 있는 곳은 없었다. 그녀의 상사는 절대 관광을 위해 차를 쓰는 걸 허락하지 않을 것인데다가 어쨌든 해가 질 때쯤이면 문을 연 곳은 없을 터였다.

리넷이 보고 싶은 것은 뭐든 차의 창을 통해 봐야 했다. "나라 곳곳을 구경하는"것이 창을 통해 모든 것이 흘러가는 걸 바라보는 게 아니라 "나라를 건너 여행하는 중간중간 멈춰서는" 것을 의미한다고 생각한 자신의 잘못인지도 몰랐다. 왜 어떤 사람에게 이런 여행을 함께할 친구가 하나도 없는지를 먼저 의심하지 않은 게 잘못인지도 모른다. 이러한 기회가 한번 더 주어진다면 어떤 것들을 확실히 해두어야하는지 이제 잘 알게 된 것이다.

"멈춰서 보고 싶은 게 아예 없을 수는 없잖아요." 모텔티 박물관으로 가는 표지판을 지나며 리넷이 말했다. 리넷은 운전을 하고 있었지만 차를 멈추지 않을 정도의 분별은 있었다. "폭포. 관광객 함정. 그랜드캐년."

"땅에 난 거대한 구멍이죠."

"그럼 뭐 다른 건 없어요?"

"관광객을 위한 건 없어요."

"그럼 뭐죠?" 달리아가 뭔가 흥미로운 말을 한 건 이번이 처음이었다. 리넷은 또다시 희망을 걸지 않으려 애썼다.

달리아는 지갑에서 사진 한장을 꺼냈다가 리넷이 그걸 보기도 전에 거두었다. "이게 엄마의 맨 위 서랍에 있었어요. 이 뒤에 "베일풀"이라고 적혀 있고 나는 이 고속도로

378

를 따라 가는 길에 베일풀이라는 이름의 마을이 있다는 걸
발견했어요. 그 마을을 통과해 가면서 이 사진 속의 극장
이 정말로 거기 있는지 확인하고 싶어요."

"차를 타고 지나간다고요? 멈춰서 보고 싶지 않아요?"

"우리가 늦지 않았다면 아마 한낮에 거기 도착할 거예
요. 멈추기에는 너무 이르겠죠."

물론 그랬다.

최소한 고래를 운전하는 일은 재밌었다. 그것은 리넷이
이전까지 운전해본 그 무엇보다 크고 무거워서 차선을 바
꿀 때마다 뭔가 해냈다는 느낌을 주었고, 등지느러미와 꼬
리는 바람을 잡아서 방향타 효과를 냈다. 도시에서 주차를
하기에는 지옥 같겠지만, 도로에서는 힘과 어느 정도의 공
간 감각만 있으면 됐다.

리넷은 운전하는 걸 좋아했지만 나머지는 그녀를 좌절
시켰다. 빡빡한 일정에 경직된 분위기라니. 리넷이 발견할
수 있었던 유일한 작은 반항의 방법은 아무 버튼이나 눌러
보고 미스터리 다이얼을 돌리는 것이었다. 달리아는 무엇
이 어떤 기능을 하는지 알기 전까지는 아무것도 손대면 안
된다고 분명히 말했지만 리넷은 라디오를 켜려다가 다른
걸 건드리는 게 충분히 쉽다는 걸 파악했다. 리넷은 그 방
법을 사용하기 전에 어떤 기능들이 있는지를 먼저 파악해
보려고 했다. 이 수수께끼는 시간을 때울 수 있게 해주었

다. 돼지 모양 아이콘이 있는 버튼은 무선 조종 패널을 열었고, 그걸 어떻게 사용하는지 알아낼 겨를도 없이 달리아는 다시 패널을 닫으라고 명령했다. 팔걸이에 있는 중복된 서리제거 아이콘은 레이더 방해기를 작동시켰다.

"이런 거 완전 불법 아닌가요?"

"그렇다면 그걸 켜면 안 되지 않을까요?"

리넷은 항상 곧바로 사과했다. 이쯤 되면 아마도 달리아는 리넷이 뭐가 필요한지 말하거나 부탁하는 대신 아무 버튼이나 더듬어 누를 정도로 완전히 무능하다고 생각할 것이다. 리넷은 그런 착각이 편했다.

"조금 조심해주시겠어요?" 리넷이 어떤 스위치를 작동시켜 차 전체가 고장 난 확성기처럼 끼익 거리는 소리를 내고, 그게 근처 들판에 있는 말들을 모두 기겁하게 만들었을 때 달리아는 이렇게 요청했다.

리넷은 대화 주제를 바꿔보려고 했다. "어머니는 이걸 다 혼자 만드신 건가요?"

"전혀 몰라요. 말했다시피 나는 이 차가 존재하는지도 몰랐어요. 내가 알기로 엄마는 동네에 고래를 타고 돌아다니는 그런 사람이 아니었고 차에 난 사람들 귀를 멀게 할 비밀 버튼을 가진 차로 개조 같은 걸 할 사람도 아니거든요. 엄마는 공학 학위가 있었으니 이걸 혼자 할 수 있긴 했겠죠? 엄마는 항상 여자가 공학 분야 직업을 다시 얻는 것은 불가능하다고 말했었고, 그래서 대신 저를 '엔지니어' 하려고 했어요. 그녀는 아주 평범한 엄마였죠. 우리는 잘 못 지냈어요. 엄마는 제가 인생에서 더 위대한 것들을 이루기를 강요했죠. '변호사가 될 거라면 최소한 악이 아니라 선을 위한 변호사가 되면 안 되겠니?' 이런 차는 전혀 어울리지 않아요. 엄마는 아마도 비밀스럽게 예술적인 면모를 가지고 있었나봐요."

"당신은 그럼 악한 변호사인가요?"

"내 관점에서는 그렇지 않죠" 달리아가 더이상 설명하거나 추가 질문을 받을 생각이 없는 투로 말했다. 어쨌든 그건 달리아가 어떻게 리넷에게 아르바이트비를 주고 집에 돌아갈 비행기표까지 구해줄 수 있었는지를 설명해주었다.

"리넷, 당신은 뭘 하죠?"

"이거요."

"운전을 하나요? 공유자동차 운전자처럼?"

"아니요, 그런 걸 하려면 차가 있어야 해요." 리넷은 말했다. "저는 오드잡스를 해요."

"그걸로 생계 유지가 돼요?"

"관리비 내고 부모님께 약간의 월세를 낼 정도는 충분해요. 내가 뭘 하고 싶은지 아직 탐색하는 중이에요." 리넷은 방어적이 되지 않기 위해 애썼다.

"지금 몇살이죠, 스물셋? 아직 알아볼 시간은 있어요."

대화 주제를 바꿀 타이밍이었다. "곧 멈춰서 저녁을 먹어도 될까요?"

상사는 한숨을 쉬었다. "일단 조금은 더 멀리 가고 싶은데요. 허기를 달래기 위해 그래놀라 바를 하나 먹는 건 어때요?"

리넷은 빠르게 비워져가고 있는 간식 가방을 향해 손을 뻗었다. 이 여행이 끝나고 나면 다시는 그래놀라 바를 먹지 않겠다고 다짐했다.

상사가 이백스물한번째 창문을 열었다가 닫기를 반복했을 때 리넷은 한방에 창문을 아예 없애버릴 버튼은 없는지 둘러보았다. 창문을 날려버린다면 고속도로의 소음과 바람에 아직도 천오백 마일 이상 시달려야 하겠지만 귀가 먹먹한 현상이 반복되지는 않을 것이었다.

리넷은 스스로를 너그러운 동승자라고 생각했다. 그녀는 이어폰을 꽂고 음악을 들었다. 그녀는 자비가 없는 일정, 여행에서 즐거움을 전혀 느끼지 않겠다는 말도 안되는 그 거부를 견뎌냈다. 하지만 소소한 짜증이 자라나는 것을 완전히 막기는 어려웠다.

"왜 계속 창문을 열었다 닫았다 하는 거예요?"

"안 그랬는데요." 상사는 길에서 시선을 떼며 말했다.

말할 때마다 달리아는 교통 정체 상황이나 도로 상태와 관계없이 리넷에게 온 신경을 집중하곤 했다. 리넷은 대체로 아무 말도 하지 않게 되었다. 앞이나 뒤에 차가 없는 양방향 직선 도로가 나타날 때를 골라서 질문을 했지만, 그때도 조수석에 앉은 사람이 어느 정도 통제력을 가질 수 있기를 기대하며 초조하게 의자에 손톱을 박아넣고 도로를 바라보았다.

"신경 쓰지 마세요. 제가 상상했나보죠."

언쟁할 필요가 없었다. 습관처럼 굳어져 자기도 모르게 하고 있는 행동을 어떻게 납득시킬 수 있겠는가? 그럴 수는 없다. 자기 일이나 신경 쓰면서 도로나 풍경에 집중해야 한다. 휴대폰으로 기록을 남기기 시작하는 게 방법일지도 모른다. 1500마일 뒤에 머물러 있는 가장 친한 친구에게 문자로 창문 소리에 대한 불평을 전송했다. 리넷이 달리아의 떠도는 시선으로부터 지켜낸 답장에는 "우엑, 그걸 어떻게 견디고 있어?"라고 쓰여 있고 그 뒤에 무성의 비명 움짤이 따라왔다.

창문은 또 한번 열렸다가 닫혔다. 리넷은 뭔가를 해야만 할 필요성을 느꼈다. 그녀는 손을 뻗어 이전에 누르지 않았던 버튼을 눌렀다. 그 버튼에 불이 들어왔다.

고래는 앞으로 쏟아지듯 튀어나갔다.

"뭘 한 거죠?

"몰라요." 리넷은 버튼을 다시 한번 눌렀지만 불은 꺼지지 않았다.

달리아는 공포에 질린 표정을 지었다. "페달이 말을 안 들어요."

속도계는 '80'을 넘어가고 있었다. 그러다 '90'. 그들은 트레일러 트럭에 아주 가까이 다가갔고, 리넷은 충돌에 대비했지만 고래는 방향을 바꿔 그걸 피해 갔다.

"방금 내가 한 게 아니야! 차가 그랬다고. 너 진짜 뭘 누른 거야?"

리넷은 버튼을 바라보았다. "이거 꽃인데요."

"아무거나 누르지 말라고 했잖아요. 젠장."

"비상 브레이크를 걸면 안 돼요?"

"시속 90마일로 달리고 있을 때 그럴 순 없죠."

"경찰을 부를까요? 경찰이 우리 속도를 보면 우리가 기술적 문제를 겪고 있다는 걸 알지 않을까요?"

"경찰관님, 와서 과속하는 저희를 잡아주세요……"

"트럭용 비상정지 경사면은 없을까요?"

"그런 건 산에나 있죠."

그들은 잠시 아무 말 없이 앉아 있었다. 리넷은 사과하고 싶은 강력한 충동에 저항했다. 달리아가 그렇게 짜증나게 굴지만 않았더라면 그녀는 꽃이 그려진 재앙의 버튼을 누르지 않았을 것이다. "최소한 우리 시간은 꽤 벌겠네요?"

"재미없거든요."

리넷은 죽지만 않는다면 차가 그 상사보다 더 데드라인을 맞추려고 애를 쓴다는 사실이 꽤 재밌다고 생각했다. 리넷은 주머니에 손을 넣어 그녀의 행운의 동전에 손가락을 감쌌다.

주행거리는 쭉쭉 올라갔다. 시간이 지나자 달리아는 폰으로 뭔가를 하기 시작했다. 리넷은 운전자가 운전대도 잡지 않고 휴대폰을 보고 있을 때 경찰 앞을 지나게 된다면 어떤 일이 생길지 궁금했다. 그녀는 경찰들이 창밖으로 고래잡이 작살을 던지고 그물을 치며 "고래가 나타났다" (thar she blows)*를 외치는 추격전을 상상했다. 달리아가 운전을 하면서 앞의 도로를 보지 않는 때보다는 안전하게 느껴진다는 사실을 인정해야 했다.

"곧 멈출 거예요." 몇 시간 뒤 달리아가 말했다. "기름이 다 떨어져가거든요."

그들은 기름이 다 떨어지는 걸 보지는 못했다. 기름이 바닥나기 30마일 전에 엔진에 이상이 생겨 고래는 부르르 떨더니 서서히 느려지고는 도로 한가운데에서 모든 불빛을 깜빡이며 멈춰 섰다.

---

* 고래잡이배에서 바다 표면으로 올라온 고래가 물을 뿜어내는 것을 발견했을 때 외치는 말. 'Thar'는 19세기 미국의 지역 방언식으로 'there'를 읽은 것.

"치이기 전에 내려서 밀지 그래요?" 달리아가 바퀴에 손을 대며 말했다. "최소한 이제는 내가 운전할 차례군요."

리넷은 그녀의 발목 주변 그래놀라 바 껍질의 바다에서 운동화를 찾았다. 차에서 내렸을 때 그녀는 놀랄만한 일을 한가지 더 발견했다.

"저기, 달리아? 나와서 여기 이게 원래 있었는지 한번 봐줄래요?"

달리아는 문을 획 열고 반쯤 내렸다. "하."

고래는 이전에는 보지 못한 머리 부분의 구멍으로부터 솟아나온 10피트의 유니콘 뿔을 자랑하고 있었다. "이거 그건가봐요. 일각고래, 고래가 아니고. 이런 뾰족한 게 앞으로 튀어나와 있는 차를 모는 게 합법인지 확신이 없네요. 마치 매드맥스 같군요."

"일각고래도 고래죠. 그리고 지금 그게 문제가 아니잖아요. 밀어요. 다시 운전을 할 수 있게 되면 그 얘기를 다시 하자고요." 달리아는 고개를 흔들며 다시 차 안으로 몸을 숙여 들어갔다.

매끈한 몸통이나 꼬리를 잡을 수 없었기 때문에 잘 밀 수 있는 지점을 찾기까지 몇번의 시도가 필요했지만 결국 그들은 길에서 일각고래를 끌어내는 데 성공했다.

달리아는 계기판 아래를 뒤적여 보닛을 여는 손잡이를 찾아냈고, 그걸로 고래의 턱을 열었다. 리넷은 뒤로 물러났다. 리넷은 사실 차에 대해 잘 몰랐다. 운전은 잘했지만—상사가 요구한 증빙자료는 무사고 운전 경력 증명서뿐이었다—타이어를 어떻게 가는지도 몰랐고, 엔진오일 상태를 확인하는 막대를 찾을 줄은 알았지만 그걸 꺼내서 쳐다볼 때 뭘 확인해야 하는지는 몰랐다. 하물며 일각고래의 보닛에 뭐가 들어 있는지를 어떻게 알겠는가? 크릴이 있을까?

"젠장." 상사는 엔진 근처에서 말했다. "어떤 벨트 하나가 갈가리 찢겨 있어요."

"어떻게 해야 하는지 인터넷에서 찾아볼까요?"

"아니. 아. 젠장. 젠장맞을. 견인 트럭을 불러야겠어."

달리아는 보닛을 쾅 닫았다. 전화번호를 누르고 가던 방향으로 성큼성큼 걸어갈 때 그녀는 진짜로 당황한 것처럼 보였다. 리넷은 달리아가 일정을 지키겠다는 생각에 그 방향으로 계속 걸어가는 걸까 하고 생각했다. 리넷과 차가 다시 제 역할을 할 준비가 되면 따라잡으라는 듯이 말이다.

달리아는 찡그린 얼굴로 돌아왔다. "여기까지 오려면 몇시간은 걸린대요. 우리를 바로 다음 순서로 넣어주면 200달러를 주겠다고 했더니 노력해보겠다고 하네요. 그래도 최소한 사십분은 걸릴 거라고 했지만요. 세상에."

리넷은 그렇게 무심하게 200달러를 내걸거나, 차 수리비가 얼마나 들지도 모르면서 그 돈을 제안하거나, 돈이 있으면 새치기를 할 수 있다고 기대할 만큼 충분한 돈이 있다는 게 어떤 느낌일지 상상해보려 했다.

트레일러 트랙터 한대가 쌩 하고 지나가면서 뜨겁고 탁한 공기를 둘에게 내뿜어 차를 흔들었다. 리넷은 침을 뱉고 주위를 둘러봤다. 이렇게 텅 빈 곳은 처음이었다. 도로 양쪽으로 바위투성이의 풀밭이 펼쳐져 있었다. 앞뒤로도 마찬가지였다. 태양은 6월답게 뜨겁게, 구름 한점 없는 하늘 한가운데서 내리쬐고 있었고, 공기에서는 소 냄새가 났다. 결국 차를 세웠을 때 볼 만한 건 아무것도 없음을 입증하는 것만 같았다.

"몇분 내로 돌아올게요." 리넷은 그렇게 말하고 재빨리 덧붙였다. "견인 트럭이 오기 전에 돌아오겠다고 약속할게요. 화장실을 가야 해서."

리넷은 들판을 가로질러 나아갔다. 오분, 십분. 멀리서 멈춰 돌아보니 차는 탈 것이 아니라 랜드마크처럼 보였다. 고속도로에 좌초된 작은 고래. 일각고래. 리넷이 그들을 기다리게 한다면 그녀를 버리고 갈 게 틀림없었으므로 리넷은 트럭이 도착하는 걸 발견하면 전력질주로 돌아갈 계획이었다. 여유 있게 돌아올 수 있었다.

트럭 운전자는 예수쟁이였고 확실하게 티를 냈다. 고래를 운반한다는 것에 대한 감탄 다음에는 요나 이야기를 아느냐는 둥, 하나님이 그를 오늘까지 인도해주신 게 좋지 않느냐는 둥 하더니, 그들이 자기에게 연락을 해준 데 감사하고, 무사히 도착할 수 있게 해주어 또 감사하고, 단지 벨트 문제라는 점도 감사하고, 다른 견인차가 아니라 평상 트럭을 가지고 온 것에도 감사하다고 말했다. 리넷은 하스캘이라는 이름의 그 트럭 운전사와 달리아 사이에 끼여 앉아 있었다.

트럭에 있던 충격흡수장치는 진작 닳아 없어진 상태였고, 리넷은 배낭에 팔을 둘러 안고 양발을 중앙 콘솔에 디뎌 최대한 몸을 웅크린 채로 옆사람의 허벅지에 닿지 않기 위해 애를 썼다. 금색 스프레이로 칠한 마카로니 장식 대형 십자가가 백미러에 달려 있었는데, 과속 방지턱을 넘을 때마다 그게 리넷의 이마를 후려쳤다.

리넷이 볼 때 달리아는 계속 휴대폰을 만지작거리며 지도를 서쪽으로 넘겨보고 있었다. 십분쯤 지나 그녀가 고개를 들었다. "우리를 어느 마을로 데려간다고 했죠?"

"스프링필드요."

"베일풀에도 정비소가 있나요? 10마일 정도만 서쪽으로 비껴나면 되는 것 같은데요. 대신 거기로 데려다주시면 좋겠는데요."

"정비소는 있지만 내 정비소가 아니에요. 당신 보험이 커버하는 것보다 더 멀기도 하다고요."

"그 차이만큼, 그리고 정비에 들 거라고 생각되는 만큼

다 현금으로 드릴게요."

"좋아요. 현금이라면. 물론입니다, 손님." 그는 전화를 집어 들더니 차량배치 담당자에게 변경된 계획을 설명했다.

리넷은 스프링필드를 지나쳐 가는 걸 아련하게 지켜보았다. 끝없는 허벅지 비비기와 십자가로 후려치기가 10마일 연장된 상황 속에 창문이 열려 있다는 사실만이 좋은 부분이었다. 오, 주여.

운전자는 베일풀 북부 출구로 나가서 좌회전을 했다. 또 서쪽이었다. 그리고 그 출구 표지판에 적혀 있던 이름의 마을로 추정되는 곳을 가로질러 지나갔다. 시내의 중심 도로는 바 하나와 창에 광고가 잔뜩 붙어 있는 부동산 하나를 제외하고는 버려진 채였다.

정비소에 도착하자 해스켈은 대기실로 그들을 안내했다. 리넷은 들어갔고 상사는 견인차에서 고래를 분리하는 걸 감시하기 위해 밖에 남았다. 자판기는 고장 나 있었지만 그 옆의 푸른색 아이스박스에 윗면에 "마음껏 드세요"라고 종이에 마커로 적은 사인이 테이프로 붙어 있었다. 그 안내도 물에 번져 있긴 했다. 리넷은 평범한 오렌지 소다 하나를 그게 떠다니던 얼음물에서 건져냈다.

대기실에는 아무도 없었다. 접수를 받는 사람조차 없었다. 리넷은 책상 위에 있는 그릇에서 포도맛 막대사탕을 집어 물고 잡지를 살펴봤다. 읽을 만한 건 아무것도 없어

보였다. 책상 아래에는 브로슈어 전시대가 있었고 리넷은 잡지 대신 그걸 살펴보고 기념품으로 몇개를 집어 들었다. 여기저기 다닐 수는 없었지만 그것에 꽤 가까이 갔었다는 증거 정도는 가질 수 있을지도 몰랐다.

차고로부터 연결된 문으로 상사가 들어왔고, 그녀의 움직임이 너무나 단호해서 리넷은 달리아가 직원인가 생각했다. 정비공이 따라 들어왔다.

"팬 벨트는 이십분이면 수리되는 거 아닌가요." 상사가 말했다.

"앞에 기다리는 차가 아무도 없을 때 그렇고 지금은 아니잖아요. 그리고 그게 끊어지면서 아무런 다른 피해를 안 끼쳤어야 그 정도인데 당신 차의 경우는 피해가 있었고요, 뭐 하나 할 때마다 고심하게 만들지 않는 차면 그런데 당신 차는 하도 차에 이상한 튜닝을 많이 해두어서 그것도 아니고, 우리가 마침 맞는 벨트를 재고로 가지고 있어야하는데 그렇지도 않네요. 스프링필드에 하나 있겠지만 내일 아침까지는 거기 다녀올 수가 없습니다."

"그럼 차를 빌려주시면 제가 직접 가서 부품을 가져올게요."

"빌려줄 수 있는 차가 없어요."

"그럼, 돈을 내고 렌트를 하는 건요?"

정비공은 고개를 저었다. "지금 보이는 것보다 상태가

더 나쁜 게 아니라면 내일 바로 출발할 수 있게 해주겠다고 약속할게요."

상사는 정비공을 노려보다가 리넷을 쳐다봤다. "보셨죠? 이래서 제가 그렇게 부주의하게 정차를 하고 싶지 않았던 거라고요. 언제 뭐 때문에 쓸데없이 하루를 통째로 날려버릴지 모르니까요."

달리아는 그들이 방금 200마일 정도를 과속하는 고래에 인질로 잡혀 이동했다는 사실을 잊어버린 것 같았다. 리넷과 정비공은 눈빛을 교환했다.

상사는 휴대폰을 꺼내 그걸 잠시 쳐다봤다. 정비공은 자신의 주머니에서 울리는 전화를 꺼냈다. "당신도 오드잡스에 등록되어 있군요? 이 일로 당신을 상대해줄 사람은 없을 거예요. 이 동네에서 부품을 수급하는 건 저뿐이라고요. 저 길 따라가면 있는 모텔에 투숙하고 오늘 밤은 좀 쉬는 게 어때요?"

상사가 너무 상심한 듯 보여서 리넷은 잠시 연민을 느꼈다. "달리아, 우린 지금 당신 계획보다 앞서 있어요. 그리고 이 마을은 어쨌든 살펴보고 싶어했잖아요. 차고가 이 차를 잘 돌봐줄 거예요. 맞죠?"

정비공은 한번 더 감사의 눈빛을 보냈다. "물론이죠. 아무도 그 차를 건드리지 못하도록 오늘 밤엔 앞의 게이트문도 잠글게요. 잘 돌보겠다고 약속해요."

상사는 한숨을 내쉬며 말했다. "알았어요, 알았어."

두 여성은 차에서 숙박용 가방을 꺼냈다. 상사는 보도에 도착할 때쯤 어깨 너머로 소리쳤다. "무슨 기능을 하는 건지 모르면 만지지 말아요!"

"내일 봅시다." 정비공이 멀리서 답했다.

리넷은 어디로 가야 하는지 정확히 알고 있는 사람처럼 걸어나가는 달리아를 따라갔다. 물론 서쪽을 향해서였다. 언제나 서쪽이었다. 차고를 지나자마자 중고가게와 작은 식료품점이 주차장을 공유하고 있는 구간이 나왔다. 보도는 다 깨져있었고 콘크리트 조각들 사이로 잔디가 침투해 있었다. 가게들을 지나자 보도는 갑작스럽게 끊겼고 그들은 도로 가장자리로 걸어야했다.

잔디가 잔뜩 자란 주차장이 나타났고, 그걸 지나자 무너져가는 영화관을 둘러싼 철조망이 길게 늘어서있었다. 사람들이 되살리기 위해 모금을 하는 그런 멋진 영화관이 아니었다. 지루한 교외의 영화관이었다. 베이지색 벽돌 건물의 앞면과 납작한 천막이 남은 것의 전부였다. 그곳의 이름이 뭐였든 그 글자들은 이미 제거된 후였다. 왼편에는 "「마지막 결투자들」과 「머펫」「맨해튼을 침공하다」──낮공연"이라고 적혀 있었고, 오른편에는 "개봉박두: 「퍼플 레인」"이라고 적혀 있었다.

달리아는 가방을 내려놓고 멈춰서 그걸 쳐다봤다.

"괜찮아요?" 리넷은 물었다.

"영화들이 아직도 그대로예요. 그 사진에 있던 것과 영화들이 똑같다고요. 잠시 후 그녀는 고개를 끄덕이더니 가방의 손잡이를 다시 쥐었다. "괜찮아요. 난 괜찮아요."

화이트 다이아몬드 모텔은 거기서부터 사분의 일 마일을 더 걸어가서야 있었다. 빈 풀장을 둘러싸고 알파벳 유모양으로 늘어선 1층 건물 앞 수차장에는 차 한대만이 세워져 있었다.

모텔 로비에는 접이식 의자 두개와 또다른 브로슈어 스탠드가 있었고, 달리아가 이미 저렴한 숙박비를 더 깎는 동안 리넷은 그것들을 살펴봤다. 왜 부자들은 더 좋은 값을 원할까? 리넷은 달리아를 모르는 척하며 브로슈어를 하나하나 챙기고 밖에 나가서 기다렸다.

달리아는 다이아몬드 모양의 열쇠고리에 달린 두 개의 열쇠를 달랑거리며 나왔다. 리넷은 자기만의 방을 생각하니 안심이 됐다. 이 여행 동반자로부터 잠시 떨어져 있을 필요가 있었다. 드디어 처음으로 외출을 할 수 있을 정도로 늦지는 않은 시간이었기에, 그녀는 문 안에 가방을 내려놓고 걸어갈 수 있는 거리에 있는 무언가가 있기를 기대하며 침대에 브로슈어들을 펼쳐놓았다.

다시 움직이기 시작하면 절대로 상사를 설득해 들를 수 없을 것 같은 매력적인 옵션들은 대부분 걸어서 가기에는 너무 멀었다. 경치가 좋은 도로는 목적지까지 가는 길에 있다 하더라도 너무 오래 걸릴 것이었고 주립공원과 국립 기념비와 파충류 박물관도 마찬가지였다. 리넷은 언젠가 떠날 여행을 위한 기념품 컬렉션에 그것들을 포함시켰다. 두달 정도 여행을 하겠노라고 스스로에게 말했다. 역사적 건물을 다 방문하고 길가에 있는 키치한 볼거리마다 다 멈춰 설 터였다. 하나도 빠짐없이.

단 하나의 브로슈어만이 베일풀 안에 있는 주소를 가지고 있었다. "그 사건에 관한 박물관." 그건 노란색 카드지에 검정 잉크로 인쇄되어 있어 사실 브로슈어라기보다는 책갈피 같았다. 어떤 사건을 말하는 건지도 쓰여 있지 않았다. 이름과 주소, 금요일 2시에서 7시라는 운영시간만 적혀 있었다. 전화번호도 없고 웹사이트도 없었다.

리넷은 오늘이 마침 금요일이라는 것을 확인하기 위해 휴대폰을 봐야 했다. 이동을 하다 보니 그녀는 날짜 감각을 잃었다. 휴대폰에 따르면 그 주소는 동쪽으로 1마일쯤 떨어진 곳이었고 그건 그 방치된 시내 근처일 것이었다. 그녀는 배낭에 든 물건들을 침대에 쏟아내고 지갑, 폰, 방 열쇠만 다시 챙긴 다음 문을 나섰다. 리넷은 이 여행에서 하나라도 여행자다운 일을 해야 했다. 하나라도. 그래야 그녀는 어딘가에 가봤다고 할 수 있기 때문이었다.

달리아는 빈 풀장 옆 접의자에 앉아 있었다. 가방은 아직도 그녀 옆에 널브러져 있었다. 방에 아예 들어가지 않은 것처럼 보였다. 리넷은 혼자 보내는 시간을 간절히 원하고 있었지만 그 축 처진 모습이 죄책감을 자극했다.

리넷이 낮은 철조망 옆으로 다가가 말했다. "저기요, 시내에 가보려고 하는데 같이 가실래요?"

달리아의 얼굴은 부어 있었다. 그건 리넷으로 하여금 달리아가 최근에 부모 한 사람을 떠나보냈다는 사실을 새삼 떠올리게 했다. "아니요, 전 괜찮아요. 고맙습니다. 재밌게 다녀와요. 아침에 차가 준비되면 문자 보낼게요."

리넷은 점점 바닥나는 창고를 채우기 위해 식료품점에 들렀다. 그래놀라 바, 그리고 저녁 먹을 곳을 찾지 못하면 저녁으로 먹을 전자레인지에 돌리는 수프를 하나 샀다.

열려 있는 중앙 차고에 고래가 쉬고 있는 그 정비소를 지나 걸어갔다. 리넷은 그에게 손을 흔들고 싶은 욕망과 다퉈야 했다. 바도 지나고 "소를 치기에 완벽한 땅"이라는 홍보 문구가 잔뜩 붙어 있는 부동산도 지났다. 왼쪽으로 한번 꺾자 거주지역이 나타났다. 집들은 단층이었고, 다락 공간이 있을 것처럼 생긴 뾰족한 모양 지붕에 트럭이나 타이어가 다 낡은 세단이 서 있었다. 몇 블록 밖에는 곡물 저장고가 압도적인 모습으로 서 있었다.

브로슈어에 적힌 주소의 집은 다른 집들보다 조금 작았고, 나무가 아니라 돌로 지어져 있었으며 차고가 없었다.

빗물 받침에는 작은 나무가 자라고 있었다. 박물관처럼 보이지는 않았다. 또 실망이라니. 뭔가를 볼 수 있는 유일한 기회였는데 그 뭔가가 존재하지 않았다.

박물관이라는 표지판은 하나도 없었지만 철조망 너머 문은 열려 있었다.

"안녕하세요?" 리넷은 외쳤다.

"안녕하세요?" 누군가가 따라 외쳤다.

"여기가 박물관인가요?"

"여기가 박물관인가요?"

잠금장치를 열자 문이 열렸다. 리넷은 외투걸이와 거울이 있는 작은 현관으로 들어섰다. 거울은 오른쪽으로 난방을 담고 있었는데, 리넷이 한 말을 따라 한 것이 거대한 새장에 있는 초록색 앵무새라는 게 드러났다. 한 노인이 얼굴을 쳐들고 코를 골며 창 아래 놓인 소파에서 잠을 자고 있었다. 그녀가 가본 모든 박물관은 돈을 내는 리셉션 데스크가 있었고 지도와 표지판과 기념품 매대를 가지고 있었다. 아직도 여기가 맞는 곳인지조차 알 수 없었다.

"안녕하세요?" 리넷은 앵무새에게 다시 따라 해보라고 하기라도 하듯 말했다. 그녀를 보긴 했지만 말을 하진 않았다. "박물관을 보러 왔어요."

앵무새는 새된 소리를 냈고 남자가 눈을 떴다. 그는 리넷이 처음 생각했던 것보다는 젊었지만 엄청 젊진 않았고,

그의 피부는 태양 아래에서 많은 시간을 보낸 사람처럼 가죽 같은 느낌을 풍겼다. 그는 제대로 자세를 고쳐앉았다. 얼굴을 둘러싸고 흐트러진 흰 머리카락이 여러 갈래로 쏟아졌다. "박물관을 보러 왔다고요? 잘됐네요. 8달러입니다. 노인이거나 학생이면 5달러고요."

리넷은 비록 봄학기 시작 전에 그만두긴 했지만 올해까지 다니던 커뮤니티 칼리지 학생증을 가지고 있었다. 하지만 이곳은 돈이 필요한 곳처럼 보였고, 이번 여행에서 예상한 것보다 돈을 훨씬 더 적게 쓰기도 했다. 리넷은 지갑을 향해 손을 뻗었다.

"그래서 그 사건이 대체 뭔가요?" 리넷은 5달러짜리 지폐 한장과 1달러짜리 지폐 세장을 꺼내며 물었다.

노인은 손을 뻗어 돈을 받으며 고개를 갸웃했고 조금은 앵무새처럼 보였다. "여기 왔는데 모른다고요? 그런 사람은 또 처음이군요."

"차가 고장 나서 오늘밤 여기 갇혔어요. 모텔에서 걸어서 갈 수 있는 관광지 중에 이 박물관이 유일했고요."

노인은 약간 기분이 상해 보였고 리넷은 방금 한 말이 나쁘게 들릴 수 있다는 걸 깨달았다. "이게 있어서 너무 좋았어요." 리넷은 진심을 담아 말했다.

노인은 닫혀 있던 두번째 문을 향해 손짓했다. 문에는 그전까지는 보지 못했던 나무 표지판에 '박물관'이라는 표기가 되어 있었다. "들어가면서 벽에 조명 스위치 켜시면 돼요."

문은 리넷의 등 뒤로 생각보다 빠르게 닫혔고 그녀는 완전한 암흑 속에 놓였다. 아무에게도 어딜 가는지 말하지 않고 수상한 집으로 걸어 들어왔다는 사실이 새삼 의식됐다. 리넷은 스위치를 찾기 위해 벽을 더듬었다.

방이 활기를 띠었다. 마치 모형 기차가 없는 모형 기차 전시처럼 불이 들어온 디오라마가 방의 대부분을 차지하고 있었다. 그것은 당연하게도 베일풀 마을의 모형이었다. 그녀는 모텔과 극장과 차고를 알아볼 수 있었다. 차고는 다른 이름을 가지고 있었지만 말이다. 모텔 수영장은 플라스틱 물로 가득 차 있었다. 극장의 작은 현수막엔 조그맣게 그녀가 오늘 본 것과 같은 영화들이 적혀 있었다. 그게 가능한지 모르겠지만 도로와 주차장에는 차가 더 없었다. 극장 뒤편은 끓고 있는 크레이터였다.

그녀는 마을을 다시 한번 둘러보았다. 모든 것이 대충 똑같아 보였다. 할인점 안에는 아무도 없었다. 시내의 가게들과 그 위의 집에는 불이 켜져 있었지만 모든 상점과 길은 텅 비어 있었다. 건물의 디테일은 놀라웠다. 작은 우체국 벽면에는 1903년 설립 이라는 글씨가 쓰여 있었고, 부동산의 창에 걸린 작은 플래카드는 "소를 키우는 데 완벽한 땅"을 광고하고 있었으며 미니어처 바 안에는 작은 맥주 로고들이 걸려 있었다. 그녀는 물받이의 나무만 빼고 그대로인, 작은 집처럼 보이는 이 박물관도 찾았고, 길에서 보았던 저장고도 발견했다.

다시 모형의 기묘한 중앙부로 주의를 돌렸다. 벽돌과 벽체와 스크린과 의자들을 집어삼키고 있는 극장의 빛나는 구멍. 그 구멍에서 솟아나오고 있는 것은 희미한 이와 눈이었는데 그게 뭔지를 몰랐기 때문에 리넷은 더이상 알아볼 수 없었다. 투명한 모양들, 섬모와 같은 필라멘트들이 마구 겹쳐져 있었다. 그녀는 집중하기 위해 눈을 깜박였지만 다른 모든 것에는 초점이 맞아도 그 모양은 여전히 희미했다.

그 디오라마에는 사람이 단 한명 있었다. 그 희미한 형체 앞에 서서 손에는 지우고 다시 그릴 수 있는 그림판 크기의 도구를 들고 있는 한 여자. 그리고 그 여자 옆에는 리넷이 나라를 건너 운전해 온 것과 완전히 똑같이 생긴 일각고래 모양의 차가 있었다. 일각고래 모양의 차는 땅에서 떠 있었고 모형 전시 케이스의 뚜껑 부분에 거의 눈에 보이지 않는 와이어로 매달려 있었다. 일각고래 모양 자동차는 뿔의 끝에 빨간 LED 조명이 있었으며 거기서 뭔가 나오고 있었기에 리넷은 여행을 재개하게 되면 어떤 버튼을 누를 때 더 주의해야겠다는 생각이 들었다. 한참을 들여다보다가 쳐다보는 게 그걸 조금이라도 더 이해하는 데 도움이 되지 않는다는 걸 깨닫고 리넷은 결국 포기했다.

반대쪽 벽을 따라 불이 켜진 또다른 전시함이 있었다. 거기엔 스크랩된 신문 기사들이 있었다. "마을 전체 대피/ 계획된 폭파로 부상자 없음/베일풀 극장 터 매매". 그게 다였다. 기사 중 어떤 것도 중앙에 있는 기이한 디오라마에 대한 설명을 하고 있지 않았다.

세번째 전시함은 흙 한바가지, 타버려 구멍이 뚫린 작은 팝콘 박스, 그리고 오래된 닌텐도 조종기처럼 생겼지만 조금 더 커서 그림판 정도 크기인 은청색에 버튼과 손잡이로 가득한 기구. 그녀는 그중 일부를 알아볼 수 있었다.

그 노인은 그녀가 다시 전실로 돌아오기를 기다리며 소파에 앉아 있었다. "내가 맞춰볼까요. 환불을 받고 싶은 거죠?"

리넷은 고개를 저었다. "아니요. 하지만 이게 뭐죠? 이해가 안 돼요."

"있는 그대로인 것 같은데요. 당신이 본 게 내가 아는 모든 것이에요."

"기사에서는 마을이 모두 대피했다고 하고 극장은 폭파되었죠. 그게 뭔지 몰라도 그 사건 얘기는 하나도 없다고요."

"사람들이 아는 건 그게 전부예요……"

"그럼 그 일이 일어났다는 걸 어떻게 알죠?" 노인은 신음소리를 내며 소파에서 일어났다. 리넷은 노인을 따라 다시 박물관으로 들어가서 그가 극장의 남동쪽 구석을 가리키는 것을 보았다. 아까는 보지 못했던 작은 형상이 구석에 있었다. "저게 나예요."

"당신이요?"

"그때만 해도 아직 주간신문이 있었지. 내가 유일한 기자였다오. 나는 이 마을 역사상 유일하게 발생한 흥미로운 일을 놓칠 생각이 없었어요. 나를 빼고 모두가 대피했지요. 나는 헛간 안 내 차에 숨어 있다가 무슨 일이 일어나는지 보기 위해 몰래 돌아갔어요. 그것에 대해 출판을 하지 못하게 할 거란 사실을 알았어야 했겠지만요. 누군가가 대피 상황이 끝나기도 전에 신문을 사버렸고 나는 해고됐어요. 다른 누구도 그 이야기를 받아주지 않았죠."

"사진을 찍었나요? 저 모형의 당신은 카메라를 가지고 있는데요."

"물론이죠. 하지만 내가 그걸 인쇄하기도 전에 필름이 사라졌어요. 오늘날처럼 휴대전화 사진을 클라우드에 올리는 그런 때가 아니었으니까요."

"그렇군요." 리넷이 말했다. 그녀는 그 이상한 세부 사항 때문이 아니고서라도 그 남자의 말을 전혀 믿을 수 없었다. 하지만 물어야만 하는 게 하나 있었다. "그 고래 자동차는 뭐예요?"

그는 자기 자신의 형상으로부터 눈을 떼고 말했다. "일각고래죠. 저도 몰라요. 그 여자가 누구인지도 모르고 그녀를 찾는 데도 실패했죠. 위대한 영웅들은 모두 지켜야 할 자기 도시가 있어서 이런 작은 마을까지는 살필 수 없었나 봅니다. 아무튼 그 차는 잊을 수 없는 모습이었어요. 이 장면의 나머지 부분들은 극적 재구성이죠, 말하자면. 내가 진실에 가장 가까이 다가갈 수 있는 방법이 이거였어요."

"그렇군요." 리넷은 또 그렇게 말했다. "그럼 누가 이 박물관에 오죠? 여기 사는 사람들인가요?"

"아니요, 아무도 오지 않아요." 그는 웃었다. "일주일에 한두 시간 정도 문을 열지만 아무도 오지 않아요. 여기 사는 사람들은 그 일이 있었다는 걸 믿지 않고 아무도 신경쓰지 않아요. 아주 형편없는 박물관이죠."

리넷은 칭찬할 만한 걸 찾기 위해 애썼다. "이 디오라마는 정말 멋져요. 아무도 당신을 믿지 않는다니 안타깝네요."

"정말 그렇게 생각해요?"

리넷은 고심 끝에 답했다. "그런 것 같아요. 진실은 언제나 이야기가 되기엔 너무 이상하잖아요? 고등학교 때 저는 사람들에게 한해에 한번 서커스 코끼리가 내 집 앞길을 걸어 지나갔다고 말했는데 아무도 저를 믿지 않았어요. 엽서 같은 건 없나요?"

"없어요. 만들어두면 너무 웃음거리가 될 것 같았거든

요.”

그렇다면 어쩔 수 없었다. 그녀는 어찌 됐든 기념품으로
브로슈어를 보관할 셈이었다.

하지만 다른 생각이 있었다. “저기요, 음. 이게 이상하게
들릴 수 있겠지만 저 전시함 안에 있는 조종기 같은 걸 빌
릴 수 있을까요? 내일 다시 가져올게요.”

남자는 얼굴을 찌푸렸다. “내가 당신에게 그걸 왜 빌려
줘야 하죠? 그들이 벌써 내 사진을 훔쳐갔다고 말했잖아
요. 어디서 왔다고 했죠?”

“맹세해요. 정말 다시 가져올게요. 내 학생증을 밤 동안
가지고 있어도 좋아요. 아니면 내 운전면허증이나, 아니
면”——그녀는 주머니를 뒤졌다——“이건 저의 행운의 동
전이에요. 얼마 하지는 않지만 내가 주머니에 가지고 다니
면서 닳도록 가지고 놀았다는 걸 보면 알 수 있겠죠. 저는
그거 없이는 이 마을을 절대 떠나지 않아요. 아침에 가지
고 온다고 약속하고 믿어준 보람이 있도록 해드릴게요. 당
신이 말한 것처럼 그들은 이미 당신의 사진을 가져갔어요.
이 전시의 가장 멋진 부분은 디오라마예요. 조종기는 그게
뭔지를 보여주지 않으면 사람들에게 아무 의미가 없고, 난
그게 뭔지 알 것 같아요.”

“당신이요?”

“제 생각에는요. 어쩌면.”

리넷은 자신이 그를 설득했는지 확신하지 못했지만 노인은 전시함으로 다가가 그걸 휙 열었다. 그건 잠겨 있지도 않았다. 리넷은 행운의 동전을 넘겨주고 그가 주는 기기를 받았다. 그건 보기보다 무거웠다.

"내일 봅시다?" 그의 목소리는 체념한 듯했다. 리넷은 그를 실망시키고 싶지 않다는 이상한 욕망이 들었다.

정비소를 둘러싼 담장은 약속한 대로 닫히고 잠겨 있었다. 하지만 일각고래가 들어 있는 구간은 열려 있었는데 아마도 뿔이 차고 문보다 몇 피트쯤 더 튀어나와 있었기 때문일 것이다. 그건 여전히 다정해 보였다. 리넷은 주변을 둘러보았지만 정비공은 이미 떠난 것 같았고 길에는 아무도 없었다.

이 기기가 배터리를 필요로 하지 않기를 바랐다. 방향 토글은 기능이 분명했고 안테나와 켜고 끄는 스위치까지는 알 수 있었다. 리넷은 차 안에 있던 것들과 맞춰보려 애쓰며 기기의 아이콘들을 자세히 살펴보았다. 뿔 그림이 있는 건 기능이 분명해 보였지만 어깨 너머로 차를 다시 한 번 확인하고 뿔이 길 건너 2층 건물의 창문을 겨누고 있다는 걸 확인했다. 조심하는 게 좋았다.

마침내 그녀는 날개가 두개 그려진 버튼을 선택했다. 심호흡을 했다. 눌렀다. 처음에는 아무 일도 일어나지 않았다 그래서 그녀는 조금 더 길게 다시 눌렀다. 차고에서 그

르렁대는 소리가 났다. 고래 차대는 타이어 위로 솟아올라왔고 그다음엔 떠올랐다. 타이어까지 전부. 단지 몇 피트일 뿐이었지만 말이다. 리넷은 할 수 있는 한 가장 젠틀하게 그걸 다시 내려놓았다.

그녀는 지는 해를 향해, 충분히 낮아졌지만 아직 충분히 밝아서 가는 방향을 똑바로 보기보다는 고개를 살짝 숙여야 하게 만드는 바로 그 해가 지고 있는 서쪽을 향해 걸어 모텔로 돌아왔다. 선글라스는 아직도 고래 안에 있었다. 일각고래.

식료품점과 할인점은 둘 다 영업을 마감한 상태였다. 그들을 지나면 곧 폐허가 된 극장이었다. 철조망은 7~8피트 높이로 둘러쳐져 있었지만 보안 감시가 되고 있는 것 같지는 않았다. 카메라도 없고 맨 위에 레이저 와이어도 없어서 누군가가 다른 누군가를 딱히 못 들어오게 하려는 의도가 보이는 요소는 하나도 없다고 볼 수 있었다. 그녀는 길과 수직으로 걸어 건물을 나란히 바라볼 수 있는 곳까지 간 다음 진입을 시도했다.

극장 벽은 무너진 곳 전까지는 온전했다. 벽, 벽, 벽, 그다음 갈색 벽돌과 벽토의 더미. 그걸 지나자 살짝 패여 있고 흙으로 채워진, 크고 둥근 영역이 나왔다.

"볼 건 별로 없죠." 달리아가 고정되지 않은 벨벳 의자에 앉아있었다. 그녀는 손짓을 했다. 리넷이 달리아 옆의 의자를 열자 의자는 떨어져 나왔다. 리넷은 차라리 흙바닥에 아빠다리를 하고 앉았다.

"내가 어렸을 때 엄마가 여기 온 적이 있었던 것 같아요. 그런데 왜 그랬는지 알 수가 없군요." 달리아는 지갑에서 사진을 꺼내 내밀었다. "여기가 틀림없어요. 영화들도 여전히 그대로네요."

"저도 당신의 어머니가 여기 왔었다고 생각해요."

옆에 있는 사람에게 온 신경을 집중하는 상사의 버릇은 운전 중이 아닐 땐 훨씬 덜 무서웠다. 달리아의 놀람이 얼굴에 그대로 드러났다. "왜 그렇게 생각하죠?"

"여기서 무슨 일이 일어났어요. 그 일에 관한 박물관이 이 마을에 있어요."

"네?"

"네. 금요일에만 문을 여는데 주인은 당신이라면 문을 열어 줄 거예요. 당신 어머니의 차가 그의 디오라마에 있어요. 내일 그 차를 몰고 나타나면 아마도 그에게는 근 십년 중 가장 기쁜 날이 될 거예요.

"그럴 수도 있겠죠. 우리가 너무 늦지 않았다면요."

그들은 채워진 구멍 위로 해가 지는 동안 한참을 침묵 속에 앉아 있었다.

상사는 손톱을 깨물고 상상 속의 창문으로 그걸 튕겨냈다. "엄마는 가끔 사라지곤 했지만 아빠는 언제나 '엄마는 좋은 일을 널리 퍼뜨리는 일을 하고 있단다'라든가 '도움이 널 찾아오지 않는다면 네가 도움을 주는 사람이어야 하기 때문일 거야'라고 말했어요. 나는 엄마가 도박이나 뭐 그런 걸 하는 게 아닐까 생각했죠. 그런데 딱 한번 그런 적이 있었어요. 내가 십대 때 엄마는 나를 다시 보지 못할 수도 있다는 듯이 굿바이 키스를 해주었거든요. 아빠에게 엄마가 어디 가느냐고 물었지만 아빠는 말해주지 않았어요. 몰랐던 게 아니라면요. 엄마는 며칠이나 돌아오지 않았고 이렇게 되었네요."

"이렇게 되었네요." 리넷이 박물관 노인의 앵무새처럼 따라했다.

리넷은 행운의 동전을 만지려고 주머니 속으로 손을 뻗었지만 그건 거기 없었다. 심호흡을 했다. "어쩌면이 아니에요. 우리는 내일 박물관 문을 두드리러 갈 거예요, 우리 둘 다요. 우리에겐 시간이 있어요. 당신의 일정과 비교해도 우린 조금 앞서 있죠. 우린 박물관에 갈 거고, 제가 당신에게 뭔가 엄청난 걸 보여줄 거예요. 그러고 나서 우린 계속 운전을 하고 아치스 국립공원에 들르고 나는 차에서 내려서 정말로 아치들을 보고 티셔츠나 엽서나 기념주화를 살 거예요. 그걸 다 할 수도 있겠죠. 아직 마음을 정하지 않았거든요.

달리아는 동의하지 않았지만 안 된다고 하지도 않았다.

리넷은 큰 발전이라고 생각했다.

땅은 빛나지 않았다. 당장 영웅도 없고 괴물도 없었으며 이곳에 관한 엽서를 만들 만큼 놀라운 일은 아무것도 없었다. 누군가가 믿을 만한 일은 특히 더 없었다. 하지만 이 여행을 시작한 이후 처음으로 리넷은 어딘가에 가봤다는 기분을 느꼈다.

그리고
(N-1)명이 있었다*

나는 그 초대를 거절할지 고민했다. 너무 이상하고, 너무 비쌌으며, 너무 멀었고, 너무 위험했으며, 너무 이상했다. 정말 너무 이상했다. 그런 초대는 다시는 오지 않을 것이다. 가지 않으면 후회할 것이다. 내가 메이블과 장단점을 따져보는 동안 그 초대장은 우리 부엌 탁자에 삼주 동안 놓여 있었다. 메이블이 듣고 제안을 했다. 나는 그녀의 의견에 반박하고, 그녀의 입장에서 주장하고, 양쪽 주장을

---

* 영국 추리소설 작가 애거사 크리스티의 대표작 『그리고 아무도 없었다』의 변형. 'And then there were none'에서 none의 n과 one 사이에 줄표를 그어 n-one으로 '아무도 없다'와 '(N-1)명이 있다' 두가지 의미를 동시에 갖도록 변형했는데, 우리말로는 크리스티의 원제와 핀스커의 변형 두가지 의미를 동시에 담기가 어려워 변형된 의미에 가깝게 옮겼다.

모두 하다가, 다시 뒤집었다.

"이게 사기가 아니라는 걸 어떻게 알 수 있을까?" 후원 단체의 목록을 스무번째 살펴보며 내가 물었다. "웹사이트는 진짜처럼 보이긴 하는데, 이게 어떻게 사기가 아닐 수 있지?"

"이렇게 생각해봐." 메이블이 말했다. "넌 인류 역사의 획기적인 사건의 일부가 되거나 획기적인 심리 실험의 일부가 될 거야. 어느 쪽이든 누군가는 이득을 보겠지. 그리고 넌 캐나다 동부에는 가본 적이 없잖아. 그러니까 네가 결국 어딘가의 들판에 바보처럼 서 있게 된다고 해도 최소한 넌 새로운 곳을 가보게 되는 거지."

메이블은 언제나 나한테 스트레스가 될 수도 있는 일을 모험으로 만들 줄 알았다. 넉달 뒤 나는 노바스코티아로 날아가 지도에 점으로도 표시되지 않을 만큼 작은 해변 마을을 향해 버스를 타고 가서, 세코드섬으로 가는 페리를 탄 다음, 대기 중이던 포털을 통과해 세라 핀스커로 우글 거리는 대체 현실의 리조트 호텔 로비에 들어섰다.

방금 누가 도착했는지는 쉽게 알 수 있었다. 우리는 로비에 서서 손에 가방을 든 채 눈을 크게 뜨고 입을 벌리고 있었다. 내 몸과 얼굴, 심지어는 나의 표정까지도 거울의 방에 있는 이백개의 거울에 반사되어 보이는 것 같았다. 그보다 더이상한 건 공기 중에 설명할 수 없는 에너지가 있다는 점이었다. 모든 세라가 정확히 같은 생각으로 이곳에 발을 들여놓았다는 느낌, 같은 호기심-놀라움-공포-경이로움으로, 초대장은 진짜였고 우리가 이제 더이상 혼자가 아니라는 충격적인 확인, 혹은 우리가 그 어느 때보다 더 혼자라는 느낌 말이다.

큰 무리들이 호텔의 체크인 데스크와 세라콘Sarah-Con 등록하는 곳 주변에 모여 있었다. 거의 동일한 이름들의 긴 목록에서 자신들을 찾으려는 중인 게 분명했다. 내가 합류하기로 결정한 무리는 세번째 부류였는데, 그들은 로비의 바로 향했다. 알코올을 이용해서 다중 우주의 자아들과 마주하는 기이함을 무디게 만들려는 생각이었다. 나는 바 의자를 하나 찾아서 앉은 다음 내 여행 가방과 배낭을 발밑에 쑤셔 넣었다. 다른 여행 가방들과 배낭들에 치여 공간이 빡빡했다.

"스타우트요." 바텐더의 주의를 끄는 데 성공한 나는 세번째 맥주 탭을 가리키며 말했다.

그는 미소를 지으며 유리잔을 들어 올렸다. "연속 일곱번째예요. 당신들은 모두 스타우트나 좋은 위스키 중 하나를 고르는군요."

나는 그 정보를 기억해두었다. 한모금을 마셨다. 내 옆의 세라도 똑같이 했다. 우리는 동시에 잔을 내려놓았다. 둘 다 서로를 보고 놀랐다.

바텐더가 주변을 맴돌았다. "계산은 몇호실로 할까요?"

"아직 체크인을 안했어요. 현금은 안 되나요? 아. 세계 간 통화 문제가 있겠군요."

"그 맥주 내 계산서에다 더해도 좋아요," 내 옆에 있는 내가 나에게 말했다. 그녀는 등 뒤로 길게 늘어진 땋은 머리를 하고 있었다. 나는 열세살 때 머리를 그렇게 했었다.

나는 잔을 들어 그녀의 방향으로 건배했다. "고마워요, 고맙습니다."

"천만에요. 나 자신에게 술을 사줘 본 적은 한번도 없거든요. 어쨌든 이런 식으로는요. 전부 몇명이나 있는지 알고 있어요? 그러니까, 우리가 여기 모두 몇명인지요."

나는 고개를 저었다. "전혀 모르겠네요. 등록처의 누군가에게 물어볼 수 있을 것 같은데요."

어쩌면 나보다 열살은 많아 보이는 세번째 세라가 우리의 대화에 끼어들었다. 나의 부모는 나를 갖기 수년 전에 결혼했다. 나는 그들이 아이를 갖기 전에 그렇게 기다리지 않았더라도 내가 나일지 언제나 궁금해했다. "개회사에서 그 여자가 숫자를 분명히 알려줄 거예요."

"그 여자요?" 하나로 땋은 머리가 물었다. "멍청한 질문이라면 죄송해요. 방에 체크인을 하긴 했지만 컨벤션 등록은 아직 할 엄두가 안 났어요. 줄 서는 걸 정말 싫어하거든요."

나이 든 세라는 세라콘의 기념품 가방을 뒤적거리더니 프로그램을 꺼냈다. 그녀는 인물 정보 페이지를 펼쳐서 읽기 시작했다. "세라 핀스커(R0D0)—R0D0은 무슨 의미인지 모르겠네요—는 다중 우주 포털을 창조하는 발견을 해냈다. 그녀는 존스홉킨스대학의 양자학자다." 그녀는 올려다보았다. "저기 있는 여자인 것 같아요. 내가 여기 앉은 이후로 계속 분주하게 왔다 갔다 하고 있더라고요."

우리는 그녀의 가리키는 손가락을 따라 무전기를 입술에 대고 로비를 바쁘게 오가는 세라를 보았다. 그녀는 머리를 짧게 잘라 픽시 컷을 해 언제나 나를 괴롭히던 곱슬거림을 피했다. 그녀는 정신이 없어 보였지만 대부분의 우리들보다 잘 차려입은 모습으로, 실크 블라우스와 몸에 잘 맞고 체형을 돋보이게 하는 디자이너 청바지를 입고 있어 우아했다. 나는 우아함 근처에도 가본 적이 없었다. 머리를 그렇게 짧게 자를 용기도 없었고 말이다.

"양자학자라." 나는 되풀이했다.

나이 든 세라가 프로그램을 넘겼다. "주최 위원회에 다른 양자학자 세라도 네명 더 있는 것 같아요."

하나로 땋은 머리가 목 뒤를 긁었다. "저는 양자학에 대해 들어본 적이 없어요. 내가 사는 곳에서는 존재하는 연구 분야가 아닌 것 같아요."

"내가 사는 곳에서도 마찬가지예요. 당신은 어디 출신

인가요? 아, 어떻게 대답하셔도 좋아요." "저는 여기저기 다니며 살았어요." 하나로 땋은 머리가 말했다. 내가 주로 하는 대답이었다. "하지만 지금은 시애틀에 살고 있어요."

기묘했다. "저도요. 대학 졸업하고 취직해서 정착했죠."

"저도 똑같아요! 여름 알바를 하러 갔다가 여자친구를 만나서 완전히 정착했거든요. 저는 웨스트 시애틀에 있는데, 당신은요?"

"발라드요." 나는 잔을 들어 그녀와 건배했다. 그 여자친구와는 얼마 못 갔지만.

나이 든 세라가 맥주를 들이켜고는 우리에게 다시 말을 걸기 전에 손을 흔들어 한잔을 더 주문했다. "우리 시애틀은 지진으로 파괴되었어요."

우리 둘 다 그녀를 쳐다봤다. 그녀는 새로 온 맥주를 한 모금 마시고 계속했다. "나는 서부에 직접 가본 적이 없어서 개인적인 일은 아니었지만 끔찍했어요. 사천여명이 죽었고 도시는 영영 회복되지 못했어요."

나는 우리의 작은 집이 흔들리고 부서지는 모습, 우리의 마당이 중간에서 갈라지는 모습을 상상했다. 메이블, 나의 친구와 이웃들, 길 건너의 커피숍. 몸서리가 쳐졌다. 상상하기에는 너무 끔찍했다. "이건 정말 더럽게 이상하군요."

나이 든 세라가 프로그램을 내게 흔들어 보였다. "그게 바로 첫번째 패널의 이름이에요. '이건 정말 더럽게 이상

하군요: 미치지 않고 세라콘을 헤쳐나가기 위한 전략들.'"

하나로 땋은 머리와 나는 동시에 맥주를 들었다.

어딘가의 라운지에서 칵테일 아워가 시작되자 등록 줄이 줄어들었다. 나는 이미 한동안 술을 마시고 있었기 때문에 이 기회에 체크인을 하고 등록을 해야겠다 싶었다.

"목록에서 자신을 찾으세요." 컨벤션 등록 테이블에 있는 세라가 말했다. 그녀가 표정 짓는 법을 기억할 수 없을 정도로 피곤하다는 걸, 지쳐 있다는 걸 알 수 있었다. 나는 그 느낌이 뭔지 알았다.

목록을 보니 그녀가 왜 이미 긴 하루를 보냈는지 금방 알 수 있었다. 내 마음은 내가 만난 소수의 세라들만 생각해도 여전히 놀란 상태였는데, 등록 테이블 세라는 우리 모두와 대면해야 했던 것이다.

목록은 일단 성씨를 기준으로 정렬되어 있었다. 내 성이 가장 흔했는데, 잔가지가 아니라 큰 줄기인 셈이었다. 나는 호기심에 페이지를 넘겨보았다. 대부분 나처럼 핀스커였다. 우리를 초대한 핀스커와 가장 가까운 현실에서 온 세라들인 거라면 이해가 됐다. 결혼으로 바뀐 것으로 보이는 다른 무작위 성씨들도 있었다. 세라 스위트러브라는 이름이 한 페이지 가득 있었다. 나는 그게 설령 메이블을 위한 것이라 해도 내 이름을 바꾸는 것까지는 진지하게 고려한 적이 없었지만, 다른 '나'들은 그랬던 모양이었다.

성씨 다음에는 도시가 나왔는데, 시애틀, 토론토, 볼티모어가 균등한 비율로, 그리고 노스햄튼, 서머빌, 애슈빌, 뉴욕, 프리토리아 등의 예외도 있었다. 그다음은 생년월일과 직업이었다. 직업 목록은 내가 어렸을 때 "커서 뭐가 되고 싶니?"라는 질문에 답했던 모든 것들의 집합체처럼 보였다. 유전학자, 작가, 치료 승마 강사, 교사, 역사학 교수, 천문학자, 기자, 개 훈련사, 마구간 관리인. 보험 조사관은 나뿐이었다. 사실대로 말하자면 그건 최고의 목록에 들었던 적이 없는 직업이었다.

어쩐 일인지 나를 가장 혼란스럽게 한 건 주소였다. 여기 있는 누군가가 나와 이름, 생년월일, 주소, 모든 것을 공유하고 있었다. 그녀는 비영리 단체에서 프로그램 디렉터로 일하고 있었다. 그게 목록에서 우리 둘을 구분하는 유일한 부분이었다. 우리는 어디서부터 갈라진 걸까? 우리는 같은 시간에 같은 방식으로 집 안을 돌아다닐까? 그녀도 나처럼 처음에 부엌을 보고 사랑에 빠졌을까? 그녀는 대체현실의 메이블과 함께 살고 있을까?

"저쪽에 가면 '인맥 만들기' 게시판이 있어요." 테이블 뒤의 자원봉사자가 로비 맞은편 벽에 있는 포스터를 가리켰다. 이미 족히 백번은 말한 것 같은 목소리였다. "반드시 만나야겠다 싶은 사람을 발견했을 경우를 위해 있는 거예

요. 당신 표정을 보니 목록에서 흥미로운 사람을 찾은 것
같아서요. 당신과 같은 삶을 살거나 비슷한 삶을 사는 사
람 있잖아요."

그 말을 듣자 초등학교 때 풀던 퍼즐 페이지들이 생각
났다. 여섯개나 아홉개의 거의 동일한 고양이 혹은 로봇이
격자 안에 그려져 있고, 아주 조금씩 다른 것들 사이에 숨
겨진 완전히 똑같은 한쌍을 찾아야 하는 그런 퍼즐 말이
다. 내가 그 생각을 하는 순간, 다른 복사본 목록을 살펴보
던 한 세라가 나에게 그 말을 했다.

나는 그녀를 자세히 보았다. 초대장에는 "있는 그대로
의 모습으로 올 것"이라고 적혀 있었다. 우리는 둘 다 청바
지에 원더우먼 티셔츠를 입고 있었는데, 그녀의 티셔츠에
는 1970년대 티브이 쇼에 나오던 그래픽이 있었고 내 건
2005년에 나온 지나 토레스 영화에 나왔던 거였다. 우리는
둘 다 머리를 뒤로 아무렇게나 묶은 포니테일을 하고 있었
다. 내가 발견한 유일한 차이점은 그녀가 나보다 훨씬 피
부가 좋아 보였다는 것이었다.

자원봉사자는 내가 내 이름에 표시를 하고 목록을 돌려
주었을 때 목록을 확인하지도 않았다. 그녀는 나에게 프로
그램과 기념품 가방을 건넸다. "이름표를 굳이 달지 여부
는 알아서 결정하시면 됩니다."

나는 테이블에 쌓여 있는 마커와 스티커를 보았다. "그

게 의미가 있을까요?"

"당신의 이름은 특별히 독창적이라고 생각되는 별명이 있지 않는 한 의미가 없어요. 물론 그 별명도 아마 그리 독창적이지는 않을 거고요. 세라가 아닌 사람들이 몇명 있어요. 그들만 이름표를 신경 쓰면 되죠. 처음에는 사람들에게 별명을 고르라고 해봤는데 처음 여덟명이 똑같이 자신들의 중간 이름을 선택했고요, 다음 네명은 같은 롤러 더비 이름을, 그리고 세 사람은 걸스카우트 캠프에서 카운슬러로 일할 때 사용했던 이름을 말해서 포기했어요."

그럴 가치가 없어 보였다. 나는 호텔 체크인 줄로 넘어갔고, 개별 등록 번호를 받은 후라 조금 더 수월했다. 등록 데스크 직원 역시 우리 중 하나였고, 정장에 금색으로 된 관리자 이름표를 달고 있는 걸로 보아 이게 그녀의 실제 현실인 것 같았다.

"등록하실 때 사용한 신용카드로 세계 간 이상한 일들을 처리하는 제3자 청구 회사에서 요금을 청구할 예정입니다. 모든 구매 내역은 객실 번호로 청구하세요." 그녀는 내가 알아들을 수 없는 억양으로 말했다.

"어디 출신이신가요?" 내가 물었다.

"바로 저 너머 본토에 살아요. 당신은요?"

"시애틀이요."

그녀의 얼굴에 동정 어린 표정이 스쳤다. 나는 그녀가 이 현실에서도 시애틀이 사라졌다고 말하기 전에 화제를 바꿔보려 했다. "그런데 이건 왜 세코드섬에서 열리는 거죠?"

"모두 그걸 묻네요." 그녀가 치아 사이 간격을 보이며 웃었다. 그녀는 교정을 한 적이 없었던 것 같았다. "여기는 캐나다 동부 해안의 자치령 섬이에요. 캐나다를 아시나요?"

나는 대체 어떤 세계의 변형이 그 질문을 하도록 만들었는지를 궁금해하며 고개를 끄덕였다.

그녀는 계속했다. "적어도 이 현실에서는 자치령인 섬을 선택한 이유는 주최자가 비자나 여권에 대해 걱정할 필요가 없기 때문이에요. 당신들은 모두 여기에 올 수 있고 왔던 곳으로 돌아갈 수 있죠."

"만약에 누군가가 이 섬을 빠져나가려고 한다면 어떡하죠? 내가 그러겠다는 말은 아니지만요. 난 보험 조사관이에요. 동기를 묻는 게 직업인 사람이죠."

그녀가 다시 웃었다. "그래서 이번 주말 동안 모든 배들을 떠나보냈어요. 우리가 당신들과 갇혀 있다고 볼 수도, 당신들이 우리와 갇혀 있다고 볼 수도 있겠죠."

그녀는 종이봉투에 키카드를 넣고 펜을 꺼냈다. "당신 세계에도 키카드가 있나요?"

"네." 나는 그녀가 적은 번호를 슬쩍 보고, 기억에 저장한 뒤, 카드를 주머니에 넣고, 버릴 봉투를 그녀에게 돌려주었다.

"지금까지 그렇게 한 사람은 당신뿐이에요." 그녀가 말했다. "독창적인 점 축하합니다."

나는 그녀에게 작게 목례를 하고 등록할 때 예약이 가능했던 것 중 가장 저렴한 방, 별채에 있는 내 방을 찾으러 갔다. 그녀의 안내를 따라 원래 있던 건물에서 나와 뒤쪽에 붙어 있는 L자 모양의 복도를 따라갔다. 스트레스를 잔뜩 받은 모습으로 청소 용품이 가득 찬 카트를 밀고 가는 객실 정리원을 지나치고, 그다음엔 작은 방에 간이침대를 들여놓으려고 애쓰는 두명의 세라를 지나쳤다. 세번째 세라는 그들에게 지시를 내리다가 고개를 들어 나에게 손짓을 했다. 그들은 예약을 한 다음 따라온 설문지에서 방을 공유하는 옵션을 선택한 것 같았다. 나는 그 제안이 마음에 들었다. 그것은 시간과 특권이 있는 세라들만 참석하는 게 아님을 의미했다. 그 점 때문에 메이블도 이 행사에 대해 놀리는 정도를 좀 자제했다.

다음 모퉁이를 돌자, 에어컨이 가동되는 로비와는 다른 종류의 추위가 느껴졌다. 캐나다의 11월 날씨가 폐쇄된 시스템으로 침투하는 듯했다. 누군가 복도 끝에 있는 비상구를 열어놓은 것 같았다. 나는 내 방 문을 열고, 가방을 욕조에 던져 넣은 다음, 밖을 보러 나갔다.

비상구 밖으로 몸을 기울이자 두명의 세라가 찬바람을 피해 어깨를 움츠리고는 담배를 피우고 있는 모습이 보였다. 머리 위로는 선명하고 얼룩덜룩한 구름층이 낮게 깔려 있어 실제보다 훨씬 늦은 시간처럼 느껴졌다. 공기에서는 담배와 바닷물 맛이 났다. 우리는 하역장과 쓰레기통 몇개가 보이는 극적인 내륙 전망을 바라보고 있었지만, 나는 근처에 바다가 도사리고 있음을 느낄 수 있었다. 나는 이상하게 불편했다. 시차가 나지 않는데도 시차 적응을 못한 것 같았다. 아마도 포털-차라는 걸지도 모르겠다.

"같이 피울래?" 어깨로 흘러내리는 곱슬머리는 당근 같은 주황색으로 염색되어 있었고, 자연스럽게 보이려는 시도조차 하지 않는 색이었다. 그 머리는 야생적이고 화려했던 반면 내 머리는 늘 잘 봐줘야 집에서 탈출한 짐승 정도였다.

다른 한명은 덜 건강해 보였다. 털모자 아래로 보이는 그녀의 볼은 움푹 패었고, 봄버 재킷 안에 입은 '노굿디즈'* 티셔츠는 그녀의 몸에 헐렁하게 걸쳐 있었다. 그녀는 아메리칸 스피릿 담배 한갑을 내밀었다.

"괜찮아요." 내가 말했다. "그나저나 '노굿디즈'네요. 멋진 밴드였죠."

그녀는 누런 이를 드러내며 웃었다. "지금도 멋진 밴드에요. 짜잔! 변곡점이죠! 제 세계에서는 그들이 여섯번째

* 작품 속 가상의 밴드. 'The No Good Deeds'를 'No Good Deed'라는 밴드가 모두 실제로 존재해, 지칭을 특정하기는 어렵다.

앨범을 냈고 여전히 멋져요."

"복도가 너무 춥지는 않나요?" 주황색 곱슬머리가 물었다. "문을 닫으면 잠겨버려요. 아까 건물 전체를 한 바퀴 돌아가야 했다니까요. 건물이 엄청 커요."

다른 한명은 피우고 있던 담배로 새 담배에 불을 붙이고 낡은 워커로 꽁초를 비벼 껐다. "어차피 곧 들어가야 해요."

그녀는 서두르는 것 같지 않았다. 나는 너무 춥지는 않다고 그들을 안심시켰는데 아무래도 '그 사람'이 되고 싶지 않아서였다. 그들도 아마 알고 있었을 것이다. 우리는 다른 사람들에게 민폐를 끼치는 것을 싫어했다.

"여기 왜 왔어요?" 주황색 곱슬머리가 둘 중 더 수다스러웠다.

"무슨 말이에요? 초대를 받아서 왔죠."

노굿디즈가 고개를 저었다. "왜 수락했는지를 물어보는 거예요. 흥분, 호기심, 궁금함, 아니면 기회를 이용하려는 마음? 물론 이게 선택지의 전부는 아니죠."

나는 그것에 대해 생각해보았다. 메이블은 이 모든 것이 자기애의 표현이라고 말했다.

그녀는 초대장을 읽고 웃으며 그걸 테이블에다 던졌다. "무한한 현실에 접근하는 방법을 발견한 사람이 그 발견을 고작 자신의 대체 자아들을 컨벤션에 초대하는 데 쓴다고?"

"어떤 다른 우주의 나는 그런가보지." 나는 그렇게 말하면서 메이블의 해석이 사실임을 알았다. "왜, 넌 뭘 할 것 같아?"

그녀는 쉽게 대답했다. "세계 지도자들이나 과학자들과 대화하고 싶어. 왜 하나의 현실에서는 물이 부족한데 다른 현실에서는 괜찮은지, 또 어떻게 한 현실이 화석연료에서 태양에너지로 전환했는지 알아보고 싶어. 민주주의의 상태를 확인하고 싶어. 뭔가 유용한 그런 거. 어쨌든 넌 결정을 싫어하잖아. 이건 네가 지금까지 내린 모든 결정을 의심하게 할 거야. 대학원에 갔어야 했나? 이 전 애인이나 저 전 애인과 계속 만났어야 했나? 십대 때 좋아했던 그 말을 샀다면 네 인생이 어떻게 달라졌을까? 내가 너라면 그 답을 알고 싶지 않을 거야. 물론 넌 가야 해, 그렇지만 가서 그런 것들에 대해 이야기하지 않으면 기회를 낭비하는 거야."

그녀가 말한 모든 것은 늘 그렇듯 사실이었다.

나는 다시 주황색 곱슬머리를 바라봤다. "호기심이죠. 호기심 때문에 오게 된 것 같아요. 그리고 집에 남아 있었다면 영영 이것에 대해 궁금해하게 될 것 같아서 온 부분도 있겠죠."

담배를 피우던 사람들은 만족스럽다는 듯이 시선을 교환했다.

"지금까지 스물한명의 세라에게 그 질문을 했는데," 노굿디즈가 말했다. "매번 방금 그 답이 나왔어요. 표현까지 똑같이요."

나는 내 방으로 돌아갔다. 침대 커버를 벗기고 매트리스에 빈대가 있는지 확인했다. 우리가 누군가의 심리 실험의 일부일 경우를 고려해 방과 화장실에 카메라나 들여다보는 구멍이 있는지 살폈다.

걱정을 해소한 후 나는 배낭에 든 것들을 탁자에 쏟아붓고 저녁에 가지고 다닐 물건만으로 짐을 다시 꾸린 뒤, 침대에 털썩 드러누워 프로그램을 읽었다. 프로그램에는 다중 우주 이론에 대한 기본 설명, 환영 인사, 후원자 페이지, 감사 인사 페이지, 지도, 그리고 우리가 도착 전에 작성한 설문지를 바탕으로 만든 "재미있는 통계!"가 포함되어 있었다. 우리의 92퍼센트가 악기를 연주했다. 5퍼센트가 말을 소유하고 있었고, 13퍼센트가 고양이를, 80퍼센트가 개를 키우고 있었다. 한 사람은 바이러스로 인해 개가 멸종된 세계에 살고 있었다. 그다지 재미있지는 않았다.

나머지 부분은 프로그램 일정이 차지하고 있었다. 메이블이 보고 싶어했던 진지한 내용도 섞여 있었다: "내 세계가 당신 세계의 물 문제를 해결하게 하라" "실제로 효과가 있었던 기후변화 전략들" "이럴 수도 있었다: 정치적 분기점들".

그와 함께, 내 호기심을 자극하는 주제들도 있었다. "성별, 섹슈얼리티, 그리고 나" "움직이게 하는 힘: 가장 좋아하는 차, 훔친 차, 운전을 한번도 배우지 않은 사람들" "가족에 대해 이야기해봅시다" "아이 돌보기 아르바이트 사건과 다른 분기점들" "우리는 왜 우리가 사는 곳에 사는가" "말과 개와 고양이, 오 이런" "특이한 경우들" "네, 또다른 말 패널입니다" "음악과 예술". 일부는 패널로, 다른 일부는 진행자가 있는 대규모 그룹 토론으로 기재되어 있었다.

둘째 날 저녁은 우리 중 창의적인 일을 하는 사람들의 공연, 낭독회, 미술 전시회로 가득 차 있었다. 오늘 밤에는 주최자의 기조연설에 이어 디제이가 진행하는 댄스파티가 있었다. 보통 그런 건 내 취향이 아니지만, 자신이 직접 선곡한 노래 목록—나는 경쾌한 소울, 보위, 그리고 1980년대 팝을 떠올렸다—에다 열정적이지만 한결같이 형편없는 춤을 추는 사람들로 가득 찬 방이라는 상상은 내가 인정하고 싶은 것보다 나를 더 기대하게 만들었다. 이해하지 못할 사람은 아무도 없을 것이다. 어쩌면 심지어 내가 그 방에서 가장 서툰 댄서가 아닐 수도 있다. 기대하는 건 자유였다.

테이블 위의 시계를 힐끗 보았다. 저녁식사 전에 낮잠을 잘 시간이 충분했다. "이건 정말 더럽게 이상하군요." 패널을 조직한 사람들은 아마도 빈방에 앉아 한숨만 쉬면서 자신들도 잠깐 눈을 붙이고 싶어할 것이다.

연회장에서 막 샐러드를 먹기 시작했을 때 호텔 등록 데스크에 있던 세라가 내 테이블로 다가왔다. 그녀는 유니폼을 입고 있어서 알아보기 쉬운 편에 속했다.

호텔 직원은 내 왼쪽에 있는 세라 옆에 무릎을 꿇었다. 그 세라는 나와 같은 머리에 같은 티셔츠를 안에 긴팔 셔츠만 겹쳐 입고 있었다. 그녀는 내가 본 중 유일하게 의수를 가지고 있었다. 그건 좋은 의수였다. 식사 전 화장실 세면대에서 나란히 서 있지 않았다면 나는 알아차리지도 못했을 것이다. 손 말고는 대부분의 세라보다 나와 비슷해 보였다. 나는 우리가 어디서 갈라졌는지 필사적으로 알아내고 싶었지만 그녀에게 물어볼 용기를 내지 못했다.

"실례합니다." 호텔 세라가 말했다. "아까 탐정이라고 하셨죠?"

의수가 고개를 저었다. "그렇게 말하진 않았을 거예요. 더이상은요. 다른 데 가서 알아보세요."

나는 내 왼손의 상처를 더듬으며 나의 세계로부터 몇개의 세계나 떨어져 있어야 '고 피시'*가 게임이 아닌 곳을 만나게 될지 궁금해했다.

호텔 세라는 일어나서 손을 허리에 얹고 방을 둘러보았

* 의수를 한 세라가 '다른 데 가서 알아보세요'라는 말을 "Go Fish"라는 말로 표현한 것에 대한 반응이다. '고 피시'는 보통 2~5인이 하는 잘 알려진 카드게임의 일종.

다. 나는 내 정체를 밝히지 않고 그녀가 기능적으로 동일한 사람들로 가득 찬 방에서 유일한 형사를 어떻게 은밀하게 찾아낼지 지켜보고 싶은 마음이 들었다. 하지만 그녀가 나를 찾는 이유에 대한 호기심이 승리했다. 호기심이자 연민이었다. 그녀의 표면 바로 아래 있는 공포를 알아차렸기 때문이다. 우리 테이블의 모든 사람이 그걸 알아차렸다. 그건 우리를 파도처럼 쓸고 지나갔다.

"테이블까진 맞혔는데 사람이 틀렸네요." 나는 낮은 목소리로 말했다. "어떻게 도와드릴까요?"

그녀의 안도감이 너무 분명하게 보여서 나는 정체를 숨기려 했던 것에 대해 죄책감이 들었다. "저와 함께 와 주시겠어요?"

내가 테이블에서 일어서는 걸 일곱 개의 얼굴이 지켜보았다. 의수 세라, 왼손잡이 세라, 수염이 난 대어, 수염이 난 조시, 그리고 수염 자국이 있는 조슈아 — 이 셋은 서로를 비교해보기 위해 함께 앉았다고 말했다 — 그리고 내가 아직 만나보거나 다른 세라들이 더 흥미로웠기 때문에 관심을 주지 못한 두명의 세라가 있었다. 그들은 내가 그만 묻기로 한 질문들을 다시 시작했다. 그들이 대화의 중심이 되도록 허용한 걸 보면 이 테이블에 앉은 다른 사람들도 마찬가지인 것 같았다.

일곱명은 모두 나와 마찬가지로 올리브를 샐러드 그릇

한쪽 구석으로 밀어두었다. 나는 식사가 끝났을 때 설거지를 담당하는 사람들이 이 방 전체의 수많은 접시에서 올리브를 긁어모으는 장면을 상상했다. 주최 측이 어떻게 선제적으로 이 주말 동안의 식사를 모두 비건 음식으로 준비하는 동시에 우리가 올리브를 좋아하지 않는다는 것을 잊어버릴 수 있는지 궁금했다. 아마도 메뉴를 정하는 사람이 스스로가 다수 쪽에 속한다고 생각하는 예외적인 경우였을 것이다.

나는 식사 전부를 놓칠 경우에 대비해 빵 하나를 가방에 쑤셔 넣었다. 다른 세라들은 우리가 배고플 때 잘 기능하지 못한다는 것을 알고 있기 때문에 모두 고개를 끄덕여 승인했다.

호텔 세라는 로비를 지나 내 방과 반대 방향의 꼬불꼬불한 복도로 나를 안내했다. 나는 건물의 항공사진을 상상해보았다. 널찍하게 퍼진 모양이었다. 우리는 작은 편의점, 셔터가 내려진 부티크 상점, 한명의 세라가 뽑기 기계를 조작하고 있는 작은 오락실을 지나쳤다. 복도 끝에는 엘리베이터가 열려 있었다. 안으로 들어가자 그녀는 열쇠를 이용해 잠금을 해제하고 맨 위층인 3층 버튼을 눌렀다.

내가 타본 가장 느린 엘리베이터였다. 나는 그녀가 우리가 어디로 가는 건지, 또는 왜 가는 건지 설명해주기를 기다렸다. 아무런 설명이 없길래 나는 우리 둘 사이에 발견되는 차이들을 알아내는 데 집중했다. 그런 건 없었다. 피상적인 것들을 제외하면 말이다. 그녀의 맞춤 유니폼, 그녀의 짧고 탱글탱글한 곱슬머리와 나의 부스스한 포니테일. 그녀 역시 나를 같은 방식으로 재고 있었다. 나는 그녀가 무엇을 봤을지 궁금했다.

엘리베이터는 어두운 방으로 열렸다. 눈이 적응하자 나는 그곳이 거대한 나이트클럽임을 알아차렸다. 한쪽에는 긴 바가 있었고, 반대쪽에는 잘 꾸며진 접이식 테이블이 줄지어 전시되어 있었다. 방의 중앙에는 댄스 플로어 주변을 작은 테이블 수십개가 둘러싸고 있었다. 댄스 플로어 너머에는 단상이 하나 있는 높은 무대와 디제이 테이블이 있었다. 몇초 뒤에야 나는 무대 그림자 속에 쓰러진 인물을 발견했다.

가까이 다가가자 무엇이 호텔 직원을 그렇게까지 겁먹게 만들었는지 알 수 있었다. 죽은 세라였다.

나의 어떤 작은 부분들이 뭔가 잘못되었다고 소리치고 있었지만, 논리를 담당하는 뇌는 그것이 내가 아님을 이해했다. 나는 오후 내내 일란성쌍둥이보다 더 비슷한 사람들과 대화를 나눴지만 그 시체가 어쩐지 더 진짜처럼 느껴졌다. 저녁식사 자리에 있던 다른 모든 사람들은 내가 여전히 나이며 내가 그들과 구분될 수 있다는 것을 상기시켜주는 이야기를 가지고 있었다. 이야기와 버릇을 제외하고,

우리가 완전히 같은 사람이 아니라는 걸 입증하듯 나에게 말을 하는 사람을 제외하자 공허가 밀려들었다. 그녀는 누구인가? 어떤 점에서 그녀는 나였고, 어떤 점에서 아닌가? 누가 그녀를 애도할 것인가? 나는 내 세계에서 나 자신이 부재한 상황을 상상해보려 애썼다. 불가능한 시도였다.

나는 다시 평정심을 찾기 위해 노력했다. "제가 보험 조사관이라는 건 아시는 거죠? 시체는 제 전문 분야가 아니에요."

"당신이 여기서 제일 가까워요. 우리 중엔 의사가 없고, 의사를 부르기엔 너무 늦은데다 그래도 당신이 뭔가를 조사하는 사람이니까요. 주최자들이 아무도 안 보여서 당신을 찾아보기로 한 거예요." 단 한번의 짧은 대화를 바탕으로 그 식당에서 나를 찾아낸 걸 보면 세부 사항에 대한 기억력이 엄청 좋은 모양이었다. 어쩌면 그게 우리 모두가 공통적으로 가진 특징일지도 모른다.

아무튼 그녀는 옳았다. 나는 좋은 수수께끼를 좋아했다. 이게 수수께끼인지조차 아직까지는 전혀 알 수 없었지만 말이다. "여기 조명이 있나요?"

그녀가 내 옆에서 사라지더니 잠시 후 전체 조명이 들어왔다. 그림자의 깊이가 사라지자 방은 훨씬 더 작아 보였다.

나는 저 시체는 내가 아니라고 스스로에게 말했다. 나는 섬뜩한 익숙함보다는 차이에 집중하려 노력했다. 그녀의 볼은 나보다 훨씬 움푹 패여 있었다. 주근깨가 더 많았고 짧게 친 머리를 하고 있었다. 비어 있는 위장이 뒤틀렸다.

그녀의 몸은 차게 식기 시작하고 있었다. 맥박을 확인했지만 예상대로 없었다. 그녀는 눈을 뜨고 있었고, 파란 눈동자 속의 동공은 아주 작았다. 어쩐지 존 레넌의 1990년대 노래 「체인지 유어 튠」^{Change Your Tune} 가사가 뒤틀린 채로 머릿속에 떠올랐다. 당신은 당신의 눈을 바꿀 거예요, 내 사랑.

나는 그 노래를 떨쳐냈다. 집중해. 그녀는 무대 쪽으로 쓰러져 반쯤 앉아 있었고, 머리는 무대에 뒤로 기댄 채였다. 그녀는 히비스커스 꽃무늬가 있는 실크 드레스를 입고 있었다. 내가 입기에는 너무 화려했지만 나쁘지 않은 방식으로 화려했다.

"당신의 이야기는 뭔가요?" 나는 속삭이듯 그녀에게 물었다.

나는 그녀를 너무 많이 움직이지 않도록 주의하며 그녀의 손과 팔을 살펴보기 위해 몸을 굽혔다. 손톱은 아플 정도로 짧게 깎여 있었지만, 그 밑에는 싸움을 암시하는 증거가 없었다. 팔 안쪽에 멍과 주사 자국이 있었는데, 일부는 아직 아물지 않았지만 넘어지면서 자신을 보호하려 했던 것처럼 보이지는 않았다. 어디에도 피는 보이지 않았지만 경찰이나 검시관이 올 때까지는 그녀를 움직이고 싶지 않았다.

호텔 세라는 시체를 응시하며 무의식적으로 엄지를 물어뜯고 있었다. "왜 저죠?" 내가 물었다.

예상하지 못한 질문이었거나 아니면 내 말을 듣지 못한 것 같았다. "뭐라고 하셨죠?" "내가 여기서 형사에 가장 가까운 사람이라고 하긴 했지만 왜 수사할 사람이 필요한 거죠? 경찰이 오고 있지 않나요?"

그녀는 고개를 저었다. "오늘 밤 해협에 강풍이 불어서 배나 헬리콥터가 올 수 없대요."

"의료팀은요? 여기 구급대원은 없나요?"

"이번 주말 섬에 와줄 구급대원팀을 구하긴 했지만 그들도 날씨 때문에 돌아갔어요. 우리 직원들은 기본적인 심폐소생술과 응급처치까지는 할 수 있지만, 글쎄요……"

나는 그녀가 시작한 문장을 끝냈다. "하지만 이 여자는 이미 확실히 죽었죠."

"네. 경찰 다음으로 선택할 수 있는 최선이 당신이라고 생각했어요. 그들이 여기 도착할 때까지만이라도요. 그녀가 심장마비 혹은 뇌졸중을 겪었거나 무대에서 떨어진 거라면 슬프긴 하지만 걱정할 일은 아니죠. 하지만 그게 일종의 파울플레이*였다면 — 그건 텔레비전에서나 들을 법

* 살인과 관련된 위험하거나 불공정한 행위를 가리킨다.

한 이상한 표현이었다 — "우린 주말 내내 살인자와 갇혀 있게 되는 거죠. 경찰이 제때 도착하지 못한다면 우린 사람들이 포털로 가는 걸 막을 수 없어요. 포털은 정확하게 시간이 정해져 있거든요."

"보안 요원은요? 분명 보안 직원들이 있을 텐데요."

그녀는 손을 내저으며 일축했다. "그들은 아이들이 화재 경보를 울리게 한 것 이상의 심각한 사건을 다뤄본 적이 한번도 없어요."

"그리고 이 말은 이미 했지만 제가 보험 쪽 일을 한다는 건 알고 있죠? 저는 사기 사건을 조사해요. 교통사고 상해에 관해 거짓말을 하는 사람들이라든가 그런 거요. 매혹적인 외도 사건 그런 걸 다루는 게 아니라고요."

그녀는 어깨를 으쓱했다. 나는 더이상 그녀를 괴롭히지 않기로 했다. 그녀는 결정을 내렸고, 그건 내가 잘 못하는 일이었다. 그녀는 자신이 고려하지 않은 다른 선택지가 있는지 궁리하며 아마도 이미 자기 자신을 의심하고 있을 것이다.

내가 그들에게 주어진 전부였다. 좋다. 나는 경찰이 도착할 때까지 나는 검시관, 법, 질서의 역할을 해야 했다. 내가 편안하게 느끼는 역할이 전혀 아닌 데다 상황이 상황인지라 더욱 기묘했다. 피해자: 세라. 조사관: 세라. 용의자: 호텔 직원을 제외한 세라의 모든 변주들. 우리 중 하나가 살인을 저지른다는 것은 상상하기 어려웠다. 나는 내가 누군가를 죽일 수 없다는 걸 알고 있었다. 그리고 호텔 직원이 굳이 그 일을 벌이는 것도 상상하기 어려웠다. 대부분의 살인은 피해자가 아는 사람과 관련되어 있었다.

나는 내면의 텔레비전 탐정을 소환했다. "이 가능성을 배제하기 위해 묻는 건데요, 호텔 직원 중에 당신한테 원한이 있는 사람은 없나요? 당신의 분신들로 가득 찬 호텔 때문에 살인을 저지를 만한 사람은 없겠죠?"

"저 자신을 포함해서 모두에게 이상한 일이기는 하죠. 하지만 저를 싫어하는 사람은 없는 걸로 알고 있고, 누구나 이렇게 말하겠지만 저와 함께 일하는 사람들 중 살인자는 없을 거예요. '그는 정말 좋은 사람이었어요. 혼자 있는 걸 좋아했죠.'" 그녀는 명찰에 손을 가져다댔다. "아무튼, 그들이 나를 싫어한다면 당신들 중 하나가 아니라 나를 공격했을 거예요. 저는 찾기 쉽잖아요."

"그건 그렇네요. 일단 지금은 그들을 용의선상에서 제외하겠습니다." 그렇게 되면 세라들에게 다시 집중해야 한다는 말이었다. "시체를 발견한 게 당신이었나요?"

"아니요. 디제이가 발견했어요. 그녀가 저에게 연락을 했죠." 그녀는 무전기를 들어보였다.

"디제이도 우리 중 하나잖아요, 맞죠? 당신들 쪽 직원이 아니고요?"

"이번 주말 공연하는 사람들은 다 세라콘 참가자예요."

"디제이는 지금 어디 있죠?"

"자기 방으로 돌아갔어요. 조금 겁에 질렸더라고요." 자기 자신의 죽은 쌍둥이를 마주하는 것에 대한 반응이 나와 비슷했다면 충분히 이해할 만했다.

"여기 왔던 사람이 또 있나요?"

"음향과 조명을 담당하는 세라가 아까 주최자 연설을 위해 시스템을 점검하러 왔었어요."

"주최자라. 그녀에겐 얘기했나요?"

호텔 세라는 또다시 엄지를 물어뜯었다. "그게 문제예요. 말했듯이 그녀와 연락이 닿질 않아요. 여긴 전화가 안 통하니까 주최자들은 모두 무전기를 갖고 있는데요, 그녀는 계속 답을 하지 않고 있어요. 실은 주최 위원회의 누구도 답을 하고 있지 않죠. 그래서 제가 직접 나선 거예요. 마지막으로 그녀를 본 건 운영실에서였지만 그녀는 그전에도 여기 왔으니까 뭔가를 가지러 다시 왔을 수도 있어요."

나는 시체를 내려다보았다. 아까 로비에서 획 지나갔던 여자를 기억하려고 노력했다. "혹시 이 사람이 주최자일 수도 있다는 말씀인가요?"

그녀가 아무 말도 하지 않길래 내가 계속했다. "그녀에 대해 구체적으로 기억하는 게 있나요? 그녀를 구분할 수 있는 뭐라도 없을까요?"

그녀의 얼굴을 보니 내 질문이 무의미한 것임이 분명했다. "그녀는 다른 세라들보다 약간 마른 편이었어요. 마라톤을 하는 것 같아요. 위원회 사람들은 대부분 그렇거든요."

시체는 주근깨가 있고 마른 편이었다. 달리기 선수였을 수 있었다. 약물 문제가 있는 달리기 선수라니 조금 의아했지만 통증 문제가 있었던 걸 수도 있었다.

"옷은요? 뭘 입고 있었는지 기억나세요?" 내가 아까 본 여자는 드레스가 아니라 블라우스와 청바지를 입고 있기는 했지만 옷을 갈아입을 시간은 있었을 것이다.

그녀는 고개를 저었다. "저는 세부 사항을 꽤 잘 기억하는데 이렇게 모두가 다 섞여들면……"

"등록 명단을 가지고 있었죠, 맞죠? 그게 도움이 될 수도 있겠어요. 무엇보다도 먼저 시체가 누군지를 확인해야 해요."

"죄송해요. 여기 가져와야겠다는 생각을 하진 못했어요. 저게 그녀는 아니겠죠, 그렇죠? 그녀를 다시 한번 찾아봐야 할까요? 유족에게 알리고 시체를 다른 세계로 옮기는 절차를 그녀가 만들어야 하니까요. 잘못된 세계에서 죽는 일은 지금까지 아무에게도 일어난 적이 없어요."

무한의 변주. 분명히 누군가는 그랬을 것이다. 다만 개별적인 세계 간 탐험이 존재했음에도, 프로그램에 따르면 이렇게 본격적인 모임은 이것이 최초였다. 우리의 주최자,

우리 중 하나, 이 세계 간 포탈을 창조한 그 세라. 그녀와 비교하면 나는 인생을 낭비한 것 같은 기분이 들었다. 과학자가 되려면 무엇을 다르게 했어야 했을까? 그녀의 전공 분야는 내 세계에는 아예 존재하지 않았다. 그리고 지금 그녀가 내 앞에 죽어 누워 있는 것인지도 모른다.

집중하자. 내가 배낭을 메고 있지 않았다면 신분증과 키카드를 오른쪽 앞주머니에 넣었을 것이다. 그녀의 실크 드레스에는 엉덩이에 얕은 주머니가 있었고, 손을 넣어보니 운전면허증이 나왔다. 신분증에는 '세라 핀스커'라고 적혀 있었는데, 이건 별로 도움이 되지 않았다. 주소는 볼티모어였다. 주최자는 존스홉킨스대학에서 일했다.

나는 면허증을 집어 들었다. "이번 주말에 여기 온 사람 중 볼티모어에 사는 사람이 몇 명이나 되는지 아세요?"

"사오십 명 정도 될걸요? 제가 알기론 그렇게 많은 사람을 잃지 않았다면 아마 더 있었을 거예요."

"잃어버렸다고요? 볼티모어에서요?"

"시애틀에 살던 사람 중 다수가 쓰나미나 지진으로 사라졌어요. 우리 중 일부는 볼티모어에서 시애틀로, 또는 시애틀에서 볼티모어로 이사했고요……" 나는 그녀의 생각을 따라가며 거대한 파도가 내 집을 삼키는 모습을 상상하다 몸서리를 치며 현실로 돌아왔다.

"그럼 이 사람이 우리의 주최자일 수도 있겠네요. 그 도시에서 온 사오십명 중 한 사람이지만 이름과 주소를 확인하면 더 좁힐 수 있을 것 같아요. 꽤나 차려입은 걸 보면 음향 담당자는 아닌 것 같아요. 디제이가 발견했으니 디제이도 아니고요. 주최자가 이번 주말에 혼자 일하고 있었던 건 아니겠죠? 등록 데스크, 공연팀, 프로그램 관리도 있고요…… 같이 일하는 위원회가 있었다고 했죠?"

"맞아요. 그녀와 굉장히 비슷한 네 명이 더 있었어요. 그들은 모두 같은 발견을 하기 직전이었기 때문에 그녀가 가장 먼저 그들에게 연락을 취했던 거예요.

보안관 역할을 한다 치면 내 다음 질문은 이거였다. "이 바에는 대형 냉장고나 냉동실은 없겠죠?"

"왜요? 오 저런. 제길. 맞아요, 대형 냉동고가 있어요."

"내가 팔을 잡을 테니 당신이 다리를 잡으면 어떨까요?"

그녀는 끄덕였다.

내가 자세를 잡으려고 하자 시체의 머리가 앞으로 고꾸라졌고 내가 진짜 형사였다면 조금 더 일찍 찾아봤을 만한 걸 발견했다: 두개골 뒤쪽에 난 끔찍하고 치명적으로 깊은 자국. 동굴 같은 함몰. 머리카락은 엉겨 붙어 있고 끈적거려 보였으며 피가— 나는 더이상 자세히 보고 싶지 않았다.

"사인을 찾은 것 같아요." 내가 말했다. "자연사 가능성은 이제 논외로 해도 되겠어요. 젠장."

나는 그 머리를 만지고 싶지 않았고 보고 싶지도 않았지만 어쨌든 시체를 옮겨야 했다. 나는 바에서 수건을 가져와 마치 방금 샤워를 마친 것처럼 그녀를 감쌌다. 그런데도 들어 올렸을 때 그녀의 머리는 내 쪽으로 축 늘어졌고 나는 토할 것 같은 느낌과 싸워야 했다. 그녀는 무겁지 않았고 아직 뻣뻣해지지도 않았다. 시체 경직은 사망 후 두 시간부터 시작된다. 그녀에게서 악취가 났다. 시체는 그저 시체가 할 일을 하고 있는 것뿐이라고 스스로에게 되뇌었다.

우리는 그녀가 앉아 있던 자세를 그대로 재현해 대형 냉장고에 넣었다. 나는 드러난 부분들을 살펴보았다. 머리 뒤쪽을 제외하면 핏자국은 없었다. 총알 구멍도 없었다. 아까도 확인했듯 멍 자국이 있었지만 싸움이나 낙상으로 인한 것처럼 보이지는 않았다. 나는 그보다 더 자세하게 살펴보는 건 내키지 않았다. 그후엔 호텔 세라가 서랍을 뒤져 찾아온 메모장과 테이프로 냉장고 문에 붙일 굵은 글씨의 "열지 말 것" 표지를 완성하기만을 기다렸다.

"그러니까, 그냥 넘어져서 머리를 부딪힌 거라고 보시나요?" 그녀가 물었다. "아니면 살해당한 걸까요?"

첫번째 경우이기를 바라는 희망적인 어조 아래로 그녀도 나만큼이나 그 가능성을 믿지 않고 있다는 게 분명히 느껴졌다. "당신이 그렇게 생각하겠죠, 아니면 저 주사 자국이 그녀가 약물을 과다투여하고 무대에서 떨어졌다는

440

증거라고 내가 당신을 안심시켜주기를 원하고 있거나요.
그렇지 않았다면 날 여기까지 부르지도 않았을 거예요. 당
신은 다른 손님들을 공포로 몰아넣거나 컨벤션을 망치지
않기 위해 이 사건을 조용히 덮었겠죠. 지금도 조용히 덮
고 싶잖아요."

그녀는 발을 동동거렸다. 안절부절못하고 있는 상태란
걸 알 수 있었다. 그녀는 무력감을 느끼고 있었다. 구체적
할 일, 그녀를 위해 내려진 결정, 계획을 그녀는 원했다.

"자, 이제 당신이 해줘야 할 일은 이거예요." 내가 동정
심에서 우러나 말했다. 나는 내가 다음에 뭘 해야 할지는
몰랐지만 그녀에게 할 일을 줄 수는 있었다. "등록 데스크
로 다시 내려가서 거기 있는 건 뭐든 사본을 만들어서 저
에게 주세요. 참, 그 댄스파티는 몇시에 시작하기로 했죠?
다른 공간에서 하겠다고 할 수도 있겠지만, 아직 찾아야
할 증거가 있을 수도 있으니 여기서는 하지 않는 게 좋겠
어요. 그리고 존중이라는 것도 있잖아요. 저는 지금 바로
좀 둘러볼게요, 그렇지만 경찰은 아마 아무것도 건드리지
않기를 원할 거예요."

"댄스 파티는 취소할 것 같아요. 디제이가 공연을 할 수
있는 상태가 아니더라고요."

"디제이랑도 얘기를 해봐야겠어요. 다시 여기 올 필요
없도록 아래층에서 하는 게 낫겠죠? 그리고 음향 담당자

도요."

그녀는 고개를 끄덕이고 떠났다.

등록 명단 없이는 할 수 있는 일이 정말 없었다. 또 제대로 된 질문을 갖기 전에는 사람들은 인터뷰하는 것도 전혀 도움이 되지 않을 것이었다. 모두가 똑같이 생긴 상황에서 여기에 올라왔던 사람이 누구였는지 묻기는 어려웠다. 'O시에 어디에 있었나요?'라고 묻는 것도 O에 뭐가 들어가야 할지를 결정하기 전에는 어려웠다. 그래도 이 정도는 짐작해볼 수 있었다.

아니면 범죄 현장에서 시작하는 거다. 나는 다시 그곳으로 걸어갔다. 무대는 가슴 높이 정도였다. 아까는 사람만 보고 있었는데, 이제 보니 시체가 있던 곳 바로 위 무대 가장자리에 핏자국이 있었다. 그녀가 머리를 찧은 곳이 바로 저기일까? 아니, 그 모서리는 그런 상처를 낼 수 있는 모양이 아닌 것 같았다. 나는 내가 무대 가장자리에서 걸려 넘어지거나 미끄러지는 모습을 그려보았지만 그런 결과를 초래할 수 있는 방법을 상상할 수는 없었다. 긁힌 자국도 없고, 나무에 흠집도 없고, 뼈 조각이나 머리카락도 없었다. 단지 작은 자국 하나와 우리가 그녀를 발견했을 때 그녀의 머리가 기대어 있던 곳의 진한 핏자국만 있었다. 상처에선 출혈도 많지 않았다. 아마 법의학 전문가가 본다면 더 많은 것을 볼 수 있을 것이다.

검시관도 유용할 것이다. 그들은 그녀가 누군가와 싸우다가 이렇게 됐다고 확인해줄 수 있을지도 모르지만 나는 그렇게 생각하지 않았다. 그녀는 두렵거나 화가 나거나 겁에 질리거나 심지어는 고통스러워 보이지도 않았다. 그저 죽어 있었다. 그녀의 부재, 나의 부재.

무대에는 좁은 커튼으로 된 두 날개가 있고 양쪽 모두에 계단이 있었다. 나는 무대 앞쪽, 그녀가 미끄러져 떨어졌거나 맞고 떨어졌을 법한 곳으로 걸어갔다. 그리고 여기서 떨어지는 걸 상상해보려고 애썼다. 만약 누군가가 뒤에서 나를 공격했다면 나는 손을 내밀고 앞으로 넘어졌을 것이다. 그들이 나를 그 자리에서 기절시킨 게 아니라면 말이다. 아무리 생각해도 무대에서 바로 발을 내딛어 뒤통수를 부딪히는 결과를 낳는 시나리오는 떠올릴 수 없었다. 내가 뒤를 돌아보며 걷다가 가장자리를 못 본걸까? 그랬다 하더라도 더 비틀거리고 넘어지면서 중심을 잡으려 애쓰는 사람의 모습이었을 거라는 짐작이 들었다.

무대에서 몇 피트 떨어진 곳, 첫번째 테이블의 받침대 아래에서 무언가가 내 눈에 띄었다. 조심스럽게 무대에서 뛰어내렸다. 여전히 봉투에 담겨 있는 키카드였다. 517번 방. 떨어진 경로가 납득 가능하게 그려지지는 않았지만 죽은 세라의 주머니는 얕았기 때문에 충분히 떨어졌을 수 있었다. 나는 그걸 내 가방에 집어넣고, 바닥에 또다른 비밀이 있는지 둘러보았지만 아무것도 찾지 못했다. 다시 무대로 향했다.

무대의 먼 쪽 날개는 악기와 방송용 스피커로 가득했다. 나는 마이크 스탠드 하나를 들어 올렸다. 그건 받침대가 있는 무거운 형태여서 누군가를 가격하기에 충분했다. 여섯개가 한줄로 서 있었고, 그중 어떤 것도 살인 무기가 될 수 있었지만 피는 보이지 않았고 상처가 각진 모양이었던 것과 달리 이것들은 둥근 모양이었다.

디제잉 테이블 가까이에 있는 날개는 여행용 케이스 상단을 제외하고는 비어 있었다. 그건 검은색과 은색으로 되어 있었고, 모든 모서리와 귀퉁이가 금속으로 보강되어 있었다. 나는 그걸 들어보았다. 짐을 비운 쪽이었는데도 무거웠다. 케이스 하단은 턴테이블을 넣을 수 있도록 맞춰 깎은 폼 틀이었다. 한쪽 구석에 흠집이 있길래 나는 그걸 자세히 보려고 뒤집었다. 형태는 맞았지만 휘두르기에는 어색한 물건이었다. 그럼에도 나는 그걸 마음 속 목록에 포함시켰다.

가장자리를 더듬어보니 수하물 태그가 있었다. 세라 핀스커. 또다시 방향 감각을 잃은 듯한 느낌이 들었다. 그 느낌은 점점 익숙해지고 있었다. 내가 우편번호를 제대로 기억하고 있다면 주소는 시애틀, 레이니어 비치 근처였다. 시애틀에서 가장 저렴하게 방을 구할 수 있는 동네. 적어도 내 세계에서는 그랬다.

디제잉 장비는 우묵하게 들어간 부분 앞에 놓인 테이블 위에 설치되어 있었다. 테이블 아래에는 음반이 가득 찬 상자가 두개 있었다. 나는 그것들을 훑어보며 내가 장르를 정확히 맞혔다는 것에 스스로 감탄했다. 테이블 위에는 고급스러워 보이는 턴테이블 두대와 그 사이에 믹싱 콘솔이 있었고, 모두 여행용 케이스의 다른 반쪽에 쿠션으로 기대어 있었다. 나는 디제잉 장비에 대해 아무것도 모르기 때문에 이게 비싼 장비인지 싼 장비인지 가늠할 수 없었다. 턴테이블에는 이미 음반 두개가 올려져 있었다. 새런 존스가 부른 데이비드 보위의 「모던 러브」Modern Love 커버 버전과 스티비 원더의 「사인드, 실드, 딜리버드, 아임 유어스」 Signed, Sealed, Delivered, I'm Yours였다. 이 노래들에 맞춰 춤을 추면 재미있었을 것이다. 댄스 파티가 열리지 않게 되었다니 아쉬웠다.

각 음반 한복판에, 그리고 장비의 각 부분에는 'SP'라는 글자가 은색 마커로 적혀 있었다. 나는 대개의 경우 다른 사람들의 장비와 구분하는 데 도움을 주었을 SP 표시들을 바라보며 내일의 연주자 라인업을 그려보았다.

나는 폼이 보호 케이스에서 분리된 부분을 손가락으로 쓸어보았다. 접착제로 다시 붙일 수 있는 쉬운 수리였지만 만지다 보니 그 사이에 무언가 밀려 들어갔음을 알 수 있었다. 그 틈새에 손가락을 구부려 넣고 주변을 더듬다가 작은 봉투를 발견했다. 손바닥에 털어보니 작은 알약 여덟 개가 나왔다. 마약에 대한 지식이 전혀 없는 나는 그게 뭔지 알아보지 못했다. 진통제일 수도 있었겠지만 대부분의 사람들은 진통제를 봉투에 담아 비밀 공간에 숨겨두고 다니지는 않는다. 적어도 내 세계에서는 말이다.

"저기요?" 누군가가 방 뒤쪽에서 불렀다.

나는 알약들을 다시 봉투에 넣고 키카드와 함께 내 주머니에 넣었다. "네, 여기요."

한 세라가 나에게 다가왔다. 그녀는 카고 반바지, 검정색 워커, 그리고 내가 모르는 밴드 티셔츠를 입고 있었다. 그녀는 건들거리며 걸었다. 우리가 어떻게 각자 다른 걸음걸이를 갖게 되었을지를 생각해보면 흥미로웠다.

"등록 명단 사본을 가져오라고 했죠." 그녀는 빨간색 삼공 바인더를 나에게 건넸다.

나는 그걸 받기 위해 무대에서 뛰어내렸다. "고마워요. 당신이 그 음향 기술자인가요?"

"네, 자기소개를 할 수도 있겠지만 그다지 의미가 있을 것 같지 않네요."

나는 미소지었다. "그렇죠. 하지만 제가 사건 기록을 시작할 수 있도록 당신의 이름이 뭔지 알려주면 좋겠네요."

그녀는 목록을 다시 가지고 가서는 확신에 찬 움직임으

로 마지막 장을 펼쳤다 ."부인의 성 '애로'Yarrow를 따랐기 때문에 제 이름은 쉬워요. 목록 전체에서 제일 마지막 이름이죠."

나는 테이블에 올려두었던 펜을 집어 들고 그녀를 기억하기 위해 그녀의 직업에 동그라미를 쳤다. "질문을 몇개 해도 될까요?"

"하세요."

"몇시에 여기 올라왔었죠?"

"3시 반이요. 준비할 게 그렇게 많지는 않았지만 자기 장비로 하는 게 아니면 늘 시간이 조금씩 더 걸리거든요. 디제잉 음향 체크를 하고, 그다음 기조연설자 걸 했어요. 그녀의 발표 자료를 어떻게 영사할지 파악한 거예요. 저는 조명 담당자는 아니지만 표기가 꽤 잘되어 있더라고요. 4시 반에는 여기서 나갔던 것 같아요."

"당신이 여기서 나갈 때 그 둘은 다 여기 남아 있었나요?"

"아니요. 디제이는 방송용 스피커를 통해 자기 장비를 테스트한 뒤에 떠났어요. 그 큰 장비 케이스랑 음반 한 박스를 한번에 가져다 두더니 호텔 다른 편에 있는 자기 방에서 두번째 상자를 가지고 와야 한다고 말했어요."

"그러고는 돌아오지 않았나요?"

"누군가를 만나서 이야기를 하거나 낮잠을 잤을 거라고 짐작했어요. 제가 여기 있는 동안은 돌아오지 않았어요."

"그럼 주최자는 남아 있었나요? 그 기조 연설자 말이에요."

"주최자는 아무도 없는 방에서 연설을 다시 점검해보고 싶다고 말했어요."

"여기 올라온 사람이 또 있었나요?"

"제가 본 바로는 없었어요."

무엇을 더 물어야 할지 고민하느라 잠시 멈췄다. "기조 연설자를 알아볼 수 있겠어요?" 그녀는 고개를 갸웃했고 나는 질문을 수정했다. "명확하게 답할 필요는 없어요. 하지만 그 사람이 아니라는 걸 확인해줄 수 있다면 도움이 될 것 같아요."

나는 그녀를 냉장고로 안내했다. "먼저 물어봤어야 했는데, 그 사람을 보는 게 괜찮겠어요? 당신과 닮은 죽은 사람을 보는 게 좀 기괴한 일일 수 있다고 경고를 해줘야 할 것 같아요."

"지금 모든 게 다 기괴해요. 괜찮을 거예요."

우리는 시체로부터 두걸음 정도 떨어진 곳까지 접근했다. 현기증이 나는 것 같은 느낌이 다시 찾아왔다.

"이 사람이 그녀일 수도 있겠네요?" 반은 진술이고 반은 질문 같은 문장으로 그녀가 말했다. "그렇지만, 음, 그 여자는 다른 옷을 입고 있었어요. 드레스가 아니라 청바지를 입고 있었거든요. 오늘 저녁 때 입으려던 옷으로 갈아

입고 다시 돌아온 걸까요?

그건 말이 됐다. 그게 아니라면 이 사람이 주최자일 수도 있다는 호텔 관리자의 공포가 너무 근거 없는 것일 수도 있었다.

"큰 도움이 됐어요." 내가 말했다. "이제 가셔도 좋습니다."

그녀는 고개를 끄덕였다. "오늘 저녁 행사를 위해 다른 장소를 찾아야 할 테니 어디서 저를 찾을지 이제 알아봐야겠죠. 그렇지만, 저, 뭔가 할 게 있다는 건 좋은 일이잖아요, 그렇죠?"

그때까진 생각해보지 않았지만 그건 사실이었다. 죽은 나라는 관념이 아무리 불편해도 목적이 생기니 이 이상한 주말 전체가 더 현실감 있게 느껴졌다. 그래서 그렇게 많은 사람들이 음향을 담당하거나, 등록을 맡거나, 음악을 연주하거나, 토론을 이끄는 일에 지원했구나. 다른 봉사자들은 도착하기 전에 이걸 인식할 만큼 자의식이 있었던 것이다.

나는 명단을 들고 무대 가장자리에 앉았다. '세라 핀스커' 섹션, 즉 가장 큰 섹션을 펼치고 볼티모어에 사는 사람들 옆에 별표를 했다. 주최자와 그외 열한명이었다. 몇몇 볼티모어 출신 세라는 다른 성을 사용했다. 남은 세라 중 다섯 명이 양자학자였다. 그들의 이름 뒤에는 모두 큰 C가 그려져 있었다. 'Committee'(위원회)의 C일 거라고 짐작했다. 다섯명 모두 같은 주소에 살고 있었는데, 그 주소는 사망자의 주머니에 있던 면허증의 주소와 같았다. 서류상 그들의 유일한 차이는 마지막 열의 표시였다. R0D0, RID0, R0DI, RIDI, R0DIA. 이게 무얼 의미하는지 전혀 모르겠지만, 프로그램의 주최자 이름 뒤 괄호 안에 R0D0라고 적혀 있었으므로 나는 거기에 동그라미를 쳤다.

나는 한동안 그 목록을 넘기며 디제이, 호텔 직원, 음향기술자, 그리고 내가 만났던 사람들 중 눈에 띄는 몇 사람 항목 옆에 메모를 했다. 다른 날이었다면 정말 흥미로운 읽을거리였겠지만 지금은 골칫거리에 불과했다.

나는 아직 방을 한바퀴 다 둘러보지 못했다. 살인 무기가 될 만한 모양과 무게를 가진 것들을 찾기 위해 바를 뒤졌다. 몇몇 병이 적당해 보였지만 충격을 가하면 깨질 것 같았다.

성실해야겠다는 나의 욕망은 시체와 단둘이 시간을 보내는 데까지 확장되지는 않았기 때문에 냉장고를 뒤지지는 않기로 했다. 나는 층을 가로질러 걸어갔다. 의자나 바스툴 등받이? 아니면 다리? 가능성은 있지만 전부 확인하자니 골치 아픈 일이었다.

방 반대편에는 벨벳 테이블보로 덮인 접이식 테이블이 네 개 있었다. 그 뒤 벽에는 인쇄된 표지판이 걸려 있었다.

'세라 핀스커 명예의 전당'.

각 테이블에는 일련의 물건들이 놓여 있었다. 일부는 앞에 설명 카드가 있었지만 대부분은 척 보면 알 수 있었다. 나는 설문지를 기억하고 있었다. "자랑하고 싶은 특별한 수상 경력이나 성취가 있나요? 자랑 테이블이 있으니 가지고 오세요!" 조금 더 보안을 확실하게 챙길 거라 기대하긴 했지만, 생각해보면 지금까지 나도 나의 다른 자아들을 신뢰할 수 있다고 생각했던 것이다.

직업 목록이 나에게 열등감을 불러일으켰다면 이 전시는 그 느낌을 강화했다. 2013년 최우수 포크 앨범 그래미상, 켄터키 더비 우승자 모임에 있는 세라의 사진 액자, 오스카 최우수 각본상, 소설 한 무더기, 과학소설에 주어지는 네뷸러상, "대체 현실! 내가 찾아내다!"로 요약될 수 있을 거라 짐작되는 일흔 단어짜리 제목을 가진 논문이 실린 『양자학 투데이』 한권. 내가 알아보지 못하는 상도 몇개 있었는데, 그것이 내 현실에 존재하지 않아서인지 아니면 그저 내가 들어본 적 없는 것인지는 확실하지 않았다.

상 중 두개가 살인 무기가 될 만한 모양을 하고 있었고, 그중 하나는 무게도 적당해 보였다. 그건 별과 행성이 박혀 있는 삼차원 직사각형 모양의 루사이트* 블록인 네뷸러

---

* 투명하고 견고한 플라스틱 소재의 일종.

상이었다. 삼차원 직사각형을 뭐라고 하더라? 장갑 없이 그걸 들어 올리고 싶지는 않았지만. 손등을 사용해 부드럽게 뒤로 밀어보았다. 확실히 무거웠다.

그 상을 만지자 이상한 확신이 들었다. 만약 내가 누군가를 살해한다면, 절대 그러지 않겠지만, 이것이 내가 선택할 무기일 거라는 생각이 들었다. 마이크 스탠드도 아니고, 의자도 아니고, 턴테이블 케이스도 아닌. 이번 주말이 지나면 이 반짝이는 블록은 그 주인도 알아채지 못한 채 다른 현실로 돌아갈 것이기 때문이었다. 나는 몸을 떨며 그 생각을 떨쳐냈다.

더 자세히 살펴보기 위해 몸을 숙였는데, 피나 머리카락의 흔적은 보이지 않았다. 사실 거기에는 지문 하나 없었는데, 그것도 그 자체로 이상한 일이었다. 다른 트로피에는 지문이 있었지만 이건 마치 깨끗이 닦인 것처럼 보였다.

만약 이게 살인 무기라면 그 살인에 대해 뭘 말해주는 걸까? 손에 잡히는 물건으로 저지른 충동적 행위였을까? 그 선택에는 어떤 의미가 있었을까? 만약 계획된 것이라면, 용의자 목록은 이게 여기 있을 것을 알고 있는 사람들로 한정될 것이다. 주최 위원회와 이것을 가져온 작가. 이걸 여기서 본 사람들의 목록은 아마도 내가 이미 만들었던, 이 방에 올라왔던 사람들의 목록과 거의 같을 것이다. 별로 도움이 되지 않았다.

더이상 아무도 위층으로 올라오지 않았고, 나는 한참을 기다리다 지쳤다. 나는 로비로 돌아갔다. 이제는 텅 비어 있는 오락실과 이제는 문을 닫은 편의점을 지나쳤다. 명찰과 마커로 어수선하지만 그밖에는 버려져 있는 등록 테이블도 지났다. 몇몇 사람이 로비에 앉아있었지만 분위기는 저녁식사 전과는 확연히 달랐다. 소문이 퍼졌다는 걸 알 수 있었다.

프런트 데스크에는 새로운 직원이 일하고 있었다. 십대 후반이나 이십대 초반으로 보이는, 여드름이 있는 비-세라 였다. 나는 완장처럼 등록 바인더를 치켜들고 내가 아주 바쁘고 위원회에 소속된 사람처럼 보이려 노력했다. "만약 제가 이름과 고유 코드를 알려드리면 누군가의 방 번호를 알려주실 수 있나요? 공식 업무입니다."

그가 고개를 끄덕였다. 나는 디제이의 이름이 있는 페이지를 펴고 가리켰다. 잠시 시스템에 입력을 한 후 그가 다시 나를 올려다보았다. "107호입니다. 별관에 있어요. 별관이 어딘지 아세요?"

내 방도 별관에 있었지만 만약 위원회 멤버들이 모두 본관에 머물고 있다면 그 환상을 깨고 싶지 않았다. 나는 그가 내 방 방향을 가리키도록 놔두었다. 그녀의 방은 내 방에서 몇칸 떨어져 있었다.

그녀는 몇번 노크할 때까지 듣지 못했다. 문이 열리고

나는 맞은편에 있는 사람을 알아보았다. "그렇군요! 당신이 디제이인줄 몰랐어요."

그녀가 무표정하게 미소지었다. 나는 그녀의 티셔츠를 가리켰다. "우리 밖에서 잠깐 만났잖아요? 담배 피울 때 말이에요. 노굿디즈 기억 안 나요?"

"아, 네." 그녀는 공허한 미소를 조금 더 따뜻한 미소로 바꾸었다. 사람들을 구별하기가 어렵네요. 제가 뭐 도와드릴 일이 있나요?

"당신이 발견한 세라의 죽음을 조사하고 있어요. 형사죠. 들어가서 질문 몇가지 해도 될까요?"

그녀는 문을 더 열었고 나는 그녀를 따라 방 안으로 들어갔다. 첫번째 침대의 침대보는 바닥에 무더기로 쌓여 있었다. 그녀의 더플백 안에 있던 내용물은 두번째 침대 위에 반쯤 정리된 듯한 방식으로 흩어져 있었다. 회색빛 속옷 더미와 깔끔하게 접힌 티셔츠 몇장, 탐폰 한 무더기, 담배 한갑.

"죄송해요." 그녀는 말했다. "저는 호텔에 가면 항상 이렇게 늘어놔요. 의자에 앉으세요." 그녀는 첫번째 침대에 털썩 앉았다. "세라의 죽음을 조사하고 계시다고요? 제가 보기엔 그냥 무대에서 떨어진 것 같아 보였어요. 그녀를 보는 게 정말 기이한 일이긴 하지만요, 무슨 말인지 아시죠?"

"네." 나는 동의했다. "하지만 호텔 관리자가 조금 더 살펴 달라고 부탁했어요. 정황상 그럴 만해서요."

"아, 그렇군요."

"질문을 좀 해도 괜찮겠어요?"

"하세요. 지금 모든 게 너무 충격적이기는 하네요. 제가 똑바로 생각하고 있는지 잘 모르겠어요."

그건 화학적인 반응일 수도 있었다. 내가 발견한 알약들이 그녀의 것이라면 말이다. "오후에 있었던 일을 자세히 설명해주시겠어요?"

"4시쯤 짐을 방에 옮겼어요. 장비를 설치하고 사운드체크를 했죠. 그리고 두번째 음반 상자를 가지러 여기로 다시 내려왔어요. 다시 올라갔을 때, 그때 그녀를 발견했습니다."

"얼마나 오래 자리를 비웠는지 아세요?"

그녀는 어깨를 으쓱했다. 나는 그녀와 마주쳤을 때를 기억하려고 노력했다. 그녀는 상자를 가지고 돌아가기 전에 담배를 피우러 나갔을 것이다. "그녀를 어디에서 보셨죠? 클럽 안 어디에서요?"

"저는 무대를 향해 통로를 따라 내려가고 있었어요. 그녀는 거기 그냥 앉아 있었죠. 처음엔 그냥 앉아 있는 줄 알았는데 자세가 이상하다는 걸 순간 깨달았죠."

"그리고, 미안하지만, 그때 그녀는 확실히 이미 죽어 있었나요?"

그녀는 아랫입술을 깨물어 입술이 이처럼 하얘졌다. "눈을 뜨고 있었어요." 다리를 건드려봤는데 반응하지 않아서 맥박을 체크해봤죠."

"만져봤을 때 따뜻했나요 아니면 차가웠나요?"

"따뜻했어요. 저는 죽은 사람을 한번도 본 적이 없었고, 그녀는 너무나……" 그녀는 몸을 떨었다. 나도 그랬다.

"그러고 그녀를 거기 남겨두었나요? 도움을 청하러 가려고요?"

"아니요! 저는 그녀의 무전기로 연락을 취했어요. 다른 책임자들이나 호텔 직원이 받을 거라고 생각했어요."

나는 눈을 감고 머릿속에 그 장면을 다시 떠올렸다. "거기엔 무전기가 없었어요."

그녀의 눈이 커졌다. "있었어요. 정말이에요, 제가 거기로 전화를 했다니까요. 직원에게 물어보세요. 시체 옆에 있었어요. 그녀는 그게 청바지를 늘어지게 한다고 불평하면서 그 전부터 계속 가지고 다녔거든요.

"청바지요? 저 드레스로 옷을 갈아입고 돌아오기 전에 말이죠?"

그녀는 나를 의아하게 쳐다보았다.

그녀가 기본적인 세부 사항도 제대로 기억하지 못한다면 질문을 하는 게 의미가 없었다. 그녀는 정말로 혼란스러워하고 있는 것 같았다. "들어오게 해줘서 고맙습니다.

'질문이 질문을 낳고 답변이 답변을 낳는다', 아시죠?"

"그랬으면 좋겠네요." 이렇게 말하고 그녀는 멍하게 일어나 나를 밖으로 안내했다. "그녀를 무사히 집으로 보낼 수 있길 바랍니다."

그녀는 내가 화해의 제스처로 내밀었던 노굿디즈의 가사를 완전히 무시했다. 내 세계에서는 두번째이자 마지막 앨범의 유일한 히트곡이었다. 나는 그게 약물 때문인지, 충격 때문인지, 아니면 실은 내가 아까 생각했던 것만큼 팬이 아닌 건지 궁금했다.

다시 복도에 나와서 나는 가방을 뒤져 펜을 찾았다. 보통 같으면 그녀가 말하는 동안 적었겠지만 그렇게 하면 그녀가 더 말을 하지 않고 입을 닫아버릴 것 같았다. 펜 대신 아까 챙겨주었던 빵 한조각을 꺼냈다. 나는 그걸 두 입 만에 먹어치웠다. 다시 가방을 뒤지다가 클럽에서 발견한 키 카드가 손에 걸렸다. 517호. 본관 타워에 있을 거라고 짐작했다. 확인해 봐야겠다고 생각했다.

나는 나이트클럽으로 가는 것보다는 훨씬 빠른 타워 엘리베이터를, 서로를 흥미롭게 바라보는 다른 두명의 세라와 함께였다. 나는 벗어나게 되어 무척 기뻤다.

517호는 모퉁이를 돌아 복도 끝에 있었다. 신발이 푹신한 카펫 속으로 빠져들었다. 여기서 짐을 실은 카트를 밀기는 어려워 보였지만 타워에 머무는 사람들이라면 고된 일은 벨보이에게 돈을 주고 시키겠지 싶었다. 내가 머무는 동의 벌거벗은 벽과 대조적으로 이곳의 복도는 품위 있는 줄무늬의 진짜 벽지로 되어 있었다.

나는 방 밖에 잠시 멈춰 서서 안에 움직임이 있는지 소리로 확인하고 상황에 대비했다…… 뭘 발견하게 될지는 몰랐지만. 나는 이런 행동에 대해 허가를 받지 않았다. 하지만 하지 말라고 한 사람도 없었으니 허가를 받은 거나 마찬가지였다. 나는 노크를 하고, 대답을 기다렸다가, 다시 노크를 했다.

키카드는 첫 시도에 작동했다. 나는 안으로 들어갔다. 불이 켜져 있었다. 가구는 합판이 아닌 단단한 목재처럼 보였고, 방은 한두 피트 정도 더 넓었지만 이 공간과 내 방의 비용 차이를 정당화할 만한 게 눈에 띄지는 않았다.

열려 있는 옷장에는 죽은 여자가 입고 있던 것과 비슷한 스타일의 드레스가 세벌 걸려 있었다. 첫번째 침대 옆 구석에는 입고 벗어둔 운동복이 구겨져 있었고, 그 아래 운동화 한 켤레가 반쯤 파묻혀 있었다. 가까운 쪽 침대는 누군가 잔 흔적이 분명했다. 그녀가 주최자라면 나머지 사람들이 도착하기 전에 상황을 파악하기 위해 하루나 이틀 먼저 왔을 것이다. 그녀는 여행 가방을 두번째 침대 위에 쏟아 두었는데 대부분 속옷과 브라였다. 그녀의 세계에서는 호텔 침대 커버도 시트와 함께 세탁이 되는 모양이었다.

화장실 세면대에는 화장품 가방의 내용물이 쏟아져 있었다. 내가 사용하는 것과 똑같은 아이패너* 젤 치약이었다. 하긴 다른 세계라고 치약이 얼마나 다를 수 있을까 싶었다. 화장품의 경우 익숙한 브랜드와 익숙하지 않은 브랜드가 섞여 있는 걸 보면 아마 내 짐작이 틀릴 수도 있다. 젖은 수건이 샤워 커튼 봉에 걸려 있었다. 지금까지 본 바로는, 이 방은 다시 돌아올 것이라고 생각한 사람의 방이었다. 나는 예의상 그녀를 위해 변기 물을 내렸다. 그러자마자 증거를 없앴다는 생각에 후회가 됐다.

방문이 딸깍 닫히는 소리에 나는 깜짝 놀랐다. 내가 문을 열어둔 건가? 들어올 때 문을 닫은 기억은 없었다. 어쩌면 복도에 있는 다른 방으로 누군가 들어가면서 생긴 바람에 이 방 문이 닫혔을 수도 있다. 나는 그런 일이 일어나는 집에서 살아본 적이 있다. 나는 문을 열고 텅 빈 복도를 내다보았다.

나는 어딘가에 단서가 기다리고 있을 거라는 희망을 가지고 그녀의 두번째 가방을 마지막 순서로 남겨두었다. 단서라니, 마치 내가 증거를 흘려보내는 사람이 아니라 진짜 탐정이라도 된 것처럼 말이다. 그 가방은 비싸 보이는 가죽 서류 가방이었다. 돈만 있다면 내가 좋아했을 스타일이

---

* 북미에서 널리 쓰는 치약 브랜드.

었다.

나는 거기서 찾을 수 있을 거라고 기대했던 것 몇가지를
발견하지 못했다. 이를테면 내 가방에 있는 것과 같은 등
록자 명단을 기대했었다. 무전기나 충전기는 보이지 않았
지만 아마도 충전기는 관리자가 아까 언급했던 컨벤션 운
영실에 있을 수도 있었다. 그곳이 어딘지는 모르지만 말이
다. 프로그램은 발견했는데, 몇가지 항목에 동그라미가 쳐
져 있었다. 예상했던 것과는 다른 것들이었다. 일요일 아
침 패널인 "과학 분야의 세라들"과 토요일 오후 12시부터
4시까지 펜으로 적어 넣은 안내 데스크 근무 시간. 기조연
설은 아니었다. 너무나 당연해서 동그라미를 칠 필요가 없
었을 지도 모른다.

가방의 남은 공간은 내가 보통 가지고 다니는 잡동사니
로 가득했다. 펜, 껌, 비상용 손전등, 잔돈. '사기꾼의 우화'
Parable of the Trickster*라는 제목을 가진, 곳곳에 귀퉁이를 접어
둔 문고판 소설.

지갑은 없었다. 내가 그녀라면 지갑을 둘 만한 모든 곳
을 찾아보았다. 가방의 모든 주머니, 티브이스탠드, 침대
옆 탁자, 심지어 세면대까지. 방에 금고는 없었으니 거기
있을 리도 없었다.

* SF 작가 옥타비아 버틀러의 대표작 『씨앗을 뿌리는 사람의 우화』
(*Parable of the Sower*)를 패러디한 제목.

방 안을 맴돌다 두번째 침대 밑에 반쯤 숨겨져 있는 걸 발로 건드리지 않았다면 영영 알아채지 못했을 것이다. 급하게 침대 쪽에 던져두려다 빗나간 걸까? 아니면 나가는 길에 건드려서 바닥에 떨어진 걸까? 이건 나답지 않았다. 나는 세상에서 가장 깔끔한 사람은 아니지만 중요한 것들은 조심스럽게 다뤘다.

나는 계속해서 그녀가 나처럼 생각할 거라고 가정했고, 그 가정들은 계속 들어맞았다. 하지만 우리가 같은 사람이 아니라는 걸 계속 상기시켜야 했다. 우리는 같으면서도 달랐다. 우리의 경험이 우리를 형성했고, 우리 세계의 차이점들도 그랬다. 그녀가 양자학자가 되도록 설득한 무언가가 있었겠지만 양자학이 없는 내 현실에서는 그녀를 움직인 그 무언가가 나에게 다른 영향을 미쳤을 것이다. 그런 점을 고려하면 우리가 호텔 방에 지갑을 두는 위치에 대해 다른 의견을 가지고 있다는 게 그리 불합리해 보이지는 않았다.

물론 다른 가능성은 다른 누군가가 여기 있었다는 것이다. 프런트데스크 직원에게 신분증을 보여주고 방 열쇠를 잃어버렸다고 말하는 건 어려운 일이 아니었다. 신분증도 없이 호텔이 우리를 구별하기 위해 사용한 번호를 술술 읊는 것 역시 마찬가지였다. 내가 들어왔을 때도 누군가 여전히 방에 있었을지도 모른다. 그렇다면 내가 화장실을 둘

러보는 동안 문이 닫힌 이유를 설명할 수 있을 것이다. 그
렇다면 이제 질문은 이 방이 나에게 무엇을 말해줄 수 있
는가가 아니라 무엇을 말해줄 수 없는가였다. 무언가가 없
어졌다고 해도 나는 절대 알 수 없을 것이다.

　나는 지갑을 열었다. 현금은 없었지만, 여기서는 사용할
수 없으니 예상 밖의 일은 아니었다. 운전면허증도 없었는
데, 그건 시체의 주머니에 있었다. 신용카드 두장, 자동차
보험증, 존스홉킨스대학 신분증, 할인카드 몇장. 세라 중
거기서 일하는 사람이 몇 없다는 가정 아래 학교 신분증이
중요할 수 있었다.

　유일하게 개인적인 것은 건강보험 카드 뒤에 끼워져 있
는 잘린 사진이었다 —그건 패션을 제외하고 이 방 전체
에서 유일하게 개인적인 물건이기도 했다. 나는 그걸 꺼내
보고는 숨을 깊이 들이켰다. 그것은 그녀 —내가 아님을
스스로에게 강조했다 —가 내 친구들과 함께 산 정상에
서 있는 사진이었는데, 그랜드티턴*이 확실했다. 나는 낯
선 사람들의 얼굴에서 내 얼굴을 보는 초현실성에 어느 정
도 익숙해졌지만, 내가 한 번도 가본 적 없는 곳에서 내 친
구들과 함께 찍은 내 사진을 보는 건 그보다 더 이상한 느
낌이었다. 메이블, 나의 메이블이 다른 세라의 허리를 꼭

---

* 미국 북서부 와이오밍주에 있는 국립공원.

안고 있었다. 심지어 다른 사람의 지갑 안에서 말이다.

어떤 요소가 사건과 관련이 있어서 내 관심을 끄는 것인지, 아니면 그것들이 나이기 때문에 관심이 가는 것인지 구별하는 것은 불가능했다. 이 세라가 되는 건 어떤 느낌일까? 나는 내가 본 교수들의 집을 기억하며 유리로 된 일광욕실이 있는 웅장한 오래된 저택을 드나드는 내 모습을 상상했다. 그녀는 대체현실의 메이블과 살고 있을까? 이 세라는 시애틀이 아니는 볼티모어에 살고 있었다. 나는 메이블이 시애틀이 아닌 곳에 사는 모습을 상상할 수 없었다.

그 방에 더 오래 머물렀다면 죽은 세라의 옷을 입어보고 싶어졌을 것이다. 그리고 그게 정신적으로든 육체적으로든 나에게 맞지 않을 거라고 확신했다. 나는 모든 것을 발견한 그대로 두었다.

복도 건너편 방의 세라와 나는 동시에 문을 닫았다. 나는 잠시 당황했지만, 내가 거기 있는 게 당연하다는 걸 곧 깨달았다. 적어도 내가 뭔가를 잘못하고 있는 건 아니었다.

그녀는 나를 호기심 어린 눈으로 바라보았다. "당신이 그 탐정인가요?"

"네, 어떻게 아셨어요?" 나는 그녀를 자세히 살펴봤다. 또다른 꽃무늬 드레스, 주근깨, 달리기 선수의 체형. 또다른 짧게 자른 머리. 그녀는 가슴 축소 수술을 받았거나 아니면 달리기로 모든 지방을 없앤 것 같았다. 나보다 훨씬 더 결단력이 뛰어난 사람의 몸이었다. 위원회의 양자학자 중 한명일 거라고 짐작했다.

"제가 책임자예요, 그리고 당신이 그 방에서 나오고 있더군요." 그녀는 '그녀'라는 단어를 강조했다. "호텔 관리인이 당신을 불렀다고 하더라고요. 도와 주셔서 감사합니다."

"당신이 책임자라고요? 그, 음, 주최자를 대신해서요? 그 양자학자 있잖아요?"

"대신해서라고요? 우리 위원회의 모든 사람이 양자학자지만, 제가 바로 당신이 주최자라고 부르는 그 사람이에요. 기조연설자죠." 그녀는 손으로 쓴 종이 뭉치를 내 방향으로 내밀어 보였다.

"잠깐만요, 연설은 그대로 진행되는 건가요?"

"물론 장소를 옮겼죠. 식당에서 할 예정이에요. 댄스파티는 고인에 대한 존중의 의미에서 취소됐어요." 그녀의 무전기에서 삑 소리가 나더니 반향음이 들렸다. 소리가 너무 커서 메아리가 생길 정도였다. 그녀는 무전기를 보지도 않고 소리를 낮췄다. "당연히 제 연설도 다시 썼죠."

"하지만 우리가 당신을 찾고 있었어요 — 관리자는 당신이 죽은 여자라고 생각했고요. 그녀가 누군지 아시나요?" 나는 그 질문을 하는 동시에 이해했다. "아, 제가 잘못 알고 있었나봐요. 그녀는 당신 위원회의 다른 사람 중 한명이군요."

그녀의 얼굴이 잠시 일그러졌다. 마치 울지 않기 위해 애쓰는 것 같았다. 그녀는 스스로를 추슬렀다. 입술이 치아만큼 하얗게 변할 때까지 꽉 깨물었다. "네, 우리가 서로 오래 알고 지낸 건 아니지만 그녀는 정말 큰 도움이 됐어요. 그녀와 함께 일하는 건, 글쎄요, 나 자신과 일하는 것 같았거든요. 너무 자아도취적으로 들리진 않았으면 좋겠네요. 우리는 모든 면에서 의견이 일치했어요. 그들이 당신에게 등록자 명단을 전달했다고 하던데요? 그녀는 우리 표기법으로 RID0 출신이에요. 저는 R0D0이고요. 제가 그녀를 확인했어요. 관리자가 몇분 전에 저를 데리고 가서 보여줬거든요."

"당신들이 똑같은 게 제 잘못은 아니죠. 제가 이런 종류의 탐정인 것도 아니고요." 그 가능성을 고려하지 않은 것에 대해 스스로에게 약간 화가 나 있었던 나는 이렇게 말했다.

그녀는 내 팔을 토닥였다. 말을 하자마자 내가 가지고 있던 불쾌한 느낌은 사라졌고, 그녀의 제스처는 거만함이 아니라 진정한 위로로 느껴졌다. 그녀의 미소는 진실되고 동정어린 모습이었다. "이 모든 일에 당신을 관여시키고 싶지는 않았는데 호텔 관리자가 당황했을 때 제가 거기 없었네요. 제 생각에는 그녀가 무대에서 떨어져 머리를 부딪힌 것 같지만 날씨가 괜찮아지는 대로 당국을 부를 거예요. 그러니 당신이 걱정할 필요는 없어요."

내가 알게 된 모든 것이 계속해서 새로운 위치로 움직이며 자리를 잡아갔다. 옷을 갈아입은 건 다른 사람이라면 이해가 됐다. 내가 한 사람에 대해 알고 있던 모든 것이 다른 사람에게도 해당됐다.

"당신들의 세계는 얼마나 가까운가요? 제 말은, 분기점을 알고 계신가요? 과학적인 부분은 이해하지 못하겠지만 분기점 개념은 이해해요."

"더 이야기하고 싶지만 제 연설이 몇분 뒤면 시작이에요." 그녀가 말했다.

"함께 걸어가면서 몇가지 더 질문해도 될까요? 제가 조사를 계속할 필요가 없다고 생각하신다 해도요."

그녀는 어깨를 으쓱하더니 걷기 시작했다. 나는 그녀를 따라갔다. "그들이 당신을 찾을 때 무전기에 응답하지 않은 이유가 뭔가요?"

"샤워 중이었어요. 듣지 못한 것 같아요."

"그녀가 나이트클럽에서 뭘 하던 중인지 아시나요?"

"전혀 모르겠어요. 저를 찾고 있었을까요? 아니면 명예의 전당 전시에 뭔가를 추가하고 있었을지도 모르죠. 몇몇 사람이 설문지에 언급하지 않은 물건을 가져왔거든요."

우리는 엘리베이터를 기다렸다. 두 명의 세라들이 더 합류했고, 우리는 모두 서로를 호기심어린 눈으로 살펴보았

466

다. 그들이 이 타워에 머물고 있다면 아마도 스펙트럼의 더 부유한 쪽에 속할 것이다. 둘 다 내가 더 좋은 옷을 살 여유가 있다면 입을 법한 방식으로 옷을 입고 있었지만 한 명은 내가 한번도 해본 적 없는 것보다 더 짧게 머리를 잘랐는데, 뒤쪽은 아예 밀어버리고 윗머리는 여전히 곱슬인 상태였다. 멋져 보였다. 나도 그런 용기가 있었으면 좋겠다고 생각했다. 둘 다 안경을 쓰지 않고 있었다. 렌즈를 낀 건지 수술을 받았는지 아니면 유전적 요인인지? 주최자에 대해 더 관심이 있는 상태가 아니었다면 아마도 물어봤을 것이다.

모르는 사람들 앞에서 그녀를 지나치게 심문하고 싶지는 않았다. 일반 대중에게 사건이 어디까지 알려져 있는지 모르는 상태에서 말이다. 나는 비교적 중립적인 주제를 찾았다. "왜 이 호텔을 선택하셨나요?"

우리를 태울 엘리베이터가 소리를 내며 도착했다. 우리는 내려가는 동안 침묵을 지켰다. 나는 그 시간을 이용해 다른 사람들을 관찰했다. 처음에는 머리와 옷이 차이를 구분하는 가장 쉬운 방법이었지만 이제 우리가 몇가지 기본적인 표현형으로 나뉜다는 것을 알아채기 시작했다. 주최자와 다른 운동선수 세라들은 날씬한 쪽에서 통통한 쪽으로 이어지는 스펙트럼의 한쪽 끝에 있었다. 질문을 하지 않고는 표면적인 것 이상을 파악할 방법이 여전히 없었다.

다른 세라들이 걸어간 다음, 주최자는 마치 중간에 간격에 없었던 것처럼 내 질문에 답했다. "세코드섬은 대서양의 작은 점이예요. 지정학적인 내용은 생략하겠지만 아홉개의 확인된 세계에서 독립적인 지역이죠. 세곳에는 개인 저택이 있고, 여섯곳에는 개인 리조트 호텔이 있어요. 여기만 우리 중 한명이 관리인으로 있어요. 하지만 그녀는 제가 확인한 비교적 더 동떨어진 표현형 중 하나예요. 노바스코샤에서 대학을 다니고 동부에 머무른 부부집합 출신이죠. 이곳은 완벽했어요. 너무나 완벽하게 고립되어 있어서 우리는 스폰서들과 지원자들에게 아무도 무단이탈을 하지는 않을 거라고 보장할 수 있었죠. 단 한번의 주말 동안 들어왔다 나가는 게 필요했어요. 위험 없이 말이에요." 그녀는 씁쓸한 미소를 지었다.

"스폰서와 지원자들은 이걸 통해 뭘 얻지?" 메이블이 나에게 물었었고 나는 그 뒤로 계속 궁금해했다. 나는 메이블의 질문을 반복했다. "그들이 존재하는 세계에서는 보통의 인지도겠죠. 그리고 만약에 잘 진행된다면 ─ 잘 진행됐었다면 이라고 해야 할까요 ─ 다른 목적으로 이걸 탐구할 기회를 갖게 되는 거죠. 오락이나 교육적 목적으로요. 몇몇 여행사, 자선단체, 싱크탱크 등이 있어요. 저는 그들에게 그녀의 죽음이 어디서든 일어날 수 있었던 일이고 이 행사와는 무관하다고 설득할 수 있기를 바라는 중이에요."

나는 고개를 끄덕였다. "한가지 더요. 다른 위원회 멤버들과 이야기할 방법이 있을까요? 당신들이 그녀를 가장 잘 알았을 테니까요."

그녀는 잠시 거절할 것 같은 표정을 지었지만 곧 무전기를 입술로 가져갔다. 짧은 대화 후 그들은 기조연설 후에 등록처에서 나를 만나는 데 동의했다.

"더 궁금한 점이 있나요?" 그녀가 물었다. "다시 한번 말하지만 저는 경찰이 오기 전에 당신이 수사를 할 필요가 없다고 생각하지만 당신이 그러고 싶다면 당신의 전문성에 양보할게요."

그게 비꼬는 건지 아닌지 확실하지 않았다. 아마 그녀의 말이 맞을 것이다. 나는 왜 여전히 질문을 하고 있는지 알 수 없었다. 하지만 할 일이 있다는 게 좋았고 너무 쉽게 일축되는 게 수상하게 느껴졌다. 만약 내가 호텔 냉장고에 누워있다면 누군가가 나를 위해 질문을 해주길 바랄 것이었다.

식당 입구에 인파가 몰려 병목 현상을 일으켰다. 우리 중 누구도 너무 일찍 도착하는 걸 선호하지 않는 것 같았다. 우리는 서로 밀치는 것도 좋아하지 않았기 때문에 결과적으로 정중하게 한 사람씩 교대로 통과하는 상황이 발생했고 꽤나 빠르게 사태는 해결되었다. 식당은 여전히 여덟 명 씩 앉을 수 있는 테이블들의 나열로 되어 있었지만 한

쪽 끝에 마이크가 설치되어 있었다. 나는 입구 옆에 서서 연설과 군중을 동시에 지켜볼 수 있는 자리를 물색했다.

주최자가 마이크로 걸어갔다. 그녀는 드레스에 가는 굽의 구두를 신고 있었다. 굽 있는 신발을 신으면 나는 항상 얼어붙은 호수 위를 걷는 무스처럼 걸었지만 그녀는 편안하고 자신감 있어 보였다. 나는 그녀의 태도를 부러워하지 않을 수 없었다. 그녀는 문 위의 시계를 힐끔 보더니 — 그때 나는 그녀가 나를 보고 있다고 생각했다 — 노트를 보지 않고 말하기 시작했다.

"안녕하세요, 친구 여러분. 먼저, 이미 많이들 알고 계시 겠지만 우리 컨퍼런스에서 사망 사건이 있었습니다. 저희 위원회 멤버 한명, 저와 가장 가깝게 지냈던 사람인 세라 핀스커입니다. 저의 이름이자 여러분 중 많은 분이 자신의 이름으로 부르는 그 이름을 이런 맥락에서 말하는 게 너무나 어색합니다. 우리는 여전히 당국이 도착해 무슨 일이 일어난 것인지 알려주기를 기다리고 있습니다. 우리는 또한 그녀의 가족에게 연락을 취하고 그녀를 추모할 적절한 방법을 찾기 위해 노력하고 있습니다. 그녀가 우리 모두의 마음속에 있다는 것을 확신합니다.

'우리 모두의 마음속에'라고 말하면 클리셰처럼 들리겠지만 이건 문자 그대로 사실입니다. 그녀는 우리 모두입니다. 그래서 우리는 그녀를 잃은 것이 그녀 자신의 세계와 가족에게 어떤 의미일지 상상할 수 있습니다. 동시에 그건 상상될 수 없습니다. 지금도 제가 그녀의 이름을 말할 때 여러분은 그녀가 아닌 자신을 상상합니다. 그녀를 여러분이나 저와 구별되게 만드는 무언가를 상상하지 않는 것이죠. 그런 면에서 우리는 그녀를 낯선 사람이 아닌 친구이자 가족으로서 애도합니다. 그녀를 개인적으로 알지 못했던 사람들까지 모두가 말입니다."

문이 삐걱거렸고 나는 디제이가 식당에서 빠져나가는 걸 보았다. 연설자는 계속했다.

"여러분 모두 여기에 오기 위해 수고하신 만큼 행사를 단축하는 건 바람직하지 않다고 판단했습니다. 우리 모두의 노력 끝에 저는 그녀도 이 행사가 계속되길 원했을 거라고 확신합니다. 왜냐하면 저라면 그러기를 원했을 테니까요. 오늘 밤의 댄스 파티는 추모의 의미로 취소되었습니다. 오늘 밤과 내일 준비된 환경에서 마음을 추스르는 게 필요한 분들을 위해 지원단체들을 위한 공간을 준비해두었습니다. 그리고 내일 아침 10시에 예배당에서 안식일 예배가 있을 예정입니다. 그녀를 위해 카디쉬를 암송하고 싶은 분들은 참석하실 수 있습니다. 랍비 세라 핀스커가 식을 이끌어줄 예정입니다. 랍비님, 일어나주시겠어요?"

한 세라가 일어나 엄숙하게 손을 들어 인사하고는 다시 앉았다. 유일한 랍비군, 하고 생각했다. 예상치 못한 직업 선택에 관한 패널이 있었던가? 나는 어떻게 내가 이 길을 걷게 되었는지는 알고 있었지만 또다른 내가 어떻게 그 다른 길을 걷게 되었는지는 알지 못했다.

"누군가의 슬픔이나 혼란을 무시하지 않는 선에서 저는 이 죽음이 비극적이긴 하지만 우리가 여기 모인 이유를 강조한다고 말하고 싶습니다. 그것은 서로에게서 배우기 위함입니다. 내일 이 모든 것이 어떻게 작동하는지 더 자세히 설명하는 패널이 있지만 지금이 기본적인 것을 설명하기에 적절한 순간이라고 생각합니다. 우리가 어떻게 모두 다르면서도 같은지를 설명할 수 있는 순간이기 때문입니다."

그녀의 어조가 바뀌었다. 이제 더 편안한 영역으로 들어선 듯 보였다. "인간의 본성은 자신을 이야기의 중심에 두는 것이지만 저는 우리 모두가 더 큰 그림을 보았으면 합니다. 제가 앞에 서 있는 것은 제가 첫번째이거나 최고이거나 가지를 뻗는 나무의 줄기이기 때문이 아닙니다. 저는 두가지 이유로 여기 서 있습니다. 그것은 발견과 결정입니다. 저는 문을 여는 방법을 알아낸 사람이고, 여러분 모두를 그 문으로 걸어 들어오도록 초대한 사람입니다. 그 이상도 이하도 아닙니다."

"우리 중에는 각자 자신의 분야에서 그만큼 성취를 이룬 사람들이 있습니다. 그들은 비유적으로 말해 우리를 다른 문으로 초대할 수 있을 것입니다. 여러분 중에는 평범한 결정을 내렸지만 그럼에도 스스로를 크게 변화시킨 사람들이 있습니다. 학교를 그만두거나 고등 교육을 받거나 아이를 입양하거나 또는 그러지 않은 것처럼 말입니다. 심지어 키스를 하는 대신 키스를 받기를 기다리는 것과 같이 너무나 작은 결정들까지도 그렇습니다." 나는 얼마나 많은 사람이 메이블을 생각했는지 궁금했다.

"제가 양자학 입문 연설 전체를 할 기분이 아니라 죄송합니다. 하지만 오늘 같은 밤 위안이 될 수 있는 한가지를 생각해볼 수 있도록 해드리려고 합니다. 저는 여기 있는 누구도 중심에 있지 않다고 말할 수 있을 뿐 아니라, 우리 모두가 언제나 존재해왔다고도 말할 수 있습니다. 이해하기 어렵지만 사실입니다. 우리가 이야기하는 반려동물, 여자친구와 남자친구, 잘못된 선택과 큰 결정 등의 분기점들? 그것들은 앞으로도 뒤로도 작용합니다. 분기점이 발생하는 순간 생겨나는 새로운 것도 항상 존재해왔습니다.

저는 서로에게서 배울 수 있도록 어느 정도 다양성이 있는 세라들을 초대하려고 노력했지만 그중 여전히 우리로 인식할 수 있는 세라들을 초대했습니다. 이 컨퍼런스는 무한한 변형으로 존재합니다. 제가 다른 세라의 집단을 초대한 곳, 여러분이 다른 디저트를 선택한 곳, 저녁식사에서 다른 사람 옆에 앉은 곳, 제 친구 세라가 여전히 우리와 함께 있는 그 모든 곳 말입니다. 그들은 갈라졌다고 해서 더 유효하거나 덜 유효한 것이 아니며, 더 실제적이거나 덜 실제적인 것도 아닙니다. 여러분 모두가 여러분이고, 우리 모두가 우리입니다. 끊임없이 세계를 형성하고 세계에 의해 형성되고 있는 것입니다."

그건 좋은 대사였고, 좋은 연설자에 의해 전달되었으며, 모든 사람을 격려하기 위한 것이었다. 좋은 대중 연설가가 되는 것은 어떤 느낌일까? 세계의 발견자가 되는 것은? 우리 모두 그녀의 연설과 이 행사의 분위기를 만들어가고자 하는 그녀의 노력에 박수를 보냈다. 적어도 그것이 내가 박수를 친 이유였다. 나는 계속해서 나 자신으로부터 시작해 외부로 추정해 나갔다.

나는 아까 함께 술을 마셨던 나이 든 세라를 발견해 사람들이 식당에서 빠져나가기 시작할 때 그녀 옆으로 다가갔다. "몇시간 전 바에서 누군가를 가리키면서 저 사람이 주최자라고 하셨죠. 그걸 어떻게 아셨나요?"

그녀는 고개를 저었다. "죄송해요, 잘못 보신 것 같아요. 저는 바에 간 적이 없어요. 십년째 금주 중이거든요."

나이 든 세라가 한명 이상이었거나, 우리보다 나이 들어 보이는 세라가 한명 이상이었다. 여기서도 함부로 짐작을 해서는 안 된다는 걸 다시 한번 상기시켜주는 좋은 사례였다.

약속한대로 세 명의 세라가 등록 데스크 주변에 모여 있었다. 주최자는 보이지 않았지만 그녀는 아마 아직 식당에 있을 것이었다. 어쨌든 나는 이미 그녀와 이야기를 나눴다. 다섯명의 위원회에서 주최자와 사망한 여성을 제외한 세명이 여기 있었다. 그들은 모두 실크를 입고 있었다. 그들은 드라이클리닝 비용을 걱정하지는 않는 모양이었다.

그들은 등록처와 바 사이의 라운지 좌석 구역에서 한번에 한명씩 나와 이야기하는 데 동의했다. 바에는 다시 손님들이 들기 시작했지만 아직 대화하기에 너무 시끄럽지는 않았다. 기타를 든 세라들의 무리가 반대편 소파에 모여 있었지만 목소리의 독특한 음색적 유사성 때문에 쉽게 무시할 수 있었다. 그들은 이러한 상황에서도 기쁨을 짜낼 방법을 찾은 것 같았고, 나는 잠시 그들을 부러워했다.

그들 모두와 한번에 이야기했다면 시간을 아낄 수 있었을 것이다. 그들의 대답은 한 입에서 나온 것처럼 동일했기 때문이다.

질문: 4시 30분에서 6시 사이에 어디에 계셨나요?

답변: 등록을 한 후에 칵테일 파티에 참석했다가 방에 올라가서 낮잠을 자고 샤워를 했어요. 저녁식사에 조금 늦게 가더라도 샤워를 할 만한 가치가 있을 거라고 생각했거든요.

질문: 여러분 모두 칵테일 파티에 참석하셨나요?

답변: 네! 그랬던 것 같은데요. 적어도 시작할 때는요.

질문: 돌아가신 분도 포함해서요?

답변: 네, 그랬던 것 같아요. 확신하긴 어렵네요. 우린 돌아다니면서 어울리고 있었거든요.

질문: 언제 처음으로 뭔가 잘못됐다는 걸 알아차리셨나요?

답변: 저녁식사가 거의 끝날 때쯤 호텔 관리인이 우리를 찾아왔을 때였죠.

질문: 우리요?

답변: 위원회요. 그녀는 우리 모두를 찾았어요. 그녀를 제외하고요.

그들 모두 주최자가 위층에서 했던 것과 같은 방식으로 '그녀'에 무게를 실어 말했다.

질문: 그다음에 뭘 하셨나요?

답변: 그녀가 우리 중 누구인지 파악했어요. 눈물이 났죠. 조금 당황했고 이제 무엇을 해야 할지 이야기했어요.

질문: 어떻게 그녀가 누구인지 알아내셨나요?

답변: 음, 점호를 했어요. 바보같이 들리겠지만 저는 다른 네 명에게 질문을 하거나 그들이 무엇을 입고 있는지 이미 알고 있던 게 아니라면 그들을 구별할 수 없어요. 7학년 때 일란성 쌍둥이 친구들이 있었는데 저는 그들 중 누가 누구인지 헷갈린 적이 한번도 없어요. 이건 그것과 완전히 달라요.

질문: 누군가 무전기로 여러분 중 누군가에게 연락을 했나요?

답변: 저는 받지 못했어요. 제가 샤워중일 때 왔을 수도 있겠군요.

질문: 그녀에 대해 도움이 될 만한 다른 정보가 있나요? 그녀가 싫어하거나 그녀를 싫어한 사람이 있었나요? 질투나 경쟁 관계?

답변: 세계 간 경쟁은 의미가 없어요. 물론 우리 모두는 $R0D0$을 조금 질투했죠. 우리 모두가 시도하고 있던 돌파구를 그녀가 만들어냈으니까요. 하지만 $R1D0$은 아니에요.

질문: 위원회의 다른 사람들과의 분기점을 아시나요?

답변: 그 중요한 발견을 하기 열하루 전, $R0D0$과 $R1D0$이 방정식에서 실수를 했어요. 우리 나머지는 맞게 풀었죠. 그 실수가 핵심이었어요. 우리 셋의 차이는 거의 언급할 가치도 없을 정도로 작아요. 모두 한달 이내에 일어난 일이에요. 병원 방문, 달리기 중 발목 삐끗, 우리 나머지가 건너뛴 생일 파티 같은 것들이죠.

질문: 그럼 $R0D0$과 $R1D0$은요? 그들은 어디에서 갈라졌나요? 주최자가 사망한 사람을 질투할 만한 이유가 있었을까요?

답변: 있다면 오히려 반대였을 거예요. 그들은 발견 한시간 전에 갈라졌어요. $R1D0$은 여자친구와 기념일 저녁식사

를 하러 나갔고, R0D0은 저녁식사를 취소하고 연구실에 남았죠. 제가 R1D0이라면 그것에 대해 약간의 원망을 품었을 것 같아요. 하지만 그녀가 그랬다면, 전혀 표현을 하지 않았어요. 어쨌든 그게 사고라고 누가 그러던데요, 맞죠? 다른 가능성이 있나요?

"그녀는 아직 제대로 검사를 받지 않았어요." 내가 말했다. "머리에 엄청난 타격이 있었고요."

일부러 모호하게 말했다. 그들 중 누군가가 뭔가를 드러내는지 확인하기 위해서였다. 그들은 모두 같은 표정을 지었다. 스트레스 받은 듯하면서도 안도한 듯한, 희망적이면서도 그 희망에 대해 죄책감을 느끼는 것 같은 표정이었다. 나는 내 모든 보험 인터뷰가 세라들과 하는 것이면 좋겠다고 생각했다. 모든 사람의 얼굴에서 모든 표정을 이해할 수 있다면 내 일이 훨씬 쉬울 것이기 때문이다.

나는 필사적으로 그들 중 한명에게서라도 다른 이들과 구별되는 뭔가를 찾고 싶었지만 아무것도 나오지 않았다. 심지어 그들의 분기점도 평범했다. 그들은 같은 사람이었다. 나는 그들에게 도와줘서 고맙다고 말하고 그들을 보냈다. 그들은 모두 진심으로 속상해 보였다. 나는 그들 모두를 믿었고, 그들의 동일한 대답은 법정 진술만큼 확실했다. 그들은 모두 기꺼이 도와주려고 했지만 그 일이 사고라고 확신하고 있었다. 대답이 명백해 보이는데 내가 왜 여전히 질문을 하고 있는지 그들은 이해하지 못했다.

그들의 입장이라면 나도 그것이 사고라고 믿고 싶을 것이다. 누군가가 나를 노리고 있다고 생각하는 것보다는 낫다. 내가 그들 중 하나라면, 나는 겁에 질려 있겠지만 그걸 숨기려 할 것이다. 모퉁이마다 살인자를 찾아 두리번거리며 마지막 순간까지 최대로 삶을 즐기려고 하고 만약의 경우에 대비해 모든 걸 정리하려고 할 것이다. 하지만 우리는 모두 주말 동안 갇혀 있기 때문에 사랑하는 사람과 연락을 할 수도 없고 어딜 갈 수도 없다.

나는 그들 중 하나였다. 과학적 배경도 없고, 첫번째가 되거나 최고가 되고 싶은 욕구도 없으며, 그들을 움직이는 그 무언가도 없다는 점만 빼고 말이다. 그건 내가 전혀 궁금해하지 않던 흥미로운 종류의 질문이었다. 무엇이 그들을 추동하는가? 우리들 중 나머지는 그렇지 않은데 그들은 왜 이렇게 야심 찬가? 무엇이 그들을 양자학으로 끌어당겼는가? 그들 중 누군가가 그들의 세계를 위해 같은 발견을 할 가능성이 아직 남아있는가, 아니면 주최자인 세라가 모두의 가능성을 망쳐버렸는가? 나는 그들이 아직 등록 데스크 근처에 있는지 보려고 돌아봤지만 그들은 이미 가고 없었다.

바는 반쯤 차 있었고 내가 가장 가까운 바 의자에 슬쩍 앉았을 때 바텐더는 묻기도 전에 버번위스키 한잔을 니트로 건네주었다. 그의 일에서 추측의 영역은 사라졌다. 스타우트 맥주 탭에는 플라스틱 컵이 씌워져 있었다. 나는 그가 아직 탭에 걸지 않은 통이 어딘가에 있기를 바랐다. 바 저편으로 여섯명의 다른 세라들이 똑같이 생긴 잔에서 술을 홀짝이고 있었다.

"건배." 내 옆의 세라가 말하며 잔을 들었다. 그녀도 원더우먼 티셔츠를 입고 있었는데, 알렉스 로스*의 일러스트레이션이었고 총알을 막아내는 모습이었다. 그녀는 지쳐 보였다. 마치 저녁 내내 총알을 막아내느라 고생한 것 같았다. "당신에게도 그 깨달음이 오고 있죠, 맞죠?" "깨달음이 온다고요?"

"차이점 질문 말이에요. 당신은 자신에 대해서 뭔가를 알아챘거나, 혹은 여기 있는 다른 누군가에 해당되지만 당신에게는 해당되지 않는 뭔가를 알아챘어요. 그게 당신의 결함인지, 당신이 길을 잘못 든 건지 확실히 말할 수 없어요. 한잔을 더 마시면 그것에 대해 생각하지 않고 잠들 수 있을 거라고 생각했겠죠."

우리는 잔을 부딪쳤다.

나는 여전히 그 문제를 곱씹으며 방으로 돌아왔다. 복도

---

* 마블 코믹스의 여러 작품을 담당한 미국의 만화가.

에 찬바람이 몰아쳤지만 열린 문 앞에는 불타는 곱슬머리를 가진 사람 한명만 보였다.

"당신 친구는 어디 있어요?" 내가 밖으로 몸을 기울이며 물었다. 돌풍이 나를 비틀거리게 할 만큼 세게 불었다. 그 뒤로 곧 비가 올 것 같은 무거운 공기가 느껴졌다. 내가 말했을 때 담배를 피던 사람이 휙 돌아섰다. "놀라게 해서 미안해요. 아까 당신들 둘과 대화를 나눴던 사람이에요. 기억이 안 날 수도 있을 것 같아 말씀드려요."

그녀는 어깨를 으쓱했다. "그녀를 보지 못했어요. 그녀가 시체를 발견했다고 들었어요. 혼자 있을 시간이 필요하겠죠. 저라도 그럴 것 같아요. 한잔하시겠어요?"

그녀가 플라스크를 내밀었고, 나는 감사히 받았다. 버번이었다. 바텐더가 건네주었던 것보다는 싸구려였지만 여전히 괜찮은 술이었다. 또다른 돌풍이 쓰레기통 뚜껑을 경첩에서 뜯어내 하역장 벽을 넘어 날려 보냈다. 우리는 둘다 그게 굴러가는 걸 지켜보았다.

"내일을 위한 새로운 질문이에요." 그녀가 플라스크를 돌려받으며 말했다. "당신이 먼저 테스트해보세요. 당신이 가장 두려워하는 것은 무엇인가요?"

내 대답은 즉각적이었다. "모든 것이요. 지진, 폭탄, 무작위적인 폭력, 떨어지는 나뭇가지, 사랑하는 사람들을 잃는 것, 두려워서 뭔가를 놓치는 것. 저는 그것이 저를 지배하지 못하게 하려고 노력해요. 제 직업이 저를 약간 둔감하게 만드는 데 도움이 되긴 하지만…… 네, 짧은 질문에 긴 대답이네요. 당신은요?"

그녀는 담배를 길게 빨아들였다. "저는 '모든 것'에서 멈췄을 거예요. 하지만 네, 기본적으로 같은 주제예요. 우리가 모두 겁쟁이임에도 여기 와 있다는 게 꽤 놀라운 일이에요. 자전거 타기를 두려워하면서도 주말 동안 완전히 다른 현실에 발을 들여놓을 의지가 있다니.

" '두려워서 뭔가를 놓치는 것을 두려워하는' 범주에 속하는 걸까요? 우리가 다 같은 방식으로 자신을 밀어붙이는 거냐고요."

"아마도요. 내일 사람들이 뭐라고 대답하는지 보자고요. 당신이 그 긴 목록에서 놓친 게 뭔지 아세요?"

"뭐죠?" 나는 머릿속으로 내 대답을 반복해 재생하며 무엇을 놓쳤을지 생각해보았다.

"당신의 얼굴을 하고 당신의 생각을 반영하는 낯선 사람들에 둘러싸인 채, 사랑하는 사람들과 멀리 떨어져 혼자 죽는 거요. 그건 내 목록에 있으니까 당신 목록에도 있을 줄 알았어요."

나는 생각해보았다. "첫번째 부분은 아마도요. 두번째 부분에는 점점 익숙해지고 있어요. 그리고 저는 여전히 다른 세라들보다 더 폭풍을 두려워해요."

번개가 하늘을 가르며 내 문장에 마침표를 찍었다. 너무 가까워서 팔의 털이 다 곤두설 정도였다.

"쾅. 분기점." 아까 만났던 그녀의 흡연 친구보다는 덜 열정적으로 그녀가 말했다. "이 모든 것에서 굉장히 나쁜 느낌을 받고 있어요. 당신의 세계에 애거사 크리스티가 있나요? 고립된 섬, 나쁜 날씨. 저는 사실 우리 모두가 하나씩 하나씩 제거되기를 기다리고 있어요.

"그런데도 당신은 여기 혼자 서 있었죠. 말한 만큼 두렵지 않거나……" 말하면서도 그렇게 말하지 말았어야 했는데 하고 생각했다. 농담이었다면 그건 재미있지 않았다. 내가 그녀를 용의자로 짐작하고 있다면, 글쎄, 나를 제외한 모든 사람이 용의자였다. 나는 내가 하지 않았다는 것을 알고 있으니까. 그렇다고 그 주제를 직접적으로 언급하는 것이 현명한 행동은 아니었다.

"아니면 제가 살인자라서 당신이 위험에 빠진 거죠. 저 대신에요." 그녀는 내 말이 적절치 못했다는 것에 동의한다는 듯한 표정을 지으며 플라스크를 내밀고 나에게 받을 테면 받아보라고 하는 것 같았다. 하는 것 같았다. "저는 살인자가 아닙니다. 물론 증명할 수는 없지만 저는 아니라는 걸 알아요. 그래서 우리 중 누구도 아닐 거라고 꽤 확신해요. 왜냐하면 저는 제가 누군가를 죽이게 할 상황들을 상상할 수 없거든요.

"저는 누군가를 죽이는 걸 상상할 수 없지만, 저를 흡연자로 만들었을 상황도 상상할 수 없어요." 나는 위스키를 한 모금 마셨다. "아니면 호텔 관리인이나, 양자학자나, 디제이가 되는 상황도 마찬가지고요."

그녀는 마지막으로 한번 더 담배를 빨았다. 그리고 담배꽁초를 떨어뜨려 부츠로 밟았다. "크리스티 얘기를 꺼낸 건 폭풍과 섬 때문이에요. 연쇄 세라에게 죽임을 당하는 것보단 이 폭풍이 훨씬 걱정돼요. 적어도 아직 시체가 하나뿐이니까 그 생각을 수정할 일은 없겠죠. 두려움에 맞서는 것과 어리석은 짓을 하는 것엔 차이가 있어요. 번개를 맞기 전에 안으로 들어가는 게 좋겠어요."

마치 응답이라도 하듯 하늘에서 비가 쏟아지기 시작했다. 우리는 문까지 두걸음 정도 거리를 가는 사이에 흠뻑 젖었다.

"불이 꺼지면 세라들을 세기 시작해요." 오렌지 곱슬머리가 복도를 따라 질벅거리는 소리를 내며 떠나가기 전에 말했다.

방에 돌아와 젖은 옷을 벗고 다른 티셔츠와 짧은 반바지로 갈아입었다. 위스키는 내가 바랐던 효과를 내지 못했고, 나는 밤새 메이블과 상상 속 대화를 나눴다. 창문을 두드리는 빗소리가 그녀의 대사 부분을 채워주었다. 나는 사건의 순서와 내가 발견한 모든 것을 머릿속으로 되짚어 보왔다. 이런저런 생각이 들었지만 일관되게 엮이진 않았다. 타이밍이 중요하다는 건 이해했다. 살인 무기가 발견되면 좋겠지만, 그렇다 해도 곧 법의학 보고서를 기대하긴 어려 웠다. 용의자에 관해서라면, 모두가 나에게 알리바이를 밝 히고 자신과 서로를 보증하고 있음에도 여전히 누구나 될 수 있는 상황이었다.

나는 사건 자체에서 멀어졌다. 주최자는 자신이 중심에 있는 것도 아니고 가지를 뻗는 나무의 줄기도 아니라고 말 했지만 그녀는 우리 모두를 자기 자신과의 관계에서 정의 했다. 우리는 모두 아주 가까이 있었다. 우리 중 가장 먼 사 람들조차도 쉽게 알아볼 수 있었다. 차이는 미미했다. 나 는 물 부족 사태를 극복한 미국, 독감이 없는 세계, 또는 석 탄연료를 극복한 세계를 사는 사람을 만나지 못했다. 우리 는 모두 화장실 물 내리는 법을 알고 있었다.

만약 우리가 주최자 대신 나로부터 뻗어나갔다면 어떻 게 보였을까? 아니면 주최자가 더 동떨어진 반복 중 하나 라고 말했던 호텔 직원으로부터 뻗어나왔다면? 이들 사이 에 그녀가 선택하지 않은 다른 현실들이 있었다. N명의 세 라들, N개의 현실로부터, 여기서 N은 알 수 없고 끊임없 이 변화하는 숫자였다. 왜 그녀는 우리를 선택하면서 다른 사람들은 선택하지 않았을까? 나는 보험 조사관들 중에서 는 가장 흥미로운 사람이었을까, 아니면 이번 주말에 유일하게 참석이 가능한 사람이었을까? 나는 막 도착했을 때보다 더 많은 질문을 가지고 있었다.

왜 나는 과학 분야가 아닌 탐정 일을 하게 되었을까? 나는 미적분 선생님을 싫어해서 몇주 만에 그만뒀다. 그 때문에 대학에서 생물학이나 물리학을 전공할 만큼 수학을 깊이 공부하지는 못했다. 그는 다른 세계에는 존재하지 않거나, 혹은 과학 세라들은 그에게 굴하지 않았을 것이다. 어쩌면 그들은 이 사태를 자극 삼아 더 노력했을지도 모른다. 일부는 유전학자나 연구원, 혹은 SF작가가 되었다. 같은 마음, 다르게 적용된, 선택, 기회, 미결정, 결정, 좋은 결정, 나쁜 결정.

오지 말았어야 했는지도 모른다. 이 순간 어떤 나는 메이블과 함께 집에 앉아 있거나, 또다른 나, 다른 메이블은 같은 순간 내 호기심이 완전히 이기지 않은 다른 현실에 있을지도 모른다. 하지만 내가 집에 머물렀다면 누가 냉장고 속 세라를 위해 질문을 할 것인가? 최소한 나는 그것만으로도 좋았다. 아직 답을 찾지는 못했다고 해도 말이다.

일어났을 땐 여전히 비가 내리고 있었다. 얇은 카펫이 어렴풋이 축축하게 느껴졌다. 마치 날씨가 건물의 뼈대를 타고 올라온 것 같았다. 두통이 있었다. 잠자는 동안 뭔가를 깨달았다가 다시 잊어버린 것 같은 모호한 느낌이 들었다.

머리를 맑게 해주길 바라며 빠르게 샤워를 했다. 효과는 없었다.

아침식사는 뷔페 스타일로 제공되었는데, 전날 밤 빵 한 조각밖에 못 먹었기 때문에 배가 고파 다행이었다. 나는 계란, 감자, 토스트로 탑을 쌓고 과일로 두번째 탑을 만들 어 두 접시를 가장 가까운 테이블에 내려놓았다. 차를 가 지러 갔다가 돌아왔을 때 테이블은 이미 꽉 차 있었다.

"주말은 잘 보내고 있나요?" 내 옆의 세라가 물었다. 그 녀를 전에 만난 적은 없는 것 같았다. "그…… 알잖아요, 그 사건을 빼면요."

"아직 뭘 할 시간이 없었어요." 나는 음식을 우물거리며 말했다. "의무가 느껴졌거든요. 뭐, 예상치 못한 의무였지 만 알아내보려고 노력 중입니다."

"아, 어젯밤 식사 때 테이블에서 불려간 사람이 당신이 었군요? 아무도 참석하지 못했다면 정말 안타까운 일이 에요." 데어였다. 저녁식사 때 모습을 기억해냈다. 구리색 과 은색이 섞인 수염과 콧수염을 가진 사람이었다. 성별에 관한 그의 강연은 내가 실제로 프로그램에 참여할 수 있다 고 생각했을 때 동그라미 쳐둔 것이었다. "이런 기회를 다 시 갖기는 어려울 테니까요."

"그렇게 생각하지 않으세요?" 다른 세라가 물었다.

데어는 고개를 저었다. "아니요, 누군가 죽었잖아요. 그 건 후원자들에게 우리를 다시 불러 속편을 만들라고 격려하는 일이 아니에요. 사고였다고 해도 포털의 다른 편에서 그녀의 죽음을 설명하는 건 악몽 같은 일이 될 거예요."

"무한한 변형이죠." 또다른 세라가 말했다. "어쩌면 내년에는 그녀가 죽지 않은 버전의 세계에서 초대를 받을지도 모르죠.

그 말에 머리가 아파왔다. "아침식사 후에 다시 일을 시작해야 할 것 같아요. 아직 호텔 직원들도 인터뷰해야 하고, 어제 오후에 그녀와 대화를 나눈 사람들도……"

내 옆자리 세라가 파인애플 조각을 포크로 찍어 내게 내밀었다. "그냥 있어요. 강연 하나 듣는 게 해를 끼치진 않을 거예요. 아침식사 직후엔 이 방에서 '말과 개와 고양이, 오 이런'에 대한 대규모 토론이 있거든요. 당신은 일어나지 않고 가만히 있기만 하면 돼요."

그녀의 주장 자체는 설득력이 별로 없었지만 관성이 승리했다. 관성과 질투, 그리고 최대한 많이 먹어버렸기 때문에 너무 빠르게 움직이면 아플 것 같다는 안 좋은 느낌. 게다가 다른 모든 사람은 이미 서로를 조금씩 알아갈 기회가 있었는데, 나는 내가 조사해야 하는 것도 아닌 불행한 죽은 사람 한명에 대해서만 얘기하고 있었다. 나는 마이크가 설치되고 뷔페 테이블이 치워지는 동안 자리에 남아 있었다.

패널은 느슨한 구조로 되어있었는데, 리더와 몇명의 준

비된 발표자들이 대화를 시작했다. 첫번째 이야기꾼이 자리에 앉았다. 그녀는 날씬했고, 낡은 청바지에 폴로셔츠를 넣어 입고 있었다. 그녀는 햇빛 아래서 시간을 꽤나 보낸 것처럼 보였다.

"십대 때, 저는 뉴욕주 북부의 트레일 승마장에서 여름을 보냈습니다." 여러 세라가 손가락을 튕겼다. 나는 그들이 내가 기웃거리고 돌아다니는 동안 어떤 시스템을 개발했다는 것을 깨달았다. 자신도 같은 경험이 있을 때 손가락을 튕기는 것이었다. 손가락 튕기기에 참여하기엔 이미 늦었지만 지금까지 이 이야기는 내 이야기이기도 했다.

"제가 가장 좋아하는 말이 있었어요, 스모키라고요. 아팔루사 종이었죠." 나도 함께 손가락을 튕겼다. 그녀는 말의 색깔을 설명할 필요가 없었다. 흙바닥을 뒹군 것 같은 흰색 말과 그가 가지고 있던 먼지떨이 같은 갈기와 꼬리에 대해서 말이다. 나는 그가 그 어떤 말보다 못생겼음에도 그를 사랑했었다. "어느 날 오후, 한 남자가 대여섯살 정도 되는 어린 소녀를 데리고 왔어요. 저의 상사는 그 어린 소녀를 플리커에 태웠어요. 플리커는 그렇게 작은 아이에게 최선의 선택은 아니었지만 아이들에게 적합한 말들은 모두 다른 가이드와 함께 나간 상태였거든요. 심지어 어린이용 안장도 남아 있지 않아서 안장 끈을 최대한 위로 올리고 뒤집어야 했어요. 그래도 그녀는 발끝을 최대한 뻗어야만 겨우 닿을 수 있었죠."

우리 모두 조용히 손가락을 튕겼다. 우리는 이 이야기를
알고 있었다.

"저는 그들을 평소와 같은 코스로 데려갔어요. 숲을 지
나 연못과 먼 들판을 돌아 다시 숲으로 들어온 후 흙길로
빠져나가는 코스였죠. 문제는 그 흙길이었어요. 우리는 가
끔 장난을 칠 때 그 길에서 집까지 말들을 경주시키곤 했
어요. 말들이 흥분한 상태에서 마구간으로 돌아가는 것을
기대하게 만드는 어리석은 짓이었지만 그곳에서 일하는
십대들은 늘 그렇게 해왔던 거예요.

저는 한시간 내내 문제를 피할 방법을 궁리했어요. 그들
이 갑자기 내달리지 않도록 들판을 통해 돌아가기로 결정
했지만 여전히 도로를 건너야 했어요. 스모키는 우리가 도
로를 건널 때 약간 동요하긴 했어도 제 말을 들었어요. 하
지만 플리커는 집을 향해 달리기 시작했죠. 아이가 너무
작아서 아마 등에 누군가 있다는 것조차 인식하지 못했을
거예요.

'말이 반드시 건도록 해주셔야 해요!' 아이를 쫓아가기
전에 제가 아버지에게 이렇게 소리치던 게 기억나요. '우
리를 따라 달리게 하면 안 돼요.'

플리커를 따라잡는 건 어렵지 않았어요. 스모키가 훨씬
빨랐거든요. 문제는 달리는 말 위에서 다른 달리는 말을

어떻게 멈출 것인가였어요. 안전하게 할 수 있는 방법을 생각해낼 수가 없었어요. 플리커의 고삐를 잡으려고 하면 그녀의 머리를 한쪽으로 당기게 되고, 그러면 몸이 반대쪽으로 휘어지면서 아이가 떨어질 것 같았죠.

여름 내내 건초 더미를 던지는 일을 했지만 제가 그 아이를 제 말로 끌어올릴 만큼 강하지 않다는 것을 알았어요. 제가 할 수 있는 유일한 일은 안장에 도깨비바늘처럼 매달려 있는 소녀를 붙잡는 것이었어요. 저는 그 작은 몸이 단단한 흙길이나 근처에 있던 철조망 울타리 위로 미끄러지는 모습을 계속 상상했어요. 제가 할 수 있는 일은 그 아이를 그 자리에 붙들어두는 것뿐이었어요.

저는 말들이 도로 꼭대기에 도달해서 마치 경주가 끝났다는 듯 완전히 멈출 때까지 그 아이를 붙들고 있었어요. 플리커는 고개를 숙여 풀을 뜯기 시작했죠. 아이의 아버지가 바로 뒤에서 도로를 따라 올라와 딸을 안아주며 저를 영웅이라고 불렀어요. 우리가 마구간으로 돌아왔을 때 그는 저의 상사에게 마치 제가 그의 아이를 매우 극적인 사고에서 구해준 것처럼 설명했어요. 저는 오히려 완전히 피할 수 있었던 재앙 수준의 사고에서 피해를 최소화한 것에 가깝다고 생각했죠.

여름이 끝날 때쯤 저의 상사는 감사의 표시로 비수기 동안 스모키를 집에 데려가도 된다는 제안을 했어요. 저는 너무나 그러고 싶었지만 그게 현실적으로 불가능하다는 걸 알았어요. 마구간 열두곳을 방문하며 연구도 하고 비용도 계산해보았지만 결국엔 울면서 마구간에 전화를 걸어 스모키를 데려갈 수 없다고 말했어요. 다음 여름 다시 일하러 갔을 때, 그는 이미 없었어요. 그가 어디로 팔려갔는지 물어볼 용기가 나지 않았어요. 제가 그를 데려갈 기회를 놓쳤다는 걸 알았으니까요."

"결국 저는 그를 집으로 데려오는 방법을 찾아냈어요." 이야기꾼이 말했다. 내 머릿속에 있던 대본에서 이야기가 벗어나는 순간이었다. 그녀가 이야기를 바꾸기 전까지는 내 내면의 독백처럼 들렸기 때문에 나는 그녀가 계속 말하고 있었다는 사실을 잊어버릴 정도였다. "스모키를 관리하는 데 들어가는 비용을 충당하기 위해 그를 이용해 레슨을 할 수 있는 마구간을 찾았어요. 제가 대학에 가는 대신 대형 동물 관리 전문학교에 가기로 결정했을 때, 그건 그를 위해서였습니다. 여러분과 이야기를 나누면서 이게 주요 분기점이었다는 걸 알게 됐어요. 그래서 여러분에게 말씀드리고 싶었습니다. 그는 서른두살의 나이로 늙어서 죽을 때까지 저와 함께했어요."

나는 눈물을 닦았다. 주변의 훌쩍거리는 소리로 보아 다른 사람들도 그러고 있는 것 같았다. 한 명은 공개적으로 울고 있었고, 다른 한 사람이 그녀를 안아주고 있었다. "네 잘못이 아니야." 두번째 사람이 나도 들을 수 있을 정도의 큰 목소리로 말했다. "넌 스모키를 구할 수 없었어. 우리 모두가 스모키를 구할 수는 없었어."

뭔가가 나를 괴롭혔다. 그녀는 몇가지를 생략했다. 나에게만 일어났던 일인가 하는 생각이 들 정도로 말이다. 아버지와 딸이 떠난 후 내 상사가 나를 불러 앉혔다. 우리는 무슨 일이 있었는지 한시간 동안 되짚어보았고, 그는 다른 표현방식과 다른 사고방식을 제안했다. "만약에 누군가 물어본다면 플리커가 보통 아이들을 위한 말이 아니라는 점을 언급할 필요는 없어, 알겠지? 안장 끈이 너무 길었다는 것도 마찬가지고."

그것이 내 조사 경력의 씨앗이었다. 우리가 피크닉 테이블에 앉아 진실을 변형시켜 소송을 피할 수 있도록 했던 바로 그 한시간. 나는 완전히 지치고 아드레날린이 쭉 빠져나간 상태로 눈앞에서 이야기가 바뀌는 것을 보며 한편으로 메스꺼움을 느끼면서도 매혹되었다. 나는 거짓말의 필요성을 이해했고, 그가 정말 고소를 당한다면 망할 수 있다는 걸 이해했고, 그에게 동의했다. 동시에 무심하게 진실을 지우는 그의 모습에 끔찍함을 느꼈다.

이 모든 다른 세라들은 모두 그 순간을 놓쳤거나 다른 방식으로 내면화한 게 분명했다. 랍비는 여기 있을까? 어쩌면 이 사건이 의미를 향한 그녀의 탐구를 시작하게 했을

지도 모른다. 어쩌면 양자학자들은 그 날을 다시 살 수 있는 방법을 찾기 위해 그들의 경력을 시작했을지도 모른다.

내 안의 일부는 이야기를 하고 있던 마구간 관리자가 되고 싶어했다. 사랑하는 말과 함께 열여섯해를 보냈다는 것, 실용성이 아니라 직감에 따라 결정을 내렸다는 것. 나는 그 배가 이미 떠나버렸다는 것을 알지만 여전히 그걸 원했다. 그 하나의 변화가 그녀의 인생을 정의했다. 그녀는 행복했다. 나도 행복했다. 나는 그 사건을 실망스럽기는 했지만 결정적인 일은 아니었던 것으로, 또는 결정적인 것이기는 했지만 나를 무너뜨리지 않고 형성한 어떤 것으로 남겨두었다. 울고 있는 세라는 다른 생각을 가지고 있을지도 모른다. 분기점들. 분기점들이 모든 것의 핵심이었다.

"미안해요." 나는 자리를 뜨면서 여전히 어린 소녀를 생각하며 울고 있는 여자에게 속삭였다.

호텔 관리인이 로비에 서서 직원 몇명과 이야기를 나누고 있었다. 나는 그녀에게 내가 어디로 가는지 말해야 할지 고민했지만 그러지 않았다. 살인자의 방문을 두드리기 위해 곰팡이 냄새가 나는 복도를 걸어가면서 나는 이게 바보같은 짓일 거라고 생각하면서도 속도를 늦추지는 않았다. 안에서 발자국 소리가 들렸고, 문이 활짝 열렸다. 그녀는 밖에 누가 있는지 확인하지도 않고 문을 열었다.

"저는 알고 있어요." 내가 더 말할 필요는 없었다. 그녀는 내 말을 들을 것이다.

나는 그녀가 내 머리를 내려치고 복도를 달려 폭풍 속으로 뛰쳐나가는 모습을 상상했다. 그게 이 영화 시나리오의 극적인 절정이었다. 우리 둘이 바람이 휘몰아치는 절벽에서 몸싸움을 벌이는 것 말이다. 왜 나는 그것을 두려워하지 않았을까? 나는 그녀가 그것을 고려했다가 같은 순간 쳐냈음을 알았다. 그건 우리가 할 법한 일이 아니었다. 무슨 일이 일어났는지를 내가 알아내기 전까지는 그렇게 확신했다.

그녀는 나를 들여보냈다. 그녀는 여전히 '노굿디즈' 티셔츠를 입고 있었는데 아까 봤을 때보다 더 구겨져 있었다. 그녀가 돌아섰을 때 마치 운동을 한 것처럼 팔 아래와 등 전체에 땀자국이 있었다.

"잠깐 샤워를 하려던 참이었어요, 그래도 괜찮을까요?" 그녀가 말했다. "좀 둘러보고 계셔도 돼요."

나는 고개를 끄덕였고 그녀를 보냈다. 그녀는 욕실 문을 닫지 않았다. 그녀가 뭔가를 꾸미고 있지 않다는 걸 보여주기 위해 일부러 열어둔 것일 수도 있었다.

나는 두번째 침대 위에 흩어져 있던 디제이의 물건들을 뒤적거렸다. 엄청나게 오래된 노트북, 엄청나게 오래된 MP3 플레이어, 괜찮아 보이는 헤드폰. 더 많은 알약들. 갈색 덩어리가 든 끈으로 묶어둔 비닐봉지, 갈아둔 커피처럼 보이는 또다른 비닐봉지. 티셔츠 몇장, 그리고 낡은 청바지 한벌.

수건을 두른 채 욕실에서 나오는 그녀의 모습은 건강 그자체였다.

"잠깐 비켜주시겠어요?" 그녀는 물었고 나는 그녀가 더미에서 속옷을 가져갈 수 있도록 물러났다. 그녀는 솔기의 구멍에 손가락을 넣었다. "이 부분까지는 생각 못했네요. 다른 사람의 낡은 속옷을 입어야 한다는 점이요."

"그만한 가치가 있었나요?"

그녀는 고개를 갸웃하고는 슬픈 듯 맑은 미소를 지어주었다. "그건 아마도 당신이 어떻게 하느냐에 달려 있겠죠."

나는 그렇게 생각해보지는 않았지만 그녀가 그 말을 했을 때 무슨 뜻인지 바로 이해했다. 내가 당국에 알린다고 해도 — 이런 상황에서 그게 무엇을 의미하든 — 진짜 디제이는 여전히 위층 냉장고에 다른 사람의 옷을 입은 채로 누워있을 것이다. 모든 게 헛된 일이 되고 마는 거였다.

"왜죠?" 내가 물었다. "왜 하필 그녀였나요? 분기점이 뭐였죠?"

"그녀와 나 사이에는 십만개의 분기점이 있어요. 그녀는 자신을 낭비했어요, 인생을 낭비한 거죠. 그녀는 괜찮은 디제이였지만 그 외에는 완전이 엉망이었어요. 수백 번 약물 중독에서 벗어나려고 노력했지만 절대 성공하지 못했죠."

"그녀는 나에게 친절했어요." 나는 우리의 짧았던 상호작용을, 그녀의 불안한 열정을 떠올리며 말했다. "꽤 멋져 보였다고요."

그녀는 침대에 있는 청바지를 입었다. 맞긴 했지만 전날 입었던 디자이너 청바지만큼 잘 맞지는 않았다. "한동안 그녀에 대해 조사했어요. 믿어주세요. 그녀가 친절했을 수는 있지만 그녀는 최악의 화재만큼이나 엉망진창인 사람이었어요. 음악 외에는 인생의 모든 것을 태워버렸죠."

"그녀가 엉망이었다는 게 죽을 만한 이유가 되지는 않아요. 제 말은, 당신은 인생에서 너무나 많은 것을 가지고 있잖아요, 그렇죠? 당신은 차원 간 여행을 발명했잖아요. 그런 당신이 왜 그녀의 인생을, 그렇게 거지 같다고 생각하는 그 인생을 가지고 싶어했던 거죠?"

그녀는 침대 위의 배낭에 손을 뻗어 디제이의 지갑을 꺼냈다. 신분증을 꺼내더니 내 방향으로 던졌다.

아. "당신의 세계에서는 시애틀이 사라졌군요." 그건 질문이 아니었다.

그녀는 눈물을 머금고 고개를 끄덕였다. "시애틀뿐만이 아니에요. 모두가 사라졌죠. 저는 대학원을 다닐 때 가장 가까운 친구 다섯명과 한집에 살았어요. 그 일이 일어났을 때 저는 동부의 부모님 집을 방문 중이었지만 다른 모든 사람은 지진이 일어났을 때 그 집에 있었어요. 저는 그 일이 일어났을 때 켈리와 통화 중이었죠. 그들은 모두 함께 「라비린스」*를 보고 있었고, 저는 모든 소리를 들었어요. 그들을 파내는 데 열흘이 걸렸어요. 물론 너무 늦었죠. 그들은 디제이가 온 곳에는 모두 여전히 존재해요. 그리고 그녀는 자신의 허름한 아파트에 앉아 그들이 거기 없다는 듯이 행동하고 있어요. 그들이 그녀의 안부를 묻기 위해 전화할 때마다 무시하고 부모님이나 자매들과도 거리를 두고요. 그녀는 메이블을 만난 적도 없어요. 제가 선택할 수 있는 수백만명의 세라 중 여전히 소중한 사람이 남아 있는 사람들은 선택하지 않았을 거예요."

"하지만 당신에게도 여전히 다른 사람들이 있잖아요." 내가 말했다. "그들은 어떻게 되는 거죠?"

"제 연구실 직원들이 저를 그리워할 수도 있겠지만 그게 전부예요. 메이블은 제가 큰 발견을 했던 날 밤에 저를 떠났어요. 제가 그 발견의 직전에 있다는 이유로 우리 기념일 저녁 식사 약속을 취소해버렸거든요. 그녀에게 말을 하러 집에 왔을 때 그녀는 이미 떠난 후였죠. 나의 가족들은

---

* 제니퍼 코널리와 데이비드 보위가 출연한 1986년작 판타지 뮤지컬 스릴러 영화. 우리나라에서는 '사라의 미로 여행'이라는 제목으로 티브이에 방영되기도 했다. 주인공 세라가 미로 속에서 겪는 환상적인 경험을 분기점으로 어른이 되는 서사를 가지고 있다.

물론 끔찍한 기분이었을 테고, 저도 그들을 떠나는 것에 대해 끔찍한 기분이 들었어요. 하지만 그들은 제가 어떻게 살았고 죽었는지를 알면 위안을 받을 거예요. 제가 이루고자 했던 모든 걸 해냈다는 걸 말이에요. 그건 좋은 삶이었죠. 그들은 제가 그들을 사랑한다는 걸 알고 있었어요."

"당신이 기꺼이 포기할 만한 좋은 삶이라는 말이죠?" 나는 그걸 상상해보려 애쓰고 있었다. "당신은 종신 교수직과 명성, 그리고 모든 것을 그녀에게 남은 것과 맞바꾸려는 건가요?"

"그것들은 제 자존심에는 도움이 되지만 중요하지 않아요. 집이 있다는 것, 사람들이 있다는 것만큼 중요하지는 않다는 거죠. 저는 제가 사랑하는 모든 사람과 장소가 여전히 존재하는 세계를 위해 그 모든 걸 한순간에 바꿀 생각입니다. 그녀의 세계에 있는 메이블을 찾을 수 있고 ― 그들은 아직 한 번도 만난 적이 없으니까요! ― 다른 모든 사람들도 다시 볼 수 있죠."

"그들이 당신을 미워한다고 해도요?"

그녀는 망설임이 없었다. "네. 관계는 회복될 수 있어요. 그들이 저를 미워한다고 해도 저는 그들이 저를 미워하면서 거기 있다는 걸 알잖아요."

"그게 그녀의 머리를 내리칠 만큼의 가치가 있나요?"

나는 그녀의 얼굴을 주의 깊게 지켜보았다. 나는 그렇게 끔찍한 방식으로 모두를 잃었을 때 느꼈을 공포를 상상할 수 있었다. 내가 시애틀을 떠나있던 때가 아니었다면 그들과 함께 있었을 거라는 죄책감에다 그 끔찍한 전화 통화의 반대편에 가만히 있을 수밖에 없었다는 사실까지. 하지만 그래도 그게 나를 살인으로 이끌 것 같지는 않았다.

"그녀는 아무것도 느끼지 못했어요. 돌처럼 떨어졌죠." 그녀가 가방을 뒤적거리며 말했다. "그녀는 심지어 브라 하나 없어요. 저는 열두살 이후로 브라 없이 외출한 적이 한번도 없고요."

"어젯밤에는 그랬죠. 기조연설 때 뒤에서 당신을 봤어요." 나는 그녀가 내가 모르는 밴드의 티셔츠를 머리 위로 입는 걸 지켜보았다. "왜 그 다른 양자학자가 당신을 대체했죠? 진짜 R1D0 말이에요."

그녀는 한숨을 쉬었다. "제가 우리가 정확히 똑같다고 말하면, 정말로 완전히 똑같다는 뜻이에요. 문자 그대로 우리 삶의 유일한 차이점은 제가 실제로 그 발견을 한 그 밤에 그녀는 메이블과 저녁식사를 하러 나갔고 저는 저녁식사를 취소하고 연구실에 남았다는 거예요. 그게 우리의 분기점이에요. 그녀는 그날 밤 연구실에 남지 않은 것에 대해 열받아하고 있죠. 그녀는 영광을 원해요. 그녀는 그게 다른 모든 것보다 중요하다고 생각하게 된 거예요. 그게 다예요. 제 말은, 저라도 열받았겠지만 그녀가 제대로 보지 못하고 있다고 생각해요. 그녀는 여전히 메이블과 함께잖아요. 그게 논문에 이름이 올라가는 것보다, 심지어 이렇게 큰 논문이라고 해도 훨씬 더 중요해요."

"그녀의 결정은 충동적이었겠군요." 내가 말했다. "그녀가 당신이 한 전화를 들었고, 자신이 첫번째로 도착했다는 걸 깨달았을 때 시체와 옷을 바꿔 입었던 거겠죠. 두 무전기를 모두 가져간 이유는 잘 모르겠지만, 아마도 공황 상태였겠죠. 어쨌든 어젯밤에 그녀가 연설하는 걸 봤어요. 그녀는 완벽하게 당신이 될 수 있었어요."

"그녀는 저예요. 아무도 그 차이를 알아채지 못할 거예요. 그녀가 가질 수 있어요. 이제 저는 제 가족을 떠나는 것에 대해 죄책감을 느낄 필요도 없어요. 그녀의 세계가 그녀의 부재를 감당해야하겠죠. 어쨌든 그녀도 클럽 층에 올라가서 제가 한 것과 똑같은 일을 하려고 했을지도 모르죠."

나는 그게 사실일 수도 있다는 생각에, 그리고 그렇다면 실제로 얼마나 많은 살인자 세라가 존재하는 것인지를 떠올리며 몸을 떨었다. "양자학으로 가게 된 동기가 처음부터 자리를 바꾸기 위해서였나요?"

"아니요! 우린 이미 물리학 석사과정에 있었기 때문에 그 학위과정을 마치고 양자학으로 가는 건 그렇게 큰 변화는 아니었어요. 우리는 시애틀이 여전히 존재하는 현실이 정말로 있는지 알고 싶었어요. 켈리와 테일러, 앨리슨, 스콧, 앤드리아가 여전히 살아 있는 곳 말이에요. 거기에 가기 위해서가 아니라 그저 알고 싶었어요."

나는 앤드리아가 누군지 몰랐지만 켈리와 테일러는 메이블을 제외하면 나의 가장 친한 친구들이었고, 우리는 모두 내가 시애틀로 처음 이사왔을 때 캐피톨 힐에 있는 스콧과 앨리슨의 집에서 살았다. 나는 그들이 모두 죽고 나만 어떤 우연한 타이밍으로 살아남은 세계에서 살아가는 죄책감을 상상할 수 없었다. 게다가 메이블도 그녀를 떠났다. 그녀는 모두를 잃은 것이다. 그녀의 이야기를 들으면서 마치 내가 그들을 잃은 것처럼 속이 뒤틀렸다.

"그러니까 당신이 늘 누군가를 죽일 계획을 하고 있었던 건 아니라는 거죠?" 나는 여전히 이 야심찬 세라가 가진 모든 것을 포기하고 디제이가 되기로 한 마음을 가늠하기는 어려웠지만 더이상 그렇게 터무니없어 보이지는 않았다. 하지만 다른 무언가가 나를 여전히 괴롭혔다. 나는 그녀가 말한 모든 것을 믿었지만 여전히 내가 누군가의 머리를 내리치거나 사고처럼 보이게 하기 위해 시체를 무대 아래 배치하는 데 시간을 들이는 모습을 상상할 수 없었다. 모든 단계가 다분히 의도적이었다.

그녀는 튀어나온 머리카락을 매만지며 짧은 머리를 손으로 쓸어 넘겼다. "그녀가 두번째 상자를 가지고 돌아왔을 때 비로소 확실히 결정했어요. 그녀는 그사이에 뭔가를 했나봐요. 제가 그녀에게 질문을 하려고 했을 때 그녀는 거의 대답을 할 수 없는 상태였거든요. 어쨌든 저는 그 순간에 그렇게 하지 않기로 결정한 다른 현실들도 있다고 확신해요."

그녀는 자신이 말하고 있는 것을 믿고 있었다. 나는 그걸 알 수 있었지만 내가 그걸 믿은 건 아니었다. 나는 그녀가 거기서 디제이를 기다리며 전시 테이블에서 완벽한 무기를 고르는 데 공을 들였다고 확신했다. 그녀는 심지어 그전에 선택을 해두었을 수도 있다. 설문지가 들어왔을 때, 무기가 될 수 있는 상을 발견할 때까지 접수된 물건들을 탐구했을 것이다. 명예의 전당이 사람들이 주말 내내 언제든 둘러볼 수 있는 곳이 아니라 클럽 안에 있었던 이유를 바로 그게 설명할 수 있었다. 그녀가 스스로에게 거짓말하는 걸 듣고, 그걸 똑똑히 인식하는 건 혼란스러운 일이었다. 나는 그녀가 아니라고 스스로에게 다시 한 번 상기시켰다. 우리는 이 지점에 이르기까지 다른 선택을 해왔다.

"혹시나 궁금해할까봐 말해주자면 저는 당신의 시애틀을 위해 당신을 죽이지는 않았을 거예요. 당신은 그걸 낭비하지 않았으니까요. 대부분의 사람들이 그렇죠. 아무튼 제가 연구를 시작했을 때 저는 그들이 어딘가에, 어떤 다른 현실에 존재한다는 걸 증명하기만 해도 행복할거라고 생각했어요. 그래서 우리 모두가 양자학에 뛰어든 거예요. 다른 가능성들이 있다는 걸 증명하기 위해서였지 자리를 바꾸기 위해서가 아니었어요. 그리고 그건 제가 세라들을 모두 연구하며 누구를 초대할지 결정하기 시작할 때까지는 실제로 그랬어요. 그녀 — 자신을 가리키며 말했다 — 를 발견하고 이걸 실현할 방법이 있다는 걸 깨닫기 전까지는요. 만약 시도해보지 않았다면 저는 항상 궁금해했을 거예요. 당신도 같은 선택을 했을 거잖아요, 그렇죠?"

나는 대답하지 않았다. 그렇게 하지 않았을 것 같았다. 그렇게 하지 않았기를 바랐다.

그녀는 계속했다. "다른 양자학자들에게 연락했을 때, 저는 제가 그 생각을 하기 전에 분기된 사람들을 선택했어요. 저는 그렇다고 생각했죠. R1D0의 경우에는 잘못 생각했을 수도 있지만요. 그들이 이 행사를 계획하는 데 도움을 주도록 초대한 게 어떤 분기점들로 이어질지 생각하지 않았어요. 그건 근시안적이었죠. 다른 사람들이 내가 다른 사람이 되었다는 걸 알고 있다고 생각하시나요?" "그렇게 생각하지 않아요." 그들 중 누구도 그것에 대해 언급하지 않았다. 만약 그들이 몰랐다면 그건 그들이 그걸 생각하지 않았다는 뜻이었다. 그리고 만약 그들이 그걸 생각하지 않았다면 그건 오직 한두명의 세라만이 살인할 능력이 있다는 걸 의미했다.

"네, 그랬으면 좋겠어요. 저는 제가 우리 중 최악이기를 바랍니다. 그녀를 제외하면요." 그녀는 내 앞에 서 있었다. 내가 전날 만났던 디제이의 옷을, 그녀의 인생을 입고. "그래서 어떻게 하실 건가요? 그들에게 말할 건가요? 저를 넘길 생각인가요?"

"당신은 한번이라도 도망가는 말을 쫓아본 적이 있나요?"

그녀는 혼란스러워 보였다가 고개를 끄덕였다.

나는 분기점에 대해 생각했다. 나는 그 도로 위의 순간에 다르게 행동할 수 있었다고 느낀 적이 없었다. 그건 좋은 일이었다. 아주 작은 선택조차 나를 마비시켰다. 나는 모든 결정의 모든 결과를 예측하려고 노력했다. 생각할 시간이 없는 편이 더 나았다.

여기 오기 전까지 나는 일단 선택을 하고 나면 그건 끝난 일이고, 그걸 받아들여야 한다고 스스로에게 말하려고 애썼다. 우리 모두는 어떤 게 중요한지 결코 알지 못한 채 매일의 선택으로 미래를 만들어갔다. 여전히 그걸 받아들여야 하는 것은 마찬가지지만, 이제 나는 다른 이들이 내 결정의 다른 결과를 살아가고 있다는 걸 알았다. 아니면 내가 그들의 선택의 다른 면을 살아가고 있었다. 그게 나를 마비시키는 일인지 해방시키는 일인지 아직 확신이 들지 않았다. 만약 내가 그녀를 보내준다면, 만약 그녀가 나와 조금이라도 비슷하다면, 죄책감이 그녀를 망가뜨릴 것이다. 그것 자체로 하나의 처벌이었다. 만약 내가 그녀를 넘긴다면, 그건 디제이를 위한 정의일까 아니면 단순히 내가 범죄를 해결할 수 있다는 증거에 불과할까?

"만약 당신이 저를 넘긴다면." 그녀가 마치 내가 소리 내서 말하기라도 했다는 듯 말했다. "많은 곳에서 엄청난 혼란이 있을 거예요. 어떤 당국도 이걸 어떻게 다뤄야 할지 모를 겁니다. 시체는 한 세계에 있고, 살인 혐의를 받는 사람은 다른 세계에 있는 거니까요. 만약 당신이 저를 보내준다면 제가 할 수 있는 좋은 일을 다 생각해보세요. 저는 그녀의 친구들, 가족들과의 관계를 회복할 수 있어요. 그녀 세계의 메이블도 찾을 수 있죠. 이 세라는 절대 자신의 수렁에서 빠져나오지 못했을 거예요. 맹세해요. 그녀는 내일이나 다음 주, 아니면 다음 달에 죽었을 거예요. 그리고 그녀는 내일도 여전히 죽어 있겠죠. 저는 그녀의 세계에서 좋은 일을 할 수 있어요."

저 멀리 어딘가에서 변형이 촉발되고 있었다. 계획을 실행하기로 결정하거나 그러지 않기로 결정하는 주최자의 변주들. 디제이를 죽이거나, 마음을 바꾸고 떠나거나. 변주는 더 있다. 자신의 삶을 포기하고 모든 면에서 동일하지만 핵심적인 한가지 때문에 다른 삶을 취하기로 하는 결정을 순식간에 내리거나 그러지 않기로 하는 두번째 양자학

자. 어딘가에서 다른 나는 두번째 사람은 넘기지만 첫번째 사람은 넘기지 않거나 첫번째 사람은 넘기지만 두번째 사람은 넘기지 않는다. 둘 다 넘긴다. 둘 다 넘기지 않는다.

다른 어떤 곳에서 디제이는 죽은 적이 없다. 그녀는 턴테이블에 다른 음반을 올리고, 이미 재생중인 음악에 맞춰 비트를 느리게 조정하고, 한 음악에서 다른 음악으로 매끄럽게 전환했다. 다른 어떤 곳에서 호텔 클럽을 가득 채운 세라들이 자신들이 좋아하는 음악에 맞춰 어색하게 춤을 췄다. 그들의 세계에 의해 만들어지고, 또 새로운 세계를 만들면서.

부서지는 세계를 주워 담는 담대함으로

    우주비행, 다기능 인공 신체, 멀티버스 속 다른 나와의 조우 등 세라 핀스커(Sarah Pinsker)의 소설은 SF 장르에서 즐겨 사용해온 소재와 설정으로 가득하다. 하지만 『언젠가 모든 것은 바다로 떨어진다』(*Sooner or Later Everything Falls into the Sea*, 2019)에 수록된 소설들은 낯설고 먼 미래를 그리는 대신 두려울 정도로 익숙한 미래, 과거의 친밀한 기억으로 구성된 미래를 그린다. 네다섯 페이지가량의 초단편부터 중편소설에 해당하는 작품까지 모두 열세편의 작품이 수록된 이 소설집의 개성을 한마디로 정리하기는 어렵겠지만 책을 끝까지 읽고 나면 지극한 향수와 미래주의, 펑크적 경쾌함과 관조적인 서정, 일상의 좌절과 초월적 순간을 설득력 있게 병치하는 핀스커 특유의 매력에 사로잡히게 된다. 익숙한 듯한 소재와 자칫하면 감상주의로 빠지기 쉬운 주제의식에 생기를 불어넣는 것은 SF의 가능성을 딱 절묘하게 활용하는 섬세한 세계 설정과 그 안에서 서로 다른 방식으로 분투하는 개성적 인물들의 진심이다. 망해버린 세상에서 해안으로 떠밀려 오는 잔해를 줍다 록스타를 발견하는 넝마주이(『언젠가 모든 것은 바다로 떨어진다』의 베이), 오래전 떠난 지구의 음악을 기억하기 위해 우주선에서 바이올린을 연주하는 공학자(『바람은 방랑하리』의 윈디), 조각조각 해체된 채 가방에 담긴 로봇 할머니와 아직 로봇 할머니를 받아들일 수 없지만 가방을 꼭 끌어안고 박해를 피해 떠나는 유대인 손녀(『그녀의 낮은 울림』의 버비와 타냐). 이 모든 이들의 애틋하고 담대한 마음이 여기 실린 작품들을 관통한다.

이번에 한국 독자들에게 처음으로 소개하는 『언젠가 모든 것은 바다로 떨어진다』는 2013년부터 2019년까지 발표한 작품을 선별해 수록한 세라 핀스커의 첫 소설집으로 2019년 출간 당시 미국에서 한해 동안 출판된 SF 중 가장 뛰어난 작품에 주어지는 필립K.딕상을 받았다. 핀스커는 이 소설집 외에도 한권의 단편집과 두편의 장편소설, 그리고 몇몇 단편 및 중편을 발표하는 등 활발한 작품활동을 하고 있는 미국의 SF/판타지 작가이자 네장의 앨범을 낸 펑크 뮤지션이다. 예닐곱살 때부터 글을 썼으며 열세살 때 첫 밴드를 시작했음을 밝힌 바 있는 핀스커는 첫 소설집을 내기도 전에 SF 단편 작가로 이름을 알리기 시작했고, 이후 과학소설계의 3대 상으로 불리는 휴고, 네뷸러, 로커스 상을 모두 수상해 더욱 주목을 받았다. (네뷸러상은 아홉번이나 최종 후보에 올랐고 네번 수상했는데 수상작 중 하나가 여기 실린 「열린 길의 성모」다. 그외에도 유지포스터상, 시어도어스터전상 등을 수상했으며, 2022년 발표한 실험적 형식의 단편소설 「참나무 심장들이 모이는 곳」 Where Oaken Hearts Do Gather은 휴고, 네뷸러, 로커스 상을 동시에 수상하기도 했다.) 오랫동안 음악 작업을 해온 뮤지션답게 앨범의 트랙을 배치하듯 작품의 순서를 고심한 작가에게는 양해를 구해야 할지도 모르겠지만, 옮긴이의 말은 『언젠가 모든 것은 바다로 떨어진다』에 수록된 작품들을 새롭게 분류해 작가의 날카로운 감각이 돋보이는 세계 만들기, 만들어진 세계를 효과적으로 전달하는 문체의 서정, 그리고 동시대 SF의 사명으로서의 기억이라는 세가지 큰 줄기를 통해 살펴보는 방식으로 구성했다.

뒤틀린 세계의 익숙한 위기들

변형된 세계는 우리가 당연하게 여기는 것들을 돌아보게 한다. 완전히 낯선 미래 세계보다 현실에서와 똑같이 다림질을 하고 똑같이 차를 운전해 이동하지만 전쟁을 경험한 사람들의 기억을 완전히 삭제했다가 일년에 하루만 돌아오게 하는 것이 기술적으로 가능한 세계(「기억살이 날」)가 삶의 조건과 폭력의 역사에 관해 훨씬 더 날카로운 질문을 던진다는 사실을 핀스커는 세계 만들기에 십분 활용한다. 그리고 그렇게 조금씩 뒤틀린 각 작품 속 세계가 던지는 질문은 SF 정신의 핵심에 있는 질문들로 이어진다. 우리가 세계라고 여기는 것은 어떤 믿음에 근거하며 그 믿음을 지탱하거나 위협하는 것은 무엇인가? 우리가 안다고 생각했던 세계가 무너졌을 때, 우리를 우리이게 하는 것은 무엇인가? 넓은 의미의 기술과 맺고 있는 관계에 따라 존재의 구체적 조건들이 달라지며 뒤틀린 각 작품 속 세계는 다양한 층위와 규모의 위기를 만들어내고, 핀스커식 SF가 축조하는 위기는 공히 능청스러운 일상성과 동시대적 절박함으로 서사적 몰입감을 높인다.

먼저 아주 구체적인 과학기술의 등장으로 인한 세계의 변화를 그린 작품으로 「죽은 사람들과 이야기하기」와 「이차선 너비의 고속도로 한 구간」을 들 수 있다. 「죽은 사람들과 이야기하기」의 주인공은 대학 시절 사업 수완이 좋은 친구와 함께 미제 사건에 대한 인공지능 대화 기능이 탑재된 건축 모형을 만들던 경험을 회상한다. 자신의 잃어버린 동생 이야기를 여느 사건과 다름없이 모형에 탑재해 선물한 친구를 주인공은 용서하지 않고, 주인공에게 경제적 성공을 가져다줄 것으로 기대했던 기술은 과거의 상처를 들춰내고 현재의 관계까지 망가뜨리는 파괴적 힘으로 작동한다. 하지만 대화형 인공지능이 주인공에게 끔찍하게 여겨졌던 것은 기술 자체의 문제가 아니라 타인의 상처에 무신경한 상업성이 내포하는 가치체계가 주인공의 예술가정신으로 대변되는 윤리의식과 충돌했기 때문이다. 이 이야기는 대화형 인공지능이라는 현실적 기술을 소재로 활용하면서도 기술에 대한 인물의 태도나 기술이 야기하는 위기의 성격을 단순화하지 않고, 기억에 대한 기술적 착취와 예술적 실천 사이의 긴장을 능숙하게 포착한다.

「이차선 너비의 고속도로 한 구간」은 자율주행 도로가 일반화되고 인공지능 기술이 탑재된 의수가 상용화된 세계에서 사고로 팔을 잃은 주인공이 본인의 의지와 상관없이 기계 팔을 이식받게 되면서 발생하는 혼란을 그린다. 이식된 기계 팔은 놀랍게도 팔의 주인이 가본 적도 없는 먼 곳의 도로 한 구간으로서의 자의식을 가지고 있다. 첨단기술과 불화하는 주인공은 부서진 몸과 함께 부서진 세계를 자신의 일부로 받아들이는 데 어느 정도 성공하지만 독립된 의식을 가진 기계의 존재는 인간의 경계에 대한 포스트휴먼적 불안을 흥미로운 방식으로 세계에 심어둔다. 잃어버린 과거에 대한 애틋함보다 기술세계에서 발견하는 낯선 힘에 대한 묘한 기대감이 돋보이는 이 이야기는 기술의 발전이 반드시 세계에 대한 명쾌한 이해를 가져다 지주지는 않는다는 것을, 바로 그렇기 때문에 희망이 있음을 우리에게 상기시킨다.

「이차선 너비의 고속도로 한 구간」이 사적인 재난에도 명랑한 세계관을 유지하는 상상력을 보여주었다면 「그리고 우리는 어둠 속에 남겨졌다」나 「고독한 뱃사람은 없다」는 흔히 통용되는 세계의 원리와 불화하는 인물의 정체성 위기를 서정적으로 포착하는 한편, 「이차선 너비의 고속도로 한 구간」과 마찬가지로 초월적인 영역의 가능성을 열어둠으로써 존재론적 고통을 견딜 수 있는 세계를 그린다. 그러면서도 생동감 있는 묘사로 현실과의 연결을 놓치지 않는 게 인상적이다.

소설 속 위기는 개인의 위기에 그치지 않는다. 네뷸러상 최종 후보에 올랐으며 스터전상을 받은 「뒤에 놓인 심연을 알면서도 기쁘게」는 자신이 설계한 건축물이 체계적인 국가 폭력에 봉사할 것을 짐작하지 못했던 건축가의 역사적 트라우마가 친밀한 관계에 미치는 영향을 추적한다. 작품에서 가장 가까운 사람조차도 이해하는 데 한평생이 걸리는 깊은 상처와 나란히 놓인 것은 악의 없이 고통의 근원을 외면해온 세월이지만, 결국 이야기가 드러내는 것은 폭력이 만연한 세계를 아무렇지 않은 척 살아가는 일의 어려움과 그 세계를 지키는 기술의 냉담함, 그리고 그럼에도 인물들이 일궈내는 온기다.

　한편 작품 속 세계 전체가 극적인 위기에 빠져 있는 경우도 있다. 표제작인 「언젠가 모든 것은 바다로 떨어진다」는 상실의 위기를 정면으로 다룬다. 기후/에너지 위기로 육지의 모든 도시는 살 수 없는 곳이 되고, 부자들은 호화로운 배를 탄 채 바다를 떠돌며 육지의 상황에 대한 공포만 키워가는 상황. 승객이 아닌 연예인 자격으로 배에 올랐다가 그 삶을 견디지 못해 탈출한 록스타 개비는 한 섬의 해안가로 떠밀려 와 베이를 만나게 된다. 세계가 멸망할 즈음 잃어버린 파트너 데브라를 기다리며 넝마주이로 살아가던 베이는 개비를 귀찮게 여기지만, 기타를 연주하고 음식을 나눠먹으며 이어지는 이들의 대화는 세계에 대한 믿음 없이도 서로에 대한 신뢰를 쌓아가는 두 사람의 모습을 위태로우면서도 유쾌하게 보여준다. 이 과정에서 드러나는 것은 이들이 마주한 위기의 본질이다. 이 작품이 포착하는 위기는 지구의 위기인 동시에 자본주의의 위기이고, 전세계의 위기인 것 같지만 실은 위기가 아닌 것처럼 행동할 수 있었던 사람들의 윤리적 위기인 것이다. 갑자기 통신이 끊기고 세계가 엉망이 되었던 날을 회상하며 베이는 공포영화에서처럼 사람들이 서로 공격하는 게 아니라 서로를 도왔고, 새로운 시스템을 만들어서 더 강한 공동체를 이루었다고 증언한다(95~96면). 개비가 타고 있던 배에서는 육지의 사람들이 서로를 약탈하고 있다는 소문이 돌았지만 그 "안전"한 배 위에서 록스타는 다른 승객들과 동등한 존재로 여겨지지 않았다. 계급적 분리가 세계의 붕괴를 이겨낼 수 있을 거라는 오만함으로 떠다니는 배와 자진해서 바다로 떨어진 록스타, 그리고 힘겹게 록스타를 주워 자신의 오두막까지 끌고 올라간 베이. 무너져버린 세계에서 이들이 발견하는 희망은 미미하지만 전지구적 위기의 구조를 명징하게 제시함으로써 핀스커는 익숙한 위기들을 새롭게 자각할 수 있게 해준다.

음악적 이야기와 서정적 시공간 경험

핀스커 소설에는 형편없는 음식, 학생들의 집단 반항, 다중우주의 살인사건, 우주선의 기억장치 고장 등 다양한 위기가 등장한다. 작가는 이러한 위기가 서사적 긴장을 만들어내는 상황과 그 배경이 되는 세계관을 절묘하게 설정할 뿐 아니라 때로는 유쾌하고 밝은 서술로, 때로는 우수에 찬 서정적인 서술로 그 위기들을 흥미롭게 풀어나간다: 소설집 전체에서 가장 두드러지는 주제가 음악과 밴드 문화에 대한 깊은 애정이기 때문인지 작품마다 서로 다른 문체를 활용하면서도 안정적으로 이어지는 소설집의 구성은 서정적이고 차분한 구간과 반항적이고 경쾌한 구간이 교차하는 능숙한 연주처럼 느껴지기도 한다.

무엇보다 음악은 인물들 사이를 연결해주는 핵심소재다. 「언젠가 모든 것은 바다로 떨어진다」에서 잃어버린 연인 데브라의 물건 중 베이가 유일하게 보관하고 있던 것은 기타였고, 해안가에서 주워온 록스타 개비와 베이를 연결해준 것 역시 기타 연주였다. 「열린 길의 성모」의 경우, 마치 소설 속 주인공 밴드와 함께 투어를 다니는 것처럼 느껴지는 세밀하고 현장감 넘치는 묘사가 돋보인다. 공연 장면에서는 관객도 독자도 하나가 된다. 음악은 사람들 사이를 연결하는 것으로서뿐 아니라 과거와 미래를 연결하는 것으로서도 중요하다. 언어도 통하지 않는 낯선 땅에 도착했을 때 타냐는 할머니가 부르던 노래를 숨죽여 부르고, 로봇 할머니가 그 노래를 배워 불러줄 때 타냐는 비로소 그녀에게 "살아 있는"이라는 의미의 이름을 지어준다(「그녀의 낮은 울림」). 마찬가지로 「바람은 방랑하리」에서도 함께하는 음악 연주는 단순한 오락거리가 아니라 미래 세대를 상상하는 것 자체를 가능하게 하는 경이로운 경험으로 그려진다. 같이 부르지 않으면 사라질 수 있기에 음악은 과거를 기억하고 변형하며 애써 전승하는 인간의 행위를 감각적으로 담아내기에 너무나 적절한 소재이자 기술이다.

리듬감의 표현은 서로 다른 속도로 흐르는 시간, 서로 다른 규모의 이야기로도 드러난다. 핀스커의 문체는 각 이야기에 꼭 어울리는 고유의 서정을 고스란히 담고 있는데,

이를테면 「시간적 실향민을 위한 슈얼 쉼터」와 「그녀의 낮은 울림」의 문체에서는 각각 시간적 긴장과 공간적 긴장을 한껏 즐길 수 있다. "지금 당신이 어느 시간에 있는지 알고 있어요?"(145면)라고 다정하게 묻는 마게릿과 "완전히 다시 그 시간에 존재하는"(147면) 순간을 함께 기다리는 시간적 실향민들의 조급할 것 없는 상호 이해라든가,(「시간적 실향민을 위한 슈얼 쉼터」) 엄마와의 기억이 있는 집을 떠나 가축처럼 떠밀려 내려간 3등 객실의 좁은 침대 틈새에서 며칠을 버틴 뒤 겨우 도착한 작은 집이 주는 불안한 안도감(「그녀의 낮은 울림」) 같은 게 그 예이다. 「뒤에 놓인 심연을 알면서도 기쁘게」의 경우에는 한 작품 안에서도 젊은 시절을 회상할 때의 설렘과 남편의 마지막을 지켜보는 현재의 서늘한 담담함이 흐르는 세월처럼 자연스럽게 교차한다.

핀스커의 세계에서 음악적 서정은 추상적인 것이 아닌 직접적인 경험이며, 공유된 시공간의 리듬은 친밀한 언어다. 「일각고래」는 문체의 명랑함과 대비되는 인물들 사이의 은근한 긴장, 그리고 긴 시간을 견디며 많은 곳에 함께 가본 후에야 비로소 형성되는 유대감이 자연스럽게 하나로 펼쳐지는 이야기다. 거대한 일각고래 모양을 한 자동차처럼 언제나 낯선 존재였던 공학도 출신 엄마가 사실은 한마을의 전설이었다면? 내가 모르는 과거의 진실에 가까이 가기 위해 내가 원하는 속도보다 느리게, 때로는 계획한 길에서 벗어나 움직여야 한다면? 뚜렷한 결론을 주지 않는 이 이야기의 끝에서 독자는 이미 세상을 떠난 엄마와의 관계가 완전히 달라진 딸의 미래를 기대해보게 된다.

기억, 테크노디스토피아에 저항하는 힘

핀스커가 그리는 미래는 완전히 희망적이지도 비관적이지도 않다. 기술 발전은 세계를 완전히 변화시키지 못하고, 사람들의 선택을 압도하지도 못한다. 『언젠가 모든 것은 바다로 떨어진다』에서 우리는 잊어버리기보다 기억하기를 선택하고, 고립되기보다는 연결되기를 선택하는, 소비하기보다는 창조하는 미래를 꿈꾸는 사람들을 만난다.

기술문명이 변화시키고 있는 세계에 대한 저항이 가장 선명하게 드러난 작품,「열린 길의 성모」의 주인공은 "옛 세상을 대체하고 있는 새로운 세상이 그만큼 좋지 않다"(336면)고 담담하게 진단한다. 홀로그램 기술을 이용한 공연이 라이브 연주를 빠르게 대체해가는 세계에서 밴드 멤버들과 함께 낡은 밴을 타고 다니다 쓰레기통을 뒤져 끼니를 때우고 허름한 공연장을 전전하면서도 그는 연주의 마법적인 힘을 믿는다.

이렇게 좋은 밤, 우리가 서로 완전히 맞아떨어지는 그런 때면 나는 잠시 시간여행자가 되는 기분이었다. 이 순간에

완전히 몰입해 있으면서도, 우리가 연주했던 모든 밤과 앞으로 연주하게 될 모든 밤이 겹쳐졌다. (334면)

좋은 음악적 경험은 "오로지 한번밖에 오지 않을 밤" (336면)이면서 동시에 과거와 미래의 모든 밤이고, 한 연주자의 일생을 가로질러, 그리고 세대를 건너 공유된다. 관객 모두가 찢어지게 가난하지만 티셔츠나 패치나 핀, 그리고 온라인에서 무료로 다운로드할 수 있는 앨범의 다운로드 코드까지 구매하는 모습에 감동한 주인공의 밴드는 공연장의 전기가 끊기고, "열린 길의 성모"인 투어 차량마저 잃어버린 어려운 상황에서도 홀로그램 밴드가 되는 것을 거부한다. 이들이 관객과 공유한 기억은 대자본이 기획하는 문화, 더 근본적으로 보자면 모든 선택의 중심에 이익 극대화를 두는 가치관 자체에 저항할 수 있게 해주는 유일하고 강력한 힘이다.

이러한 맥락에서 SF적 기술 환경 설정이 중요한 두 이야기 「기억살이 날」과 「바람은 방랑하리」가 모두 집단기억과 관련되어 있다는 점은 특히 주목할 만하다. 일년에 하루를 제외하고는 참전의 기억을 모두 삭제했을 때 발생하는 가족의 단절이나 지구를 영영 떠나는 우주선에 고이 담아 보냈지만 실수로 파괴되어버린 역사 데이터베이스를 복원하려는 노력을 담은 이야기를 떠올리면 집단기억의 보존이 당연한 선택지로 여겨질 수 있겠지만, 전쟁의 기억을 가리는 "베일"에 관한 투표에서는 해마다 찬성 의견이 우세를 보이고(「기억살이 날」), 지구에서 일어났던 폭력적인 사건들의 역사를 왜 배워야 하는지 이해하지 못한 우주선의 아이들은 "내 조상이 에밀리의 조상을 죽이려고 했다는 걸 모르는 게 우리에게 더 좋은 일 아닌가요?"(「바람은 방랑하리」, 232면)라고 묻는다. 역사를 가르치는 것을 사명으로 삼은 바이올린 연주자와 고통스러운 과거를 의도적으로 잊으려는 학생들의 갈등은 우리 시대의 현실적 문제들과도 긴밀하게 맞닿아 있으며, 발전된 과학기술이 기억의 삭제 혹은 왜곡에 이용된다는 핀스커의 설정은 그만큼 시의적절하고 중대한 의미를 지닌다. 「바람은 방랑하리」에 수차례 등장하는 합주 세션 "올드타임"과 노랫말의 변주에 관한 기록들은 기억이라는 가치를 수호하려는 노력 그 자체이자 서로 다른 개인들이 세대를 건너 만날 수 있는 시간과 공간을 만드는 예술 행위다.

몇 세대에 걸쳐 공유될 경험을 쌓고, 예술을 통해 여러 사람의 시간이 하나로 겹쳐지는 이야기들의 끝에 마주하게 되는 것은 모든 가능성이 동시에 존재하는 세계다. 「그리고 (N-1)명이 있었다」에서 다중우주의 원리를 발견한 양자학자 세라는 여러 우주의 세라들을 한자리에 모으는 '세라콘'을 개최하고, 그 현장에서 한 세라가 살해당하면서 사건의 탐정과 피해자와 용의자가 모두 세라인 혼란스러운 상황이 벌어진다. 살인사건의 피해자가 된 자기 자신을 마주한 보험 수사관이자 서술자인 세라의 반응은 미래적 배경의 이야기에서도 기억의 영향력을 힘있게 유지하며 관조적으로 상황을 살피는 핀스커식 서술의 묘미를 잘 보여준다.

　　나의 어떤 작은 부분들이 뭔가 잘못되었다고 소리치고 있었지만, 논리를 담당하는 내 뇌는 그것이 내가 아님을 이해했다. 나는 오후 내내 일란성쌍둥이보다 더 비슷한 사람들과 대화를 나눴지만 그 시체가 어쩐지 더 진짜처럼 느껴졌다. 저녁식사 자리에 있던 다른 모든 사람들은 내가 여전히 나이며 내가 그들과 구분될 수 있다는 것을 상기시켜주는 이야기를 가지고 있었다.(430면)

"분기점"마다 조금씩 다른 선택을 한 수많은 세라가 서로의 이야기를 비교하는 장면은 어떤 선택이 한 개인을 결정적으로 다른 사람이 되도록 하는지에 관한 철학적 성찰을 담고 있다. 여러 세라들과의 대화를 통해 상당수의 세라가 사는 세계에서는 기후 재난으로 시애틀이 사라졌다는 것을, 그렇게 사랑하는 사람과 공간을 모두 잃어버린 세라는 영원히 달라질 수밖에 없다는 것을, 그리고 아무리

많은 다중우주가 존재한다고 해도 자본주의적 양극화, 성취를 향한 탐욕, 망쳐버린 관계들로부터 자기 삶을 영원히 구하지 못할 가능성이 있다는 것을 보험수사관 세라는 알게 된다. 내가 나라고 여기는 나를 지키는 것만이 윤리적인 선택이 아니라는 사실과 함께 말이다. 세라콘에 온 세라 중 탐정에 가장 가깝다는 이유로 살인사건을 해결해나가는 과정은 스스로가 만든 기억에 대한 예의이자 기술만능주의 사회에 대한 저항으로 제시된다.

핀스커의 세계에 빠져 있을 때면 어느 다중우주의 나는 작가이고 또다른 다중우주의 나는 번역가일 거라고 믿었다. 핀스커의 경쾌하면서도 뭉클한 상상력을 한국에 처음으로 소개하는 즐거운 작업을 맡겨준 창비에 감사드린다. 이 책을 만드는 데 수고하신 모든 분께, 특히 너그러운 배려와 꼼꼼한 교정으로 더 좋은 번역을 내놓을 수 있도록 도와주신 문학출판부 이진혁 선생님께 깊은 감사의 마음을 전한다. 옮긴이의 부족함으로 번역 과정에서 놓친 매력까지 독자 여러분께서 발견해주시기를 담대하게 기대해본다.

정서현

저자의 말

어린 시절부터 단편소설집을 출간하겠다는 꿈을 품고
다닌 작가가 얼마나 될 지 모르지만, 이 책이 현실이 되도
록 도와준 스몰 비어 출판사에 가장 먼저 감사의 마음을
전한다. 단편소설을 향한 나의 사랑은 무절제한 것이기에,
나에게 영감을 준 모든 작가들에게 감사를 표하기로 작정
하면 그건 그 자체로 한권의 책이 될 것이다.

나의 아내 주(Zu)는 별도로 감사를 받아야 마땅하다.
그녀는 내 마음을 언제나 튼튼하고 온전하게 지켜준다.

내 소설은 언제나 나를 다음 질문으로 이끌어준 사람들
덕분에 더 좋아졌다. 셰리 오데트 모로, 렙 피커드, A. C. 와
이즈, A. T. 그린블랏, 프란 와일드, 시오반 캐롤, 캐런 오
스본, 리처드 버트너, 크리스토퍼 로우, 켈리 링크, 개빈 J.

그란트, 클리니 이부르그 살람, 모린 F. 맥휴, 캐런 조이 파울러, 몰리 글로스, 테드 창, 메건 맥캐런, 카르멘 마리아 던컨, 제시카 라이스만, 크리스토퍼 브라운, 네이선 볼링그러드, 매튜 크레셀, E. 릴리 우, 캐롤린 이브스 길먼, 데일 베일리, 엄마, 나의 자매들, 그리고 볼티모어 픽션 소사이어티 비평 모임을 포함해 이 이야기들과 그외 다른 이야기들에 대해 비평과 조언을 해준 모든 사람들에게 깊은 감사의 마음을 전한다. 혹시 이 목록에서 누군가를 빠뜨렸다면 진심으로 사과를 드린다.

이 이야기들이 처음 출판된 『아시모프』, 『언캐니』, 『F&SF』, 『Lightspeed』, 『Strange Horizons』, 그리고 『Apex』의 편집자들, 나의 이야기에 보금자리를 제공해주고, 격려를 보내주고, 트위터에서 농담을 주고받고, 또 내가 똑똑해 보일 수 있도록 교정을 맡아준 모든 잡지와 선집의 편집자들에게 고마움을 전한다. 특히 초기부터 나에게 지속적인 격려를 보내주고 우정을 나눠준, 나에게 누구보다 소중한 존재 셰일라 윌리엄스에게 각별한 감사를 전한다.

나를 글쓰기 워크숍과 창작 합숙에 초대해준 모든 사람들에게 정신적 공간과 실제 공간과 좋은 맥주와 환상적인 동지애를 나눠준 것에 대한 고마움을 전한다.

그 사랑스러운 카페에 앉아 셀 수 없이 많은 시간을 보내는 것을 허락해준 '레드 카누'에도 고마움을 전한다.

'레드 카누'의 기프트카드를 선물해 나의 두번째 작업실 재정을 해결해주고, 어릴 적엔 집 책장에 해마다 발간되는 '올해 최고의 글' 선집과 르 귄의 전집이 모두 꽂혀 있도록 해준 아빠에게 고마움을 전한다.

SFWA와 Codex, 가장 활발하게 돌아가는 Slack과 내 사랑하는 트리하우스, BSFS, AN, EF, 그리고 다른 모든 읽기 모임을 운영하는 사람들, 또 볼티모어의 모든 작가들과 음악가들에게 공동체가 되어주고 우정과 지지를 보내준 것에 대한 고마움을 전한다.

나의 글쓰기 친구 K. M. 스즈파라에게 조언을 해주고 함께해준 데 대한 고마움을 전한다. 직업적으로 비슷한 단계에 있으며 당신의 근면함 정도를 보완해줄 만한 친구를 가지고 있지 않다면 찾아보기를 강력하게 권한다.

나의 모든 글쓰기 선생님과 역사 선생님에게, 특히 선생님이자 친구인 주디스 터민에게 고마움을 전한다.

위에서 달리 감사를 표하지 못한 다른 모든 가족 구성원이 보내준 변함없는 지지에, 그리고 가족만큼 가까운 모든 친구들에게 고마움을 전한다.

내가 경계를 넘나들며 외도를 하는 동안 인내심을 발휘해준 나의 모든 음악 친구들에게 고마움을 전한다. 비트가 서로 다를지라도 실은 모든 것이 이야기를 하는 일이다.

내가 이 배를 항해해나갈 수 있도록 늘 노련한 도움을

주는 나의 에이전트 킴메이 커트랜드에게 고마운 마음을 전한다.

이야기를 읽는 모든 사람들에게 고마움을 전한다.

언젠가 모든 것은 바다로 떨어진다

초판 1쇄 발행 • 2025년 2월 28일

지은이 / 세라 핀스커
옮긴이 / 정서현
펴낸이 / 염종선
책임편집 / 이진혁 김유경
조판 / 박지현
펴낸곳 / (주)창비
등록 / 1986년 8월 5일 제85호
주소 / 10881 경기도 파주시 회동길 184
전화 / 031-955-3333
팩시밀리 / 영업 031-955-3399 · 편집 031-955-3400
홈페이지 / www.changbi.com
전자우편 / lit@changbi.com

한국어판 ⓒ (주)창비 2025
ISBN 978-89-364-3969-9 03870